O REI MORREU

JIM LEWIS

# O rei morreu

*Tradução*
Luiz Antonio Oliveira
de Araújo

COMPANHIA DAS LETRAS

Copyright © 2003 by Jim Lewis

*Título original*
The king is dead

*Capa*
Angelo Venosa

*Foto de capa*
Time & Life Pictures/ Getty Images

*Preparação*
Márcia Copola

*Revisão*
Otacílio Nunes
Arlete Sousa

A tradução da epígrafe da página 17 foi extraída de *Carta ao pai*, de Franz Kafka, tradução e posfácio de Modesto Carone (São Paulo, Companhia das Letras, 1997), e a da epígrafe da página 189, de *Poemas*, de Gerard Manley Hopkins, tradução de Aíla de Oliveira Gomes (São Paulo, Companhia das Letras, 1989). O trecho "E a peça é a coisa, eu sei, com que a consciência hei de apanhar do rei", da página 209, foi extraído de *Tragédias*, de William Shakespeare, tradução de Carlos Alberto Nunes (São Paulo, Melhoramentos, 1969).

*Os personagens e as situações desta obra são reais apenas no universo da ficção; não se referem a pessoas e fatos concretos, e não emitem opinião sobre eles.*

Dados Internacionais de Catalogação na Publicação (CIP)
(Câmara Brasileira do Livro, SP, Brasil)

Lewis, Jim
    O rei morreu / Jim Lewis ; tradução Luiz Antonio Oliveira de Araújo. — São Paulo : Companhia das Letras, 2006.

    Título original: The king is dead.
    ISBN 85-359-0820-X

    1. Romance norte-americano I. Título

06-2351                                CDD-813

Índice para catálogo sistemático:
1. Romances : Literatura norte-americana 813

[2006]
Todos os direitos desta edição reservados à
EDITORA SCHWARCZ LTDA.
Rua Bandeira Paulista, 702, cj. 32
04532-002 — São Paulo — SP
Telefone: (11) 3707-3500
Fax: (11) 3707-3501
www.companhiadasletras.com.br

*para* Wool

# Prelúdio

Havia uma mulher chamada Kelly Flynn. Filha de um banqueiro de Dublin, nasceu em 1720 e cresceu em Londres, aonde seu pai fora enviado para negociar um empréstimo com o rei. Na corte conheceu um belga chamado DeLours, com quem se casou; tiveram nove filhos, seis dos quais morreram, quatro de doença, dois em desastres. Um dos sobreviventes, um rapaz intrépido chamado Henry (n. 1745), interrompeu os estudos para se alistar no exército e chegou a oficial.

Com o império em expansão no subcontinente, era grande a necessidade de homens de talento. Inteligente e corajoso, Henry DeLours foi mandado para Calcutá; lá conheceu uma inglesa chamada Elizabeth, filha de um colega oficial. Casou-se com ela, e tiveram cinco filhos. Um deles, uma menina chamada Mary (n. 1770), voltou à Inglaterra para estudar.

Numa excursão a Cornwall, Mary conheceu um homem bem mais velho, o tipógrafo Samuel Crown, que se afeiçoou a ela, a cortejou e não demorou a pedir sua mão em casamento. Os dois retornaram a Londres, e seus filhos foram William,

Theodore, Olivia e Georgia, todos nascidos a intervalos de pouco mais de um ano. Esperava-se que os filhos homens abraçassem a profissão do pai, mas Theodore (n. 1790) era voluntarioso e errante, e, assim que chegou à idade adulta, emigrou para a América do Norte, na esperança de fazer fortuna. Durante algum tempo, trabalhou num escritório de advocacia de Nova York. Toda tarde, voltava ao seu quartinho escuro e escrevia para a mãe, falando tanto na fé que tinha no futuro como no sofrimento que a punha à prova: dívidas, a arrogância dos homens para os quais trabalhava, a solidão em que vivia naquela cidade nova e estranha. Mas ele tinha a frugalidade por defesa, e não demorou a acumular uma pequena importância e empregá-la na compra de um pedaço de terra em Kentucky. Plantador de fumo, trabalhou, prosperou e, em poucos anos, expandiu sua propriedade a cerca de cinqüenta alqueires e duas dúzias de escravos; aos trinta anos, havia angariado prestígio suficiente para se candidatar à magistratura local, e, com a ajuda de alguns barris de uísque distribuídos nas tabernas na véspera do escrutínio, foi eleito.

Corria o ano de 1820, e o juiz Crown era solteiro. Em compensação, contava com uma mucama negra chamada Betsey. Levava-a para a cama quase toda noite — pode ser que Apolo não me perdoe, mas Pã certamente me perdoará, escreveu em seu diário —, e logo ela lhe deu um filho, um menino de pele clara a quem chamaram Marcus (n. 1821).

Quando Marcus era pequeno, a mãe lhe disse que o pai dele era um escravo doméstico da região, mas nessa altura o garoto já ouvira boatos de que fora engendrado pelo seu senhor. A cozinheira falava nisso balançando a cabeça; o criado o arreliava à noite na senzala; Marcus, porém, jamais procurou confirmar ou negar a história da sua origem. Não se atreveu a isso, muito menos quando Theodore finalmente achou uma mulher com quem ter filhos legítimos e abençoados.

8

Certa madrugada, Marcus fugiu da fazenda de Crown e tomou o rumo do lendário norte. Levava dezoito dólares no bolso, dinheiro que a mãe havia subtraído, tostão por tostão, do orçamento doméstico e lhe entregado juntamente com instruções para que tomasse o caminho de Ripley, em Ohio. Protegido pela escuridão, Marcus atravessou campos fragrantes; ao amanhecer, ou em plena luz do dia, comprava comida nos vilarejos, dizendo-se a serviço de alguma propriedade das redondezas cujo dono precisava urgentemente de uma peça de carne, ou de laranjas para fazer um ponche, ou de pão para servir a um hóspede inesperado. No fim da tarde, dormia escondido no bosque denso ou no fundo de uma ravina. Em uma semana chegou à margem sul do rio Ohio, cujo curso acompanhou até Ripley, a leste. Viu a cidade no outro lado do rio, mas, com medo de atravessá-lo, passou quatro dias e quatro noites à beira da água, esperando não sabia pelo quê. Para enganar a fome, dormia o máximo possível; em sonhos, ouvia risos de mulheres. Acabou sendo descoberto por um liberto chamado John Parker, que o levou para o outro lado do rio e lhe mostrou a Ferrovia Subterrânea, a noroeste de Chicago. Quinze dias depois de deixar a casa e a família, Marcus se apresentou na recepção de uma pensão da zona sul. Sem saber que sobrenome fornecer, identificou-se como Marcus Cash, e logo arranjou emprego nas docas de Calumet.

A fazenda do juiz Crown começou a claudicar, ele contraiu dívidas com todos os mercadores num raio de oitenta quilômetros, e os cobradores o assediavam constantemente. No verão de 1840, teve uma discussão com uma garçonete por causa de um copo de chope; ficou agressivo, ficou violento, e ela o atingiu na têmpora com um cabo de machado. Crown passou alguns dias de cama, delirando, e então morreu. Para saldar parte das dívidas acumuladas, sua mulher vendeu a escrava Betsey, a mãe de Marcus Cash, a uma fazenda do norte do Mississippi.

Nesse meio-tempo, Marcus Cash se casara com uma mulata chamada Annabelle, onze anos mais velha, viúva e mãe de três filhos. Annabelle tinha cabelos macios, compridos e trançados, sabia cantar com a doçura de uma flauta, requebrava as cadeiras e rodava as saias. Um ano depois, estava grávida de uma menina, Lucy (n. 1843). Lucy tinha pele clara e era extremamente sensível — precisava de muito mais atenção do que os pais podiam lhe dar. Além disso, era bem mais nova que os filhos de Annabelle, de modo que eles não a encaravam como irmã e, assim que a garota chegou à puberdade, abusaram dela, cada qual por sua vez. Marcus Cash pegou o terceiro em flagrante e o puniu com o açoite; mas o incidente denunciou um perigo que poderia se repetir a qualquer momento, e logo Lucy foi enviada a um colégio na Filadélfia com instruções para aprender a encantar, manter as pernas fechadas e passar por branca sempre que possível.

Quando eclodiu a guerra entre os estados, os homens da família Cash se limitaram a observar e aguardar, e, assim que se iniciou o recrutamento de soldados negros, alistaram-se. Marcus tombou em Milliken's Bend, com o coração dilacerado na ponta de uma baioneta; um de seus enteados perdeu a vida baleado em Fort Pillow, outro sucumbiu a uma pneumonia contraída nas montanhas da Virgínia Ocidental, e o terceiro morreu de inanição durante uma marcha no Arkansas.

Nessa época, Lucy Cash tinha retornado a Chicago e, depois de Appomattox, mudou-se com a mãe para Memphis, no Tennessee. Por insistência de Annabelle, elas fingiam ser uma moça branca acompanhada da fiel criada — se bem que a velha estivesse beirando a demência. Memphis caíra nas mãos da União na metade da guerra, mas ela preferiu ficar o mais longe possível da antiga e comprometedora Confederação: as duas se mudaram para uma pensão, e a moça passou a trabalhar como costureira para um alfaiate do lugar; toda noite, Annabelle Cash ia a uma ponte sobre o Mississippi e cuspia na água para que o rio levasse o seu insulto.

    Passaram-se os anos — dez, quinze anos. Lucy Cash ficou solteirona, ao passo que sua mãe teve uma longa, vagarosa e confusa morte. A filha tinha trinta e dois anos; era improvável que arranjasse marido e quase impossível que concebesse. A filha fez trinta e três, trinta e quatro. E, numa manhã de verão, Annabelle acordou com frio, queixou-se um pouco e morreu, deixando Lucy Cash sozinha com sua herança.

    O que aconteceu então se transformou numa lenda em Memphis: Lucy Cash mudou-se da pensão para uma casa pequena mas elegante na zona norte. Contratou uma cozinheira e uma empregada, comprou candelabros para a casa e vestidos para si, e começou a dar festas para moças e rapazes. Em um ano, já figurava na cidade entre as mais destacadas beldades, quinze anos mais velha do que convinha, mas ninguém parecia se importar com isso; a epidemia de febre amarela da década de 1870 matara muitas jovens que poderiam rivalizar com ela, e, além do mais, as festas em sua residência eram tão elegantes, tão animadas, e a anfitriã, tão encantadora, morena e bela. E ela não tardou a ter pretendentes: um pálido e rico senhor de meia-idade, dono de um haras; um jovem e abastado bon-vivant; um rapaz loiro, descendente de um próspero mercador; e um filho de pastor, chamado Benjamin Harkness.

    Com um senso aguçadíssimo do mistério da salvação, Lucy Cash escolheu o filho de pastor. O casamento se realizou dias antes do trigésimo sétimo aniversário dela, e, exatamente duzentos e oitenta dias depois, nasceu o primeiro dos seus quatro filhos; seriam Sally Harkness (n. 1879), em seguida Benjamin Jr. (n. 1880), Charles (n. 1881) e finalmente Katherine Anne (n. 1883). Fecundas desde a juventude, as duas filhas deram a Lucy

Cash um total de onze netos, nenhum dos quais ela chegou a ver ou tomar nos braços; morreu tuberculosa em 1892, e só no leito de morte revelou aos dois filhos homens — e só a eles — que tinha sangue negro nas veias.

Em 1899, aos dezenove anos, Benjamin Harkness Jr. foi trabalhar numa siderúrgica do norte, ficando um breve período na Filadélfia antes de ser transferido para San Francisco com a tarefa de supervisionar o desenvolvimento das linhas de abastecimento a partir do porto. Esta era uma cidade desregrada, e ele, sendo neto de um pastor nascido no privilégio da riqueza, entregou-se a todos os pecados da Costa Bárbara. Durante o dia, lidava com a papelada no escritório de Russian Hill; à noite, dava rédeas soltas à sífilis e à cirrose para ver qual delas o matava primeiro. No fim, as ondas se adiantaram a ambas; uma noite, ao sair cambaleante de um bar do cais do porto, ele caiu na baía e morreu afogado.

Charles Harkness era insípido e aplicado, bem menos ambicioso e animado que o irmão, mas foi o seu sangue que sobreviveu. Ele concluiu os estudos, casou-se com uma mulher chamada Alice e prosperou no comércio de têxteis por atacado. Na região de Louisville, no Kentucky, onde morava, deram-lhe o apelido de Coelhão, em virtude de sua prole numerosa: Charles Jr. (n. 1904), George (n. 1905), Diana (n. 1905), John (n. 1906), Robert (n. 1906), as gêmeas Mary e Elizabeth (n. 1908), Patrick (n. 1910), David (n. 1911) e o segundo par de gêmeas, Emily e Irene (n. 1913).

Assim que chegou à idade em que poderia sair de casa, Diana rumou para o norte, para Nova York — a fim de estudar arte nos grandes museus, segundo alegou ao pai, mas, na verdade, para viver na prosperidade da cidade. Muitas vezes voltava tarde da noite ao apartamento de Riverside Drive, rindo e arrastando no saguão as plumas negras do boá; muitas vezes sentava-se na beira da cama, de manhã, e chorava — desesperada com a solidão, triste porque tinha se perdido. Mais tarde se casou com um homem mau chamado Selby, numa exuberante cerimônia religiosa; decorridos seis meses, teve o primeiro filho, Donald; um ano e meio depois, divorciou-se sem contar ao marido que estava grávida novamente. O segundo menino, Walter, nasceu em 1925 na casa do avô, em Louisville, mas Diana se encarregou de criá-lo, até um dia de 1937, quando, ao atravessar a rua West Oak, foi atropelada, sobreviveu mais três dias e então faleceu.

Aos dezoito anos, Walter Selby se alistou no Corpo de Fuzileiros Navais e combateu na Guerra do Pacífico. Em 1945, retornou como herói; beneficiado pela Lei dos Veteranos, concluiu os estudos em dois anos e ingressou na faculdade de direito de Vanderbilt. Posteriormente, fixou-se em Memphis, a terra da avó, onde passou a trabalhar com o governador do Tennessee. Conheceu uma mulher chamada Nicole, por quem se apaixonou perdidamente; casou-se e com ela teve dois filhos, um menino, Frank, e uma menina, quatro anos mais nova, Gail. Este livro é a crônica deles, contada duas vezes e em duas partes.

PRIMEIRA PARTE
# Baleada

*Querido Pai:*

*Você me perguntou recentemente por que eu afirmo ter medo de você.*

Franz Kafka, *Carta ao pai*

1

A mão de Nicole estava quente e úmida. Já eram três e meia, o governador não havia telefonado — nem ninguém —, e Walter Selby voltara alegremente para casa e para a mulher, feliz por dispor de algum tempo livre antes do jantar. Continuava pensando no trabalho, repassando frases de um discurso, mas não com muito empenho. Naquela tarde do fim de maio, aproveitava as últimas horas de sol na rua, à sombra dos carvalhos-da-américa. Era um raro prazer ver seu próprio lar ao entardecer de um dia útil, em plena primavera, e ele não queria desperdiçá-lo. Ver sua própria mulher. Estacionou o carro na entrada da garagem e penetrou um mundo de quietude; o dinheiro havia comprado aquele sossego, aquela rua silenciosa e verde. Ouviu os próprios passos na calçada, o ranger da mola na dobradiça da porta externa. Pôs a chave na fechadura e parou a fim de prolongar o momento da chegada. Aqueles eram os instantes que ele mais gostava de saborear: a fronteira e a transposição da fronteira, quando gritava o nome de Nicole e aguardava a resposta, aguardava-a tentando adivinhar de onde viria a sua voz, onde ela ia aparecer. Com os anos de casamento, o processo tinha adquirido um caráter formal, e, quanto mais se parecesse com um ritual, tanto melhor; o cheiro da sua própria casa o deliciava, a atmosfera se umedecendo, o fim do dia, a luz se alongando no relvado, a ansiedade se alongando no hall de entrada.

Era quarta-feira, e o governador, já de volta a Nashville, ia participar de uma audiência no Senado Estadual; naquele momento, devia estar percorrendo alegremente a ala, com seu terno cinza leve e penitente, um esboço de sorriso nos lábios ao apertar a mão tanto de gente de que gostava como de gente que desprezava. Depois se aproximaria da mesa dele, sentaria devagar e jogaria uma pastilha de antiácido no copo de água para distrair os interlocutores enquanto se compunha. A água continuaria efervescendo na mesa até que ele concluísse suas considerações, quando então se levantaria, pegaria o copo, tomaria rapidamente seu conteúdo e voltaria a sair da sala, voltaria a sorrir, apertar mãos, cochichar.

Na casa dos Selby reinava o silêncio. Frank e o bebê decerto estavam no parque com Josephine, a babá contratada pouco depois do nascimento de Gail. Aquela era a hora que Nicole destinava para si, a parte do dia em que se permitia fazer o que bem entendesse, e Walter procurava não interrompê-la nem mesmo com um telefonema. Havia certo mistério em todo casamento, senão não restava material para intimidades tardias — para as horas em que as crianças estivessem dormindo, horas reservadas e consumidas no reparo da esfarrapada frente avançada de seus problemas. Longe dos outros, longe do trabalho, rumando para a noite.

Ele entrou e a chamou. Seguiu-se um silêncio prolongado, e ele, pensando que ela talvez estivesse no quintal, percorreu a casa. No caminho, a luz decresceu na penumbra da sala, cujas persianas estavam fechadas, aumentou um pouco num trecho do corredor do fundo e voltou a se intensificar na cozinha, que, com as janelas voltadas para o sul, a fórmica e os reflexos metálicos, continuava inundada de claridade. Ele parou, ofuscado, deu meia-volta e, quando ia retornar à sala, avistou-a no vão da porta, com uma expressão impossível de descrever: surpresa, satisfação pelo dia decorrido e preocupação ou indagação. Ela esboçou um sorriso. Chegou cedo, disse.

Um dia curto, disse ele. Ela estava de calça preta e suéter azul, simples, o cabelo escorrido, e uma vez mais ele ficou desconcertado. O primeiro homem a queimar a argila para fazer porcelana: não era disso que estava à procura? Daquele rosto, desde sempre? Deixou a pasta na mesa e, atravessando a cozinha, aproximou-se, segurou os ombros dela. Que linda, mesmo naquela tarde clara e insípida; a face ligeiramente corada, as pupilas dilatadas, o lábio superior algo intumescido. Abraçou-a; sentiu na extremidade superior do abdômen a pressão de seus mamilos semi-rijos. Afastou-se um pouco e a fitou.

Que foi?, perguntou ela.

Era justamente o que eu ia perguntar, disse ele. Que foi?

Nada. Por quê?

Ele deu de ombros. Por nada, disse. Voltou a atraí-la para si, inclinou-se e beijou seu rosto. Nenhum dos dois sorriu. Ele segurou a mão dela, gesto que já havia feito milhares de vezes: adorava o contato da sua pele — macia, fresca e seca —, seus dedos começavam a tremer quando o toque, direto a princípio, não demorava a se tornar desajeitado e inatural, para então voltar a ser agradável à medida que cada um abandonava as pequenas vibrações da vontade que lhes crispava os dedos, e a paz se realizava a dois. Era próprio do casamento, pensou, em que uma pequena parte do eu se entrega deliberadamente, alegremente, à morte. Mas, naquela tarde, a mão dela estava úmida

— ligeiramente quente e ligeiramente úmida —, e, por insignificante e sutil que fosse, aquela variante o incomodou. Ele experimentou uma sensação viscosa, molhada e repulsiva; como vestir um calção de banho ainda molhado; e, soltando-a, esfregou a mão na calça, devagar, quase inconscientemente; em seguida, pediu licença para se recolher durante algum tempo a fim de se desligar da jornada de trabalho.

Estava lá em cima, trocando de roupa, quando as crianças chegaram do parque; ouviu-as entrar atropeladamente, ouviu Frank se vangloriar de um grande triunfo. Eu me escondi no tanque de areia!, dizia. Fui até lá e entrei, e elas não me acharam, por mais que procurassem. Nem Josephine me achou, não é?

É verdade, eu não consegui achar você, disse Josephine. E olhe que procurei!

No fim, eu tive de sair e mostrar onde estava, senão ninguém ia me encontrar nunca. — Papai!

Walter vinha descendo a escada, observando a cena na sua frente: Nicole pegara o bebê dos braços de Josephine; Frank estava lidando para se livrar da roupa suja de barro. No corredor?, perguntou o pai. Aí não é lugar para tirar a roupa. Frank. Pare com isso. Filho. Frank.

O garoto disse: Ninguém conseguiu me achar!

Já sei, disse Walter. Agora dê a volta por fora, vá até a varanda do quintal e tire a roupa lá. Aí, sim, você pode me contar tudo.

Mais tarde, Walter levou Josephine para casa, em South Memphis, o seu enorme Impala azul, novo em folha, a singrar as ruas, percorrendo a parte negra da cidade, as casinhas asseadas a pouca distância das calçadas esburacadas. Quinta, sexta, sábado, um dia desses, pensou. E, quando o dia chegar, o que há de acontecer? Quase não sabia nada da mulher a seu lado, agora segurando firmemente a bolsa preta e brilhante junto ao corpo. Cuidava bem dos filhos dele; ela mesma tinha vários, todos já adultos. E um marido dentro de casa, o qual trabalhava muito em troca de um contracheque que, a julgar pelas aparências, não dava para as despesas. De que tamanho era a cama deles? E como será que dormiam? Nem melhor nem pior do que cem anos antes; pois a cama era o lugar em que o mundo se nivelava, o único em que todo o esforço do estado — o seu esforço, o seu estado — não dava em nada. A negra ao lado, o quarto para onde ela ia, o homem que lá a esperava: quando as venezianas estivessem fechadas e a luz apagada e ela deitada com o marido, o estar deitada existiria em sua prolongada benevolência, pouco importava o que se fizesse para ajudá-los ou matá-los. Nesse caso, será que todo o trabalho era inútil? Ele parou em frente à casa dela, no meio-fio, e girou o corpo para encará-la. Como vão as coisas?, perguntou.

Bem, Frankie está lendo bem melhor...

Não, eu me refiro a você. Como vão as coisas com o seu marido? Ele não lembrava o nome do sujeito.

Josephine deu de ombros. A gente vai indo, disse... E hesitou, esperando que ele dissesse mais alguma coisa, depois ergueu os olhos e viu que ele a fitava, a expressão dividida entre o sorriso nos lábios e a tristeza no olhar. Não quis saber o que estava pensando, por isso se despediu e saiu do carro, deixando-lhe o trabalho de balançar a cabeça, dizer até amanhã e partir.

Às sete em ponto, a família Selby se reuniu para jantar, mas Walter estava distraído, mal dava ouvidos ao relato de Frank sobre sua jornada de menino. Continuava sentindo no peito o contato dos seios de Nicole. Ora, ela não estava mais amamentando Gail, estava? Acaso era a manifestação de algum pensamento que lhe passara pela cabeça? E continuava sentindo na mão o contato da mão dela; como se a sensação tivesse ficado grudada em sua palma. Sentia-a na pele e sob as veias, nos ossos, entre os nervos.

Frank não queria a comida, disse alguma coisa sobre a comida, reclamou da comida. Eu não gosto disso. Mamãe?, disse, desviando o olhar. Aquele menino precisava aprender a olhar nos olhos das pessoas, pensou Walter, caso pretendesse obter o que queria. — Posso comer outra coisa?, disse Frank. Deixa? Posso? Deixa, deixa, deixa? Empurrou o arroz com o garfo, então afundou na cadeira, a boca se opondo a qualquer obstáculo ao seu apetite.

Nicole falou com o menino, mas Walter não escutou uma palavra; estava ocupado em acompanhar o rumor no mais profundo recesso de sua mente. Ela o fitou com os olhos arregalados. Será que dá para você me ajudar?, disse. Dá para me ajudar a resolver isto?

Frank, faça o que sua mãe mandou, disse Walter com delicadeza, olhando para ela, não para o garoto. Ela retribuiu o olhar com uma expressão interrogativa e preocupada, e o menino examinou os dois. Gail começou a chorar, e Nicole a acudiu tão súbita e bruscamente que lhe arrancou um grito de susto. Puxa... desculpe, disse com doçura, quase cantarolando. Desculpe, não chore. — E a criança simplesmente parou de chorar. Lá fora começou a chover, as gotas prosseguindo a partir do ponto em que Gail havia cessado. Todos ouviam, todos na sala, todos na cidade. Nenhum trovão, nenhuma ventania, só o barulho da chuva e o cheiro de folhas molhadas. Posso comer um cachorro-quente?, pediu Frank.

Psiu, fez Walter. E acrescentou despropositadamente: Está chovendo.

Nicole ficou algum tempo calada e depois sussurrou para o garoto: Só se você prometer comer tudo. Tudo mesmo, disse. Frank prometeu, e ela se levantou e foi para a cozinha. Walter a observou.

Depois do jantar, ajudou-a com a louça enquanto o garoto fazia companhia à irmã; estavam lado a lado diante da pia, mas, a não ser por um esbarrão acidental dos quadris ou um mútuo roçar da ponta dos dedos ao lhe entregar um prato, ele não a tocou. Aquela noite, não a viu se despir antes de ir para a cama, não acariciou o ombro dela nem cheirou sua nuca quando ela adormeceu a seu lado, mergulhando vagarosamente nos sonhos. Ficou muito tempo acordado, os braços cruzados sob a nuca, pensando na pródiga tumefação de seus mamilos e no calor úmido de sua mão.

2

Nove anos antes, numa noite quente, Walter Selby ficou sozinho no estacionamento de um estádio de beisebol, um vasto pátio de concreto em meio a hectares e hectares de asfalto à beira do rio. O jogo havia terminado, e a multidão estava saindo, mas ele se perdera do companheiro, um jornalista atarracado do *Press-Scimitar*, em razão de uma confusão iniciada quando uma idosa deu uma súbita bengalada num adolescente que ia passando. Agora só lhe restava errar entre os carros estacionados à procura do amigo extraviado. Embora tivessem decorrido trinta minutos desde o último *out*, a multidão continuava circulando em toda parte. De vez em quando, os faróis de um automóvel faziam as sombras rodopiarem no outro lado do caminho; ele não sabia ao certo por qual portão tinha entrado no estádio e muito menos onde estava estacionado o carro do jornalista. E as luzes e os grupos fantasmagóricos, marcados somente pelo vozerio, passavam por ele na escuridão do verão.

A cerca de trinta metros, avistou uma forma roliça bem parecida com a forma roliça que havia se desgarrado dele. Uma silhueta projetada na luz derramada por um poste; Walter tomou aquela direção, mas, quando se aproximava do vulto, este se virou, dirigindo a uma transeunte um sorriso cravejado de ouro, e era outro homem, um desconhecido. Ele tornou a parar e suspirou. Um carro passou, rapazes e garotas debruçados nas janelas, comemorando aos berros.

A mulher, uma mulher-sombra, vinha em sua direção. Aproximou-se mais e mais, até quase se roçarem; então parou e olhou para ele, se bem que com o rosto ainda encoberto pelas sombras. Pois é, disse, balançando a cabeça, eu não encontro os meus. Você também não encontra os seus, certo?

Ele não respondeu, porque não lhe ocorreu nenhuma resposta. Um velho sedã se acercou, os faróis a iluminaram momentaneamente; a mulher tinha cabelo escuro e pele clara, traços delicados, firmes, e abriu um sorriso, mas o automóvel se foi, e seu rosto tornou a mergulhar na sombra, deixando em Walter a impressão de que acabava de perder de vista algo incomum, idéia ligeiramente estimulada por um vestígio de perfume que a passagem do carro desprendera do reino sob o vestido da garota. Ele hesitou; ela continuou sorrindo na noite. Por fim ele disse: Não. Eu estava bem atrás do meu amigo, mas nós acabamos nos separando na saída.

A lua era uma semi-esfera; ocasionalmente, uma nuvem noturna encobria aos poucos o seu brilho, depois voltava a expô-lo, e a vagarosa ocultação do luar intensificava o charme etéreo da mulher. Eu estava com uns amigos, disse ela, solene. Não sei onde se meteram. Nem sei como me perdi deles. Falava rápida e claramente, com uma autoconfiança que devia ter aprendido no cinema. E assim prosseguiu: Não tenho idéia de onde estou. Vim porque não queria ficar em casa. Fez uma careta com tanta veemência que ele chegou a senti-la no escuro.

Você está em Memphis, no Tennessee, disse Walter. Onde é difícil distinguir os achados dos perdidos.

Ela se sobressaltou com a agudeza do comentário, mas logo se recompôs. Tem razão, disse. Tem toda a razão. Proponho uma coisa: você procura os meus amigos, e eu procuro os seus. Com essas palavras, segurou o braço dele e o conduziu justamente na direção da qual ela viera. Não me diga o seu nome. Mas conte como são os seus amigos.

O meu amigo... Ele quase se esquecera do amigo, e agora mal o podia descrever. É um só, um sujeito gorducho. Sei lá. Não tem nada de extraordinário, é apenas um pouco mais volumoso. E os seus? Para procurá-los, preciso saber.

Ah, fez ela. Era mentira. Eu não estou com ninguém.

Veio sozinha? Em meio à frase, ocorreu-lhe que a mulher podia estar dizendo a verdade, por improvável que fosse, e elevou o tom da última palavra para que ela a pudesse interpretar como um gesto de simpatia ou uma brincadeira, como quisesse.

É, disse ela, projetando o lábio inferior numa expressão de mau humor simulada. Sozinha. Bolas. Quem precisa de amigos? Com tanta gente por aí. — Detendo-se, abarcou todo o estacionamento com um gesto e arregalou os olhos para encarar Walter. E você é o único que tem a gentileza de me ajudar. Sozinha, repetiu. O que significa que vai ter de me levar para casa.

Também não tenho como voltar para casa, lembrou ele.

Bom, nesse caso é melhor achar quem você estava procurando, do contrário vamos ter de ir a pé, disse ela.

Ficaram vagando à toa, pararam para dar passagem a um carro que buzinava, e ele aproveitou para olhá-la de relance à luz rubra das lanternas traseiras. Voltaram a caminhar. Foi com rapidez e agilidade no andar que ela emparelhou os passos aos dele. Por fim chegaram à extremidade do estacionamento: mais além, um terreno baldio com mato alto e, ao longe, os faróis dos automóveis subindo lentamente a rampa de acesso à rodovia. Hum, fez ela. Isto pode acabar durando a noite inteira. — Tudo bem, disse, segurando-lhe o braço com um pouco mais de força, virando-o para retornar ao estádio. Mudança no regulamento: eu me chamo Nicole Lattimore.

E eu, Walter Selby, disse Walter Selby. Ela tornou a sorrir ao sair da sombra, e dessa vez ele viu bem seu rosto alegre, a pele clara, azulada, e a expressão perfeitamente serena, bem como o sorriso que a adornava, tão largo que mostrava os dentes inferiores como os de um animal — imagem da alegria e do apetite absolutos, de uma dona do mundo, generosa e transbordante, e tão vigorosamente estampada no rosto que a própria mulher semicerrou os olhos como que ofuscada. No céu, um avião começou a subir, subir, distanciando-se cada vez mais da bela superfície azul e negra do globo. Ao lado de Walter, aquela criatura impecável, sorrindo e anunciando seu nome, e ele soube o que queria.

— Stoney, gritou ela. Stoney! A pouca distância, um vulto alto e escuro guardava alguma coisa no porta-malas de um sedã; o sujeito se voltou ao ouvir aquela voz, inclinando a cabeça como se isso o ajudasse a enxergar melhor na noite. Nicole? Então eles se aproximaram do carro, e todas as portas se abriram ao mesmo tempo, e cinco rapazes os cercaram, jovens produtos da razão, da paz e da prosperidade. Caramba, disse Nicole. Não sei como fui me perder, fiquei mais de meia hora procurando vocês. Este aqui é Walter: estava me ajudando.

Oi, Walter, disse um deles, falando em nome de todos.

Ele também se perdeu. Acho que teremos de lhe dar uma carona. Virou-se para ele. Para onde vai? Ele olhou uma vez mais para o estacionamento, agora quase vazio. Acho melhor esperar mais um pouco, disse.

Não, não, disse ela. Nós levamos você para casa. É a coisa mais fácil do mundo. Walter, este é George. Ele está dirigindo, não precisa ficar com medo.

Amontoaram-se no carro, um Ford grande, preto: Walter, Nicole e mais dois homens no banco traseiro, outros três no da frente. Bem, disse ela, sem se dirigir a ninguém em particular, palavra que fiquei preocupada, mesmo estando com Walter, mesmo ele sendo tão gentil. Pensei que nunca mais fosse achar vocês. Então se calou, mas Walter se esforçou muito para ouvir seus pensamentos. Tinha trinta e três anos na época, e ela, só vinte e um.

Do outro lado de Walter, ia um rapaz um tanto pálido chamado Peter, que começou a falar. Sabe, George, disse ao motorista. Você é o único sujeito em Memphis que sabe exatamente para onde ele vai. — O carro deu um solavanco numa depressão da estrada, e Nicole caiu por cima de Walter, apoiando o pouco peso do corpo em seu ombro antes de se endireitar. Peter prosseguiu: Seu nome é Walter, não é?

Walter fez que sim.

Fale-nos de você, Walter.

Peter..., disse Nicole.

Não, não, insistiu Peter. Eu estou curioso. Quer dizer, o que você faz? Fora salvar mulheres perdidas em estacionamentos.

E você acha pouco?, retrucou Walter. Puxa vida. Só o treinamento: meses e meses nos desertos do Ártico, anos e anos estudando a fisionomia feminina, aperfeiçoando o Sorriso Confortador, a Calma Imperturbável. Por exemplo, este terno: acha que o vesti por acaso hoje de manhã? Claro que não, meu velho. É o resultado de décadas — décadas, eu disse — de pesquisa sobre ciência da cor... psicologia da textura... evolução da pele animal. Aliás, John Thomas Scopes era um dos nossos, sabe?

Todos ficaram em silêncio, Peter já estava sem graça quando Walter concluiu a segunda frase, e só Nicole continuou sorrindo. A descoberta era dela: os rapazes que se arranjassem como pudessem.

Eu trabalho no governo, disse Walter. Assessor do governador, escrevo os discursos dele.

Fez-se silêncio de novo no carro, então Peter tornou a falar. Assessor do governador, hein? Então me diga, pois eu ando intrigado. Ele já conhece a rainha que acaba de ser coroada?

A rainha?, perguntou Walter.

Elizabeth ii. Será que ela vem nos visitar?, indagou Peter com tristeza. Bom, não faz mal, nós temos a nossa rainha. Está aqui mesmo. Estendeu o braço por cima das pernas de Walter e tocou o joelho de Nicole, um gesto aparentemente dirigido tanto ao silêncio da garota como a ela própria. Depois voltou a olhar para fora e arreliar o desempenho de George ao volante. Os outros começaram a comentar a partida de beisebol. Quando estavam recordando as jogadas que tinham visto, momentos fantásticos e lendários, Walter falou. — Uma vez eu vi uma jogada tripla, disse. Mas foi na segunda divisão. Em San Diego, quando eu estava servindo lá.

Servindo? O outro rapaz no banco traseiro ergueu a cabeça e se inclinou para a frente a fim de se virar e olhar para Walter. Servindo o quê? O exército? Eles eram jovens demais para terem participado da guerra ou mesmo para se lembrarem dela.

No Corpo de Fuzileiros Navais, disse ele. Chegou a sentir certa mudança na garota a seu lado, um discreto clique quando ela se animou um pouco mais.

No banco da frente, um garoto de rosto comprido e lábios vermelhos se virou. Estava com lágrimas de entusiasmo nos olhos. Selby, disse. Não é isso? Cabo Walter Selby. Eu sabia que já o tinha visto.

Que história é essa?, perguntou George, olhando para Walter pelo retrovisor.

Não é isso?, insistiu o magricela.

É, disse Walter.

Você deu uma palestra no meu colégio há uns cinco, seis anos. — Walter franziu a testa, não por esquecimento, mas para não dar a menor demonstração de vaidade, mas o magricela não entendeu. Ah, você já deve ter esquecido, disse, como se lembrar fosse um defeito.

Eddy se lembra de tudo, disse o sujeito exausto que ia ao lado de Walter e que até então não tinha dito uma palavra.

Você foi condecorado com a Cruz da Marinha, disse Eddy. Isso mesmo. Por demonstração sei lá do quê, de bravura, coragem, coisa assim. Rapaz, você cumpriu sua missão...

Que é isso, Cruz da Marinha?, perguntou George.

Um pedaço de fita, disse Walter, e um pedaço de bronze.

Você combateu os alemães?

A marinha não combate europeus, disse Peter.

Claro que combate, disse George. Há um oceano inteiro entre nós. Eles tinham submarinos. Tinham uma marinha.

Eu combati os japoneses, disse Walter em voz baixa.

Todos ficaram em silêncio. Iam passando por uma ponte, lá embaixo a água estava preta como breu e lisa como vidro, e Nicole tocou rapidamente o braço de Walter.

Pararam em frente à sua casa, e ela saiu do carro para lhe dar passagem. Boa noite a todos, disse ele.

Recebeu cinco boas-noites em troca. Deteve-se na calçada, o olhar ligeiramente desviado do de Nicole, como se não pudesse encarar tanto fulgor.

Obrigada por cuidar de mim, disse ela.

Por nada. Foi um prazer. Boa noite. Ele acrescentou um gesto de despedida e se afastou; só ao chegar na metade do caminho até a porta tornou a olhar para a garota. Parada perto do carro, ela sorriu para ele uma vez mais com a sua alegria espontânea; depois acenou. E voltou a entrar no automóvel, que arrancou, deixando-o na quietude do seu bairro, no centro do seu minúsculo jardim, que se estendia por quilômetros e quilômetros até a porta iluminada.

# 3

No tempo em que os dias eram novos, Nicole conheceu um homem chamado John Brice. Isso foi em Charleston, num começo de outono, e todos os amigos dela o achavam esquisito. Sim, diziam, era um rapaz bonito, esbelto e gracioso, mas esquisito. Para começar, ele apareceu por lá de uma hora para outra, num dia de abril — Nicole o viu em frente ao Loews, em plena tarde, esperando sozinho o início da matinê —, então voltou a aparecer na rua Broad dias depois. A partir daí, passou a ser visto de quando em quando; sempre sozinho, geralmente com a mão no bolso. Às vezes parecia dançar um pouco, dançar para si mesmo enquanto caminhava. Ela o viu, um sujeito alto e magro, de feições delicadas, quase femininas, cabelo penteado para trás.

Nessa época, ela acabava de sair da casa dos pais; filha única, imaginativa e aberta. Depois de dois anos de curso profissionalizante, voltou à cidade, alugou um apartamento com uma amiga, Emily, e começou a trabalhar numa butique chamada Clarkson's: vestidos, algumas roupas íntimas. Um mero emprego, se bem que ela gostasse dos detalhes da loja, da sensação nos dedos ao alisar uma peça de cetim ou da resistência de um elástico. O sr. Clarkson normalmente ficava em casa cuidando da mulher enferma, de modo que a loja era toda dela a maior parte do tempo; ela inclusive tinha a chave para abri-la de manhã e fechá-la à tarde, uma ou duas horas antes do fim do dia, quando ele passava para esvaziar a caixa registradora e depositar a féria no banco em frente. De resto, ficava sozinha com a roupa, as sedas e os náilons, e com as senhoras que lá entravam.

O homem devia ser novo em Charleston, mas percorria as ruas como se fosse dono da cidade inteira. Coisa que se percebia de imediato. No entanto, ela não prestava muita atenção nele; não era um sujeito totalmente normal e vivia sozinho, o que era mais que suficiente para tornar um rapaz inadequado para uma garota naquela cidade, naquele tempo. No começo, ela não sabia bem do que se tratava, depois lhe ocorreu: era a leve excentricidade da sua maneira de vestir, nada que a maioria das pessoas chegasse a notar, porém Nicole reparava muito na maneira como os homens se arrumavam. Aquele passava por ela na rua com uns sapatos pretos, clássicos, perfeitamente aceitáveis, a não ser pelos cadarços cinza, que ele enfiava dobrados nos ilhoses antes de atar. Seria de propósito, ou o coitado não podia comprar algo tão simples quanto um par de cadarços? Uma tarde, ao voltar do trabalho, ela o viu em frente a uma floricultura, metido num terno de linho bem bonito, aliás, com finas listras de um belo azul-escuro; mas já não era a época conveniente para sair de casa com roupa de verão, tanto que deviam pensar que ele estava com frio; e seu cinto era comprido demais, de modo que a ponta se torcia no passador e ficava pendente junto ao quadril. Era exatamente o tipo de coisa em que ela reparava, e, em vez de passar por ele, ela atravessou a rua; mas ele se virou e a observou até o fim do quarteirão, e ela chegou a sentir seu olhar acompanhando-a passo a passo.

Então ele apareceu na Clarkson's. No final de uma manhã de terça-feira, abriu a porta, ficou espiando por um momento e entrou. Não disse uma palavra, limitou-se a passear entre os vestidos e blusas, examinou uma fileira de cintas-ligas, retornou, deu a volta e repetiu a trajetória, enquanto ela, atrás do balcão, o seguia com os olhos, pensando: Que diabo esse sujeito veio fazer aqui? Ele deu uns passos breves, laterais — extremamente graciosos —, e ela continuou no mais absoluto silêncio. Então ele executou uma pequena dança, talvez, com passos quase invisíveis de tão delicados, um leve gingar dos quadris, a cabeça inclinada. Fitou-a, examinou seu rosto, fazendo-a sentir que ia corar — mas o telefone tocou, ela olhou para o aparelho, e, de súbito, o rapaz deu meia-volta e saiu da loja antes que ela tivesse tempo de atender.

Então veio a festa do qüinquagésimo aniversário do seu pai, comemorada com uma reunião de família na casa de campo — um fim de semana do qual ela se lembraria por muito tempo. Assim avança o tom de uma época: não só para a frente, por cima de tudo quanto está por vir, mas também transbordando em todas as direções, como o vinho na estampa de um tapete. Ela ajudou a mãe na cozinha, uma das tias se embebedou na festa e passou a noite chorando em altos brados por algo que ninguém havia notado e que ela própria não conseguia explicar. Naquela noite, Nicole dormiu no seu quarto antigo e escutou os pais no cômodo vizinho, discutindo em voz baixa e depois, pior ainda, mergulhando naquele silêncio que tanto a assustava quando era menina e que ainda lhe causava mal-estar. Coitado do papai: alguns anos depois do nascimento dela, contraíra uma febre, que era pólio e paralisara sua perna esquerda do quadril até o pé. Coitada da mamãe: uma beldade do lugar, sozinha com a filha, o marido internado para talvez nunca mais voltar. Quando ele se restabeleceu, os dois haviam tornado a ser estranhos, a família grande com que sonhavam já não tinha chance de existir, ele se recolheu num silêncio titubeante, e ela passou a ostentar em tudo uma jovialidade praiana, exceto na expressão da boca. Nicole ouviu a mãe sentar-se pesadamente na beira da cama e o pai estalar os dedos como se estivesse disposto a quebrá-los todos.

No dia seguinte, ela estava de volta ao trabalho, e, naquela mesma tarde, John Brice reapareceu. Como da outra vez, passeou um pouco pela loja e depois se foi. Mas Nicole sabia que ele ia voltar, sabia que ia conhecê-lo, e ficou esperando; passaram-se alguns dias, e então, bem quando ela havia decidido parar de pensar naquilo, ele abriu a porta e entrou. E com que aparência, hein? Não só a expressão, que era ferina, mas a indumentária. Na ocasião, usava um terno cinzento de jaquetão e uma gravata larga, azul e cinza, uma roupa desconjuntada, pernóstica até, pensou ela, embora ele se mostrasse muito à vontade. Aproximou-se do balcão. Olá, foi o que disse.

Ela podia simplesmente retribuir o olá. Mas preferiu adotar a postura de balconista. Pois não, em que posso ajudá-lo? Ele vacilou. Só estou dando uma olhada, disse, apontando para a mercadoria com a mão comprida e clara.

Algo especial?, perguntou ela.

Não... Ele balançou um pouco a cabeça.

Se me disser para quem é o presente, posso indicar alguma coisa. Lá fora, do outro lado da vitrine, o sol iluminava a rua vazia, e ela ergueu os olhos e leu o nome da loja impresso ao contrário na parte interna da vidraça amarelada.

Qual é o seu nome?, perguntou ele. Ela não esperava por isso, e hesitou. Era uma coisa que não queria dar, porque sabia que nunca mais tornaria a reavê-la. Vamos, diga, insistiu ele, fazendo-a sentir-se tola.

Nicole, disse ela enfim. Lattimore. Foi como se todos os vestidos e roupas íntimas estivessem recheados de mulheres silenciosas, de mulheres atentas: estavam sorrindo ou censurando-a? Pouco importava. Não havia como voltar atrás. Ela dissera seu nome, e era justamente disso que ele precisava.

4

Passados três fins de semana, ele a convidou para um passeio em Sea Island, e ela aceitou. Ele tinha um carro azul enorme, um Packard Coupe quase novo que comprara pouco depois de chegar à cidade; foi buscá-la em casa na hora marcada, logo que anoiteceu, e estacionou em frente ao prédio, mas não tocou a campainha. Ela só se deu conta da sua presença quando, cansada de esperar, saiu à janela para ver se ele havia chegado; então desceu correndo, mas sem o censurar por não ter batido à porta. Devia ser uma daquelas atitudes próprias dele, e ele podia continuar agindo assim se quisesse.

Era um longo trajeto, e fazia frio, e ele ia em alta velocidade, voando à beira-mar, entre a baía e a ilha, o azul do lado da janela dele, o verde do lado da dela. Em Sea Island, pediram um lanche numa loja de conveniência, depois estacionaram na praia, enxotando as gaivotas com a buzina do carro. Mais tarde, beijaram-se até que os lábios dela ficassem inchados e sua língua adquirisse o gosto da dele. À noite, voltaram para Charleston; embora já fosse muito tarde para jantar, ele estava com fome, de modo que pararam para comer um hambúrguer. Ela lhe perguntou o que pretendia da vida. Uma boa maneira de começar a conhecê-lo.

Ele não vacilou nem desviou o olhar. Vou ter uma banda, disse, e ela demorou um pouco a entender que diabo significava aquilo. Tocar saxofone, jazz, prosseguiu ele, erguendo as mãos, uma acima da outra, empunhando um instrumento imaginário e dedilhando-o. Jazz, jazz, jazz. Nova York, Chicago, quem sabe Los Angeles. Eu vou ser famoso.

No começo, ela tomou aquilo por brincadeira; nunca havia lhe passado pela cabeça que um homem pudesse ter semelhante ambição, que fama e riqueza pudessem ser cogitadas, como se estas não fossem coisas oferecidas pelo acaso a quem tinha acesso improvável ao irreal. É mesmo?, disse em tom provocador, e o viu encolher-se. Aposto que talento não lhe falta, apressou-se a acrescentar, e é óbvio que você tem jeito. Mas não é difícil entrar no ramo?

Claro que é, disse ele, e calou-se. Até que eu sou sortudo, admitiu. O meu pai, lá em Atlanta... tem um pouco de dinheiro. Calou-se outra vez, como que subitamente constrangido com a raridade da sua fortuna. Meu pai é o que se poderia chamar de... rico. Não concorda muito com o que eu quero fazer, mas está disposto a me ajudar durante algum tempo.

Mas, então, o que você veio fazer em Charleston? Meu avô tinha uma casa aqui. Quando ele morreu, deixou-a para os meus pais, mas eles não a usam. E eu decidi vir para cá e me isolar, ensaiar... sabe? Para estar preparado.

Preparado, pensou ela. Palavra estranha. E ela? Estava preparada? Quanto mais pensava na palavra, mais esquisita ela se tornava. — E eis que a garçonete veio com a conta, estava na hora de John levá-la para casa.

5

Coisas que Nicole gostava nele: era carinhoso e dedicado. Era divertido, e, embora ela nunca o tivesse visto no palco, tinha certeza de que era ótimo e tão empenhado que só podia se sair bem. Precisava dela para ser feliz e não escondia isso. Nunca escondia nada: estampava no rosto todas as emoções — a ambição, o interesse, a luxúria. Tinha aquele estilo estranho, um tanto extravagante, não só no vestir, mas em quase tudo, desde a bebida que pedia — um martíni bem seco, três azeitonas verdes, on the rocks — até a linguagem que escolhia quando se entusiasmava. Era um otimista inveterado e lidava com o mundo com uma insofismável facilidade.

Coisas difíceis, para Nicole, de tolerar nele: falava como se quisesse atraí-la para um abismo. Julgava com intransigência e sem a menor simpatia o mundo imediato que o cercava. Era temperamental. Não tinha nenhum amigo a não ser ela. Obtivera acesso fácil a muitas coisas — ao dinheiro, por exemplo, à autoconfiança, a um senso de propósito na vida —, e não compreendia que essas coisas faltassem a Nicole. Às vezes era obstinado e impaciente. Mostrava-se mais seguro do que devia quanto ao que sentia por ela, e não havia o que o impedisse de mudar. Ele era um terreno em que medrava a decepção.

Mais tarde, passaram a ir ao cinema, e depois ele imitava todos os personagens, os protagonistas, os coadjuvantes, os figurantes, inclusive as mulheres, com a voz comicamente entrecortada quando elevava o tom para afiná-la. Algumas dessas imitações eram de uma precisão espantosa; outras, simplesmente horríveis, e, quanto pior fossem, mais ela gostava. Então ele a levava de volta ao apartamento, e, como ela não tinha rádio, os dois ficavam na rua, escutando suingue enquanto se beijavam à sombra de uma árvore — certa vez, isso durou tanto tempo que a bateria descarregou, e, na hora de ir embora, ele não conseguiu dar a partida e teve de chamar o guincho. Depois disso, passou a ligar o motor de meia em meia hora, deixando-o em funcionamento por alguns minutos enquanto eles continuavam a conversar, namorar, conversar, e se esfregar com avidez.

Ah, como ela gostava daquele automóvel, do cheiro suave, embriagador, do estofamento, das faixas cromadas — como o debrum de um vestido — que arrematavam os trilhos do vidro da janela, da inscrição branca e cursiva no painel, do botão grande e redondo que abria o porta-luvas. Era com esses elementos que ela dividia o seu afeto. Acaso ele sabia disso? As chaves, no contato, pendiam de uma corrente que passava pelo centro de um dólar de prata, um disco grosso a balançar com os movimentos do carro; dinheiro de emergência que o pai lhe dera quando ele aprendeu a dirigir, mas, quando ela observou que devia ter perdido o valor com aquele buraco no meio, ele se limitou a sorrir como se ela tivesse contado uma piada.

Ele podia até ter dinheiro, mas não tinha telefone, de modo que ligava de uma cabine, nem sempre a mesma; ora estava na estação ferroviária, ora na biblioteca, ora numa esquina qualquer. Ela não podia ligar para ele — nunca sabia onde ele estava —, e foi ficando cada vez mais frustrada com a espera. Tentou lhe mostrar isso, mas ele pareceu não se importar. Uma quinta-feira, telefonou às nove da noite. Não posso atender agora, disse ela. Depois eu..., suspirou. Bom, não dá para ligar para você, dá?, disse de propósito. Fica para amanhã. — Bateu o telefone e voltou à sua leitura, embora a página tremesse e as letras se embaralhassem. No dia seguinte, quando ele telefonou da cabine de um posto de gasolina para a loja, não perguntou o que a tinha impedido de conversar na noite anterior. Não era estranho? Será que não se importava com isso? Naquela noite, ela passou o tempo todo mal-humorada. Está bem, limitou-se a dizer quando ele sugeriu outro filme; e, no cinema, ficou rígida na poltrona, não se retraiu nem se entregou quando ele pôs a mão em seu braço e foi escorregando os dedos até o pulso, do pulso até o joelho, do joelho até a coxa. Mesmo acariciada entre as pernas, ela permaneceu imóvel, e ele acabou desistindo.

Depois a levou a um bar; ela não disse uma palavra no caminho e, na penumbra do local, sentou-se na sua frente, não a seu lado. Tudo bem com você?, perguntou ele. Estava com uma bonita camisa cinza.

Tudo ótimo, disse ela, passando distraidamente o dedo na borda do copo de martíni. Aguardou um pouco, então disse: Acho melhor a gente terminar.

Ele arregalou os olhos e afundou na cadeira. Terminar?, disse.

Lamento, disse Nicole. É melhor assim.

Terminar?, repetiu ele, como se esperasse que o fato de pronunciar duas vezes a palavra a transformasse no seu antônimo. Posso saber por quê?

Estava magoado, e a gratidão que tal demonstração de afeto podia ter suscitado não demorou a dar lugar à culpa, de modo que ela abriu mão da raiva e lhe propôs um trato. Não suportava ficar esperando junto ao telefone, mas tudo se resolveria se ele ligasse regularmente para a loja, pouco antes do meio-dia, para combinarem o que fariam à noite, caso fossem fazer alguma coisa; e para o apartamento, antes das nove, mesmo que só para dizer olá.

Essa foi a primeira barganha dos dois, e ele cumpriu escrupulosamente a sua parte, de manhã e de noite. Aquela rotina não era nada romântica, pelo menos no começo; era apenas John telefonando como prometera. Mas acabou se tornando romântica, e outubro passou, chegou novembro.

## 6

Agora conte, porque eu não sei, disse ela uma tarde. Onde você mora? Ele acabava de chegar de carro à sua casa, e a ela ocorreu, não pela primeira vez, que não tinha idéia de onde ele vinha. Ele parecia preferir assim; pelo menos, nunca havia tomado a iniciativa de lhe contar. Já que era preciso perguntar, ela perguntou: Onde você mora?

Ele deu de ombros. Na floresta, a alguns quilômetros da cidade, a oeste. Ela esperou. É uma casinha simples. Com suas mãos fluidas, ele delineou no ar uma casa invisível. Nos pinheirais, a uns quinze quilômetros do lugar mais próximo. É tão silencioso à noite, só se ouve o vento e os lobos no cio.

Verdade mesmo?, perguntou ela, sorrindo. Não sabia se devia acreditar, mas foi assim que passou a pensar nele dali em diante: John-dos-Pinheirais quando estava sereno e doce, John-dos-Lobos quando enfiava a língua na sua boca e passava as mãos em todo o seu corpo. Aquilo era um mundo, e uma cidadezinha, e uma posse.

Contou aos pais que estava namorando; tocou no assunto com a mãe no jardim, numa tarde de sábado, sabendo que ela se encarregaria de dar a notícia ao pai. E o que ele faz?, perguntou a mãe. Estava com um chapéu de sol que lhe encobria os olhos, mas seu tom de voz sugeria que esperava por uma avaliação, não por uma intimidade, como se namorar fosse um negócio, também.

Trabalha na empresa do pai, disse Nicole, surpreendendo-se com a facilidade com que mentia. Algo a ver com madeira: reflorestamento, árvores, papel, coisa assim.

Deve ser um bom partido, disse a mãe ao mesmo tempo que arrumava uma gardênia. Seu pai vai ficar contente. Quando vamos conhecê-lo?

Logo, disse Nicole. A gente marca um dia, e eu o trago aqui, prometeu, mas nunca cumpriu.

Certa manhã John Brice deu o seu telefonema habitual de uma cabine à entrada do supermercado; estava lá, passeando entre as gôndolas, olhando para toda aquela comida, e, de uma hora para outra, resolveu preparar um jantar para ela.

Quando?

Pode ser hoje mesmo, disse ele, e ela suspirou intimamente, decepcionada com a ligeireza com que ele tratava aquela ocasião tão importante para ela.

Tudo bem, disse. Hoje, então. Vou para casa me arrumar, e você pode ir me buscar às sete.

Caramba!, disse ele de repente. Jantar hoje! Passo lá às sete. — E desligou, sem lhe dar tempo de perguntar se precisava levar alguma coisa.

Às sete, ele estava à porta, e, quando a conduziu ao carro, apontou para o saco de papel que ela levava. Que é isso?

Uma torta, disse ela. De confeitaria, desculpe. E uma garrafa de vinho.

Ele a beijou. Vinho, ah, vinho, disse, e tornou a beijá-la. Spodee-O-Dee!

Pegou uma estrada na saída da cidade, tamborilando de leve no volante ao ritmo da música no rádio. Passado algum tempo, enveredou por um caminho ermo, e ela se perguntou se não tinha feito mal em aceitar o convite. Afinal, eu não o conheço tão bem assim, pensou. Conheço? Ele ia afundado no banco, os joelhos quase roçando o painel, e parecia não dar a menor atenção à estrada; era como se estivesse pairando sobre a copa das árvores. Depois, diminuiu a velocidade, dobrou numa entrada de carros, sob as árvores, e com ela observou a luz dos faróis incidindo na fachada de uma casinha vistosa numa clareira.

Hoje em dia já não se acham casas como esta, disse. De jeito nenhum. Esta aqui era de um alambiqueiro clandestino do século passado. O uísque ficava guardado lá no bosque. Barris e mais barris. Foi assim que meu avô enriqueceu. Saiu do carro, e ela continuou sentada até que ele desse a volta e abrisse a sua porta, não que costumasse esperar tal cortesia, mas lhe pareceu adequada à ocasião. Uma ventania forte varria os montes; fazia frio, e ela tremia. Ele a abraçou e a levou até a porta. Ele a deixou para os meus velhos, prosseguiu, mas eles preferem não lembrar que há dinheiro sujo misturado com o seu capital tão puro e limpo, por isso ficam em Atlanta. Mas eu sempre pensei nela, e sabia que ia passar algum tempo aqui quando tivesse de sair da Geórgia.

Por que teve de sair de lá?, perguntou ela, e se deteve, como se não fosse dar mais nenhum passo se houvesse algo errado na resposta.

Ele se virou, sério como um funeral: Estão me procurando. Porque... — ela o encarou — matei um homem em Reno.

Você fez o quê?

Ele começou a cantar com sotaque caipira: Só para vê-lo estrebuchar...

Ela fez menção de voltar para o carro. John. É brincadeira. É só uma brincadeira. Nicole. É uma música, uma dessas músicas que estão na moda, disse ele. Eu não tive de sair de lá. Não desse jeito, como você está pensando. Não tive problema nenhum. Só vim porque não queria mais ficar lá.

A casa de John Brice ainda cheirava a nogueira, madeira das tábuas usadas em sua construção; foi a primeira coisa que ela notou ao entrar. Tinha quatro cômodos: cozinha, sala de jantar, sala de estar e escritório. É aqui que eu moro, disse ele. A luz dos lampiões era baça como o olhar de um velho, e os quadros na parede, sombrios e solenes. Uma casa bem diferente da que Nicole esperava, e logo lhe ocorreu que John não a havia decorado; o único sinal de que ele a habitava era um saxofone encostado numa estante no canto. O resto exalava certa melancolia. Precisava de um toque mais leve, da mão de uma mulher, e ela ficou imaginando por um instante... Há um velho celeiro, grande, que está vazio, disse ele, e um quarto escondido no sótão, lá em cima. Da frente, não dá para perceber, mas há uma janela no fundo. Ela balançou a cabeça; que história de quarto era aquela, afinal? Ele a ajudou a tirar o casaco e o pendurou num gancho na parede.

Ela tornou a olhar para o saxofone. Toca um pouco para mim?, pediu.

Mais tarde, talvez, disse ele, segurando-a pela mão e levando-a para a cozinha, onde a abraçou com tanta força que ela gritou, depois riu. Vou tocar uma que compus para você.

O jantar estava delicioso, ela não conhecia nenhum rapaz que soubesse cozinhar, mas John Brice havia preparado um prato e tanto, bife grelhado, molho de ervas — receita do avô

— e purê de batatas. Agora o vinho tinha terminado. Em pé na cozinha silenciosa, os pratos empilhados na pia, a única luz vindo da lâmpada instalada acima do fogão, ela quis dizer alguma coisa sobre aquela noite adorável, ele estava na sua frente, a seu lado e — como foi que aconteceu? — atrás dela, e algo se abriu em suas costas, algo que ela não podia ver e não podia fechar. Aquilo atingiu seu coração, que palpitava sem parar, esperando ser esmagado. Psiu, fez ela, e houve silêncio. Não queria perder nenhum detalhe; queria sentir cada vibração da experiência. Não se preocupe, disse ele, mas ela não estava preocupada.

Lá estava ele, noivo e marido. Venha, disse, embora já a tivesse nos braços. Enfiou as mãos por baixo da blusa dela, pousando-as delicadamente na carne quente dos quadris. Até que ponto queria que ela se aproximasse? Beijou-a, mais de uma vez porém menos que muitas vezes; depois a conduziu à sala de estar e a deitou no sofá. Acariciou seus seios, e ela inclinou um pouco a cabeça para trás, um ato reflexo; não sabia o que queria. Ele murmurou algo impossível de entender: difícil saber se era ele que não estava falando ou ela que não conseguia ouvir. Ela olhou para uma janela do outro lado da sala. A lua estava alta, tanto que desapareceu, havia apenas escuridão no lugar onde ficava o céu, e ela só sentiu o cheiro dos braços de John, a umidade da língua dele, o seu murmúrio encoberto pelo gemido que ela deixou escapar quando a fronteira foi transposta, as lágrimas e o sangue que dela escorreram, sujando tudo, e o vento nas árvores lá fora.

Ela o ajudou a apartá-la do tratamento "senhorita". Que brincadeira gostosa: que delícia: que coisa voluptuosa. Não lamentou o que aconteceu, mas, depois, passou algumas horas acordada, pensando com seus botões, até que o arrancou do sono e insistiu que a levasse para casa antes do amanhecer. Quando chegaram, o sol estava nascendo, e ela se sentia exausta, tão cansada que mal conseguiu dar os últimos passos até a porta.

No dia seguinte, descobriu que pouco se lembrava dos aspectos finais da noite anterior: o cheiro de nogueira, ela se olhando no espelho do banheiro, depois limpando o sangue das coxas com um pano molhado e, feito isso, enxaguando-o com cuidado na pia. Ele havia falado numa canção composta para ela, mas não teve oportunidade de tocá-la, teve? Lembrou-se do último beijo da noite, que penetrou inteiramente sua boca, até o crânio.

7

Emily na sala do pequeno apartamento delas na rua Chapel, tomando gim-tônica no calor ambarino e poeirento de uma noite de sábado. Emily, que era secretária numa importadora de móveis e, na hora do almoço, tinha encontros amorosos com o homem casado que administrava a empresa. Usava uma das camisas de smoking dele, aberta até o umbigo, e achava graça na descrição que Nicole fazia da noite anterior. Depois reassumiu o ar habitual de indiferença. Foi muito ruim?

Não, não foi ruim, disse Nicole. O que não significa que tenha sido o paraíso.

E para *ele*, foi bom? — Tomou mais um gole da bebida. O importante é que seja bom para *ele*, meu bem. A gente faz o que pode.

Nicole franziu a testa. Não sei. Não perguntei.

Ah, é claro que foi, disse Emily. Para eles, sempre é bom.

Falando nisso, onde arranjou essa camisa?, perguntou Nicole. Por acaso ele voltou seminu para o escritório?

São os velhos truques de mulher que a gente vai aprendendo na vida. Como montar seu guarda-roupa sem que a esposa dele fique sabendo. Bem que eu gostaria de escrever para uma revista. Dicas para um Anjo Caído, autor anônimo. Tomou mais um trago. Quer dizer que a minha pequena Nicole agora tem um amante?

Acho que sim, disse Nicole.

Hurra!, disse Emily. Mais uma garota perdida.

Acho que sim.

Então eu já tenho quem me faça companhia no inferno. Não esqueça de levar a sombrinha: ouvi dizer que lá faz um calor de amargar.

Bom, pode ser que eu pague caro no Juízo Final, mas, até lá, vou aproveitar o máximo possível.

Nicole! Emily soltou uma gargalhada.

Jezebel, por favor. Jezebel, meretriz, rameira, mulher à-toa, qualquer coisa serve.

Puta, disse Emily, e se arrependeu imediatamente.

Isso mesmo... Puta, disse Nicole com ênfase, ainda que corando e se perguntando se aquela era a palavra certa.

8

Uma noite, a caminho de casa, John Brice postulou um futuro obviamente calculado nos mínimos detalhes, a ponto de parecer mais real do que o automóvel que ele estava dirigindo ou a estrada por onde transitava. Vamos para o oeste, nós dois, disse. Podemos ir para Los Angeles, longe daqui. Eu monto uma banda, sou contratado pela maior casa noturna, a mais badalada. Vamos ficar ricos, morar numa mansão nas colinas, com cem cômodos e janelas panorâmicas abertas para as luzes. Festa toda noite, passeios no Sunset Boulevard num enorme conversível prateado, vamos saber o nome de todas as pessoas importantes, e elas vão saber o nosso.

Mas tal discurso não tinha nada a ver com ela. Tudo o que ele dizia quando entrava nesse estado de espírito mostrava, dolorosamente, que aquele estava longe de ser o homem por quem ela estivera esperando. Porque ela não queria nada disso: de jeito nenhum. Ele se aborrecia um pouco quando ela se calava, mas não dizia nada. Que importava esse silêncio? A sua vontade era mais que suficiente. Como ele conseguia ser assim?, perguntava-se ela. Às vezes chegava a pensar que ele queria matá-la, ou, no mínimo, que não se importava em matá-la ou não.

Nas semanas que se seguiram, passou quase a metade das noites na casa dele, sempre consciente de que não deveria estar lá, de que estava abrindo a porta para a desgraça. No começo, esquecia-se de planejar as coisas e, no dia seguinte, acabava aparecendo na Clarkson's com a mesma roupa e temia que uma matrona enxerida logo reparasse e descobrisse o que ela andava fazendo. Depois tomou o cuidado de deixar um ou dois vestidos na casa dele; a roupa de guerra, assim a chamavam. Garrafas de gim no bar, a lua rubra no céu, músicas no rádio. Ela estava começando a se acostumar a essas coisas, ao sexo e a todo o ritual que ele exigia, estava começando a gostar quando ele tornou a testar seus limites.

Ele fez outro jantar numa noite do começo de novembro, um belo carneiro, verduras, pão integral, e ela só conseguiu comer uma pequena parte da montanha acumulada em seu prato. Depois, ele se levantou, preparou um drinque para ela e se pôs a andar de um lado para outro. É nisso que ando pensando, disse. É o que preciso fazer, se eu quiser... Ela não lhe dirigiu um olhar que o ajudasse. Chegou a hora, disse ele. Passou da hora. Eu fiquei aqui, até fiquei mais tempo, porque queria estar perto de você. E continuo querendo, mas preciso ir. E vou, vou para Nova York. E quero que você vá comigo.

Ela franziu a testa, não acreditava que a coisa fosse tão séria. Nova York? As palavras nada significavam para ela. Eu não vou para Nova York, disse. Nunca fui e não estou disposta a ir. Por que você quer ir? Eu não quero. Para que ir para lá?

Ele disse: Tudo o que me interessa está lá, todo mundo que eu quero conhecer.

Todo mundo? Conhecer?

Outros músicos, compositores, arranjadores. Não posso passar o resto da vida aqui, faz muito tempo que estou aqui, não agüento mais. Chegou a hora de partir.

Ela achava que era a única que ele queria conhecer, e sentiu frio, por dentro e por fora. Muito bem, vá para Nova York se quiser, disse. Eu não vou. Vá se transformar num grande homem. — Disse as duas últimas palavras com ironia. Ele não notou, ou fingiu que não.

Quero que você venha comigo, disse ele. Estou pedindo. Nicole. Nicole. O dinheiro que eu tenho dá para a gente viver algum tempo.

Ela balançou a cabeça. Você é louco. Vá se quiser, mas eu fico.

Achou que o assunto estava encerrado; ou ele partia imediatamente, deixando-a na frívola Charleston, ou esperava um pouco mais e mudava de idéia. Mas se enganou: passaram dias e dias discutindo; ele sempre dizendo que tinha de partir, ela sempre dizendo que não iria, e sempre havia o dia seguinte, a discussão seguinte, a dissecação, a dissensão, mais um dia para adiar o desastre.

Vai ser tão fácil, disse ele uma noite, a caminho de casa.

Não vai ser nada fácil, disse Nicole. A minha família, os meus amigos moram aqui. Nós dois moramos aqui. Aguardou um pouco, olhando pela janela do carro para a clara meia-lua, mas ele não respondeu, e, quando ela o fitou, deu com seu rosto de pedra iluminado pelos faróis de quem vinha em sentido contrário.

Era o dia 10 de dezembro, e ela sentiu a proximidade do fim de tudo. Três dias depois, ele desapareceu de uma hora para outra. Não a avisou, não deu explicações. Os telefonemas cessaram, e ela ficou esperando, certa de que era porque tinham brigado. Mas uma semana se passou, e ele não deu notícias, de modo que ela tomou emprestado o carro de uma amiga e foi até a casa dele; encontrou-a vazia, às escuras. E compreendeu que ele partira sem se despedir. Fora para Nova York.

Ela imaginou que a cidade o tivesse engolido no momento em que ele pôs os pés na primeira calçada. Em sua mente, Nova York era o inferno, e ele, um inocente lá perdido. Droga, como havia tanta gente, tanta gente, ninguém tinha cara, e não havia escapatória, ninguém amava ninguém. Ela não podia imaginar as experiências que ele estava vivendo. Até que tentou, mas só conseguia ver suas costas enquanto ele caminhava pela rua, porque também ele perdera a fisionomia. Ficou preocupada e chorou; nunca tinha pensado que era possível sofrer tanto.

Sentia-se tentada a perguntar às clientes da Clarkson's: Uma mulher precisa descer aos infernos para ficar com o homem que ama? Uma cinta-liga está sete dólares e cinqüenta centavos. As meias de náilon bege, três dólares o pacote com três pares.

9

Numa manhã ensolarada de sexta-feira, pouco antes do Ano-Novo, entrou uma mulher na Clarkson's, uma que Nicole nunca tinha visto: loira platinada, maquiada às pressas e antipática, nenhum sorriso, nem mesmo um olhar. Devia ter trinta, trinta e cinco anos; olhou um pouco ao redor, examinou uma ou outra mercadoria. Tirou um vestido do cabide e o virou de frente e de costas para apreciá-lo melhor. Há um provador ali no fundo, se a senhora quiser experimentá-lo, disse Nicole. A mulher se limitou a balançar a cabeça, pôs o vestido no lugar e se dirigiu para o outro lado da loja, onde ficava a roupa íntima rendada. Bem nesse momento, Nicole se deu conta de que o papel de seda que era guardado sob o balcão estava acabando e foi buscar mais no depósito contíguo. Ao retornar, viu que a mulher tinha ido embora, e só uma hora depois, percorrendo a loja para arrumar as pilhas de roupas, descobriu que toda uma prateleira de artigos de malha desaparecera, e já estava a caminho do depósito para repô-los quando percebeu que a mulher os devia ter roubado. Coisa esquisita, mesmo porque eram de tamanhos diferentes, de modo que ela não poderia usar todos. Bom, pensou Nicole, preciso avisar o sr. Clarkson, e ele não vai ficar nada satisfeito. Mas não pode me culpar. Quem ia imaginar que uma mulher fosse capaz de roubar? Pensar nisso a deixou triste, mais triste ainda porque não tinha a quem contar a história.

10

Nicole pendurou na porta da Clarkson's uma tabuleta que dizia:

FECHADO PARA ALMOÇO REABRIMOS ÀS 2H

Trancou a porta da frente e foi para a calçada. Fazia frio, o céu estava baixo e cinzento. Ela percorreu apressadamente as poucas quadras até o apartamento. Na caixa de correio, havia um envelope lilás com o endereço dos pais de uma ex-colega de classe impresso no verso. — E uma carta da cidade de Nova York. Nicole abriu imediatamente o envelope lilás; era o convite de casamento da garota; deixou-o na mesa da cozinha e sentou-se de repente. Bem, afinal, todos eles tinham crescido, não tinham? Ela não conseguia explicar como uma coisa daquelas podia estar acontecendo. Foi almoçar numa casa de chá; pediu, comeu, perguntou-se aonde o novo ano a levaria. De volta à loja, uma tarde vazia, abriu a carta de John, rasgando acidentalmente o envelope bem no endereço do remetente, o que não tinha a menor importância: não lhe interessava saber exatamente onde ele estava.

Querida Nicole,
Por favor, desculpe, sei que não escrevo muito bem. Lamento ter partido sem me despedir. Não sabia o que dizer. Eu a amo muito, mas tinha de sair de Charleston. Queria que você viesse comigo, mas não queria continuar brigando por causa disso.
Nova York é bem maior do que eu imaginava. Ontem vi Robert Mitchum na rua. Estou tocando com uns rapazes, e eles são muito bons. Espero um dia voltar a vê-la. Por favor, não tenha raiva de mim. Escreva-me se quiser, o endereço está no envelope.

Com carinho,
John

Ela nunca tinha visto a letra dele; era tosca, feia, uns garranchos cheios de volteios largos, grossos, como se ele tivesse laçado cada palavra. Imaginou-o comprando o papel na loja da esquina, enfiando a mão no bolso do terno para pegar a carteira, com aquela expressão engraçada que adquiria quando gastava dinheiro, as sobrancelhas arqueadas como se a transação fosse uma surpresa para ele e ele estivesse com receio de fazer tudo errado; imaginou-o escrevendo à escrivaninha de um hotel ordinário, os olhos castanhos vagando; viu-o pondo a carta no correio e, depois, desaparecendo em meio à multidão da Broadway; e, então, não conseguiu mais vê-lo. Dobrou lentamente a carta, colocou-a no envelope e tornou a guardá-lo na bolsa. Pela vidraça da frente da loja, viu um velho em mangas de camisa, de panamá branco, afastando-se à esquerda.

John Brice se aventurara naquela babilônia, levando consigo o seu gênio fiel; e, se era lá que queria ficar, que importância tinha ela? Ele não a amava, pensou. Não era verdade o que dizia; estava sonhando ou mentindo. De modo que, cedo ou tarde, acabaria se cansando dela e começaria a detestá-la, e ela ficaria sozinha, já não tão jovem, e encalhada na cidade de Nova York.

A porta se abriu e uma mulher entrou, e, sem desviar o olhar da vitrine, Nicole perguntou: Em que posso ajudá-la?

Querida, acho melhor você tratar de ajudar a si mesma, disse Emily. Vim convidá-la para almoçar.

Nicole estremeceu de surpresa. Acabei de comer, disse.

Pois parece que alguma coisa é que acabou de comer você.

Recebi uma carta, sabe? — esboçou um gesto —, de John, de Nova York.

Ele continua tentando convencê-la a ir para lá?

Nicole balançou a cabeça. Não, disse. Acabou.

Então esqueça, disse Emily. Você tem vinte anos. Haverá outro, acredite. Haverá outro.

Mas Nicole não estava tão certa de que haveria. E se ele tivesse sido o único? Durante alguns dias, pensou em responder a sua carta, mas nada tinha para dizer; era uma loucura que recomeçava toda noite, uma paralisia no sangue que a impedia de lhe enviar um bilhete que fosse. Era demais para ela: semanas e semanas a vagar sem rumo, com o olhar vazio, todo um simpósio que dirigia inteiramente sozinha. Respostas, outra idéia, outra pergunta. Não achava o que dizer a ele, por onde começar, por que fazer aquilo, de modo que nunca lhe escreveu.

## 11

Numa manhã do começo de março, a sra. Murphy, com sua cabeleira ruiva e as luvas brancas, entrou, deslizante, na Clarkson's, acompanhada da filha de catorze anos, que, preparando-se para ingressar no colégio de elite mais exclusivo da cidade, ia comprar o primeiro sutiã. Ficou proseando com Nicole enquanto a menina estava no provador. Ora, meu bem, uma moça como você não pode passar o resto da vida trabalhando num lugar destes, disse a sra. Murphy. O primo do sr. Murphy trabalha numa estação de rádio de Memphis, e há pouco tempo nos contou que lá estão precisando de uma moça, de alguém que ajude no escritório. Você devia telefonar para ele, Howard Murphy. É um dos diretores. — Oh, veja só, a minha menininha toda paramentada como uma mulher. Levante isso um pouco, meu amor. Na frente. Na frente, só um pouquinho. A garota observou a mãe meter os polegares na borda superior das taças do próprio sutiã e puxá-las delicadamente para cima. Imitou-a. — Pronto. A sra. Murphy se voltou para Nicole, abrindo sua bolsinha preta. Vamos levar três, disse com um leve sorriso e, usando a ponta dos dedos, sacou uma nota cuidadosamente dobrada.

Foi assim que Nicole se mudou para Memphis. Ligou para Howard Murphy: a estação de rádio estava procurando uma auxiliar de escritório, ia contratá-la — sim, imediatamente, se preenchesse os requisitos; ela enviou uma carta detalhando os seus dotes e, passados dois dias, recebeu um telefonema; foi de trem para a entrevista e, ao retornar a Charleston, ficou sabendo que o emprego era dela; decidiu-se, aceitou e fez planos; encheu um baú de vestidos e pertences e se mudou, transpondo o umbral de sua nova casa — um lugarzinho minúsculo, mobiliado, que uma mulher da rádio arranjou para ela — apenas seis dias depois de a sra. Murphy ter entrado na loja.

Havia tanto que fazer, e tudo era tão diferente: a inflexão mais aberta e as sibilantes mais acentuadas, as luzes da rua Beale, a nova fortuna de uma cidade nova. Agora ela e John estavam muito mais separados e olhando mais longe ainda. Talvez uma costura de sua mente se tivesse esgarçado, e todo aquele amor vazou em Memphis, e Memphis não deu a mínima, levou-o por água abaixo. Mas havia uma coisa: uma coisa estranhíssima. Ela começou a sentir uma saudade terrível do carro de John, era uma adjudicação do seu afeto, e escreveu no diário que, se um dia tornasse a entrar nele, haveria de inundá-lo de lágrimas. Depois tentou tirar isso da cabeça; mas sempre, e por alguns anos, se voltava quando um carro do mesmo tom de azul passava na rua, sabendo que não podia ser John, sabendo que não valeria a pena ainda que fosse. Mesmo assim, se voltava, porque estava à procura de si própria aos vinte anos de idade.

12

ESPERA

A garganta de Walter Selby estava obstruída por visões; o sexo descia por ela feito uísque, o sangue atrás de seus olhos impregnava-se de um desesperado tom azul, e um verso sem sentido ecoava em seus ouvidos, uma cantilena a rimar refração com perfeição. Aquela noite, quando o automóvel arrancou, levando Nicole, o bairro estava tranqüilo, e ele, atordoado. Ela não tinha meramente partido, já estava desaparecida. Ele entrou em casa, tirou o paletó e foi lavar o rosto no banheiro; deteve-se ante o reflexo da própria imagem e esfregou as bochechas com a mão, deformando suas feições. Depois balançou a cabeça, olhou uma última vez para si mesmo e foi para a sala, onde sentou lentamente no sofá. Levantou-se muitas e muitas vezes, repassando os acontecimentos da noite; muitas e muitas vezes retrocedeu, como se não tivesse certeza de que fossem reais. Abriu a lista telefônica e a encontrou: lá estava ela, um mero nome na ordem alfabética — e lá estava seu endereço, uma rua que ele conhecia. Olhou rapidamente, fechou o catálogo e o recolocou com cuidado debaixo do telefone, como se aquele pequeno gesto de controle bastasse para provar que, afinal, ele não estava tão louco assim, não havia perdido a dignidade, não era um moleque.

Não dormiu bem aquela noite; não trabalhou bem no dia seguinte. Chegou ao escritório morrendo de cansaço, distraído, e parou no corredor frio e escuro, diante da porta de vidro opaco. Atrás daquela porta, e de todas as outras portas no andar, e em todos os andares de todos os prédios, havia homens e mulheres tratando dos negócios do dia.

p: O que você está fazendo?
r: Tudo, menos amor.

Ele entrou, e a secretária o fitou com uma leve careta. O governador já telefonou três vezes, disse.

Ele continua em Nashville, não?, perguntou Walter, momentaneamente preocupado com a possibilidade de o homem estar enfurnado na suíte do centro da cidade, fazendo uma visita-surpresa aos eleitores do oeste.

Ele continua em Nashville, sim, disse a secretária. Está irritado com alguma coisa. — O telefone tocou, ela atendeu: Sim, senhor, disse. Ele acaba de chegar.

Walter Selby lhe fez um sinal, entrou no escritório e tirou o fone do gancho. Selby, disse o governador. Sem nenhum preâmbulo, não havia necessidade: sua voz — suave, insistente e musical — não dava lugar a dúvidas. Onde se meteu a noite toda, meu amigo? Tentei falar com você meia dúzia de vezes. Um senador de Knoxville quer vincular quarenta mil dólares ao orçamento dos parques para erguer um monumento aos soldados, e nós não temos esse dinheiro. Ele ameaça armar um escândalo, e vai acabar dando a impressão de que nós não ligamos para os que morreram na guerra. Quarenta mil dólares. Claro, é o cunhado dele que vai construí-lo, mas quem vai me ouvir se eu disser isso? Os que morreram na guerra... os que morreram na guerra... Quarenta mil não é tanto assim, só que nós não temos. Não temos esse dinheiro: simplesmente não temos. E você passeando por aí...

O governador sabia tudo o que havia para saber; o governador era o sumo sacerdote do populismo, um gênio do palanque, e Walter mal notou o abuso. Pelo contrário, ficou tentando lembrar o que acabava de ouvir, as palavras e o tom exato do governador, para poder contar a Nicole quando voltasse a vê-la. O governador tinha se transformado num retrato do governador, e todas as suas cores eram mais vivas do que na realidade. Está me ouvindo?, perguntou o retrato, a voz carregada de emoção política.

Claro que sim, disse Walter. É de Anderson que o senhor está falando.

De Anderson, disse o governador. Preciso de você para fazê-lo recuar. Preciso da sua voz: converse com ele. Faça um apelo. Se não der certo, descubra algo que ele queira mais do que um monumento aos soldados, depois diga que vai tomar isso dele.

— E, sem se despedir, o governador desligou o telefone.

13

Ouça, senador Anderson, o governador me pediu que lhe telefonasse para conversar sobre o monumento aos soldados. O orçamento está apertadíssimo...

Eu sei, disse Anderson. Mas, puxa vida, morreram mais de quarenta rapazes deste distrito, três ou quatro deles das famílias mais importantes do estado, e todas me dão muito apoio. — E muito apoio ao governador também. Perderam os filhos, e faz quase uma década que estão esperando um reconhecimento oficial. Você, mais do que qualquer um, devia compreender isso.

Sim, disse Walter. Eu compreendo. Sinceramente, compreendo. E o senhor pode receber a verba. Pode recebê-la.

O senador ficou calado um instante. Posso recebê-la?, perguntou, um pouco mais calmo.

Claro que pode, disse Walter. Basta acharmos alguma outra coisa que possa ser cortada do orçamento.

Outra coisa?, indagou o senador.

É. Eu o examinei outra vez.

Não duvido, disse o senador. O que está querendo dizer?

Bom, é o seguinte. Não é no seu distrito, mas o seu vizinho Strachey dotou aquela história de plantio de árvores com uma verba de cinqüenta mil. Para embelezar a estrada de Crossville a Cookeville. Walter enfiou a mão na cueca e, delicadamente, inconscientemente, segurou o escroto.

... É o projeto da mulher dele, disse Anderson em voz baixa. Fez-se um silêncio antigo na linha. O senador estava no cargo desde o tempo em que seu distrito era iluminado a querosene e, no fim de cada mandato, se reelegia com uma plataforma sentimentalista. Nunca fora um estadista, e já estava ficando cansado.

Walter voltou a falar. Verdade mesmo?, perguntou.

57

Você sabe muito bem que é. E sabe que, se tentar acabar com esse programa de embelezamento, criado pela mulher dele, ele vai ficar uma fera com você.

Foi a única coisa que encontrei. Podemos conversar com ele. Pelo amor de Deus, disse Anderson. É comigo que ele vai ficar uma fera se você lhe contar por quê. Eu preciso do apoio dele para a nova ala da maternidade no hospital. Ele acha que todo mundo pode muito bem nascer em casa como ele próprio nasceu.

Anderson começava a fraquejar. Walter Selby balançava a cabeça em silêncio e desenhava um álamo numa folha de papel timbrado. É nossa única alternativa, disse. O que o senhor quer que eu faça?

Diga ao governador... Ah. — Anderson estava quase chorando. Diga ao governador que eu dei este distrito para ele de mão beijada.

Ele sabe, disse Walter Selby, mas eu torno a dizer. Agora que o orçamento estava a salvo, ele podia gracejar com o homem. E sua esposa, como vai? Ainda tem milhares de receitas de ruibarbo?

Tem, disse Anderson, mas sua voz era só desânimo. Publicou-as em livro.

Ótimo, fantástico. Vou ver se consigo um exemplar, e, por favor, dê lembranças a ela.

Dou, sim... Bem, acho que agora é melhor eu desligar, disse Anderson. Tinha sessenta e oito anos, e fazia trinta que seu único filho se babava todo no Lar dos Deficientes Mentais de Nashville.

À vontade. Amanhã eu ligo para o senhor, disse Walter Selby.

Havia alguns ofícios empilhados no canto da mesa; ele os olhou de relance e então girou a cadeira para olhar pela janela. O sol matutino insinuava-se entre os ramos da árvore lá fora;

dois tufos de nuvens perfeitamente formados deslizavam no céu azul-escuro. A vida era breve e singular, e o estado se achava em sua mesa; o dia era um resplendor que começava a declinar rumo ao entardecer, e a felicidade se chamava Nicole. Ele fez um leve gesto afirmativo para si e se entregou ao trabalho do dia.

## 14

Aquela noite ele esperou até as nove horas, então voltou a procurar o nome dela na lista, tirou o fone do gancho e discou o número rapidamente, começando a passear no corredor antes mesmo que o disco retornasse à posição inicial após o último dígito. Houve uma pausa, durante a qual ele poderia ter plantado um carvalho. Então o telefone começou a tocar — tocou novamente — e tocou sete vezes antes que ele desligasse com relutância. Tendo feito o esforço, achou quase inaceitável que não surtisse resultado e, depois disso, ficou vários minutos sem poder sentar; percorreu a sala de estar de ponta a ponta e, voltando ao telefone, tornou a discar o número, com o mesmo resultado. Agora estava irritado e magoado. Uma radiopatrulha passou lá fora, a sirene gritando na escuridão — ocorrência incomum naquele bairro —, mas, quando ele saiu à varanda, tinha desaparecido. Diante da garagem, estava o seu carro, espadaúdo e negro. Ele pensou em ir até a casa dela. Fazer o quê? Esperar na rua. Esperar o quê? Não podia dizer que não teria a audácia de tentar abordá-la quando ela finalmente chegasse. Onde estaria? A um homem só restava a solidão.

Por fim, foi para a cama, ainda que somente para fechar os olhos. Nas horas de vigília, viu o número do telefone dela, viu os amigos dela, viu o carro em que entraram. Viu tudo, menos o rosto dela; ela era tão linda que suas feições tinham desaparecido, como num deslumbramento provocado pelo brilho do seu sorriso. Ele falou em voz alta. Você é louco, disse. Durma. E dormiu.

15

Na noite seguinte, o governador telefonou tarde. Chego na quinta, disse. Vão inaugurar um quartel do corpo de bombeiros novinho em Smollet e me pediram para cortar a fita. — Havia um grande entusiasmo em sua voz: o governador gostava de todo tipo de inauguração: de escolas, de hospitais, de projetos do vale do Tennessee, de qualquer coisa municipal e estrutural. Era capaz de viajar trezentos quilômetros debaixo de chuva e neblina para ficar uma hora no palanque de um distrito ou para discursar cinco minutos por ocasião da inauguração de um memorial, ainda que este fosse pouco mais que uma sala desocupada num tribunal. Escreva alguma coisa para mim, sim?, ordenou o governador. Quero umas linhas sobre o programa de utilidade pública que estamos implementando aqui, mas não dê a impressão de que é Nashville tentando lhes enfiar alguma coisa goela abaixo. Só os lembre de que sabemos muito bem que é o nosso estado, que são os nossos recursos. Você sabe como essa gente pode ser sensível.

Quanto tempo o senhor vai ficar?, perguntou Walter.

Não muito, disse o governador. Vamos deixar o grande espetáculo para outra vez.

Walter emitiu um som de anuência, e houve silêncio; então o governador respirou ruidosamente: exaustão, concentração ou apenas ar.

... Que mais?, perguntou o governador.

Que mais?

O que mais você tem para mim? Alguma coisa?
Nada importante, disse Walter.
Bom, então me conte algo sem importância.
Por um instante, Walter pensou em falar de Nicole. Se o governador ainda não soubesse, ia querer saber, e gostaria da história; ele ficaria sabendo algum dia. Não. Preferiu dizer: Houve um acidente em Farragut, um ônibus escolar saiu da estrada e caiu num barranco.
Ah, isso é horrível, disse o governador, compungido. Foi grave?
Não muito, disse Walter. Dois estudantes com fraturas.
Mesmo assim. Neste estado, há estradas que não são restauradas desde o tempo de Davy Crockett. A imprensa publicou alguma coisa?
Só os jornais locais, das proximidades de onde aconteceu o acidente.
Que merda. Consiga o nome de um editor de lá. Eu não vou dizer nada, mas quero saber para quem não vou dizer nada.
O nome do editor era McAllen, então Walter se pôs a anotar algumas observações para o discurso do governador em Smollet. História, promessas, renda. Pensou em telefonar para Nicole quando terminasse, mas alguém poderia interrompê-lo — a secretária com uns papéis, o governador no telefone, funcionários e lobistas, e outros mais.

# 16

Só conseguiu encontrá-la quatro dias depois; uma noite, ela finalmente atendeu, e isso o surpreendeu de tal forma que ele ficou sem saber o que dizer. Ergueu-se uma barreira de silêncio. Por favor, eu queria falar com Nicole Lattimore. É ela mesma, disse Nicole, sem deixar transparecer nada na voz nem surpresa, nem prazer, nem desconfiança. Era uma certa reserva que ela havia assimilado em Memphis, nada além de um modo cortês e profissional de atender o telefone.

Ele levou a ponta dos dedos ao nó da gravata, para se certificar de que estava direito. Aqui é Walter Selby, disse com delicadeza. Nós nos conhecemos uma noite dessas, há uma semana, creio, numa partida de beisebol, no estacionamento, depois do jogo. Desculpe estar telefonando.

Ora, desculpar o quê?, protestou Nicole, que poucos momentos antes não sabia o que fazer da sua vastíssima solidão. Pousou os dedos na borda da mesa em frente e ficou ouvindo os rodeios dele para propor um encontro, convidá-la para jantar. O mero gesto de atenção foi gratificante para ela, tanto quanto o nervosismo indisfarçável de Walter. Ela não tinha enveredado por nenhum romance desde que chegara à cidade; os rapazes no carro eram amigos, nada mais; um deles trabalhava no departamento de publicidade da rádio, os outros não passavam de colegas, e, depois de a disputarem um pouco, acabaram adotando-a como uma espécie de mascote. Era melhor assim: ela precisava de algumas semanas para montar sua casinha, de mais algumas para se aclimatar ao novo emprego. A rádio era grande, movimentada, e precisavam dela em toda parte, o tempo todo, para atender telefonemas, livrar-se dos vendedores, ir buscar rolos de fita magnética, catalogar discos de 45 rotações.

Mas Walter Selby era um homem importante, não?, e acabava de convidá-la para jantar. Pela primeira vez em muito tempo ela se sentiu bem no mundo. Não teve medo dele. Aceitou o convite; simplesmente sabia como seria aquela noite, como seriam as outras. Eles conversariam, talvez rissem; passariam a sair juntos de vez em quando; era até possível que ela lhe acariciasse o peito nu e eliminasse um pouco do sofrimento; depois tudo terminaria, de uma ou de outra maneira, e ela estaria seis meses mais velha.

No fim daquela semana, ele apareceu à sua porta com um bonito buquê e um sorriso seco nos lábios. Tinha passado quinze minutos na floricultura, mas agora, enquanto aguardava depois de tocar a campainha, as flores lhe pareciam estranhas, como se fossem de vidro, e ele mal conseguia lembrar como se chamavam ou de que cor eram. Azuis, azul-claras, vermelhas, encarnadas. Nicole abriu a porta, e ele se concentrou por um instante, absorvendo seu sorriso, seu perfume e sua pele. Ela o cumprimentou com efusão e lhe pediu que fosse entrando enquanto ia buscar um vaso, mas ele não avançou mais que alguns passos; a casa era tão pequena, ele mal cabia nela. A caminho da cozinha, Nicole continuou a falar: Quanta gentileza a sua. Não ganho flores desde que me mudei para cá. Sei que tenho um vaso em algum lugar, preciso lavá-lo. Não se importa de esperar um pouco, certo? — Tirou uma folha murcha de uma das hastes. Achei, disse, voltando-se, mas não o encontrou. Riu e chamou: Walter?

Estou aqui, disse ele de outro cômodo.

Tudo bem, fique à vontade, disse Nicole. Eu já vou. E muito obrigada, são lindas mesmo. — Não ouvindo nenhum barulho no cômodo contíguo, imaginou-o educadamente parado perto da porta, paciente, calado, disposto a esperar.

Levou-a para jantar e cumulou-a de atenções. Ela não precisou pensar em nada, só em ser agradável e bonita, coisa que sabia fazer muito bem. À mesa, ele falou um pouco, brincando com o punho da camisa branca. Disse uma ou outra coisa sobre a história da família, algo sobre o seu tempo de soldado, e contou como tinha ido parar em Memphis depois.

Ela o avaliava positivamente enquanto o ouvia. Ele sabia muita coisa e tinha mil segredos para revelar ou não revelar.

Suas mãos eram lisas e fortes: haviam se purificado na guerra, fosse a guerra que fosse. Era mais velho, e adorável à sua maneira. Você gosta dele, do governador?, perguntou ela.

Esperava uma simples afirmativa, mas Walter Selby ficou pensativo, como se a pergunta fosse inteiramente nova para ele; e sorriu consigo, imaginando palavras de exaltação e indagando seu significado. Não é bem questão de gostar, disse enfim. Ninguém gosta de quem governa. Mas ele é inteligentíssimo. Sua função é fazer o estado prosperar, e isso ele faz muito bem. — Walter olhou para o salão, depois se inclinou para a frente, e Nicole fez o mesmo a fim de escutar. Mas vou contar como ele faz isso, disse em voz baixa. Pouca gente sabe. Toda noite, nosso governador desce a um quarto escuro do porão, acende uma vela preta, fica andando em círculos com uma taça de marfim cheia de uísque, escutando o que o Diabo cochicha em seu ouvido. E o Diabo diz tudo o que ele precisa saber para o dia seguinte. — Moveu um dos dedos. Mas é segredo. É isso que ele faz.

Voltou a endireitar o corpo e sorriu, e Nicole também sorriu, ainda que bem mais frouxamente. Está brincando, disse ela.

Ele é um sujeito complicado, disse Walter.

Ela baixou os olhos e suavizou a expressão, aliviada. Deve ser mesmo, disse. A questão é: o que o Diabo pede em troca?

Ah, disse Walter, o Tinhoso não precisa pedir muito, já que é dono de todo o estado do Tennessee.

Cínico, disse Nicole.

Estou perdidamente apaixonado por uma rainha desleixada, mas ela zomba do meu amor; quando tento fazer com que se vista melhor ou tenha modos à mesa, me dá as costas com arrogância. Às vezes me calo para dissimular a vergonha. Mas chega o dia seguinte, e tento novamente.

Que lindo, disse Nicole, sorrindo cheia de si.

A conversa derivou: de volta para a participação dele na

guerra, depois para Memphis, outra vez para Charleston e para a época em que ela estava no colégio, para seus pais, para Emily, que ficara por lá. Em poucos minutos, a mesa sumiu, o restaurante se dissolveu, a cidade se despojou de toda a mesquinharia. Ele quis saber como era a estação de rádio; tinha estado com o diretor uma vez, durante a campanha do governador. Ah, é interessantíssima, disse ela. Ainda não domino tudo. Não entendo muito de música, a não ser das paradas de sucesso; mas está acontecendo alguma coisa que deixa todo mundo entusiasmado na rádio, e você não imagina o tipo de gente que aparece lá.

Que tipo de gente seria?

Bárbaros, disse ela, rindo. Simplesmente bárbaros. Saem dos pântanos, descem das árvores, nunca dizem nada mas gritam a plenos pulmões. Reclinou-se na cadeira e cruzou as pernas. Minha função é ser muito gentil e simpática e tentar impedir que eles ponham fogo em tudo. Estendeu a mão para pegar o cálice de vinho, e uma pulseirinha de prata escorregou da manga do suéter e reluziu à luz da vela ao mesmo tempo que tilintava em seu pulso branco. É como se estivessem em guerra. — Fez uma careta. — Desculpe. Para você, isso deve ser uma grande tolice.

De jeito nenhum, disse Walter.

Você, que é herói e tudo o mais, disse ela, e, ao dizê-lo, pensou pela primeira vez no possível significado da palavra.

Ele franziu a testa, pisava terreno conhecido. Foi só uma condecoração. Coisa que eles podiam ter dado a qualquer um.

Não é verdade, eu sei que não é, disse Nicole, embora não soubesse. Você esteve no Pacífico?

Ele não queria falar; queria contemplá-la, mas estava na berlinda, e só lhe restava obedecer. Nas Filipinas, disse. Em algumas ilhas dos Mares do Sul.

Como é lá?

Ele baixou os olhos. Não sei o que dizer. As ilhas eram bonitas, disse. Tudo era imenso e verde. Eu era muito jovem. Nicole fez um solene gesto afirmativo, pois o momento se tornara subitamente solene. Não queria introduzir tanta seriedade, ele tampouco; mas era inevitável. Eddy ficou muito impressionado com você.

Eu mal me lembro do que fiz, disse ele. Foi um longo período de tédio e espera, e uns breves momentos de pavor absoluto. Quando terminou, eu não sabia onde tinha estado nem a quem havia ferido. Ela balançou uma vez mais a cabeça e refreou uma pergunta, uma que, depois, vivia querendo fazer, sempre com a mesma enorme curiosidade, com uma volúpia repulsiva e tanto mais vergonhosa porque sentia que a procurava. Quem você matou, Walter?

17

Ele tinha dezoito anos quando se alistou no Corpo de Fuzileiros Navais, um ano depois do ingresso de seu irmão, Donald, na infantaria. Embarcou em San Diego rumo a Honolulu e, antes de tudo, partiu porque queria ficar longe do sul. A única coisa que o levou a escolher os fuzileiros foi o fato de a história do mar ser tão distante da história de sua família, e ele tinha o desejo, próprio da idade, de explorar a distância e impressionar os ancestrais. Algumas semanas de instrução, e estava no Havaí, esperando ser mandado para a frente de batalha.

Eram dez mil os soldados na base, todo tipo de gente, com todo tipo de motivo, e muitos sem motivo nenhum. Walter nunca tinha visto tamanha legião, tamanho contraste, tamanha confusão: da pele clara à mais escura, do cavalheiro ao rude, do ligeiro ao lerdo. Um eterno ir-e-vir no quartel e nos depósitos;

eles vagavam pelas estradas secas, combinando-se e descombinando-se como os vidrinhos de um caleidoscópio, segundo nexos de tempo e origem, de inclinação e impulso. Passavam os dias cuidando dos apetrechos, limpando uma coisa, lubrificando outra, e as noites no quartel, em beliches imaculados, separados, esperando e gabando-se, totalmente cercados pela maresia e pelo ritmo prolongado das ondas, que se avolumavam repetidas vezes e iam rebentar na praia.

Em poucos dias, formou-se uma série de alianças, gangues entre elas: os irlandeses de Chicago, os lenhadores do noroeste, os acadêmicos, uns encontravam os outros e se acomodavam com a facilidade de quem seguia ordens. Walter era membro da Nobreza Austral, herdeiros de bons modos e de terras que iam da Carolina ao Mississippi, da linha Mason-Dixon à costa do Golfo. Lá estavam um MacIntire, um Hamilton III, um Lukas das colinas da Geórgia — todos bons moços.

Havia mais um camarada, um homenzinho muito magro, da periferia de Nova Orleans, chamado Chenier. Um pouco mais velho que os demais, parecia mais velho ainda, pois sua pele era áspera e escura, curtida de sol, e o nariz fora achatado numa briga da adolescência. Era um *Cajun*; a maioria dos homens a bordo mal conseguia entender sua pronúncia arrevesada, e isso também o separava um pouco dos outros. Tinha um sorriso esguelhado, um sorriso meio louco, e falava um dialeto afrancesado igualmente louco. Durante sua estada no acampamento, um sargento da Louisiana o apelidou de Cupreto, e a alcunha passou a acompanhá-lo em todos os lugares.

Alguns soldados se fixaram em sua pele escura, em seu sotaque e em seu cognome, e decidiram que ele era negro, se não totalmente, em parte bastante substancial. Warren, de New Hampshire, deve ter sido o primeiro a falar nisso, uma noite, tirando dos ombros lascas de pele ressecada pelo sol. Eu não sirvo para trabalhar ao ar livre, disse. Um homem civilizado não fica no sol. A invenção da cultura foi concomitante com a invenção do recinto fechado: palácios, catedrais, bibliotecas, parlamentos. — Fez um gesto como se estivesse espalhando uma pitada de sal, e a pele caiu de seus dedos no chão. — Onde o homem evoluído come? Na sala de jantar. Onde o homem civilizado se deita com a esposa encantadora? Na escura privacidade do quarto. Ora, o sol é uma coisa temível: os gregos o chamavam de Apolo, o filho de Zeus em pessoa. Os egípcios o chamavam de... Do que era mesmo que os egípcios chamavam o sol, Brammer?

Não enche o saco, disse Brammer.

Warren descascou mais um pouco de pele. O sol destrói tudo o que vê, a começar pela carne do homem. Eu, meu pai, o pai dele e o pai do pai dele, todos sempre tratamos o sol com grande respeito, por isso os Warren são tão branquinhos. Agora a marinha me obriga a passar o dia inteiro no sol, só para não deixar meu fuzil sozinho. Por isso eu me queimo. É a marca, eu diria, do homem civilizado. — Ele perscrutou o ambiente com um olhar arrogante. Agora, Chenier, por exemplo, não se queima. Aliás, Chenier está ficando pretíssimo. Onde você esteve, Chenier? Numa campanha na África? — Gargalhada geral, e a conversa mudou de rumo.

Depois, uma das unidades estava terminando a manutenção de um canhão quando um dos homens viu uma mancha de óleo debaixo dele. Entardecia; o sol era uma esfera vermelha no horizonte. O sargento não vai gostar disso, disse uma voz de carpideira. Alguém vai ter de ficar aqui limpando.

O negro que fique, disse uma voz eivada de indignação nova e antiga.

Era uma referência a Chenier, e Chenier, que não o ouvira porque estava do outro lado de um caixote de granadas, aceitou a tarefa sem saber por que tinha sido escolhido, passou uma hora trabalhando e, depois, correu para o refeitório, onde sentou à mesa com dois companheiros de batalhão, os quais se levantaram ostensivamente e foram para o outro lado do salão. Pois bem, houve uma discussão por cima das caldeiras e sob o amarelo ardido da lua. Cupreto era um negro disfarçado de branco contrabandeado pelo Ministério da Marinha porque Roosevelt queria provar seus princípios. Não havia melhor ocasião do que a guerra, quando grandes massas humanas perambulavam pelo mundo e todas as sociedades se transformavam. Alguém devia ter planejado aquilo: alguém devia estar acompanhando tudo, do começo ao fim. Um negro no Corpo de Fuzileiros Navais.

Chenier não ligava. Tinha ouvido coisa pior, tinha feito coisa pior. Estava com trinta anos, seus dentes ainda eram fortes o bastante para arrancar a cabeça de um prego, e seu cabelo continuava farto; não dava a mínima para o que os rapazes pensavam. Era até bom que o deixassem em paz e a sós com sua enredada língua interior. Escreveu para a mulher em Slidell, dizendo que não tardava o dia em que a levaria para a cama e treparia com ela até as paredes tremerem.

Então veio aquela noite de quarta-feira em que, como num alinhamento de planetas, deram folga a Lukas, Hamilton III e Walter Selby. Era uma bela noite, uma grande sorte, as palmeiras farfalhando, o vento soprando, e os três enveredaram despreocupadamente pelas calçadas. Chenier estava sozinho na rua, com sua farda impecável e uma loção de barba de cheiro acre. Cumprimentou os rapazes com um gesto e retornou aos seus pensamentos obscuros. Hamilton III chamou os outros de lado, num espírito galante oriundo do tédio da espera, assim como os antepassados dele eram oriundos do tédio das fazendas. Escutem, disse. Pouco importa o que dizem por aí. Cupreto é um sujeito honrado. Cupreto é um destacado representante dos valores e da tradição da marinha dos Estados Unidos. E Cupreto vai tomar um porre com a gente.

Walter Selby se aproximou de Chenier e fez o convite; Chenier aceitou com um dar de ombros, nem ingrato nem muito contente.

Aliás, para onde você ia?, perguntou Lukas quando tomaram o caminho da cidade.

Não sei, disse Chenier. Só queria tomar um trago e dar uma espiada nas *femmes*.

Nas *femmes*, disse Hamilton III. Essa é boa. De que tipo de *femmes* você gosta?

Chenier não respondeu, mas alargou o sorriso, arreganhando os lábios sem modéstia.

Vamos ver o que se pode fazer, disse Hamilton III.

Começaram ao anoitecer, num bar na encosta da montanha, e foram descendo em direção à água, como num sonho de afogamento. Demoraram-se num local escuro e impregnado de cerveja — Lukas se engraçou com uma garçonete e insistiu em ficar até que tivesse oportunidade de cortejá-la —, mas acabaram saindo de lá antes disso. Às dez horas, já de cara vermelha e olhos úmidos, chegaram ao Lonesome Bob's, o Melhor de Honolulu, pediram rum com leite de coco e ficaram olhando para o centro da maltratada mesa redonda de madeira.

*Eu deixei uma garota em Abilene*
*Eu deixei uma garota em Abilene*
*A mais linda que já vi*
*Está me esperando em Abilene*

Eu quero dançar, disse Lukas. Vamos procurar um baile por aí. Sabe dançar, Cupreto?

Chenier fez que sim, o rosto sério e orgulhoso. O rei de St. Tammany Parish, disse. Não existe melhor.

Tem uma orquestra no Regis Hotel, disse Walter. Vamos para lá. Vamos balançar.

Vamos balançar, disse Lukas, e todos se levantaram, um tanto oscilantes, e mergulharam na noite.

O salão de baile do hotel estava escuro, mas a orquestra estava toda iluminada; a música era animada e alta, e Chenier mostrou que sabia mesmo dançar, rodopiando furiosamente, com o chapéu numa das mãos e uma garota do lugar na outra, o rosto enrugado brilhando e um sorriso fixo nos lábios. Walter ficou observando-o com um misto de curiosidade e admiração, como se o outro fosse uma espécie de exibição, uma demonstração da habilidade física humana levada além do prático e a um excesso festivo; e também dançou uma música, com uma mulher alta e exageradamente maquiada, de cabelos pretos muito lisos e pele ocre, e depois foi para o bar, onde Lukas e Hamilton III esperavam.

Olhe só para esse sujeito, disse Lukas. Chenier abrira um botão da camisa, e seus braços e pernas voavam para lá e para cá. — Parece um galo querendo voar. É impossível competir com ele: vamos encher a cara. Barman! Será que você não tem uma garrafa de bourbon escondida atrás desse lindo balcão?

Então deu meia-noite, e os membros da orquestra se inclinaram para agradecer, ouviram-se aplausos em toda parte, e os três estavam cegos como vermes, curvados como vermes, e quase já não tinham o que perder. As últimas horas na terra. Lá fora, as palmeiras eram açoitadas pelo vento obscuro do Pacífico; dentro, Hamilton III se pôs a discursar para ninguém. Minha mãe..., começou, mas logo se interrompeu, como se mencioná-la fosse a única coisa que pretendia. Cupreto voltara da pista ensopado de suor, com o cabelo molhado como se tivesse acabado de sair do mar. Um rapagão de cara redonda e cabelo ruivo o aguardava no bar, e observou-o percorrer todo o assoalho encerado e finalmente pousar as mãos no balcão, respirando fundo e olhando para o barman, do outro lado, que com um pano enxugava bebida derramada.

Me conta uma coisa, negro, disse o rapaz de cabelo ruivo. Enxugou o nariz pequeno e torto com o dorso da mão e chupou a baba dos lábios.

Chenier balançou a cabeça. Assim não, disse, embora estivesse tão ofegante que as palavras saíram numa pastosa sílaba única. Não fez a menor diferença. O rapaz de cabelo ruivo pôs a mão no ombro de Chenier e apertou um pouco.

Me conta como foi que você conseguiu entrar aqui. Só mesmo sendo um intrometido muito filho-da-puta, não é? Se mete na marinha dos brancos, que não é o seu lugar. Se mete aqui neste hotel.

Junto ao balcão, Walter notou certa dissonância num canto da consciência, mas era tarde, e ele não quis olhar, de modo que se virou ligeiramente, ficando de frente para a pista, onde duas garotas da Cruz Vermelha, de vestido de chiffon, estavam de mãos dadas, rindo de alguma coisa.

Você é louco, disse Chenier ao rapaz de cabelo ruivo. Eu não quero encrenca.

É, disse o rapaz. É, é, é. Isso mesmo, você não quer encrenca. Por que a gente não vai lá fora, e eu mostro o que você quer? Vamos lá, e eu faço você enfiar essa sua cabeça preta no seu rabo preto.

Chenier não disse nada e não se mexeu. O rapaz de cabelo ruivo sorriu e fez sinal para dois amigos que estavam no canto; eles retribuíram o sorriso e se afastaram. Indolente, Walter os viu sair. Olhou para as próprias mãos; balançou delicadamente o copo. Chenier chamou o barman. Um chope e um destilado, disse, e ergueu a cabeça para contemplar os lustres pelo espelho atrás do balcão.

Você não vai servir esse sujeito, disse o rapaz de cabelo ruivo. O barman olhou para ele, intrigado. Sabe quem é esse sujeito?, prosseguiu o rapaz. O barman deu de ombros. Esse sujeito, disse o rapaz, é da raça africana. Ora... ora... ora, não sei como ele conseguiu entrar aqui, não sei para quem mentiu nem que mentira contou. Nem sei por quem está tentando passar. Eles têm um monte de lugares só para eles. Mas eu vou te dizer uma coisa, insistiu, debruçando-se no balcão. Se você continuar servindo esse sujeito, nenhum branco volta mais aqui.

Chega, disse Chenier. Na meia-luz, pareceu subitamente mais velho e mais formidável como homem, ainda que também mais frágil.

Que chega o quê, disse o rapaz de cabelo ruivo, aproximando-se, e Chenier suspirou. Vamos lá fora, e resolvemos isso depressinha.

Quer me servir a bebida, amigo?, pediu Chenier ao barman. Por que vocês não resolvem a sua diferença lá fora?, sugeriu o barman. Resolvam e, depois, podem vir tomar um trago, certo?

O rapaz de cabelo ruivo ficou esperando enquanto Chenier se aproximava de Walter para apanhar o chapéu. Nesse meio-tempo, Hamilton III tinha reiniciado a saga materna: seus muitos casamentos, seu dinheiro, sua mansão. O *Cajun* parou para escutar.

Que houve?, perguntou Walter.

Não sei..., disse Chenier, lentamente. Esse sujeito resolveu implicar comigo.

O rapaz de cabelo ruivo sorriu e falou em voz alta da outra extremidade do balcão. Eu vou dar uma lição nesse seu amigo negro, disse, porém Walter não tentou discutir com ele; estava muito bêbado para registrar o insulto em meio à exuberância carmesim de mulheres e música; para ele, aquilo foi pouco mais do que pensar no vento lá fora ou em sua casa distante. Fez-se um silêncio breve e banal, e então os outros dois saíram.

O *Cajun* morreu naquela madrugada, espancado até a morte durante cinco minutos, atrás da entrada de serviço do hotel, por três homens que jamais foram identificados. No fim, começou a exalar vapor, embora estivesse tiritando, e a última coisa que viu foi um gato cinza grande e sujo lambendo seu tornozelo. Skk, disse Chenier. Skk.

Só quando a Polícia Militar entrou no salão de baile é que Walter, Hamilton III e Lukas se deram conta de que havia alguma coisa errada. Tinham percebido que o *Cajun* desaparecera e sabiam que estava em apuros, mas achavam que aquilo não ia passar de uma briga à-toa na escuridão que qualquer um deles seria capaz de enfrentar. Talvez ele tivesse feito amizade com o rapaz de cabelo ruivo e partido em busca de outros prazeres. Não.

Os policiais os separaram e os levaram à delegacia; lá, foram interrogados, um a um: Qual é o seu nome, de que unidade você é? Onde esteve hoje à noite? Fazendo o quê? Quem era o seu amigo? Com quem ele estava conversando no bar? Nenhum dos três, Hamilton III, Lukas e o próprio Walter, tinha olhado para o rapaz a ponto de vê-lo; ouviram a palavra *negro*, e aquilo explicava o que eles precisavam saber. Você não o viu?, perguntou a Walter o oficial encarregado da investigação. O seu amigo sai para brigar com três homens, e você nem chega a ver quem eles são? Por que não foi com ele? Por que não o ajudou?

Walter tinha dezoito anos, e não soube o que dizer, ainda que uma lágrima de raiva e desonra tenha escorrido ao lado do seu nariz. Fazia tempo que a bebedeira passara, e aquela perda era estranha; ninguém esperava ficar ferido antes de entrar em combate, e nesse caso só com muita glória. Ninguém esperava morrer dançando. De volta à base, os três sobreviventes tiveram a última conversa. Puta merda, disse Lukas. Por que o filho-da-puta saiu de lá? Por que não pediu ajuda? Mas todos sabiam que tinham feito uma coisa indecente demais para ser removida pela luz do sol ou pela sobriedade, ou mesmo pela guerra iminente. Foram negligentes e desgraçados, e Chenier morreu.

18

Na semana seguinte, Walter Selby subiu a bordo de um navio de transporte de tropas com destino às ilhas Gilbert. Cavalgando o lombo do gigantesco oceano verde-cinza, esperava pacientemente morrer, ser estraçalhado por um fragmento de metal que chegasse zumbindo do céu ermo, ser lançado ao ar pela expansão de uma coluna de fogo, cair e se afogar nas profundezas — não tanto por merecimento, mas por falta de sorte moral. No entanto, os mares foram se tornando azuis, surgiram ilhas, selvas exuberantes, recifes de coral, uma laguna, uma praia; avançando sempre, sob as palmeiras e os pandanos, ele acabou descobrindo a sua grande habilidade para matar gente, e matou o máximo que pôde.

19

Retornou semi-esfolado, com uma bonita condecoração encobrindo sua crueza. Em Louisville o irmão, Donald, recebeu-o com um aperto de mão e um sorriso orgulhoso, desmentido apenas pela leve rigidez do olhar, que estava fadado a não esquecer a guerra. Todos queriam dar parabéns a Walter, telefonar para ele, contratá-lo; os carros buzinaram em toda Louisville, e as luzes da casa ficaram acesas a noite inteira. A faculdade passou rapidamente; convencido de que ele nascera para a administração pública, seu professor de história o persuadiu a cursar direito em Vanderbilt. Seis anos após o restabelecimento da paz, ainda havia quem lembrasse o quanto Walter se saíra bem na guerra, e, ao se formar, ele foi convidado a participar da campanha eleitoral de um parlamentar cuja reeleição se julgava impossível. Mas, para surpresa geral, o candidato venceu, e Walter foi tomado de uma satisfação profunda e crescente. Depois da guerra, já não haveria guerras, a não ser em nome da segurança e da justiça no Tennessee. Ofereceram-lhe emprego no gabinete do recém-eleito, mas ele recusou: o político não o animava, e seu cargo, no remoto leste, não conferia poder. E mais: Walter tomara gosto pela campanha eleitoral, pela matreirice, pelas andanças, pelos conchavos. Era um rapaz com uma autoridade aparentemente inata, cautelosa e grave, um homem culto que, não obstante, gostava de pôr a mão na massa e batalhar, um homem formidável que se tornava cada vez mais formidável, uma força temível, ou um consolo para quem caísse nas suas graças.

Numa tarde de inverno, Walter recebeu o telefonema de um senador estadual em Nashville. Já tinha ouvido falar no sujeito: dono de uma conversa mansa, muito franca, gozava da confiança de seus combalidos eleitores, que o haviam colocado no gabinete do pai alguns anos depois da morte deste, e lá o conservavam fazia mais de uma década. Conhecido pela prudência, era considerado honesto; toda a sua atuação legislativa jogava água no moinho das instâncias superiores do estado, mas o povo das cidadezinhas, as decadentes comunidades agrícolas e a gente humilde gostavam dele por suas promessas e seu indisfarçável desprezo pelos velhos da capital e pela máquina de Boss Crump em Memphis. Era mais interessante do que a maioria, e Walter foi conversar com ele.

O senador tinha um velho e trêmulo factótum na ante-sala, o qual conduziu Walter ao gabinete, desapareceu e voltou logo depois com um copo cheio de uísque do Tennessee, um frasco de antiácido e uma tigela de porcelana com gelo; pôs tudo na mesa ao lado de Walter. O senador já vem, disse o factótum, e tornou a sair.

Passados alguns minutos, a porta se abriu e deu passagem a um homenzinho miúdo, com uma cabeça enorme, redondíssima, de cabelo e sobrancelhas tão brancos que lhe davam aspecto de albino; mas não, ele era apenas velho e totalmente desprovido de cor em razão da rapidez com que envelhecera. Walter se levantou; o senador lhe deu um suave aperto de mão e convidou-o a sentar novamente, acomodando-se numa poltrona de couro cor de vinho e respirando fundo.

Walter Selby..., disse o senador, encarando-o com franqueza. Você é um grande camarada, não é? Que bom. Eu gosto disso. Deu uma olhada nos papéis sobre a escrivaninha. Walter Selby: já ouvi falar em você. Walter balançou a cabeça, e houve um silêncio interrompido apenas pelo zunzum do ar-condicionado. Por fim, o senador tornou a falar. Sabe qual é a distância entre Memphis e Sugar Creek?, perguntou.

Cerca de oitocentos quilômetros.

Setecentos e sessenta e quatro, disse o senador. Uma distância enorme. Muito chão. Os caminhoneiros são espoliados na estrada inteira, de ponta a ponta. Precisamos fazer alguma coisa. Ajudar um pouco os agricultores, na medida do possível. Há salas de aula com quarenta e cinco alunos, outras com apenas dois ou três. Um absurdo. Nós investimos em serviços públicos ligados ao projeto do vale do Tennessee, mas o povo continua sem energia elétrica em algumas partes do estado. Sem energia elétrica. Sem luz, sem geladeira, sem rádio para ouvir depois do jantar. Não falta quem ache que a única solução para o problema seja o Governo Mundial. — O senador fez uma pausa para saborear as palavras. — O Governo Mundial. Em Memphis, um grupo de empresários se reúne secretamente toda quinta-feira à noite, no Badger Room, para discutir o estabelecimento de um... Governo Mundial. Outro grupo faz reuniões secretas toda segunda ao meio-dia, no fundo de uma lanchonete da avenida Union, para discutir como combater a turma de Memphis. — O senador ergueu as mãos em atitude de oração, pressionando uma na outra. Está vendo?, disse. Duas forças iguais e opostas. Eu os chamei de lado e disse que admiro muito o que estão fazendo. Expliquei que não posso apoiá-los abertamente, é claro, mas que eles contam com meu apoio tácito e com minha gratidão. E é verdade. Enquanto essas turmas continuarem atacando uma à outra, nenhuma das duas pode atacar mais ninguém. — Nesse ponto, o senador balançou a cabeça com tristeza. Santo Deus, o estado está povoado de lunáticos. Eu passo a metade do tempo tratando de mantê-los uivando para a lua, para que não comecem a uivar para mim. Outro dia, em Vanderbilt, estava conversando com um médico que trabalha num programa de imunização. Um bom programa, diga-se de passagem, e é preciso mantê-lo. Então perguntei: Quando vocês vão inventar uma vacina contra a temeridade? Isso resolveria, de uma hora para outra, a metade dos nossos problemas.

Walter esboçou um sorriso.

Muito bem, disse o senador. Vamos conversar. — Encostou-se na poltrona, calou-se por um instante, depois se inclinou para a frente até que Walter sentisse seu hálito limpo e a loção após barba do barbeiro. Vi o que você fez naquela campanha. Acompanhei tudo de perto. Você é veterano de guerra, mas não usa isso em proveito próprio. Tem vínculos familiares antigos aqui. Eu sei de tudo, não se preocupe. Não há motivo para se envergonhar. É provável que todos nós tenhamos um pouco de sangue negro.

Quê?, surpreendeu-se Walter.

A velha Lucy Cash fez o que qualquer mulher faria naquela situação.

O nome era tão remoto que Walter precisou parar para pensar.

Você não sabia, sabia?, perguntou o senador num sussurro.

É a minha bisavó.

Ela era uma negra de Chicago, disse o senador. Mulata clara, um encanto de garota. Queria passar por branca, por isso veio para cá.

Walter balançou a cabeça, olhou para o chão e estudou o próprio sangue — o mesmo de sempre, só que agora parecia mais escuro. Como o senhor soube disso?, perguntou.

Bom, eu mexi os meus pauzinhos, disse o senador. Queria saber com quem ia conversar. Mas o importante é que isso não é importante. Entende?

Walter fez que sim e disse: Não. Calou-se por um instante. Não, claro que isso não é importante. Aposto que a metade da população do Tennessee tem um pouco de sangue negro nas veias.

É verdade, disse o senador. É justamente o que estou dizendo. Mas duvido que as pessoas estejam preparadas para saber disso. Por enquanto não. No futuro talvez.

Talvez, disse Walter. No futuro. Foi por isso que o senhor me chamou?

Ah, isso é apenas uma pequena parte, disse o outro. Nós temos tanto trabalho pela frente, você e eu.

Pode ser, disse Walter.

Eu sei que você é um homem virtuoso. E prático. E eloqüente. Representa o futuro do Tennessee, e o representa muito bem. Qualquer dia, vai ser uma figura importante no estado, talvez até no país. — O senador fez uma pausa e apontou inutilmente para os papéis na mesa. Tenho conversado com a direção do partido, ando jantando em todos os distritos. Conto com um apoio sólido. Vou me candidatar a governador e acho que vou ganhar. Mas preciso da sua ajuda, Selby. Preciso que você volte a Memphis para mim e acompanhe os acontecimentos. Fique de olho, fique de olho no pessoal de Crump. Quero que escreva uns discursos para mim, para ganhar o voto dessa gente. Bom, disse o senador, erguendo a cabeça e sorrindo. O que você quer para ficar comigo?

Mais tarde, Walter se perguntaria o que Nicole estaria fazendo naquele instante, que beldade infantil estaria representando no palco da sua cidade natal. Mas não pensou nela quando o senador conquistou sua lealdade, ainda que como um ideal futuro. Não pensou no povo, não pensou na história: sempre haveria espaço para o estado e tempo para o século. Pensou no senador e na magia que havia extraído do passado, transformando Walter num homem diferente, embora ele não soubesse como. A notícia da cor de seu sangue era insignificante; mas o modo como tinha sido dada fora um pequeno milagre, uma manifestação perfeita do conhecimento a serviço da autoridade, e da autoridade como garantia do conhecimento: um sistema autosuficiente, a que o senador recorrera só para mostrar que era capaz de fazê-lo. Ele era um homem inevitável, e sua campanha seria guiada pelo destino. Walter apertou a mão dele naquela noite, e na tarde seguinte deu início aos telefonemas e às visitas.

Em novembro, o senador foi eleito governador, e Walter foi nomeado assessor dele — redator de discursos, conselheiro e confidente, leão-de-chácara quando era necessário um leão-de-chácara, e seus olhos no oeste. Havia um escritório em Nashville e outro em Memphis, à parte uma ou duas salas em Knoxville e Chattanooga. Você pode ficar em Memphis, o meu homem perfeito, lhe dissera o governador, sorrindo e olhando para Walter da poltrona atrás da mesa. Mas é melhor ter cautela, por mim e por você. — Espalmou as mãos como costumava fazer quando ia tomar uma liberdade retórica. São tempos arriscados, murmurou. As mulheres e as crianças se escondem atrás da porta enquanto o crime grassa nas ruas; o mundo está coalhado de comunistas, e nossos inimigos se apresentam disfarçados de irmãos; o sul está parindo um Novo Mundo, e as parteiras em Washington estão com as mãos sujas. E os pobres não agüentam mais o fardo que carregam. *Et cetera*, disse. *Et cetera*. — O governador tornou a sorrir, agora com mais franqueza, feito um homenzinho que acabava de ser desafiado por um gigante que ele sabia ser capaz de derrotar. Só quero que me ajude a tirar esses filhos-da-puta de trás de mim, cochichou, para que eu possa trabalhar um pouco aqui.

Walter não acabou indo para o Tennessee? E não avançou, passo a passo, com segurança e prazer? Pode contar comigo, disse.

20

Não lhe faltavam histórias para contar a Nicole, e ele as contava muito bem. Os homens e as mulheres que tinha conhecido no caminho, as histórias veladas e as escancaradas. O governador cumpriu o primeiro mandato sem arruinar o estado, como previam seus adversários, e por isso foi reeleito. Então começaram a aparecer os manda-chuvas: poderosos locais, chefes políticos, industrialistas, pastores famosos. Toda vez que Walter terminava de contar um caso, ela pedia outro, e toda vez ele aquiescia. O que havia sido discutido na sala, que levava a companhia de eletricidade a manter as tarifas baixas até a primavera. Quem foi encarregado de convencer os pastores batistas a consentir que os caminhões transportassem caixas de bebida aos sábados. Quem obteve o contrato da construção da nova pista do aeroporto, em troca de que contribuição para qual das causas do governador.

Se você contar mais uma, eu te dou outro beijo. Era uma noite quente de outubro, e eles estavam no balanço da varanda. Histórias em troca de beijos; o cabelo de Nicole tinha um cheiro adocicado, mas seu hálito era ligeiramente azedo; toda vez isso o chocava, tornava os beijos dela mais reais, o que, por sua vez, os tornava mais fantásticos. Por aqueles beijos, ele era capaz de contar toda a história do Tennessee.

Bom, disse ele. Tem um sujeito que conheci em Chattanooga, um tipo comum, de estatura comum, meio vermelho, careca, devia ter uns cinqüenta, cinqüenta e cinco anos. Eu o conheci na Legião Americana, mas até hoje não sei que diabo ele foi fazer lá. O governador estava discursando, eu esperava do lado de fora, então esse homem se aproximou. Nem sei como começou a conversa, e demorei um pouco a entender do que se tratava, algo a respeito de um homem chamado James Ewell. Toda vez que ele se referia a esse sujeito, usava o nome completo: James Ewell. Foi a primeira coisa que me chamou a atenção quando tentei acompanhá-lo.

Pois bem. O caso é que James Ewell morava na região, e James Ewell tinha uma filha chamada Evelyn, de mais ou menos dezessete anos. — Era viúvo, a mulher havia morrido quando a garota era bem pequena. E a conversa foi por aí — James Ewell, Evelyn Ewell, a fazenda onde moravam —, até que ele contou que a garota era uma grande atiradora, a melhor espingarda de todo o distrito, e James Ewell tinha muito orgulho da filha, e era muito unido a ela. Muito unido mesmo. Entende? Demais até. Coisa que deixou as pessoas desconfiadas.

Muito bem. James Ewell e a filha tinham o costume de ir caçar no bosque, disse o homem. James Ewell e a filha passavam um ou dois dias sumidos e voltavam com a caminhonete carregada de veados. Até que um dia a garota foi sozinha à cidade, entrou na delegacia e contou que acabava de matar o pai, no bosque. Havia sido um acidente, disse ela: estava seguindo um veado entre as árvores, e de repente deu com o velho estendido no chão, uma bala atravessada no pescoço. E ninguém soube o que fazer; a garota nunca errava um tiro, era o que dizia a lenda. Mas como provar? E tudo acabou ficando por isso mesmo. Uma história interessante, dissera Walter ao homem. Em que posso ajudá-lo?

Bom, eu vou lhe contar, disse o sujeito. Agora, a mesmíssima garota estava namorando o filho dele. Não quero que meu garoto acabe com uma bala na cabeça e não quero dizer não à garota, e essa polícia de merda não vai fazer porra nenhuma para evitar que isso aconteça, eles já me disseram que não podem fazer nada. (E, nesse ponto, Walter pediu desculpas pelos palavrões, mas era exatamente o que o homem tinha dito; e Nicole se limitou a sorrir e balançar a cabeça.) Mas vi o governador entrando aí para fazer discurso e quero pedir a ajuda dele.

Pode deixar que eu falo com ele, disse Walter. Dê o seu nome e diga como posso entrar em contato com o senhor, que eu ponho o governador a par do seu problema.

O homem ficou decepcionado. Queria conversar pessoalmente com o governador, mas Walter disse que não era possível, infelizmente. No entanto, prometeu fazer o que estivesse a seu alcance. Entregou-lhe a agenda e a caneta. — Bom, tudo bem, disse o sujeito, e anotou seu nome e um endereço numa estrada rural.

É claro que o governador não quis saber do homem, do filho dele, nem de Evelyn Ewell, mas Walter ficou curioso e, alguns meses depois, pediu informações à polícia local.

E?, perguntou Nicole.

O rapaz e a moça estavam casados, eram felizes, iam ter um bebê; e o velho não falava com eles, tanta certeza tinha de que a tal maldição ainda ia se abater sobre a família, apenas com um adiamento de alguns anos, que, para uma maldição, não eram mais que alguns minutos. — E, pelo que sei, disse Walter a Nicole, eles vivem assim até hoje. Calou-se e olhou para ela com ar pensativo. O que você acha?, perguntou. O homem inventou isso? Eu inventei? Nicole pestanejou. Ah, não, apressou-se a dizer. Nenhum dos dois, não. Eu acredito em você. Acredito nele. Pela história, dá para ver que é verdade. Mesmo que não seja. Não acha? Acho que você tem razão, disse Walter, empurrando o balanço para trás e deixando-o voltar suavemente.

21

Passeios noturnos sob um céu escuro e úmido que refletia o dia findo. Eles caminhavam à beira do rio, detendo-se ocasionalmente para olhar a água; ou estacionavam nos bairros abastados da zona leste e percorriam as ruas, examinando os jardins pelas grades. Uma noite, jantaram e foram ao zoológico, uma hora antes de fechar, ver os elefantes se prepararem para dormir. Walter a beijou, e todas as idéias dele definharam com o contato, como luzes apagadas num curto-circuito, deixando apenas um pensamento a pairar na escuridão: *Mais*.

Ele tentou abraçá-la, mas Nicole recuou com um leve sorriso nos lábios. Acho que está na hora de eu ir para casa, disse ela.

Ele fez que sim, recompôs-se e alisou o paletó. Claro. Está bem.

Levou-a para casa, beijou-a uma vez mais à porta e a deixou entrar. Ela parou na soleira e lambeu os lábios. Walter era gentil, educado e respeitoso. Era estável, ia ficar. Um homem vivido e talentoso. Portanto, ia ficar. Que bom, ela estava contente. Quando voltaram a sair, ele a beijou novamente, na dura e escura fímbria da noite, e ela se aconchegou a ele, ali onde era mais perto de meia-noite, aventurando-se, com seu beijo retribuído, a tudo o que ele sabia. Aquela noite, recebeu-o em casa; e, nas noites seguintes, ora o recebia, ora não, dependendo do que sentia: se era demais ficar com ele ou demais ficar sozinha.

22

O governador ligou para Walter. E o tal acidente no leste? Aquele com os garotos da escola?
Nada, disse Walter. Alguns pais querendo empurrar alguém para detrás das grades.
Quem?
Qualquer um. O motorista, a diretoria da escola, o fazendeiro cuja propriedade a estrada atravessa. Fora isso, nada. Absolutamente nada.
Ótimo, disse o governador.
Não, acho que não, disse Walter. Acho que precisamos fazer alguma coisa.
Fazer o quê?
Pressionar um pouco o Legislativo, talvez telefonar para a construtora, verificar até que ponto as estradas são perigosas e se é fácil consertá-las. — Percebeu que o governador tirara os óculos e os limpava com o lenço, como já tinha feito mil outras vezes. — Eu mesmo posso fazer isso, disse Walter.
Não, disse o governador. Acho melhor deixar isso de lado por ora. Somos fracos lá, e eles não gostam de nós. Desconfiam de tudo o que fazemos, seja o que for. Deixe-os ficar zanzando

por aí, feito galinhas no terreiro quando faz tempo que o galo não dá as caras. Quando chegar a hora, eles vêm me procurar com um pouco de humildade e um pouco de bom senso. Palavras como *imposto* nunca sairão da nossa boca. Vamos receber o que queremos e dar o que eles precisam.

Sim, disse Walter, e pensou: Não se esqueça disso, também, para ter o que contar quando chegar a hora.

## 23

COUNTRY

O cantor estava bêbado — aliás, embebedava-se quase toda noite. E, como a noite era praticamente a única coisa que existia para ele, ficava bêbado a maior parte do tempo. Antes do amanhecer, tornou a se urinar, e a mulher a seu lado — como era o nome dela mesmo? — o acordou, aos berros. Levanta!, disse. Acorda, levanta! Passou uns cinco minutos sacudindo-o até que enfim ele ergueu a cabeça.

Ah, pára com isso, doçura. Não me aporrinha! Já estou com o saco cheio disso lá em casa.

A calça do terno jogada no chão, perto do pé da cama; uma bota na cadeira, a outra enfiada até a metade debaixo do sofá; ele não conseguiu achar o paletó e imaginou que o havia perdido na noite anterior. Um terno de quatrocentos dólares! Comprara-o do velho Nudie, em Los Angeles, pagamento à vista, uma nota em cima da outra. E agora, onde estava? Tudo perdido por causa daquela vagabunda.

Ele sabia que tinha um compromisso, mas não lembrava onde. Precisava telefonar para que lhe contassem. Antes disso, um café bem que viria a calhar. Outro drinque poderia funcionar, mas café estaria bem, um café e umas bolinhas. As bolinhas estavam no paletó. Mas onde estava o paletó? Você não sabe onde foi que..., disse o cantor, em voz alta mas para si mesmo. Lá estava o pobrezinho, todo amarrotado num canto do quarto, e ele o vestiu. Muito bem, então... Enfiou a mão no bolso, à procura da carteira. Puxa, eu estava cheio da grana, e agora nada. Sua voz adquiriu um tom mais duro. Você não sabe o que aconteceu, sabe?, perguntou à mulher sentada na cama. Ela parecia nervosa, não sabia o que aquele homem era capaz de fazer. Foda-se, disse ele, não esquenta. Eu ia dar tudo para você, mesmo.

Olha aqui, eu não sou nenhuma puta, disse ela. Vê lá como fala comigo.

O cantor sentiu aquele gosto metálico na boca, um gosto que ele detestava, e um zumbido na cabeça. Sabia que era por causa dos comprimidos de hidrato de cloral, ou então porque tinham acabado, mas não podia fazer nada, a não ser enrolar a língua na boca e sofrer. Pediu à mulher: Me empresta dez dólares, meu bem? Preciso sair.

Aonde vai?, perguntou ela. Pretende me largar aqui, limpando este chiqueiro? Apontou para os lençóis molhados de urina.

Eu preciso, disse ele. E preciso também usar seu telefone. Cadê?

Ela não disse nada, simplesmente se levantou e foi até a janela. Ele olhou ao redor do quarto, enquanto ela o observava com cautela. Nossa, que sujeito esquelético, pensou. Um passo em falso, um tropeção, e ele se arrebenta todo. Como era possível que um sujeito magro daquele jeito tivesse um pau tão grande? Podia tê-la machucado durante a noite, ainda bem que não estava muito excitado. Com expressão intrigada, viu-o pegar o telefone e discar o número da esposa. A mulher o ouviu dizer: Billie Jean, meu amor. Sei que tenho de ir a um lugar, mas não lembro aonde. A agenda está aí, não está? Vai buscar, vai. Aguardou um pouco, e uma voz estridulou na linha... Estou com o meu amigo Skeeter, disse ele. Mais barulho no telefone. Não, nada disso, disse ele. Estou com o meu amigo Skeeter. Quer falar com ele? Afastou o fone do ouvido e, de costas para a mulher no quarto, ergueu o rosto para o teto e gritou: Ei, Skeeter. Vem dar um alô pra Billie Jean. Esperou uns momentos e tornou a falar no aparelho. Bom, ele está cagando, mas mandou um abraço. Não, meu amor, vai buscar a agenda pra mim, vai.

Enquanto ele aguardava o retorno da esposa, a outra mulher tirou a roupa da cama, puxando os lençóis com o polegar e o indicador e resmungando consigo: Não vai ser fácil tirar essas manchas de uns lençóis de algodão tão bom. Ele continuou sem lhe dar atenção. Por fim, ela o ouviu falar novamente. Certo, isso mesmo. Agora abre no... em que mês a gente está?, dezembro, já. Abre em dezembro, disse. Agora, vê aonde eu tenho de ir. Aonde? Muito bem, então, disse. Obrigado, meu amor, você salvou a minha pele outra vez. O que seria de mim sem você? Ia ficar mais perdido que cego em tiroteio. Eu te amo. Amo mesmo. — E, com essas palavras, recolocou o fone no gancho.

Droga, disse para a mulher no quarto. Quase Ano-Novo já.

O táxi chegou uns vinte minutos depois. Ei, eu sei quem você é, disse o motorista quando o cantor se instalou penosamente no banco traseiro.

Não sabe, não, disse o cantor. Sei muito bem o que está pensando, mas eu não sou esse filho-da-puta. Sou parecido com ele, só isso.

Não, é você mesmo, disse o motorista.

Toca pro centro, disse o cantor.

Sim, senhor, disse o motorista, e deu a partida.

O cantor se curvou e cobriu os olhos com o chapéu, enquanto lá fora a Memphis hibernal se recolhia no frio. Inclinou-se mais, até ficar com o rosto bem perto do assoalho, olhando para baixo; e vomitou copiosamente.

Porra, disse o motorista. Que merda você está fazendo aí atrás? Nenhuma resposta. Não vomite no meu carro, disse o motorista. Eu não estou nem aí pra quem você é ou deixa de ser. Parou no meio-fio. Pelo menos abre essa porta e põe a cabeça para fora, vomita ali nas plantas. Mas o cantor simplesmente sentou no estribo, a cabeça tombada entre os joelhos dobrados, babando fel no pavimento gelado. Ao terminar, tirou o lenço do bolso, enxugou o rosto e tornou a entrar no automóvel.

Tudo bem, vamos embora, disse.

O motorista partiu, balançando a cabeça, mas sem dizer nada. Seria obrigado a limpar todo o carro, mas, em compensação, teria uma história e tanto para contar durante anos. Aonde é que a gente vai?, perguntou depois de algum tempo.

Ao Peabody, disse o cantor. Acho que tenho um quarto lá, fiquei de me encontrar com uns sujeitos mais tarde, uns políticos de Nashville. Não sei o que eles querem comigo. Depois vou tocar no centro, não sei onde, e depois a gente vai a Shreveport. Não você e eu. Eu e a banda.

O carro parou à porta do hotel, e o cantor entrou, cambaleante, no saguão, todo mundo olhando. Por que olhavam tanto, ele não sabia; devia estar um lixo. Grande coisa: qualquer um ficaria um lixo se tivesse passado pelo que ele passou. Queriam o quê? Que ficasse sem molhar o ganso toda noite? Só faltava! Talvez um deles conhecesse Billie Jean e resolvesse ligar, contando. Então ele ia ter de aturar a gritaria dela em casa, aquela choradeira sem fim enquanto ela fazia as malas, um inferno. Baixou a cabeça, escondendo-a um pouco, mas teve de mostrar a cara ao chegar ao balcão. Olá, disse o homenzinho com um sorriso. Em que posso servi-lo? Para começar, me diz em que quarto estou, disse o cantor. Depois me dá a chave. Pois não, disse o recepcionista. — Eles sempre diziam: Pois não, independentemente do que os mandassem fazer. O sujeito podia até dizer: Quero que você dê uma lambida na minha bunda, seu imbecil filho-da-puta; e eles diziam: Pois não, senhor, tenha a bondade de esperar que eu saia daqui de trás do balcão. Quer fazer o favor de arrebitar um pouco o traseiro? — O senhor está no quarto 702. E chegou um recado para o senhor, um recado de... O recepcionista olhou para um pedaço de papel. Acho que é de... Tudo bem, disse o cantor. Já entendi. Tirou o papel e a chave das mãos do recepcionista, deu meia-volta e foi para o elevador, mancando um pouco em conseqüência da noite anterior. Parou no outro lado do saguão. O bilhete dizia: *Encontro com o governador às 5h. Jantar depois. Esteja no auditório às 7h30. O show começa às 8h. Ingressos esgotados. Uma pessoa vai buscá-lo às 4h30. É um homem importante, não o faça esperar.* Havia quatro traços sob as linhas escritas e, mais abaixo, a assinatura do seu empresário. Ao chegar ao quarto, o cantor procurou um relógio e o encontrou no criado-mudo: 11h30.

Ligou para a gravadora, sabia o número de cor, mas discou errado, e uma mulher atendeu. Quem fala? Cadê o Lester?, perguntou.

Aqui não tem nenhum Lester, disse a mulher, e desligou o telefone tão depressa que ele teve de parar um pouco para pensar. Então discou novamente e dessa vez acertou.

Quem é ele, afinal, um político ou sei lá o quê, certo?, perguntou o cantor. O governador, ou coisa que o valha. Do Tennessee... Cansado que estava, sentou-se na cama arrumada, o paletó e a camisa abertos, expondo o peito branco e frágil. Como se chama? — Quê? — Tudo bem, tudo bem. Estou morrendo de dor nas costas, sabe?, e o remédio não adianta mais. Preciso descansar, vou deitar aqui e dormir um pouco. Manda o hotel me chamar às quatro, aí eu desço. Me visto e desço, e você pode vir me buscar. — Porra, eu não queria fazer isso, sabe?, mas é que estou te devendo uma puta grana. Por isso que tenho uma casa branca enorme e toda a mobília que Billie Jean inventa de comprar, e, já que você faz tanta questão, eu desço e digo muito prazer pro governador. Faço o que você quiser. Faço mesmo. Mas escute uma coisa. Quando isso tudo acabar e eu tiver pagado o que devo, quero que você vá pra puta que o pariu, está ouvindo? Você e todos esses judeus aí. Paz e bênção pra vocês. Entendeu? Vou cuidar do meu negócio em outra freguesia. Porque, escute aqui. Eu não precisava de você quando era moleque e cantava na rua, e ia indo muito bem. Porra, bem melhor do que estou agora. — E pode ficar com a minha ex-mulher. Ela vai te arrebentar na cama. Até que é bom. Quem sabe ela te ensina alguma coisa. Político... Eu cantava na rua em Louisiana, uma cidadezinha no fim do mundo, Louisiana. Onde você estava? Foi isso que Deus perguntou a Jó, sabe? Onde você estava quando eu criei o mundo? É o que estou dizendo. É o que estou dizendo para você. Quer que eu tome banho e me arrume para levar um papo com essa droga desse governador. Por quê? Eu canto uma musiquinha pra ele, e ele que a leve a Nashville se quiser. É inverno, e eu tenho vinte e nove anos e estou... Hoje à noite vou ter de atravessar todas as montanhas para chegar a Shreveport. O que esse governador vai fazer por mim? O que ele vai fazer por você? Deixá-lo fora da cadeia, que é onde você devia estar. Quero que se dane. Vou estar longe daqui, mesmo. Morto. — Ele partiu, vão dizer. O que eu ganho com isso? As músicas. Aquela casa branca enorme. Quem sabe a ex-mulher dele ou a linda viuvinha. Pois você não vai ficar com um puto de um centavo. Quer que eu dance feito um boneco de corda para o seu governador? Ele pôs a polícia atrás de você? Aposto que pôs. Você pegou toda a grana lá na Assembléia Legislativa, pegou tudo. Ora, eu não estou nem aí pra isso. Estou bem e quero que você se dane. O que você acha disso? Essa gente... essa gente... Eles querem um show, e eu dou o show. Dou tudo o que tenho. Tudo o que tenho. Quanto eu te devo? Mil. Seis, sete, oito mil. Eu pago assim que puder. Vou receber uma grana. Recebo e pago, como disse que pagava. Pago, e você larga do meu pé... Ah... meu terno está todo... o paletó amassou, e... preciso de um tintureiro ou sei lá do quê. Você manda alguém subir aqui? Eu ia dormir, tirar um ronco, mas acho que não. Não estou com sono. Quero que lavem meu terno. Não tenho outra roupa para vestir. *Não desligue.* Não desligue. Espera, que eu vou levar o telefone até a janela. Quero olhar pra fora... Olhar pra isso aí. O céu. Vai nevar. Vai nevar. Acho que vai nevar. Aonde você acha que os patos vão quando neva? — Sabe?, estou com uma música nova, vai ser o maior sucesso, garanto. Vai ser uma coisa completamente diferente. Tem uma parte de jazz misturada, uma espécie de jazz. Uma coisa completamente nova. Quer que eu cante um pedaço? Afinal, você vai ser o dono dela, mesmo. Pode muito bem ouvir um pedaço, não é? Cadê meu violão? Cadê o violão? Cadê a droga do meu violão? Jesus, me ajude. Não tem problema. Você ouve hoje à noite, se vier. Sabe, sabe... Sabe?, eu nunca mais vi o meu moleque, a mãe dele não deixa que ele fique comigo. Como se tivesse alguma coisa errada em tudo o que eu faço. Mas no meu dinheiro ela não vê nada de errado. Quando eu terminar de falar com você, vou ligar para ele. A gente não conversa desde o Natal. Eu comprei um cachorro para ele; já te contei? Um filhotinho. O menino e seu cachorro. Você sabe

como são os cachorros? Eles latem, depois mordem. É sempre assim. Não falha... Ah... meu Deus, estou cansado. Vou dormir agora. Ou, quem sabe, ouvir um pouco de rádio. Depois eu durmo. Me acorde quando o tal governador chegar, aí eu desço. Desço. Desço. Pode deixar. Eu desço...
    Horas depois, o telefone começou a tocar e não parou; simplesmente tocava no quarto, ressoando sobre o homem adormecido. Lá fora, o sol se pusera cedo em Memphis, e o vento fazia as nuvens atravessarem rapidamente a escuridão do céu. O cantor não estava sonhando. O quarto permanecia intacto, nenhuma cadeira fora da posição original, nenhuma gaveta aberta; ele tampouco havia puxado os lençóis. Dormia nu da cintura para cima, a carne pressionando a roupa de cama, mas continuava de calça e de botas. O telefone tocou e tocou. Por fim ele estremeceu, virando um pouco o corpo, balbuciando alguma coisa para ninguém. E o telefone tocando. Então ele acordou, mas tinha dormido em cima do braço direito, que estava formigando muito e não obedeceu quando ele quis atender. E o telefone seguiu tocando até ele conseguir empurrá-lo com a mão e tirá-lo do gancho. Ouviu-se imediatamente um barulhinho no fone. Ele se pôs a gritar: Espera um minuto, está bem? Só um minuto. Já vou, disse, sentando-se e olhando atordoado à sua volta. Por fim, estendeu o braço esquerdo e pegou o fone. Quem é? Lá fora, o Mississippi ia deslizando e devorando o pouco que restava de luz.
    Um sujeito da gravadora estava esperando lá embaixo. Ele entrou no banheiro e jogou água fria no rosto, virando a cabeça de um lado para outro e se olhando no espelho: podia não ser um galã de cinema, mas era capaz de compor uma música. Em seguida, pôs a camisa e o paletó, enfiou no bolso a gravata estreita e saiu do quarto.
    O elevador estava vazio, e a luz dourada, refletindo-se no latão, dava ao pequeno compartimento um aspecto invulgar e

luxuoso. Ele começou a cantarolar, uma melodia qualquer, sem parar para pensar qual era. Bateu o pé lentamente e cantarolou um pouco mais alto, enquanto o elevador descia suavemente, percorrendo o hotel, e, ao chegar ao térreo, ele estava muito bem-humorado.

No saguão, aguardava-o o homem da MCA, um sujeito gorducho, de cabelo ralo e penteado para trás. Afundado na poltrona, teve algum trabalho para se levantar. Oi, tudo bem?, disse com um sorriso largo. Enfim. A gente já estava até com medo que... Eu ia mandar alguém subir para ver se estava tudo bem com você. O cantor não disse nada; limitou-se a sorrir ligeiramente. Bom, disse o homem da MCA, o que importa é que você está aqui. Ainda bem. Deu uma palmada no ombro do cantor e exalou um leve bafo de uísque em plena tarde.

Está com o carro lá fora?, perguntou o cantor.

Não, disse o homem da MCA. É aqui mesmo. O governador está hospedado neste hotel. Basta dar meia-volta, pegar o elevador e ir falar com ele. Tornou a sorrir. Nada mais fácil. Está pronto?

O cantor fez que sim. Estou pronto, disse. Prontinho. Vamos lá.

Ótimo, disse o homem da MCA.

O cantor voltou a cantarolar ao atravessar o saguão, até cantou um pouco em voz baixa:

*T de Thelma,*
*Essa garota acabou comigo*

O que é isso?, perguntou o homem da MCA. Música nova? Isso aí é uma composição nova?

O cantor balançou a cabeça. É de Jimmie Rodgers, disse. Você devia conhecer. Aliás, o que é que você faz na gravadora? Ah, sabe como é, disse o outro. Um pouco disso, um pou-

co daquilo. Um pouco de tudo. Mexo com a publicidade, cuido das despesas miúdas. Conto os centavos. Sou o vice-presidente. Faço o que dá para fazer.
Bom, de qualquer forma, esta é de Jimmie Rodgers, disse o cantor. É uma música... Acabavam de entrar no elevador.
É do seu repertório?, perguntou o gorducho.
Pode ser, disse o cantor. Pode ser que eu cante isso hoje.
Tudo bem, então. Jimmie Rodgers, não é? Vou procurar.
Qual é o título?
Não lembro, disse o cantor. Quando lembrar, te digo.
Lá em cima, no quarto 845 do Peabody, havia dois homens de terno, dois sujeitos bem-apessoados, bem-vestidos e barbeados. Um deles velho e baixo, de óculos, ar astuto. O outro, mais jovem, alto e sério. O cantor o encarou algum tempo. Então o homem da MCA disse ao cantor: Olhe, eu queria lhe apresentar o governador. O cantor avançou alguns passos e estendeu a mão, e o velhote fez o mesmo. Como vai, governador?, disse o cantor. O aperto de mão foi frouxo, e cada qual acusou silenciosamente o outro por isso.
Bem, obrigado, disse o governador.
E este é...
Walter Selby, disse Walter Selby. A carne pendia, flácida, dos ossos do cantor, e o corpo dele parecia devastado, como se um incêndio subterrâneo o estivesse consumindo por dentro e, por fora, um esmagamento tivesse afundado seu peito.
Selby?, repetiu o cantor. É esse o seu nome? Walter confirmou com um gesto. Então tudo bem. Selby. — E aí, governador, o que o traz a Memphis?
Bem, disse o governador, achei que devia fazer uma visita às pessoas que me elegeram. Por isso estou rodando um pouco antes de voltar a Nashville.
Nashville, é mesmo, disse o cantor. Como vai indo aquilo lá? O senhor está cuidando bem da gente?

Eu faço o possível, disse o governador, num tom de conversa franca, de homem para homem. E acho que vamos indo bem. Estamos elaborando algumas leis, impondo o cumprimento de outras... Tem gente querendo tirar a comida da boca dos trabalhadores honestos. Criminosos fazendo fortuna. Pode acreditar que estamos fazendo o possível para acabar com esse desmando. Puxa, isso eu acho bem legal, disse o cantor. Bem legal mesmo. Havia muito exagero em sua voz, e Walter desconfiou que o governador estivesse sendo um pouco engambelado. Caso o governador tivesse percebido, não o demonstrou. Esperamos que seja mesmo, limitou-se a dizer. Nós fazemos o que está ao nosso alcance. E quanto a você? Ouço seu nome em toda parte; falam de você em todos os lugares aonde vou: isso, aquilo. Quantas músicas suas estão nas paradas de sucesso atualmente?

Ah, não sei, disse o cantor. De fato, não sabia, e se virou para perguntar ao homem da MCA, mas o homem da MCA estava se servindo no bufê montado próximo à janela e não ouviu a pergunta. O cantor deu de ombros. Em geral são algumas, disse. No momento, estou com... Calou-se, olhou para o canto em que a parede encontrava o teto e começou a contar. O tempo foi passando, e ele pareceu esquecido do que estava fazendo. O governador e Walter Selby deram mostras de inquietação, e o cantor retomou a conversa. Acho que são três, disse.

Alguém já conseguiu ter mais que uma?, perguntou o governador.

Não, disse o cantor, acho que não.

Que coisa, disse o governador. Mas me diga: como as gravadoras conseguem que algumas músicas façam tanto sucesso, e outras músicas simplesmente parece que somem? Por que isso? Disse-o como se tivesse muita curiosidade pelo assunto e acreditasse que o outro pudesse dar uma explicação.

Mas o cantor se limitou a balançar a cabeça. Não tenho a menor idéia, disse. Mas vou te pedir uma coisa. Vá ao show de hoje para ver como é.
O governador franziu a testa, sorriu e se voltou para Walter. Será que dá?, perguntou. Temos tempo?
Walter deu de ombros. A que horas começa?
Às oito, disse o cantor. Grove Street Auditorium.
Acho que sim, disse Walter. Vou confirmar, mas tenho certeza de que dá para assistir pelo menos a parte do show.
Então está combinado, disse o homem da MCA, que acabava de voltar da janela com uma asa de frango em cada mão. Vocês vão até lá, entram pela porta dos fundos e mandam me chamar. Meu nome é Ruskin, e eu os ponho para dentro.

24

Visto dos bastidores, o cantor parecia muito maior do que no quarto do hotel: tinha um quê original e genioso, totalmente diferente de quando foi para a cidade, arrastando consigo o mau humor. A platéia era bem-educada, aplaudia ruidosamente após cada canção, sendo que alguns gritavam com entusiasmo, poucos vaiavam. Vinham dos becos e da zona rural para assistir ao espetáculo: um dólar e meio o ingresso, roupas limpas, barba escanhoada, cabelo esticado com brilhantina, e ninguém sorria. Conheciam todas as músicas e acompanhavam a apresentação do cantor como se tivessem adoração pela desgraça.
Ele cantou dez ou doze músicas em pouco menos de uma hora. Então se despediu e saiu do palco, brilhando de suor, tremendo. Olhou direto para Walter Selby e mal reconheceu o governador. Os rapazes da banda vieram atrás dele e, enquanto aguardavam o bis, andavam de um lado para outro, comentan-

do como tinha sido o show. O cantor ficou nos bastidores, quase ao alcance do olhar do público, a cabeça ligeiramente inclinada, ouvindo os aplausos. Impossível saber o que esperava, mas, quando achou que chegara o momento, simplesmente voltou ao palco. A banda fez menção de segui-lo, mas ele os deteve com um gesto, que permanecessem nos bastidores, e todos ficaram observando como os demais, com ar intrigado. Houve um intervalo, um silêncio, quando cessou a ovação de boas-vindas, antes que o cantor iniciasse a canção de encerramento. Um leve murmúrio nas últimas filas, feito uma chuva distante. O cantor falou. Hoje eu quero me despedir com uma composição de um homem que tenho certeza que todos vocês sabem quem é. A gente deve muito a ele, a música deve muito a ele. Um grande cantor americano. Ele se chamava Jimmie Rodgers. — Ouviram-se breves aplausos.
    Temos de ir, disse Walter ao governador.
    Quero dedicar esta música a um amigo, disse o cantor. A um velho amigo meu. Ele está com problemas, como às vezes acontece com todo mundo. — O governador ergueu a mão, queria ficar e observar. — Só quero dizer a esse amigo... que sei como ele está se sentindo.
    Arranhou um acorde lento no violão e começou.

*T de Texas, T de Tennessee*
*T de Texas, T de Tennessee*
*T de Thelma*
*Essa garota acabou comigo*

*Se você não me quer, mulher*
*Não precisa me enganar*
*Se você não me quer, mulher*
*Não precisa me enganar*

> *Porque mulher eu pego mais*
> *Do que um trem de passageiros é capaz de levar*

Ouviram-se risos esparsos na platéia, um ou outro grito de entusiasmo. O governador sorriu, e Walter avançou um passo em direção ao palco.

> *Vou comprar uma espingarda*
> *Tão comprida quanto eu*
> *Vou comprar uma espingarda*
> *Tão comprida quanto eu*
> *E atirar na pobre Thelma*
> *Só para vê-la pular e tombar*

Dali por diante foi penoso, infindável, verso se arrastando após verso, sem o menor ruído ou movimento na platéia, sem misericórdia por parte do cantor. Não passou um segundo, e a canção prosseguiu; não se perdeu um olhar, e Walter começou a sentir os nervos lhe aflorarem à nuca. Agora não restava nem história nem música, apenas a última e prolongada nota na garganta do cantor, a qual inundou o auditório como um perfume, e ele terminou.

O cantor saiu do palco, e o governador se colocou na sua frente, indiferente ao suor que pingava do terno do outro e à leve contração em sua boca. Foi um grande show, disse o governador em voz baixa. Realmente, um grande, grande show... O cantor não respondeu; estava pensando em outra coisa, ou talvez em absolutamente nada, e se afastou, distraído.

No caminho de volta do teatro, o governador disse: Pois é, está vendo?, é o que nós temos para oferecer. E não é menos do que os outros, talvez seja até mais. Walter contemplava a cidade pela janela, e não disse nada, mas se perguntou se o velho ouvira a mesma música que ele, pois era justamente disso que se tratava: nem mais nem menos. Embora fossem feitas com cuidado e cativassem o público, as músicas nada tinham a ver com arte, nem com diversão, nem com consolação, nem com odes democráticas: eram fatos e tinham de ser conhecidos. Naquela mesma semana, ele entrou numa loja, comprou alguns discos do cantor, levou-os com cuidado para casa e à noite ouviu todos, sentado no sofá, com Nicole estendida nas almofadas, a cabeça no colo dele. Quer dizer que hoje você resolveu me impor uma sessão de música caipira?, provocou ela, e logo adormeceu, o rosto liso e sereno, mergulhada em sonhos, enquanto ele escutava as canções, uma após outra, perguntando-se o que era aquilo. Seria música mesmo? Seria aquele o mundo que todos estavam negociando? Não gostou da música, mas não conseguiu tirá-la da cabeça, nem sua agitação nem sua vibração, e passou dias ouvindo a voz do cantor, a qual o seguia enquanto ele percorria os corredores encerados do palácio do governo.

## 25

Agora, agora que o sol ainda está alto; a nação vem à cidade, todo mundo presente à Grande Reconstrução. Um homem precisa juntar as poucas coisas que ama. Vidas inteiras já foram feitas e desfeitas, fortunas transfiguradas, futuros construídos para o bem ou para o mal. Case comigo. Case comigo no Tennessee.

Certa manhã, a secretária de Walter bateu duas vezes na porta e, como de costume, entrou sem esperar resposta. Deu com ele em sua cadeira, bem afastado da mesa, olhando fixamente para um estojinho preto colocado no centro do mata-borrão. Sr. Selby, disse ela. John Jones acaba de telefonar de Nashville. Disse que o governador quer saber quantos membros tem o sindicato dos caminhoneiros, distrito por distrito. Disse que acha que o senhor deve ter os números aqui e que pode preparar um memorando. — Selby ergueu os olhos, mas continuou com o rosto voltado para a mesa, para o relicário pequenino e mudo em sua frente. Não fez que sim, nem franziu a testa. Sr. Selby?, repetiu ela. Desculpe, o senhor me ouviu? Ouvi..., disse ele. Fez-se um silêncio prolongado. Quer dizer que o senhor tem as informações?, perguntou a secretária de Selby. Hum, fez ele, de um modo que podia querer dizer tanto sim como não. Sr. Selby? Ele girou a cadeira, inclinou-se e pôs as mãos em dois dos cantos da mesa, apoiando o peso do corpo nos braços estendidos. Neste estojo tem um anel, disse. Era da minha mãe, seu anel de noivado. — Calou-se, a secretária ficou imóvel, embora continuasse pensando no sindicato. Walter se dirigiu a algum lugar obscuro que tinha no pensamento. Meu pai o deu para ela, em Nova York, em 1922... Eu não conheci meu pai. Ela o deixou para mim quando morreu, e estou pensando em dá-lo a uma moça — em tentar... dá-lo a uma moça. Fitou a secretária nos olhos. Vou pedi-la em casamento hoje à noite, disse.

Oh, fez a secretária, e sorriu, perguntando-se por que ele continuava tão sério. Que bom, disse.

Deseje-me sorte e diga ao sr. Jones que passo as informações até o fim do expediente.

Boa sorte, disse a secretária, mas ele já voltara a se ausentar, e ela sorriu mais uma vez, agora para si mesma, e saiu da sala sem fazer barulho.

Aquela noite, Walter levou Nicole a um luxuoso restaurante francês do centro da cidade: toalhas brancas como lençóis, um lampiãozinho na mesa, o garçom de feições indefinidas anotando o pedido e logo desaparecendo. Estava com o anel no bolso do paletó e, de quando em quando, roçava os dedos no estojo. Ela chegou a reparar no gesto, mas não fez perguntas. Só uma parte de seus pensamentos se ocupou da questão, e ela não tinha como adivinhar o que ele trazia no bolso e por que não conseguia parar de mexer naquilo; coisa estranha, a rapidez com que se apaixonara por aquele homem e como estava longe de compreendê-lo.

Depois ele a levou até a beira do rio e estacionou no acostamento, no fim da ponte. Ficou algum tempo ao volante do carro parado, olhando para a água além do pára-brisa. Algum problema?, perguntou ela, e ele balançou lentamente a cabeça. — De jeito nenhum. Venha dar uma volta, vamos passear na ponte.

Estavam no meio do vão, e o calçamento sob seus pés parecia subir e descer muito levemente, como se fosse a água lá embaixo que estivesse parada e lisa, como se fosse o mundo lá em cima, com todos os seus fragmentos duros e tangíveis, que tivesse marés e estivesse sendo testado pela Lua. Ele segurou o braço dela, cingindo-o quase inteiramente com a mão. Nicole, disse. Quero te dizer uma coisa.

Era um discurso escrito nos dias precedentes; devia ser espontâneo, mas ele queria que tudo saísse perfeito, de modo que repassou muitas e muitas vezes as palavras, simplificando-o, procurando dizer tudo o que queria, tornando a simplificá-lo. Fez anotações e as dispôs de uma maneira e de outra, e não demorou a ter uma fala pronta, e acabou decorando-a, embora isso o deixasse mais nervoso, não menos, já que significava que não tinha nada em que pensar enquanto falava. Nicole, repetiu. Ela esperou. Ele teve o cuidado de fitá-la nos olhos ao proferir sua delicada alocução. Faz nove meses que nos conhecemos, disse. Não é muito, mas o suficiente para eu saber que te amo.

— Ou as lágrimas nos olhos dela a fizeram sorrir, ou o sorriso a deixou com lágrimas nos olhos. Ela quis dizer algo como obrigada, mas ficou em silêncio. Por isso, disse ele, eu posso entender o coração de qualquer homem verdadeiramente feliz, que não esteja encurralando sua própria triste vaidade num canto escuro. Estou pedindo a você que seja minha mulher, e quero ser seu marido. Calou-se e examinou o rosto dela em busca de uma reação, mas ela estava pensando em tanta coisa — tão cedo, mas não a surpreendia, ela já sabia, tão doce, suas mãos firmes, aquele estilo tão digno — que não pôde demonstrar tudo e acabou não demonstrando quase nada.

Ele tirou o estojo do bolso e o segurou junto ao corpo, olhando para sua própria mão como se estivesse um tanto confuso com o sentido daquilo. Eu trouxe isto aqui, disse, e então, com um movimento rápido, ergueu o estojo e o ofereceu a ela. Quase sem pensar, ela o pegou e o abriu. Era da minha mãe, disse ele. A origem foi uma surpresa, e os pensamentos de Nicole voaram e logo tornaram a se deter, ainda mais profundos que antes. Como é lindo, disse, pois era mesmo lindo.

Ele titubeou. Pretendia dizer mais, porém a radiância dela envergonhava a sombra; mesmo assim, ela precisava saber. Nicole, disse, antes que você decida aceitá-lo, preciso te contar uma coisa. Não sei se vai fazer diferença, mas você tem de saber.

Ela continuava segurando o anel, agora ligeiramente insegura. Aquilo era dela? Walter era dela? Ele percebeu o seu desconforto. Preciso contar, disse ele.

Ela fez que sim.

Se você se casar comigo, se tivermos filhos... Interrompeu-se. Uma barcaça ia passando sob a ponte, e ela se sentiu levemente instável, tentando não olhar para baixo. Que mal havia naquilo? Ele mesmo estava olhando para a barcaça, como se tivesse intenção de saltar. Ela esperou e esperou. É sobre minha família, disse ele. É que nós... nem todos os... meus antepassados... eram... brancos. Entende?

Sem ter a menor idéia do que ele estava falando, ela esperou que continuasse. Ele voltou a fitá-la. É isso: meu trisavô era meio negro, disse; minha trisavó também. Achei que você precisava saber que, que eu tenho um pouco de sangue negro, um dezesseis avos. Achei que você precisava saber.

Ela não disse nada, pois o momento, que era tão bonito, tinha se tornado bastante peculiar. Passou-lhe fugazmente pela cabeça a esquisita imagem de um bebê retinto parecido com ela. Talvez ela ouvisse as batidas do coração de Walter; decerto ele próprio as ouvia. Ah... Ele fez uma longa pausa. Tem gente que dá importância a essas coisas, disse. Não faz mal.

Oh, fez ela. E depois: Oh, outra vez. Eu não. Ligo. Eu não ligo para isso. Calou-se de novo e cogitou a possibilidade de se sentir ofendida. Mas, ao olhar para ele, viu-o tão óbvia e cabalmente aliviado, tão sinceramente agradecido, que decidiu esquecer a questão. Eu não ligo para isso, tornou a dizer, e se aproximou dele e o beijou.

Ele não conseguiu sorrir. Queria que ela dissesse sim. Você está dizendo sim?, perguntou. Isso quer dizer sim, quer dizer que vai se casar comigo?

Ela riu e não disse nada; queria saborear a ocasião, prolongá-la ao máximo. Quanto tempo conseguiria fazê-la durar antes que a iridescência se apagasse? Três, quatro, cinco...

Para Walter, abriu-se um buraco no lugar onde devia estar sua felicidade, e ele quase estendeu as mãos para agarrá-la, para sacudi-la até lhe arrancar uma resposta. Em vez disso, enfiou obstinadamente as mãos nos bolsos. Nicole, disse. — Ela não pronunciou uma palavra, ficou olhando fixo para ele como se não o estivesse enxergando. — Nicole, você vai se casar comigo?

... Sim, disse ela afinal, e desejou que a palavra durasse uma hora. Estou dizendo sim. — E ele segurou seus braços, puxou-a para junto do peito, sobressaltando-a com a violência do abraço, tanto que ela tornou a rir.

Que ótimo, disse Walter Selby. Que ótimo, que maravilha.

## 26

A cama: era king-size, branca e quente, e eles se divertiram ao escolhê-la juntos na loja de departamentos do centro da cidade. Observados pelos vendedores, foram andando de mãos dadas entre as mercadorias expostas; mas bastou ele sentar numa delas, um colchão branco num estrado dominado por uma cabeceira curva de madeira, para que um homem se acercasse, dizendo: Pois não?

Ela riu, e o vendedor hesitou um segundo ante a intensidade da sua satisfação. Estamos procurando... uma cama. Tornou a rir só de pensar no que acabava de dizer.

Esta é a melhor que temos, disse o vendedor. Estava com um terno azul-marinho bem justo e tinha um bigodinho fino. Ela se perguntou como seria a cama dele e com quem ele a dividia, se é que a dividia com alguém. Ora, todo mundo tem cama, pensou, mas nenhuma é tão linda e confortável como vai ser a nossa. Nós vamos nos casar, disse ao vendedor, e esta é nossa primeira cama, portanto tem de ser muito boa.

Bem, há muitas para escolher, disse o vendedor. Ali nós temos os últimos lançamentos de design de colchão. Vejam esta aqui... E se voltou para outro lado. Podem sentar se quiserem.

— Ela sentou. — São trezentas molas que a sustentam, disse o vendedor. Garantido: nada de insônia à noite, nada de dor nas costas de manhã.

Hum, fez ela. E esta é a melhor?

A melhor.

Então vamos ficar com ela.

Depois, com o passar dos anos, o uso cavaria uma depressão no colchão. Era lá que ele descobriria como fazê-la ofegar, o quanto ela era audaciosa com a boca, engolindo-o e pedindo mais; lá sentiria o cheiro das mudanças que o corpo dela sofria em um mês. Naquela cama, ela esfregaria o rosto na barba dele, já áspera à noite, até ficar com a pele ardendo; lá inventariam palavras para classificar as coisas e as coisas jubilantes; suariam e gritariam. Cama de coito e de sono obstinado, onde ela se empenharia em aprender a dormir de lado, com a mão dele no seio e a boca quente dele na nuca; onde aprenderia a tolerar suas ocasionais agitações durante o sono — mas ele era doce quando dormia, viril e, mesmo assim, delicado. Cama de açucaradas manhãs azedas, onde eles se virariam um para o outro, tornariam a se virar e se virariam inteiramente do avesso.

## 27

Naquele junho, Charleston estava quente e abafada. Chovera durante todo o mês de abril e boa parte de maio, tanto que o solo já não podia absorver mais nada. Em Jacksonboro, o Edisto transbordara, e até o oceano parecia cheio até a boca; dilatava-se e rugia. O casamento de Walter e Nicole estava marcado para junho, e o lugar era Charleston, mas eles passaram pelo menos três meses preparando a recepção. Segundo transpirara, o pai dela nutria grandes planos para o casamento da filha única, uma expressão de orgulho e sentimento que surpreendeu tanto a Nicole como a sua mãe. Havia alguns anos ele abrira uma poupança especialmente para isso, tinha a intenção de organizar a festa mais opulenta e impressionante que pudesse; e, embora não tivesse o menor interesse pelos pormenores, estimulava-a a ser ambiciosa e esbanjar à vontade. Seria a maior demonstração de afeto pela filha e de sua capacidade de entregá-la ao mundo em grande estilo.

Era preciso conceber os convites, escolher bem o texto, os envelopes a serem enviados e os agradecimentos a serem etiquetados; selecionar o bufê e o cardápio; a música; o local; e, acima de tudo, encontrar, comprar, ajustar e alterar o vestido. Uma coisa levou a outra, as listas se alongaram, exigiu-se mais comida, mais roupa, mais utensílios de vidro e mais luz. Determinaram a disposição dos lugares e distribuíram as cadeiras, e Walter, deslumbrado, aturdido, o homem mais feliz do mundo, recolheu-se em sua felicidade, concordando com tudo o que Nicole sugeria.

No entanto, quanto mais ele cedia, mais ela se ressentia, e, à medida que se aproximava a data, sua raiva aumentava, e aumentou a ponto de levá-la a duvidar de que valesse a pena se casar com aquele homem sem opiniões. E chegou o dia em que lhe deu vontade de cancelar o casamento. Ora, se você não se importa com nada, eu também não me importo, disse a ele. Acho melhor esquecermos tudo. E, com tais palavras, saiu precipitadamente do restaurante onde havia se encontrado com ele, as amostras de tecido para as toalhas de mesa na bolsa, e foi direto para casa telefonar para o pai e lhe dizer que não agüentava mais.

Mas o pai não quis saber de conversa; estava tão absorto na ocasião que simplesmente desdenhou o pânico da filha, como se não passasse de um pequeno surto de mau humor. Você é pior que a sua mãe, disse. Ela tentou mandar me prender por abandono só porque fui tomar um uísque na cidade enquanto ela experimentava umas receitas de guisado. Walter Selby é um ótimo homem, ótimo. Faça as pazes com ele e pare já com essa loucura.

Ela obedeceu: encontrou-o no quarto, vestido dos pés à cabeça, sentado absolutamente imóvel na beira da cama, com uma expressão esquisitíssima, em parte desolação, em parte perplexidade, como um homem cuja felicidade havia sido arrebatada tão subitamente que ele continuava à procura do momento do desastre, embora este já tivesse passado. Ela o beijou, e ele não mudou de expressão, mas levou a mão ao rosto dela e lá a deixou.

Então chegou o grande dia. Um desfile, uma procissão. Tudo na mais perfeita ordem, a fila de tias e tios aqui; o bando de crianças enfeitadas com fitas levando adereços — anéis e chapéus, livros, flores — ali. Ela já tinha visto semelhante luxo, mas nunca fora a causa. De repente, perguntou-se se merecia aquela ocasião, com tanta gente assistindo. A jóia brilhava? Seu reflexo era bonito?

Emily foi a madrinha; tendo dormido em outro quarto na véspera, encarregou-se de despertar Nicole de manhã. Lá fora, o céu estava cinza de horizonte a horizonte, ameaçando um temporal que não veio. Acorde, linda, disse Emily, e, quando ela lhe deu as costas, Nicole se olhou no espelho. Bom, todo mundo diz que este é o dia mais feliz da vida, disse Emily. É o dia mais feliz da sua vida? E Nicole disse que era, embora esperasse dias melhores no futuro.

A manhã correu bem, o movimento, de etapa a etapa — café-da-manhã com os pais, vestir-se, aguardar a visita dos parentes e amigos —, fluiu sem tropeços. Houve apenas um ou dois minutos em que ela ficou a sós no quarto, enquanto Emily procurava quem consertasse a fivelinha de prata que prendia a alça do seu sapato; aproveitou o silêncio para pensar em quem tinha largado no caminho para chegar àquele dia. Não faltavam rapazes com quem se imaginara casada, sempre havia um rapaz, desde que se conhecia por gente. Billy, por exemplo, um namorado do colégio: por onde andava agora? Casado já, e diziam que sua mulher estava esperando o terceiro filho. Esse ela não se arrependia de ter descartado. E Roger, que lhe ensinou a mentir para os pais; e Thomas, que a levou à formatura dele no colegial. E depois, naturalmente, houve John Brice; estremeceu ao lembrar esse nome, sentiu o estômago virar. Ora, todo mundo perdia o primeiro. Mesmo assim, não pôde deixar de pensar como teria sido se o houvesse acompanhado. Um erro terrível, com toda a certeza. Sim, teria sido um desastre: ela fez muito bem em não se aventurar. Perguntou-se onde ele estaria agora, e o que pensaria quando soubesse que ela havia tomado o nome de outro e atado ao seu para nunca mais desatar. Nicole Selby: repita, e expulsou John Brice da sua mente.

Fazia calor, mesmo de manhã, e ela receou que sua transpiração manchasse o vestido de noiva. Emily voltou com o sapato e tornou a sair, então a mãe entrou para pentear seu cabelo. Só o pai se conservava inteiramente calmo. Lá ia ele, coxeando serenamente até o bar para averiguar se havia bebida suficiente, conversando tranqüilamente com os amigos, contando uma piada de vez em quando.

O tempo foi passando, um minuto mais, outro ainda, uma hora. Ela estava no quarto, e Emily a ajudava com os ajustes finais no vestido. Em algum lugar do outro lado da cidade, o futuro marido a esperava, e ela queria muito ir encontrá-lo. Tudo pronto?, perguntou a Emily. A outra estava às voltas com as meias, e ela mal pôde suportar aquilo, não agüentava mais. Quase, disse Emily, fez um último ajuste e se levantou com relutância. Agora, disse, pousando na noiva um olhar voraz. Agora você está perfeita.

O governador vinha de Nashville; o carro que fora buscá-lo no aeroporto ia chegar a qualquer momento, e tudo mudaria com sua presença. Já havia comoção em toda parte, uma leve pompa antecipatória entre os homens. Lá fora, no corredor, ela ouviu o pai chamando Donald, o irmão de Walter, que chegara do Meio-Oeste durante a semana, o outro lado de Walter, um pouco mais velho, um pouco menos inteligente. Mas, em todo caso, desde a sua chegada, ele e o pai dela ficaram muito amigos, rindo juntos de piadas que mais ninguém tinha oportunidade de ouvir. Pena que a mãe de Walter não poderia comparecer; ela queria muito conhecer aquela mulher, prometer a ela que cuidaria bem do seu filho. Curioso como o gosto de família parece ser tão fixo quando a gente é jovem, mas depois acaba se mostrando mutável como a farinha, que adquire o gosto de qualquer coisa que se misture com ela.

Ela sabia que aquele seria seu derradeiro período sozinha, pelo menos como solteira. O que mostravam as pinturas antigas? Aqueles quadros perfeitos, pintados por velhos sábios: a donzela olhando para o passarinho que batia asas e voava. Mas Emily tinha razão. Ela se sentia perfeita — sentia-se parecendo ser perfeita. A caçada havia terminado, e a caça vencera. A mãe a aguardava lá embaixo, ostentando uma expressão agridoce de perda, como se o tempo de sua própria existência tivesse se esfarelado totalmente aquela manhã, de uma hora para outra. Oh, meu amor, disse a velha, e nada mais. O pai a esperava no relvado do jardim, de smoking, camisa branca de bujarrona e gravata com listras diagonais pretas e prateadas. Estava radiante, a mão direita tilintando a chave do carro, a esquerda metida no bolso da calça. Dirigiu-lhe uma mesura exagerada e apontou com muita cerimônia para o automóvel no meio-fio, o Cadillac Brougham que tinha alugado para levar sua filha única. Nicole atravessou o jardim com passos leves e deslizou suavemente no banco traseiro; o carro era novo, cheirava a couro e vidro.

Havia uma sala no lado direito da igreja presbiteriana, onde ela ficou esperando enquanto seus pais recebiam os convidados; Emily ficou com ela, tagarelando sobre tudo, mas Nicole mal a ouviu; mal podia respirar.

Walter aguardava no fundo da capela, Donald a seu lado, com um par de alianças no bolso: as algemas. A temporada que elas circunscreviam devia durar tanto quanto o próprio tempo, um prazo sem vencimento, sem princípio e sem fim. O órgão começou a tocar, havia o cheiro das flores, o noivo respirou fundo, levantou-se, empertigou-se, percorreu a nave e ficou à espera da noiva. Em seguida, tudo foi simples; a conclusão de um esforço que se dilatara, se expandira, se tornara enormemente ambicioso e, depois, vira satisfeitas todas as ambições. Ele a amava, dizia que a amava, ela também dizia que o amava, e eles se casaram.

28

Walter se levantou na festa, o último a falar. Não sei como as palavras funcionam, disse, e suas próprias palavras lhe tiraram o fôlego. Não sei como a história funciona. Só sei uma coisa: cada um dos acontecimentos da minha vida, seja qual for o significado que tenha tido na época, me conduziu a este momento e a esta união, que justifica e santifica cada hora que vivi, abençoa cada pessoa que conheço, embeleza cada lugar que visito. Sei que nada fiz para merecer este dia, estes amigos, e muito menos esta parceira perfeita; mas vou fazer o que estiver ao meu alcance para preservar sua confiança em mim e fazê-la feliz, agora e sempre, como ela me faz.

Viu só?, cochichou o governador a quem estava a seu lado. Esse é o meu homem.

29

O *Tennessean* denunciou o envolvimento de um juiz de Knoxville, chamado Finder, num esquema de tráfico de bebês. Jovens mães solteiras e pobres eram levadas à sua presença, acusadas de negligência, e ele as declarava culpadas. Ato contínuo, dispunha que a criança fosse dada em adoção a algum casal rico e sem filhos de Nova York ou de Hollywood, o qual, por meio de uma complicada rede de intermediários, pagava o meritíssimo na forma de honorários advocatícios. Ele, por sua vez, passava envelopes cheios de dinheiro a um sargento da polícia, cunhado seu, que incursionava pelas ruas em busca de novas infelizes.

Finder tinha sido nomeado pelo próprio governador, e Walter, recém-casado e feliz da vida, teve de viajar a Nashville no dia seguinte, onde passou toda a semana entre o escritório e o comitê, conversando, corrigindo e restaurando a situação de seus caros concidadãos. Nicole não dissimulou a frustração ao saber que o marido novo em folha ia se ausentar por tanto tempo; Walter sentiria tanta saudade quanto a mulher, ou até mais, porém o governador andava malparado em matéria judicial, e o caso Finder começava a inspirar condenações mais amplas nos púlpitos e nas redações de todo o estado.

Uma tarde, a caminho de um encontro com o primeiro jornalista a divulgar o caso, Walter estava com ar mais feroz que o de um feroz urso-negro, e foi com largas passadas que percorreu a Assembléia Legislativa: a cabeça roçando o teto e os ombros arranhando as paredes; o ruído de seus passos era o de uma marreta quebrando pedras, e os testículos dele, ao bater um no outro, estalavam como bolas de bilhar na primeira tacada. Sua respiração era um furacão; mais adiante, um funcionário virou uma esquina e, ao dar com aquela tempestade, deixou cair a pasta e recuou às pressas, largando no chão a pilha de documentos agitados ao sabor da esteira de Walter, e os alicerces trepidaram, e homens-feitos trataram de abrir caminho, enquanto as secretárias, entrincheiradas na segurança dos escritórios, espiavam a passagem do próprio Leviatã. Ao entrar em outro corredor, ele deu de cara com Finder em carne e osso, que acabava de sair de uma audiência no Conselho de Ética. O juiz de quarenta e tantos anos, magro e de cabelo escasso, teve um sobressalto ao avistar o poderoso Walter Selby. Santo Deus, que bom que você está aqui, disse. Você e o governador vão me dar cobertura, não vão? É tudo invenção da maldita imprensa, tudo mentira. Ninguém pode provar nada. Se o governador assinar uma declaração juramentada a meu favor, com a popularidade que aquele homem tem... Walter se inclinou sobre o juiz, colando o rosto no dele. Vá pra puta que o pariu, disse em voz baixa, e seguiu seu caminho.

30

Os Selby tiveram um filho prematuro, nascido numa manhã chuvosa de abril. O parto foi difícil, durou uma eternidade, vinte horas de trabalho, com a presença da mãe de Nicole, que viera de Charleston para assisti-la. Mas, quando terminou, lá estava o bebê; deram-lhe o nome de Frank, e Frank não era lindo? Nicole mal podia acreditar que levara uma coisa daquelas no ventre; Walter mal podia acreditar que eles tinham feito uma coisa daquelas: um principezinho fadado a uma era de otimismo. Depois disso, porém, ela passou uma ou duas semanas com dores de cabeça terríveis e, em seguida, enfrentou mais algumas semanas de desespero por estar vazia, por já não ter aqueles movimentos dentro de si, sentindo-se semimorta. Mas havia muito que fazer, e ela não teve tempo de se entregar ao mal-estar. Walter continuava trabalhando, mas voltava para casa o mais cedo possível e tinha adoração pelo neném; dava-lhe presentes quase todo dia, um brinquedo que vira numa vitrine, um aviãozinho de corda, um livro que o garoto só conseguiria ler meia década depois. Tome, dizia. É para você, meu menininho, meu Frankie, meu filho, e se debruçava no berço e agitava alguma coisa diante do bebê. Este, pequeno demais para se virar, os olhos ainda aquosos e azulados — mais tarde seriam de um castanho bem escuro, quase preto —, contorcia-se e berrava. Então Walter ia ter com Nicole. Sabia que estava cansada; à noite, ela se despia lentamente, empurrava as cobertas, sentava-se na beira da cama, imóvel, os olhos baixos, antes de se deitar. Ele punha a mão em suas costas e assim ficava, sentindo o lado oculto de sua caixa torácica se dilatar e se contrair. De manhã, Nicole ficava nua diante do espelho, examinando o que fora feito dela. Os seios volumosos, com um leque bem visível de finas veias azuis sob a pele; os mamilos túmidos e escuros. E sua pele já não era uma superfície uniforme, perolada; agora parecia lacerada e exausta, sugada até a última gota e descartada. Quem a tinha convencido de que a mulher era uma coisa bela? Havia algo que lhe agradava em ser usada de tal maneira, mas também havia algo que a apavorava. Que maravilha era ter um corpo constituído de modo que um bebê o destruísse por completo, brotando numa poça de sangue em sua barriga e depois drenando-lhe o leite. Que motivo para se orgulhar; mas ela não se atrevia a perguntar ao marido se ainda a achava bonita.

31

Jantar com os White e os Wannemaker. Uma noite de novembro, uma baby-sitter em casa, o bebê, Jody Wannemaker à porta da residência de seus pais, recolhendo educadamente os casacos perfumados e indo guardá-los no quarto. Obrigada, Jody; obrigada, senhora. Mary Wannemaker se aproximou e perguntou: Quem aceita um aperitivo? E, segurando de leve a mão de Nicole, levou-a até o bar. Juntas, ficaram com os olhos cravados nele, como se o que continha tivesse caído do espaço sideral.

    1 garrafa de Johnnie Walker, Red Label, faltando um terço
    1 garrafa de Cutty Sark, quase vazia
    1 garrafa de Jack Daniel's, pela metade
    1 garrafa de Jim Beam, quase vazia
    1 garrafa de Jim Beam, fechada
    1 garrafa de gim Beefeater, faltando um quarto
    1 garrafinha de bitter Angostura, cheia, mas minúscula
    1 garrafa de vermute seco, vazia
    1 garrafa de vermute doce, faltando um quarto
    1 garrafa de Pernod, fechada
    1 garrafa de porto LBV, fechada
    1 garrafa de Campari, pela metade
    3 garrafas de Coca-Cola

    A Coca-Cola está acabando, disse Mary. Pegou uma bandeja e começou a pôr os copos nela, dispondo-os cuidadosamente de modo a formarem uma estrela. Quando elas retornaram à sala de estar, os homens educadamente se levantaram; Ellen White sorriu. Walter, meu querido, meu informante secreto, venha sentar aqui, disse T. J. Wannemaker, dando umas palmadinhas na almofada do sofá. Um pouco mais velho do que Walter, era jornalista e gostava de se comportar como tal. Venha me contar o que o governador pretende fazer com os bastardos dos sindicalistas. Wannemaker tinha trinta e oito anos; seu nariz já estava adquirindo um tom avermelhado, e as pernas começavam a bambear; deixara escapar um furo de reportagem sobre a corrupção na Assembléia Legislativa, perdeu-o por questão de um ou dois dias, e não conseguiu contornar a situação. Depois falhou em outra matéria, e o jornal o colocou numa redação, onde ele podia dirigir os novatos, dar sábios conselhos e reescrever as matérias.

Ellie White se levantou e se aproximou de Nicole. Agora ela estava trabalhando, recordou Nicole, mas não lembrava onde. — No museu? Era uma mulher culta. Começou a trabalhar porque o marido, que se embriagava toda noite no jantar, acabou perdendo o emprego numa agência de publicidade e passou a se embriagar na hora do almoço. Paul White estava sentado no canto do sofá, o corpo franzino ligeiramente inclinado para os outros, esforçando-se para acompanhar a conversa, mas já bem fora de foco. Puxa vida, Selby, disse Wannemaker em voz alta; tinha deixado de escutar a quem quer que fosse, exceto a si próprio, desde a época em que o afastaram da reportagem. Agora apareceu um preto filho-da-puta no jornal, no editorial. Sabia disso? Só faz a cobertura dos eventos sociais da negrada, mas está lá. Toda a diretoria resolveu bancar a progressista às nossas custas. Será que o governador tem algum assessor preto? Duvido.

Ellie estava falando muito baixo para que os outros a ouvissem, mas não tanto para que pudessem acusá-la de conspiração. A obsequiosa Ellie das narinas rosadas, com as lindas mãos de marfim pousadas no colo. Sofrera dois abortos, embora o marido só tivesse sabido da primeira gravidez. O segundo ocorreu no mesmo dia em que ela telefonou para o médico marcando consulta; no dia seguinte, tornou a telefonar, cancelando-a, e nunca contou nada a ninguém. Paul se inclinou no sofá e começou a falar com Walter e Wannemaker, mas a frase que pretendia dizer era demasiado pesada e lenta para deslanchar.

Vejam só esse sujeito, disse Ellie, apontando para o marido

com um leve drapejar dos dedos. O homem com quem me casei e a quem estou presa até o fim da vida. Lá se foi o nosso tempo. Vejam só: a brocha dele não serve mais para pintar...
Nicole segurou o cotovelo da mulher e o apertou delicadamente.
... E o pinto dele só serve para brochar.

## 32

O tempo passa. Eles tiveram outro filho, dessa vez uma menina, a quem deram o nome de Gail. A menina engatinhava, Frank estava aprendendo a ler. Durante alguns meses, ficavam toda noite em casa; a criança era muito pequena para ser confiada a uma babá; quase não havia um segundo, de dia ou de noite, em que não fosse necessário atendê-la de algum modo, dar-lhe de mamar ou trocar sua fralda, confortá-la ou distraí-la. Pela televisão, Nicole se inteirara da separação das Carolinas, e, à noite, Walter voltava zangado para casa, vindo de reuniões em que não havia quem não dirigisse uma ameaça ao governador.
Ele trabalhava demais, ambicionava muito, todo dia fazia uma revisão da história futura e nenhuma delas servia. Eles discutiam. É claro que todo mundo tem direito à mesma educação, disse ela. Todo mundo tem direito de comer o que quiser, de ir à escola, é claro, de votar, mas... mas...
Mas o quê?, perguntou Walter.
Tradição, disse Nicole. Eu acredito nisso; acredito mesmo. Quero que Frank cresça com uma noção de passado... e não apenas como uma coisa sobre a qual ele lê.
O que é tradição?, perguntou Walter em voz baixa, lentamente, como se falasse consigo mesmo. O rosado das mulheres brancas?

Não seja injusto, disse ela.
Em vez de retrucar, ele lhe dirigiu um olhar de deliberada perplexidade, prolongou-o um pouco e então indagou: O que você pretende ensinar a esse menino?
Sobre isso?
Claro, sobre isso. O que você vai...
Ensinar ao menino, eu?, disse Nicole.
Exatamente. O que vai dizer a ele?
Vou ensiná-lo a ser bom e honesto. Um homem de bem.
De bem?, disse Walter, e soltou uma gargalhada. Dez anos atrás, eu era o maior homem de bem que existia, dez anos atrás, todo mundo me adorava porque eu puxava o gatilho. Não é? Porque nós ganhamos a guerra e éramos os grandes sabichões e estávamos cobertos de razão. Nós não éramos intrépidos? Pois, hoje à tarde, um pastor de Collierville disse que eu sou a desgraça da história humana porque estou tentando fazer a polícia parar de usar a palavra preto nas comunicações por rádio.
Nicole corou e semicerrou os olhos. Então por que você não vai embora daqui?
Ir embora?
Por que não se demite? Largue tudo e vá para o norte. Por que não me abandona e vai para Nova York?
Para Nova York?
Não é para lá que você quer ir?
... Eu nunca pensei nisso. Por que Nova York?
Siga em frente. Vá.
Não sem você, sem vocês três, você e as crianças.
Eu não vou, disse ela com uma veemência totalmente despropositada. Juro que não vou. Se quer ir, vá. Fique à vontade. Acabe com isso de uma vez.
O que você está querendo dizer, afinal?, perguntou Walter.
Nada, disse ela. Estava mais calma, suspirou. Nada. Virou-se e afundou na poltrona.

# 33

O pai de Nicole morreu de repente numa tarde chuvosa de quinta-feira, e a família Selby foi ao enterro em Charleston, Frank sem compreender a idéia de ter de ficar quieto, bem aprumado, sem dizer uma palavra, e Gail dormindo bem-aventuradamente. Terminada a cerimônia, Walter retornou ao Tennessee com as crianças, e Nicole ainda ficou alguns dias.

Quanta coisa, quanta coisa, disse a mãe de Nicole, atordoada. Meu Deus, onde já se viu um homem tão louco para guardar tudo? Não joga nada fora, o seu pai, nunca. Estavam examinando os pertences dele, os armários, as caixas, as gavetas, os baús, as estantes, os cantos da garagem, os arquivos, os álbuns, tudo.

Não havia explicação para aquilo, Nicole entendia, e muitas vezes sua mãe simplesmente pegava um objeto — uma placa comemorativa, uma fotografia dos colegas de faculdade, um terno que ele não usava desde a aposentadoria —, revirava-o nas mãos e o recolocava exatamente no lugar de onde o tirara. Até mesmo um casamento amargo termina numa tristeza desnorteada.

Naquela tarde, Nicole foi dar uma volta pela cidade; fazia muito tempo que não ficava sozinha em Charleston, e a sensação foi estranhíssima. Embora claro, o dia dava a impressão de estar nublado, e todas as calçadas e casas, os jardins e os muros pareciam vibrar numa estranha freqüência, como se ela estivesse mal sintonizada; estava era mudada, os outros continuavam os mesmos, a cidade, em sua península, era uma quase-Atlântida isolada e preservada pelo oceano.

Nicole conheceu um homem na casa de chá. Estava a uma mesa perto da janela, relaxando, e o sujeito entrou, talvez alguns anos mais novo que ela. Tinha bonitos olhos castanhos e boca firme, usava o cabelo um pouco comprido, como era moda, mas nele ficava bem, dava-lhe um ar romântico. Como todas as outras mesas estavam ocupadas, ele se aproximou, instalou-se na frente dela e pediu licença educadamente — embora já estivesse sentado —, e então, de uma hora para outra, eles começaram a conversar. O homem era sereno, agradável, interessado nela, de modo que ela achou difícil ir embora, pelo menos durante algum tempo.

Você é da região?, perguntou ele.

Da região? Podemos dizer que sim; fui criada neste lugar desde pequena. Mas não moro mais aqui.

Ele fez a pergunta com os olhos, já tinha reparado na aliança em sua mão.

Em Memphis, disse ela. Meu marido trabalha no governo estadual.

E seus filhos?, perguntou ele.

Ora, como ele sabia que tinha filhos? Acaso o seu corpo o denunciava? Ela corou. É tão evidente assim?, perguntou. Puxa, apenas vinte e sete anos, e já estava com cara de matrona? Mãe de dois filhos?

Não, disse ele com tranqüilidade. Não é nada evidente. Eu só imaginei que uma mulher como você... deve cuidar muito bem dos outros. — Não era delicioso ouvir uma coisa dessas? E eles continuaram a conversar, e isso fez muito bem a ela. Ele era estudante, disse — não, estudioso da flora e da fauna do mundo todo. Trabalhava numa universidade, na Filadélfia, dissecando, analisando, lendo relatórios.

Há alguma coisa tão exótica em Charleston?, perguntou ela.

Ele achou graça. Com toda a certeza, mas não é por isso que estou aqui. Tirei uma semana de férias e vim visitar um amigo da faculdade.

Ela pediu, e ele falou nas coisas que havia no mundo: uma flor de pétalas venenosas cujo único antídoto eram as pétalas de outra flor; uma variedade de bambu que crescia trinta centímetros por dia; uma espécie de orquídea que todo ano desabrochava na Páscoa; árvores com cortiça fosforescente num tom muito vivo de azul. Ela o escutou com sincero interesse, até que, lembrando-se da mãe sozinha em casa, se despediu com um sorriso prazer-em-conhecê-lo. Mais tarde se perguntou como era possível, afinal, que ela tivesse acumulado uma dívida tão grande que o mero fato de conversar com um desconhecido servia para começar a amortizá-la.

À noite, telefonou para casa, em Memphis, e mesmo então sua temperatura estava um pouco elevada, cada expiração era uma transferência de calor de dentro para fora. Tudo em ordem?, perguntou.

Tudo perfeito, disse Walter. Hoje Gail aprendeu a falar geladeira, simplesmente se levantou, quando a gente estava na cozinha, e falou. Zela-dê, ela disse. Fora isso... ontem à tarde levei Frank ao jogo de beisebol. Não digo que ele seja um craque, mas não jogou mal, está se esforçando. E aí, como vão as coisas? E sua mãe?

Ah, vai indo. Chora muito. Nicole se calou por um instante. Preciso pedir um favor a você.

Claro, disse ele. Peça o que quiser.

Quero ficar um pouco mais aqui. Houve um breve silêncio, e então ela disse: Acho que agora minha mãe está precisando de mim.

Claro, é natural. Fique, disse ele. Não contou que mal conseguia dormir sem ela, que fazia dias que não dormia, pois a cama ficava fria e seca. Dê lembranças, diga que penso muito nela, e fique o tempo que quiser. (Estou morrendo de saudade e vou enlouquecer.)

## 34

Nicole ficou mais uma semana em Charleston. De dia observava a mãe totalmente entregue à dor: confusa, cambiante, agradecendo a mais ínfima indulgência. À noite ia passear. Fazia frio na rua, um tempo agradável e levemente úmido, e certa noite ela caminhou até a baía, ouvindo os próprios passos na calçada, roçando nas ramagens que ultrapassavam as cercas erguidas para contê-las. Ouviu a água pouco antes de vê-la, ou ouviu o silêncio gerado pela proximidade da água. Por fim chegou ao conjunto de canhões, onde ficou contemplando sozinha a investida das ondas sobre o paredão. O negror da baía, o brilho das estrelas...

E então havia um homem a seu lado, aquele que ela conhecera na casa de chá no começo da semana. Nicole o fitou, com medo até mesmo de confirmar a presença dele com uma palavra, até que ele falou. Que noite linda, disse, com um sorriso açucarado, como se soubesse alguma coisa que ela não sabia. O farol da ilha de Morris se acendia e se apagava e tornava a se acender à medida que varria o porto com seu facho. Ele a seguira? Por quanto tempo? Ela não soube o que dizer, de modo que balançou a cabeça, perguntando-se se ele ia lhe fazer mal como castigo pelo seu desejo de que a tocasse, ou se a dor pungente de querer ser tocada já não era um bom castigo. Não podia ficar lá, esperando, e desejou que ele fosse embora, mas ela mesma não estava disposta a ir a parte alguma. Ele disse qualquer coisa, uma lisonja talvez, mas ela não sabia ao certo e se perguntou se ele não a tinha enlouquecido ou algo assim. Então, ele se colocou às suas costas, onde ela sempre era mais vulnerável e aberta; foi muito sensato em abordá-la assim e arrebatar tudo de uma vez. Como ele sabia disso? Ela o deixou fazer o que quis fazer com as mãos, enquanto contemplava a água, entorpecida agora. Sua mãe estava mesmo em casa, na cama, sozinha, sob o efeito dos remédios? Seu pai tinha mesmo morrido e partido? Nicole, esse era o nome dela. O marido, os filhos, estavam mesmo a cerca de novecentos e cinqüenta quilômetros de distância? Havia mesmo foguetes cortando o espaço, traçando arcos sobre os continentes e mares, carregados de bombas para matar a todos aqui embaixo?

O homem não disse como se chamava, nem esboçou a menor violência, mas deitou-a num trecho escondido da praia. Ela não sabia, não suspeitava sequer, que era capaz de se comportar daquele modo; gemeu como nunca tinha gemido, chamou-o dos piores nomes, deixou-o mergulhar o rosto em seu ombro. Sentiu-o submergi-la no chão sob as suas costas, e arremeter contra os seus quadris, pressionando-a mesmo quando ela se erguia, comprimindo-a entre a penetração de seu pau e a elevação do desejo que a arrebatava, uma deliciosa frustração, como seria a dor se a dor pudesse explodir — e então explodiu, tudo de uma vez, porém muitas e muitas vezes.

Ele ficou algum tempo com o peso do corpo largado sobre o dela. Que dizer? Levante-se, por favor, levante-se, meu marido está no Tennessee... Eles ofegavam muito, mas em ritmos diferentes, e ela tomou isso por um sinal de que não estavam juntos, nunca haviam estado, a respiração dele, a dela, a dela — a dele: era uma desordem sem sentido, intolerável. A lua sumira.

Então ele rolou para o lado, e de repente ela se deu conta de onde estava: em sua terra, cometendo adultério. Não tivera essa intenção, mas que importava? Havia-o cometido, sabia disso, sabia o que sentira enquanto o cometia. Então vieram os cálculos, as somas e subtrações, e ela teve muito medo, realmente, de ficar com medo do resultado.

Ergueu a meia-calça, alisou a saia tanto quanto possível e então o beijou pela primeira vez. Sem saber por quê; talvez para se sentir melhor. Mas, no caminho de volta, esgueirando-se, sentiu-se pior pelo beijo do que pelo coito; e chorou muito na cama, chorou ao sabor do sortilégio cada vez mais forte e estranho, e passou toda uma noite de agonia, até que amanhecesse, e então tomou uma exausta resolução: voltar para casa.

## 35

### CASEY STENGEL DEPÕE NA SUBCOMISSÃO DE ANTITRUSTE E MONOPÓLIO DO SENADO

SR. STENGEL: Eu estou no beisebol profissional faz uns quarenta e oito anos, acho. Trabalhei em muitos clubes da primeira e da segunda divisão. Durante muitos anos, não fiz tanto sucesso como jogador, já que esse é um jogo de habilidade. Depois fui eliminado do beisebol, fui mesmo, pois acabei voltando para a segunda divisão como técnico e, depois de ser técnico na segunda divisão, fui técnico na primeira divisão de várias cidades e fui eliminado, a gente diz *eliminado* porque, sem dúvida alguma, eu tive de dar o fora.

Nos últimos dez anos, é claro que eu estou na primeira divisão do beisebol com o New York Yankees, o New York Yankees fez um sucesso danado, e, mesmo sem ser o jogador que põe a mão na massa, não tenho dúvida que trabalhei para um time de beisebol que é muito bom em campo. Eu preciso ter um domínio esplêndido, preciso de homens muito bons no rádio e na televisão. A gente tem uma imprensa maravilhosa que acompanha a gente. Todo mundo devia acompanhar a gente em Nova York, onde tem tantos milhões de pessoas. O nosso clube de beisebol faz esse sucesso todo porque a gente tem isso. E tem o espírito de 1776.

Se já faz quarenta e oito anos que eu estou no beisebol, alguma coisa boa ele há de ter... Sei que muita coisa, no beisebol de trinta e cinco ou quarenta anos atrás, é muito melhor hoje do que antigamente. Naquele tempo, Deus do céu, não dava para transportar um clube de beisebol da segunda divisão, classe D, beisebol classe C, beisebol classe A. Como transportar um time de beisebol sem ter uma estrada? Como transportar um time de beisebol se o trem daquele tempo largava a gente numa cidadezinha, a gente descia e tinha de ficar cinco horas esperando sentado para ir a outro clube de beisebol? Como sustentar o beisebol sem jogos noturnos? A gente tinha jogos noturnos para melhorar os procedimentos, para melhorar os salários, e eu fui trabalhar, no primeiro ano recebia cento e trinta e cinco dólares por mês. E achava aquilo fantástico. Tinha de economizar muito para a faculdade de odontologia. Acabei descobrindo que ser dentista era a mesma coisa e fiquei no beisebol.

SENADOR KEFAUVER: Sr. Stengel, o senhor está disposto a responder particularmente por que o beisebol quer a aprovação dessa lei?

SR. STENGEL: Se eu tiver de viajar numa estrada e a gente for um clube de beisebol viajando, e o senhor sabe muito bem o preço do transporte atualmente — às vezes a gente viaja em três vagões Pullman. Eu descobri que viajar com o New York Yankees e tudo o mais é a melhor coisa, e este ano a gente chegou a bater recordes em Washington, bateu em todas as cidades, fora Nova York, e perdeu dois clubes que saíram da cidade de Nova York.

Claro, a gente teve uns contratempos, acho até que o pessoal de Chicago anda bravo com a gente, os estacionamentos ficam lotados por nossa causa. E em Kansas City é capaz de eles estarem loucos da vida, mas a gente bateu o recorde de público deles.

SENADOR KEFAUVER: Sr. Stengel, não sei se fui claro na minha pergunta. (risos)
SR. STENGEL: Foi, sim, senhor. Bom, tudo bem. Também não sei se vou responder perfeitamente. (risos)
SENADOR KEFAUVER: Muito bem. Senador Langer?
SENADOR LANGER: Então o senhor prevê que daqui a, digamos, dez ou vinte anos, o negócio do beisebol vai crescer mais ainda? É isso?
SR. STENGEL: Bom, eu devia achar que sim. Devia achar que vai crescer porque a gente atrai multidões enormes, acho, por causa dos programas de televisão no estrangeiro, esse é o tipo do programa que eu sempre defendi. Acho que todo jogador de beisebol e todo mundo devia abrir mão de tudo o que é transmitido para o estrangeiro, para o exército, de graça, e assim por diante. Acho que, pela falta de estacionamento em tantas cidades, não dá para a gente ter um grande estádio se não tiver espaço para estacionar. Quando você é idoso ou tem quarenta e cinco ou cinqüenta anos e tem grana para ir a um jogo de beisebol, não dá para dirigir um carro numa estrada, coisa muito difícil de fazer depois dos quarenta e cinco anos, dirigir numa dessas estradas modernas, e, se é para ficar em casa, tem de ter rádio e televisão para manter a renda de um clube de beisebol.
SENADOR KEFAUVER: Obrigado, senador Langer. Senador O'Mahoney?
SENADOR O'MAHONEY: Quantos jogadores tinham os dezesseis clubes da primeira divisão quando o senhor começou?
SR. STENGEL: Naquele tempo eles não tinham nem de longe tantos times como depois. Mais tarde, o sr. Rickey chegou e começou isso que ficou conhecido como o que a gente chama de numerosos clubes, sabe?, onde eu vou tentar fisgar aquele universitário, fisgar aquele estudante ou aquele moleque da esquina, e, se você ficar com o moleque da esquina, pode ser que ele faça tanto sucesso quanto o universitário, o que é verdade.

Agora, jogadores demais é uma coisa complicada, custa uma fortuna. Não faz muito tempo, eu fiz uma preleção e disse para todo mundo, quando eles estavam enchendo a cara e até me convidaram, eu disse: Vocês precisam ir para casa. Vocês, garotos, não ganham tão bem assim. Não dá para ficar se encharcando desse jeito. Eles disseram: A gente está comemorando a Shell Oil Company, e eu disse: Comemorando por quê?, e eles disseram: Três anos atrás, a gente fez um negócio legal e ganhou três dias de folga para ver o Yankees jogar contra o White Sox, mas acontece que quase todos eles torciam para o White Sox. Eu disse: Isso não está certo. E disse: Vocês não podem beber tanto assim, nem que seja para comemorar. Deviam é ficar em casa criando mais filhos porque agora os clubes da primeira divisão estão dando um bônus de cem mil para entrar no beisebol.

SENADOR O'MAHONEY: Se entendi bem, o senhor disse que, na sua atividade pessoal de técnico, sempre notifica com antecedência o jogador que vai ser vendido?

SR. STENGEL: Eu sempre aviso — faço uma reunião. A gente tem uma escola instrucional, apesar do meu inglês, o que a gente tem é uma escola instrucional.

SENADOR O'MAHONEY: Seu inglês é perfeito, e eu entendo perfeitamente o que o senhor diz e acho que entendo até o que o senhor quer dizer. Senhor presidente, acho que o depoente é a melhor diversão que já tivemos por aqui em muito tempo, e é grande a tentação de continuar interrogando-o, mas é melhor parar. Obrigado.

SENADOR KEFAUVER: Senador Carroll.

SENDOR CARROLL: Sr. Stengel, a pergunta que o senador Kefauver lhe fez foi qual é, na sua opinião sincera, com a sua experiência de quarenta e oito anos, a necessidade dessa legislação, levando em conta o fato de o beisebol estar isento das leis antitruste?

SR. STENGEL: Não.

SENADOR LANGER: Posso lhe fazer uma pergunta? O senhor

pode dizer a esta comissão quais países, fora os Estados Unidos, o México e o Japão, têm times de beisebol?

SR. STENGEL: Há muitos anos fiz uma turnê com o New York Yankees, e foi a turnê mais fabulosa que eu já vi para um clube de beisebol, ir para um lugar onde só tem confusão. Tanto faz ser republicano ou democrata ou o que for. O que eu sei é que entre duzentas e cinqüenta mil e quinhentas mil pessoas saíram às ruas, e elas ficavam na frente dos carros, não na calçada, e aquela gente toda queria jogar beisebol ali mesmo, com luvas curtas, e eu disse: Por que vocês estão fazendo isso? Mas eu gosto disso. Eles são loucos por beisebol e não dão a mínima para a desvantagem. A América do Sul é muito boa, e Cuba é muito boa. Mas não sei, eu nunca fui lá, fora Cuba, eu nunca fui à América do Sul.

SENADOR LANGER: O senhor não acha que vão acabar desenvolvendo essa história de campeonato mundial de outros países fora os Estados Unidos?

SR. STENGEL: Acho que vão; com o tempo, vão. Acho mesmo. Eu fiquei embasbacado lá no Japão. Não entendia por que eles queriam jogar beisebol com luvas curtas, mas usando bola do mesmo tamanho, não a pequena, e queriam competir no beisebol. Mas esse é o grande esporte deles, e a indústria dá muito apoio.

SENADOR LANGER: É tudo, senhor presidente.
SENADOR KEFAUVER: Muito obrigado, sr. Stengel. Agradecemos muito a sua presença.

(Stengel sai, entra Mickey Mantle.)

SENADOR KEFAUVER: Sr. Mantle, o senhor tem alguma observação a fazer quanto à aplicabilidade da lei antitruste ao beisebol?

SR. MANTLE: A minha opinião é a mesma de Casey. (*risos*)

# 36

Numa tarde de sexta-feira, no fim da primavera, quando já estava quente como no verão, Nicole foi buscar Frank no colégio. O menino saiu pela porta da frente de mãos dadas com uma garota ruiva de pele muito rosada; vinham conversando, aproximaram-se alegremente do meio-fio, e só no último instante ergueram os olhos, simultaneamente, e deram com Nicole e o pai da garota, que estavam lado a lado sem o saber, seus carros estacionados um atrás do outro. Os dois olharam para os pais, estes se entreolharam. Mamãe, essa é Tammy; ela pode jantar lá em casa hoje?, pediu Frank.

O pai da garota sorriu com afabilidade para ela; estava de calça esporte, camisa social branca e marrom, e era a reprodução masculina e trinta anos mais velha da fisionomia da filha. Meu nome é Tom, disse. Por mim tudo bem, caso uma boca a mais à mesa não seja um incômodo.

Não, disse ela, de jeito nenhum. Nem sei o que vamos comer hoje, mas, seja o que for, dá para todos.

Estou me referindo a uma boca falante. — Ele sorriu. — Uma boquinha tagarela, que não pára de fazer perguntas. Comida é uma coisa, e agradeço. Sossego é outra muito diferente, e isso garanto que você não vai ter com a minha filha por perto. — A menina estava ao lado dele, a cabeça apoiada na coxa do pai, envolvendo-lhe o joelho com o braço, calada ante o que ele dizia, mas rodopiando de leve em torno ao eixo de sua perna. Alguma coisa naquele movimento fez Nicole sorrir.

Walter ia pernoitar em Nashville, de modo que seriam apenas os quatro, e a menina era um encanto. Frank acatava todas as suas opiniões e instruções, seus comentários sobre qualquer assunto, desde a professora na sala de aula até o carro do pai dela, e Nicole ficou sorrindo e observando-a, tentando lembrar se também tinha sido assim na infância ou se se tratava de uma Meninice Moderna, o fruto do século finalmente brotando nos galhos mais altos e novos da árvore.

    Depois do jantar, as crianças saíram correndo da sala, e em menos de um minuto ouviram-se gritos e risos no quarto de Frank por causa de um brinquedo novo. Gail chorou ao ver o irmão sair, e Nicole se apressou a consolá-la na cadeira alta. Tome, disse, pondo uma chupeta na boca do bebê. Tirou a mesa e pôs os pratos na pia, sujos, preferindo deixar para lavá-los mais tarde ou mesmo no dia seguinte; mas lhe ocorreu que Tom não demoraria a chegar para buscar a filha, e a desordem na cozinha não ficava bem. Assim, lavou a louça e a colocou no escorredor, depois foi ver televisão na sala, com Gail dormindo no colo e os pés apoiados no canto do banquinho diante da enorme e empoeirada poltrona verde-clara: presente de sua mãe quando a casa era nova e novo era o casamento.

    Tom prometera chegar às oito e meia para pegar a garota, e Nicole ficou esperando, enquanto o mundo submergia na escuridão. A noite estava muito quente, e a cidade, abafada. Lá fora, os grilos estridulavam, e, quando ela levou Gail à varanda para tomar um pouco de ar, meia dúzia de mariposas cinza se puseram a esvoaçar ao redor da lâmpada. Ela enxugou as mãos na calça, passando o bebê de um braço para outro, mas sem deixar de embalá-lo doce e cadenciadamente; depois, sentindo-se constrangida por estar à vista de qualquer um que passasse na rua, tornou a entrar.

    Ele chegou pouco antes das nove, pisando as pedras do caminho, batendo os nós dos dedos na porta, indiferente à campainha. Ao ouvir aquela mão em sua casa, ela se levantou de um salto, corou, apressou-se a ir para o hall de entrada e vacilou. Usando o espelho no cabide, fez o possível para se livrar da leve aflição que se estampava em seu rosto; a porta tinha uma lateral de vidro opaco através da qual ela viu uma sombra se mover com a rapidez de uma sombra quando ele tornou a bater. Ela abriu e o convidou para entrar; Tom estava sorrindo. Oi de novo, disse ele, parando na soleira e tirando o chapéu de palha. Desculpe o atraso.

Ela esperou uma explicação, mas ele se limitou a dar de ombros, levando-a a concluir que talvez estivesse sendo intrometida. Fez-se um silêncio constrangedor. — Bom, vamos entrar, disse ela. Eles estão brincando lá em cima.

Obrigado, disse ele. E obrigado por ter cuidado da minha garota.

Ora, ela não deu trabalho nenhum. É um anjo. — Coisa que não correspondia exatamente à verdade, mas Nicole tinha simpatizado com ela e achava que sua companhia fazia bem a Frank, que era temperamental às vezes e reservado sempre. É bom que ele aprenda a conhecer as garotas. Vou chamá-los, disse.

Do pé da escada, dava para ver as duas crianças estendidas de pernas abertas no patamar, negociando, como fazem as crianças às vezes: os termos de um tratado entre dois monarcas orientais; o alicerce do alicerce do prédio mais alto do mundo; a rendição de Joana d'Arc àquele que capturou Joana d'Arc. Não, não, não, dizia Tammy. Você tem de passar por aqui. Por aqui, e pedir autorização.

Frank, chamou Nicole. O pai de Tammy chegou. Ele estava atrás dela, observando da sala.

Mamãe..., disse Frank. Calou-se por alguns segundos, tentando sair do seu mundo lúdico.

Frank. Já é tarde.

Só mais um pouquinho. Por favor? A gente ainda precisa arrumar tudo.

Está bem, disse ela. Mas não demorem. Dez minutos. Hesitou antes de se voltar para o homem, escolhendo a expressão mais adequada.

Ele estava encostado no aparador, os braços cruzados no peito. Será que nunca parava de sorrir? Acho que eles vão demorar um pouco, disse ela. Estão terminando de arrumar. Quer tomar alguma coisa? Um chá gelado? Uma bebida mais forte? Procurou manter certa distância.

Aceito o chá, disse ele.

Ela tirou o copo do armário; parado à porta, ele examinou a sala de jantar. Bonita casa.

Obrigada. Ela pensou um pouco antes de prosseguir. Ultimamente, confessou, ando sonhando com uma casa fora da cidade. No campo. Mas meu marido não pode ficar longe. Sabe como é: há sempre uma crise, um problema, gente precisando conversar com ele. E não quero mudar Frank de colégio justo agora que está começando a fazer amizades. O elogio a Tammy veio acompanhado de um sorriso.

Você deve ter muito orgulho do seu marido, disse Tom Healy. Ele está fazendo um trabalho importantíssimo.

Acho que sim, disse Nicole. Calou-se por um instante. — Sim, é verdade, disse. Você mora aqui perto?

Mais ou menos. Minha mulher e eu compramos uma casa a alguns quilômetros daqui — fez um gesto vago. Viemos do Mississippi, com o Corpo de Engenharia do Exército, poucos anos depois do nascimento da nossa filha. — Nesse momento, uma luz se apagou na rua, e a sala ficou ligeiramente mais escura; Tom olhou para fora, a luz tornou a se acender, e ele riu, mas não fez nenhum comentário.

Deve ser um trabalho interessante, disse Nicole.

É, disse ele. É, sim. Ela observou suas mãos para ver como eram as mãos de um engenheiro. Ele fez um gesto afirmativo, reforçando o que dissera, e subitamente se mostrou exausto e acabado naquele fim de dia, apenas com a cabeça ainda em movimento. Bom, acho que agora está na hora. Você também precisa descansar, disse.

Não, disse ela. Mas você parece cansado. Vou chamar as crianças. Levantou-se e tomou o rumo da escada, mas bem nesse momento Frank e Tammy desceram, conversando animadamente; Frank fez um ruído com a boca e correu para junto da mãe. O pai de Tammy está construindo uma barragem no rio, disse. Está construindo agora. A gente pode ir ver? Vamos ver, disse Nicole, voltando-se para Tom, que deu de ombros e franziu a testa, como que a dizer: Por que não? Vamos ver, repetiu Nicole. Fez-se uma grande algazarra na sala, incrível o que um menino e uma menina eram capazes de fazer, falando ao mesmo tempo com sua autoridade infantil. — Você vai acabar perdendo um sapato, disse Tom, e, como a filha não lhe desse atenção, saiu do sofá e se ajoelhou para amarrar o cadarço dela. Depois de mais algumas medidas preparatórias, eles se foram.

37

Já era tarde quando a secretária bateu na porta de Walter, abriu-a e enfiou a cabeça pela fresta. Sr. Selby, um homem quer falar com o senhor, disse. Já expliquei que é preciso agendar por telefone, mas ele insiste em conversar com alguém, e o senhor é o único presente. Calou-se por um instante. — Ele é bem teimoso.

Walter a encarou, ainda absorto no trabalho em sua frente: o orçamento de um programa sanitário, cifras, dólares. Emitiu um som que não significava nada, e a secretária respondeu: Quer que eu o dispense? Ele então despertou para o mundo. Não, não, disse. Pode mandá-lo entrar.

Pouco depois, uma sombra ocupou o vão da porta, e um

negro baixo e atarracado entrou. De terno azul-marinho de linho riscado e camisa branca, sem gravata, tinha uma película transparente de suor na testa e na depressão da garganta. Atravessou a sala com rapidez e segurança, detendo-se perto da mesa de Walter quando este se levantou. O homem estendeu a mão, estava muito sério. Eu me chamo Mose Drake, disse. Mose Drake. Walter alisou a gravata e adotou uma expressão solene, cheia de expectativa. Não se lembrava da última vez em que um negro entrara no seu escritório sem ser convidado e sem marcar entrevista. Boa tarde, sr. Drake. Em que posso ajudá-lo? É, pois é, bom, é justamente isso. Drake sorriu com tristeza e vacilou, como se seus planos tivessem ido por água abaixo. Posso sentar?

Faça o favor, disse Walter, e os dois sentaram, a mesa de carvalho entre eles. Drake fez menção de afastar um porta-canetas que lhe obstruía a visão, mas mudou de idéia e arrastou a cadeira uns centímetros para a direita. Passaram-se alguns segundos; Walter aguardou ansiosamente, desconfortado com a própria ansiedade, irritado com esse desconforto, cauteloso.

Belo espetáculo, não é mesmo?, disse Drake.

Como?

Belo espetáculo. O Tennessee. Eu nasci aqui, perto de Hodgetown, numa cidadezinha chamada Boo City, vizinha de Crossville, faz uns quarenta e dois anos. — Aqui Drake abriu as mãos e, com as palmas para cima, pousou-as em seu lado da mesa. Onde o senhor nasceu?, perguntou.

Walter ficou surpreso: como era possível que um sujeito, um negro, aparecesse para lhe pedir um favor e tivesse a coragem de fazer semelhante pergunta? No Kentucky, disse. — Drake ergueu uma sobrancelha. — A família da minha mãe é de lá. Mudou-se para Nova York, depois voltou para Louisville: eu me mudei para cá, minha avó era daqui.

Drake abriu um sorriso cálido e franco. Pois é, é isso, também faz parte do espetáculo. Foi o pai do meu pai que fundou Boo City no século passado, ele e umas famílias de que gostava e nas quais tinha confiança. Era um refúgio, entende? O sol da tarde começou a resvalar pelas frestas da persiana, e Drake tornou a mudar de posição para que a luz não batesse em seus olhos. Quando eu era jovem, passei um tempo em Atlanta, fazendo biscates, uma coisa ou outra. Mas voltei para Boo City. Exatamente como o senhor, imagino. — De jeito nenhum, pensou Walter, perguntando-se se o negro não estaria pensando a mesma coisa. Estou aqui há quinze anos. Vou indo bem. — Walter balançou a cabeça e abriu a boca para falar. — Eu me casei, interrompeu-o Drake. Tive uma filha e um filho. Minha filha vai fazer vinte anos, e acho que está muito bem.

Que coragem, disse Walter. Pôr filhos num mundo destes. Eles são bons. Moram pertinho de mim, sempre estiveram com saúde e em segurança, até um mês atrás. — Súbito Drake se inclinou tanto que Walter teve a impressão de que a mesa pertencia ao outro e ele era o solicitante. Percebi tudo assim que os vi, dois brancos de terno, num carro grande, preto. É raro passar um branco por lá. Muito menos num carro de luxo. Eles pararam em frente à minha casa, eu os observei pela janela, os dois... de pasta na mão, crachá, papelada... e disseram...

Walter ficou aguardando; Drake franziu a testa e pôs os olhos num canto do teto, perdendo o foco, como se estivesse se preparando para declamar um poema. — Disseram... que nós tínhamos de mudar. Todos nós. Era pegar as coisas e ir embora. Disseram que não tínhamos nenhum direito de propriedade e que vão construir uma usina elétrica lá, dinamitar um lugar para ela perto da encosta do morro.

Drake terminou, mas continuou na mesma posição. Walter pegou uma caneta e a segurou sobre uma folha de papel. Quem são eles?, perguntou.

Gente sua. Vão explodir minha casa e fazer outra coisa no lugar, a casa que meu pai construiu. O túmulo onde ele está enterrado. Olhou duramente para Walter, e Walter retribuiu o olhar. Nosso programa energético é a pedra angular do novo Tennessee... O senhor está querendo me dizer que não pode fazer nada?, perguntou Drake. Eu votei nesse governador. Duas vezes. Faz vinte anos que voto no seu partido. Votei em vocês mesmo tendo de fazer das tripas coração para arranjar dinheiro para pagar o imposto eleitoral; vinha votar em vocês, aqui na cidade, no tempo em que os negros eram assassinados só por tentar votar.
— Por fim, Drake se encostou na cadeira; pousou as mãos serenamente no colo, sua testa ficou lisa. E agora pergunto, disse suavemente. O que vocês vão fazer por mim?
Walter finalmente recolocou a caneta na mesa. O que for possível, disse. Não sei se posso fazer alguma coisa, mas vou conversar com o governador no fim de semana e ver se consigo resolver seu problema. — Então se levantou e foi para a janela, onde ajustou as persianas até que a sala ficasse às escuras. — Virou-se. É melhor o senhor voltar para casa. Vejo o que se pode fazer. E telefono para o senhor.
Mas ele não podia fazer absolutamente nada, nada lhe ocorria. Telefonou para o governador, e o governador explicou: As terras onde Boo City foi construída, assim como as próprias famílias negras, pertenciam a um homem chamado Rourke. Quando Rourke morreu sem deixar herdeiros, as famílias simplesmente construíram o vilarejo; mas nunca pagaram o imposto territorial da propriedade de Rourke, não perceberam que isso era necessário, e o lugar ficava tão retirado e isolado que o estado nunca pôde mandar ninguém cobrar. No entanto, a terra acabou revertendo para o Tennessee; e que importa que tenha demorado um século para ser desapropriada?

Nesse caso, por que não tentamos achar outro lugar para a usina? Adiar um pouco as obras e fazer um estudo. Impossível, disse o governador. É um mundo totalmente novo, Selby. Você não percebe? Nós precisamos seguir em frente, avançar. Todos têm um segredo, todos têm um plano. As tribos estão inquietas, e nós não podemos irritá-las ainda mais. Kefauver está fazendo um estardalhaço em Washington, virando tudo de ponta-cabeça no Potomac. Você leu a matéria sobre o monopólio do beisebol no jornal? Aquela corja de senadores armando a grande jogada? Todos aqueles depoimentos forçados. Eles estão a toda lá, divertindo-se com um punhado de jogadores de beisebol. Antitruste o caralho... Já andam falando em elegê-lo presidente dos Estados Unidos um dia desses, e você sabe que ele não vai com a minha cara. Nós precisamos de uma coisa grande e benéfica para jogar na cara deles, uma coisa de que todo mundo se orgulhe. Precisamos iluminar os socavões do Tennessee, não podemos ficar chafurdando no escuro. Não podemos abrir mão desse projeto.

Isso não me parece justo, disse Walter. Cem anos é muita história, muito tempo num pedaço de terra. Ele não tem direito de posse? Preciso dar uma olhada nisso.

— Você não vai dar uma olhada em coisa nenhuma, disse o governador. Se ele quiser entrar com uma ação, que entre. A Justiça resolve. Mas não somos nós que vamos dar assessoria jurídica aos nossos adversários. Escute, Selby, eu sei que você teve um problema parecido quando estava servindo o exército.

Walter corou no telefone. Foi uma coisa completamente diferente, disse. As circunstâncias eram outras, e eu era um menino.

Está certo. Eu nunca usei isso contra você. Nunca contei a ninguém. Mas uma coisa não tem nada a ver com a outra, e não quero que você tente remediar aquilo às nossas custas.

Não, senhor, não é isso. Mas temos nosso dever.

Nós temos o dever de construir a usina. De eletrificar este grande estado. Não tenho razão? Diabo, não podemos ficar paralisados por causa de meia dúzia de famílias teimosas; afinal, vamos dar para eles uma terra muito boa, só um pouco rio acima. Walter não disse nada, o governador tinha razão, e ele estava se sentindo mal.

Diga que concorda comigo. Diga que sente a mesma coisa. Minta se for preciso.

Não, eu concordo. Não é mentira.

Ótimo, ótimo, ótimo, disse o governador. Então vamos pôr a mão na massa e tratar de não perder de vista o que é importante.

O que digo a Drake?

É esse o nome do sujeito?, perguntou o governador. Diga apenas que o estado agradece o que ele está fazendo.

Sim, disse Walter, ao mesmo tempo que vasculhava a mesa à procura do número de telefone que Drake havia deixado, o de um armazém a mais de trinta quilômetros da sua casa. Ele estava lá, esperando, e Walter começou a improvisar uma explicação, mas poucos segundos depois o outro o interrompeu.

Desculpe a indelicadeza, disse Drake. Mas o senhor vai me ajudar ou não?

Não, disse Walter, ligeiramente aliviado com a interrupção. Sinto muito.

Está bem, disse Drake suavemente. Obrigado por ter tentado. Muito obrigado. Até logo.

# 38

De vez em quando, Nicole perguntava a Frank o que era feito da sua amiguinha, mas ele parecia farto dela, ou então voltara a se recolher num mundo com suas próprias e duras leis de causa e efeito, e respondia de modo pueril e obscuro: um olhar enviesado, um dar de ombros, uma palavra: Nada. Era um menino esquivo, um tanto volúvel talvez; ainda que suave na superfície, podia se mostrar surpreendentemente rude no fundo, e ela se perguntava que tipo de homem ele haveria de ser.

Só mais de um mês depois foi que Nicole voltou a ver a menina, e conheceu sua mãe. Estava sozinha na ocasião; era fim de semana, mas Walter tinha ido ao escritório, e ela se achava na loja de mudas, cercada de treliças e vasos de cerâmica, à procura de bulbos para plantar na orla do caminho da entrada — tulipas, narcisos, talvez algumas dálias do sul. Uma garotinha de vestido azul e branco se colocou a seu lado. E falou.

Você não é a mãe de Frank?

Surpresa, ela se virou. Sou sim, disse. Não era tão grande a diferença entre os bulbos e as garotas, mas ela a reconheceu de pronto. Você é Tammy, não?

A garota confirmou com um gesto vigoroso. Aquela é a minha mãe, disse, apontando para uma morena magra, com um vestido de crepe azul, que estava a certa distância. A mulher era muito bonita e veio quase que deslizando, com passos rápidos, mas sem nenhum esforço visível.

Tammy, disse, repreendendo docemente a filha.

Pode deixar, nós já nos conhecemos, disse Nicole alegremente. Meu filho também estuda no Trumbull. A outra sorriu, acentuando as rugas escuras sob os olhos — uma marca sutil que podia ser um defeito mas que lhe dava uma aparência deliciosamente impudica em vez de envelhecida. Nicole acariciou a cabeça da garota. Não faz muito tempo que ela esteve lá em casa. Não é? — Tammy fez que sim. Jantou com meu filho, Frank. Tornou a olhar para a mulher. Eu sou Nicole Selby.

Ah, fez a mulher, estendendo a mão para tocar o ombro de Nicole. Claro. Meu nome é Janet Healy. Tom me contou. Ela não esclareceu onde estava naquela noite, um desprendimento sutil que passou quase despercebido por Nicole, conquanto ela registrasse qualquer coisa de admirável na complacência da mulher e sentisse vontade de conversar um pouco mais com ela.

Está fazendo compras para o jardim?

Estou, disse Janet Healy. Embora não seja tão grande. Tom plantou um corniso, mas ele não vingou, de modo que vamos pôr outra coisa no lugar, e esperamos ter mais sorte dessa vez.

— Virou-se para a filha. Não é mesmo? Tammy adorava aquela árvore. Mas nem tudo na vida dá certo.

A garota franziu a testa. Eu quero um pé de batata, disse.

Um pé de batata?

Janet Healy sorriu. A gente não consegue entender o que ela quer dizer com isso. Pôs essa história na cabeça. O que é isso, meu bem?, perguntou à garota. Diga. Mostrou-lhe a loja com um gesto amplo, as mesas de bulbos e os vasos de flores; os sacos de turfa, as fileiras de mudas com as raízes envoltas em estopa; a menina olhou, mas, não vendo nada que correspondesse à sua idéia de pé de batata, não respondeu. A gente vai achar alguma coisa, disse Janet Healy.

A *gente* — significando toda a família. Nicole teve vontade de interrogar a mulher, talvez até de lhe pedir um conselho: O que a esposa pode fazer para que todos na família sejam *a gente*? Como consertar o que só você sabe que está quebrado? Bem, disse Janet Healy. Acho que hoje não vamos fazer muito progresso. Você já terminou? Eu bem que gostaria de tomar um café acompanhada.

Já terminei, disse Nicole, embora tivesse acabado de chegar. Vamos.

Conversaram durante mais de uma hora. Foi muito difícil mudar do Mississippi para cá?, perguntou Nicole.

Ah, não, de jeito nenhum, disse Janet Healy. Eu não via a hora de sair de lá. Aquilo é um fim de mundo. Não. Memphis pode não ser Paris, mas é muito melhor do que Vicksburg. Pelo menos aqui a gente tem aonde ir à noite e uns rudimentos de cultura: uma biblioteca, até mesmo um ou dois museus. Eu disse a Tom que não queria criar uma filha para ser atacada por caipiras. Felizmente, apareceu esse novo trabalho.

Mais tarde, Nicole se lembraria da mulher falando como se a filha simplesmente não estivesse ali. Não era por insensibilidade ou negligência — tratava-se de uma espécie de intimidade: era óbvio que a menina gostava daquilo, e sua atenção se dispersava alegremente ao redor, e então voltava a se fixar na mãe. De vez em quando, Janet se virava para ela com uma observação que nada significava: Quer mais um pouco de chá gelado? Ou: Olhe, se você erguer o copo, vai ver um arco-íris na borda. Algo a que Nicole sempre aspirara, mas que jamais conseguira de fato — uma facilidade e uma ausência de esforço, como no caso da beleza daquela mulher, que, francamente, não era tão inerente quanto a dela mesma, mas impressionava justo por isso, como se ela a tivesse determinado, e era a própria determinação que a embelezava. Trocaram os números de telefone ao se despedirem, e, nos dias subseqüentes, Nicole pensou muitas vezes em Janet Healy — como seria bom ter uma amiga assim. Talvez aprendesse uma ou outra coisa para abrir caminho na vida; mas ficou inibida como uma escolar impressionada com uma colega mais velha e popular, e nunca telefonou.

39

BAILE DE GALA NA MANSÃO DO GOVERNADOR POR OCASIÃO DA SUA REELEIÇÃO PARA O TERCEIRO MANDATO

Todos os homens estavam bonitos de smoking, e as mulheres, encantadoras na elegância dos vestidos; havia uma guarda de honra postada à entrada e, à esquerda, um policial com o pé machucado que sentia prazer no trabalho e no ferimento. Pela porta dos fundos, o bufê descarregava às pressas o gelo de um caminhão atrasado, enquanto o chef, um rapazinho magro e baixo, resmungava na esperança de que não fossem muitos os que já estavam começando a beber. Gelo, dizia. Gelo, meu Deus. Vamos, vamos, vamos. — Você não, disse, detendo um garçom que carregara um barril metálico junto ao peito. Droga. Não pode entrar lá com a camisa molhada. Vá trocar de camisa, seu palerma. Ande logo. Vá, vá.

Na escada, dominando a entrada, o governador, radiante, bradava saudações ao lado da corpulenta esposa de cabelo prateado, enquanto lá embaixo os convidados iam entrando, alguns com expressão levemente atordoada, como se o resultado do escrutínio — que, afinal de contas, havia sido apertadíssimo — ainda não fosse realidade, mesmo que o estivessem comemorando. Um senador estadual, bêbado, já tinha desmaiado num banheiro do segundo andar; um repórter que fez uma pergunta já recebera apenas um sorriso inescrutável do governador; uma esposa rancorosa já destratara a notória amante do marido, pronunciando a palavra lixo em voz alta o suficiente para que tanto o marido como "a outra" ouvissem.

O governador desceu os degraus para apertar a mão do procurador-geral do estado e beijar a mão da esposa do procurador-geral do estado. Nesse momento, lá fora, Walter Selby acabava de entregar a chave do carro a um rapazinho de uniforme vermelho; parando no meio-fio, respirou fundo, voltou-se e examinou a fachada da mansão, que por todas as janelas lançava o brilho da luz da boa sorte e do bom senso. Olhou para sua bela mulher, cujo sorriso superava as janelas em esplendor; então tomou seu braço, movimento que desprendeu uma partícula do aroma do finíssimo perfume dela, e juntos começaram a subir a escadaria frontal rumo ao burburinho lá dentro.

Além do limiar, ouviam-se mil conversas, um vasto e desencontrado rumor, interrompido aqui e ali por gargalhadas ruidosas. O governador abrira a casa para todos os amigos de que fora capaz de se lembrar e para não poucos inimigos: lá estavam promotores municipais, diretores de jornal, administradores hospitalares, líderes juvenis; lá estava o dono de uma editora de partituras que, muito tempo antes, iniciara a carreira publicando romances pornográficos de cinco centavos; lá estava um lobista da Standard Oil e outro de uma ação cívica que acabava de processar a Standard Oil por tabelamento de preços, uma prostituta aposentada, agora proprietária do maior bordel de Memphis, um homem maciço que parecia a ponto de explodir na maciça farda azul e comandava as unidades da Guarda Nacional no estado, pouco mais de uma dezena de membros da Assembléia; uma mulher coberta de pérolas, cujo último marido era dono da metade das lojas de ferragens do estado e que agora se dedicava a erigir e preservar estátuas de heróis locais havia muito esquecidos; um diretor distrital e funcionários federais, banqueiros, donos de seguradoras, pastores negros representando poderosas congregações, o atacante do primeiro time de futebol americano da universidade, ladeado pelos engomadíssimos pais; os chefes de polícia de Nashville e Knoxville, Memphis e Chattanooga, alguns destacados diretores da Administração do Vale do Tennessee — e, entre eles, todas as mulheres, esposas e amantes. Duzentos cavalheiros e duzentas encantadoras damas num vasto e contínuo bailado, uns girando ao redor dos outros, como numa espécie de dança ritual de idosos cujas regras estavam meio esquecidas, restando apenas o impulso do movimento, do roçar, do deslizar, do sorrir e do beber o champanhe gelado e o melhor uísque do governador.

 O governador avistou Walter e foi ao encontro dele com expressão jovial. Selby, disse. Onde você andava escondido? E onde está — onde está a sua belíssima esposa? Aqui. Claro! Nicole abriu seu sorriso, e até mesmo o governador chegou a se imobilizar, como se estivesse disposto a esquecer tudo quanto pretendia dizer para ficar alguns minutos lagarteando à luminescência dela. Depois se inclinou. Está cuidando bem do nosso querido sr. Selby?, perguntou. — Nesse momento, Walter estava distraído com um senador estadual que o tomara pelo braço e cochichava alguma coisa em seu ouvido. Sabe?, é um homem frágil, disse o governador a Nicole. Você e eu temos de cuidar dele.

Frágil?, surpreendeu-se Nicole.

À sua maneira, disse o governador. Ninguém sabe disso melhor que nós dois.

Nicole o encarou sem deixar de sorrir, mas pensando seriamente por trás da expressão gentil. Pode ser, disse.

Ele é um verdadeiro crente, disse o governador. Coisa difícil de achar hoje em dia, e mais valioso do que sou capaz de exprimir. — Nicole assentiu com um gesto. — Seja boa para ele, disse o governador, e Nicole vacilou um pouco, mas tornou a assentir.

Vou ser, disse.

Pois é, Selby, disse o governador a Walter, que acabava de se juntar novamente a eles. Ainda não consegui entender: sei que você é um homem inteligente e que me faz todo o bem deste mundo. Mas bonito não é, rico também não; conte como foi que conseguiu fisgar essa mulher adorável? É sério. O que disse para conquistá-la? Eu quero saber.

Prometi trazê-la aos magníficos bailes de gala na mansão do governador, disse Walter, sorrindo, e o governador ergueu a cabeça e riu gostosamente.

Verdade? Só isso? Eu podia ter usado o mesmo argumento anos atrás, antes de conhecer a minha queridíssima esposa. Se eu soubesse. Ah, se eu soubesse.

Um jovem que estava parado, em silêncio, atrás do governador aproveitou a oportunidade para interferir. Excelência, disse. Há uma senhora aqui que eu acho que o senhor precisa conhecer; e apontou discretamente para uma mulher já idosa que, naquela mesma tarde, manifestara o desejo de indicar alguém para a Secretaria de Parques e Lazer em retribuição aos milhares de contribuições que angariara entre as adeptas da jardinagem de todo o estado. Já vi, já vi. Só mais um minuto, disse o governador. Virou-se novamente para Walter com ar desconsolado. Viu?, disse com tristeza. Vou ter de cuidar disso, ou melhor, vou passar os próximos quinze dias às voltas com isso. E nós temos trabalho pela frente, imediatamente, você e eu, disse. De modo que vou até lá oferecer alguma coisa a essa senhora, e vocês fiquem à vontade, divirtam-se. Amanhã cedo conversamos no gabinete.

De repente, uma banda de música country se pôs a tocar num canto da sala de jantar, e não demorou para que os casais começassem a rodopiar no salão, enquanto o violinista arranhava seus furiosos volteios de jazz branco. Vamos, cochichou Walter para a esposa. Venha. Mas, em vez de levá-la à pista, pegou-a pela mão e a conduziu para fora do salão, onde o governador dançava com uma mulher que Walter nunca tinha visto; passando pelo hall, onde dois advogados discutiam; pela escada, debaixo da qual um rapazinho estava sentado a sós, com lágrimas nos olhos; pela cozinha, onde bandejas de camarões se acinzentavam em meio a poças de gelo derretido; pela porta fechada do quarto das empregadas, atrás da qual o chef fruía os apressados favores sexuais de uma das cozinheiras; e pela porta dos fundos, onde a agarrou sob as estrelas e beijou sua boca risonha e vermelha de batom como se estivesse decidido a apagar todo aquele brilho. Recuou um pouco e a fitou.

Precisamos voltar lá para dentro, não precisamos?, perguntou Nicole.

Ele virou a cabeça, contemplou a escuridão do jardim e suspirou. Precisamos, disse. Acho que precisamos. Baixou os olhos e examinou a calça, que denunciava o desejo de amar sua mulher. Agora temos de esperar um pouco. Ela olhou para a calça dele e sorriu. — Oh, disse. Que amor. Não podemos levá-lo para dentro? Estendeu a mão branca e, por cima do tecido do terno, roçou ligeira e delicadamente os dedos na cabeça intumescida e latejante. Ele sugou rapidamente a própria boca. Rapazes, disse ela, arremedando a voz do governador. Vocês precisam conhecer meu braço-direito, Walter Selby. E a sra. Selby, sua encantadora esposa. Bem como a ereção de Walter Selby, a qual ele tem o hábito de ostentar em todos os eventos políticos importantes. Riu e mordiscou o lábio inferior do marido ao mesmo tempo que inspirava, de modo que ele ficou com a respiração tolhida e demorou um pouco a recobrar o fôlego. Ela se afastou e, aspirando a doçura do ar, deu alguns passos no jardim. Quando voltou, a rigidez havia cedido, deixando apenas uma lembrança. Venha, disse ela. Logo vamos para casa, e para a cama. Ele se voltou e a seguiu rumo ao burburinho da festa. Você tem idéia de quanto eu te amo?, perguntou, antes de passar pela porta da cozinha. Tem mesmo?

Ela não o encarou, mas apertou sua mão. Tenho, disse solenemente. Tenho.

No salão, o governador havia parado de dançar e se pusera de lado, cochichando no ouvido do procurador-geral. Um homem se aproximou de Walter, Harvey Não-sei-do-Quê, escória dos puxa-sacos de Boss Crump, de Germantown, que, tendo se oposto ao governador nas primárias, passou a apoiá-lo quando ficou claro que ele não podia perder. Este é um grande dia para o estado do Tennessee, sussurrou o Não-Sei-do-Quê, o tom de deboche quase sumido em seu murmúrio. Não é uma bela cena? O governador ali. Seus rapazes. Você é um dos rapazes dele, não é?

Walter não disse nada, nem sequer moveu a cabeça, mas teve o cuidado de afastar Nicole para que ela não se emporcalhasse com a sordidez do sujeito. Um dia desses precisamos ter uma conversinha, disse o Não-Sei-do-Quê. Tocou rapidamente o cotovelo de Walter. Um dia desses, mas acho bom que seja logo. Walter sorriu sem olhar para o homem. Por que não me telefona? Hoje eu não quero saber de política, mas amanhã podemos conversar.

É, acho que vou fazer isso, disse o Não-Sei-do-Quê, e se afastou.

Walter se virou e viu Nicole a alguns metros, conversando com uma mulher que ele não conhecia, uma morena de aparência volátil que, bem naquele momento, ao ajeitar o cabelo atrás da orelha, deixou aparecer uma pequena pérola branca presa no lóbulo. Roçou ligeiramente a pérola e sorriu para Nicole. Walter ia se aproximar, mas foi interceptado novamente, dessa vez por um homem que se apresentou como Tom Healy, um engenheiro recém-chegado do Mississippi. Muito prazer, disse Tom. Você é Walter Selby, não?

Sou.

Prazer em conhecê-lo, disse Healy. O governador me falou muito bem de você. Eu disse à minha esposa — fez um gesto na direção da mulher com o brinco de pérola — que espero que um dia alguém fale assim *de mim*.

Aquela é sua esposa?, perguntou Walter. A minha é a que está conversando com ela.

Healy sorriu. Eu sei, disse. Você é o pai de Frank.

Sou, disse Walter, procurando ocultar a surpresa e a irritação por ver que um estranho tinha a vantagem de estar mais informado que ele. Não disse mais nada.

Healy prosseguiu. O seu garoto e a minha filha estão no mesmo colégio, disse. Acho que ficaram amigos. Tammy até jan-

tou na sua casa algumas semanas atrás. Conheci sua esposa quando fui buscá-la no colégio.
Sim, sim, disse Walter. Eu estava aqui em Nashville. — Eles me contaram, acrescentou, perguntando-se por que não tinham lhe contado nada. Desculpe, mas agora me escapa o nome da sua esposa.
Janet, disse Healy. Janet Catherine Anne Duvall — que é seu nome de solteira — Healy. Vamos falar com as duas, você e eu: quem sabe não dançamos um pouco hoje?
Mas pairava um conflito entre Healy e a esposa — o qual Walter não chegou a entender, mas era evidente que ela não ficou nada satisfeita ao vê-lo, coisa que, aliás, muito a irmanou a Nicole quando os dois homens se aproximaram. Nicole corou, um toque de linguagem sanguínea, então se inclinou ligeiramente para trás e sorriu; e, uma vez mais, deixou transparecer aquele prazer desvairado, aquele abrasamento do apetite. Nunca durava muito, mas, enquanto durava, todos os homens cavalgavam aprumados nas montarias e nenhuma ponte caía. Oi, meu bem, disse ela. Pelo visto, já conheceu Tom. Esta é Janet.
A outra mulher se limitou a dizer olá antes que um jornalista atraísse seu interesse.
Eu acabo de contar a Walter que parece que vamos trabalhar juntos, disse Tom Healy, enquanto a esposa dava os nomes deles ao jornalista. Ele e sua gente nos convocaram, e nós já estamos construindo.
Walter concordou com um gesto, Nicole sorriu, não o seu sorriso pleno, mas o que reservava para o gasto social. Querida, disse ele. Vamos dançar. Então ela lhe deu a mão, e ele a levou embora.

# 40

O recado do governador chegou no envelope pardo de circulação interna, o nome de Walter datilografado na frente. Já o bilhete fora escrito à mão, na conhecida, meticulosa e estudada caligrafia sulista. *Venha a Nashville hoje à noite. Quero você na mansão às 9h. Vou mandar um motorista.* Só isso, e Walter sabia perfeitamente que não convinha indagar o porquê da reunião. O governador não admitia um copo a mais de suco de laranja no café-da-manhã, a não ser que estivesse convencido de que era oportuno, e tinha motivos para acreditar que sua sobriedade lhe renderia créditos. Mesmo assim, havia indícios e, após uma década na função, eles eram suficientemente claros. O governador não gostava de tratar de negócios em casa, exceto nas ocasiões em que a intimidade oferecia alguma vantagem; iam puxar o tapete de alguém. Além disso, ele era contra o gasto frívolo de dinheiro público quando havia alternativas mais baratas. O envio do carro e do motorista significava então que ele queria Walter satisfeito e relaxado, talvez até inclinado a demonstrar um pouco de gratidão, inclusive pelo fato de a coisa ter sido montada às claras. Por outro lado, todo mundo sabia que um grupo de jornalistas pagava vinte e cinco dólares semanais aos motoristas do estado só para saber quem entrava e quem saía de qualquer lugar onde se fazia política. De modo que a reunião tinha sido marcada para que todos ficassem a par, pelo menos extra-oficialmente, e o governador podia apelar para a necessidade de uma frente única caso alguém opusesse objeção ao que se estava tramando. E nove da noite era tarde para jantar: pouco antes do horário em que o governador costumava ir para a cama, portanto a noite seria rápida e direta. Walter sorriu.

Na porta da mansão, o guarda cumprimentou Walter Selby com um gesto e, no hall de entrada, o mordomo esboçou uma mesura. Boa noite, disse. Eles o aguardam na biblioteca.

Sentado em silêncio num baixo e comprido sofá de couro, o governador olhou para Walter com uma confiança quase infantil. A seu lado, um homem imóvel, grisalho, com um terno cinza; em pé atrás deles, um jovem gorducho, de cara vermelha, também calado, mas sorridente. Selby, disse o governador. Ótimo. Este é Johnson, do projeto energético, Bodean, da Polícia Estadual. É melhor não perder tempo. Fez um sinal para Bodean.

O gorducho tomou a palavra. O senhor conversou com aquele sujeito de Boo City, o tal Drake, não? Ele mencionou seu nome.

Walter precisou pensar um pouco: Drake, sim, o negro. Esteve no meu escritório há pouco tempo, disse. Pouco antes das eleições.

Filho-da-puta, disse Bodean. Ninguém me conta nada.

Qual é o problema?

O problema é que esse homem está enfurnado lá e se recusa a sair. Se trancou na casa com a mulher e os filhos e diz que dali não sai. Que a terra é dele, a casa é dele, e que só sai de lá morto.

O pessoal da construtora já está no local, disse Johnson. Operários, engenheiros. Custam dois mil dólares por dia ao estado.

Walter olhou para o governador. Você precisa ir para lá, disse o governador. Veja se consegue convencer o homem antes que alguém saia machucado.

Machucado, disse Walter.

Os meus homens não gostam de ficar muito tempo parados, disse Bodean. Isso dá comichões neles. Você entende o que eu quero dizer.

Entendo, disse Walter. Acho que entendo.

# 41

Mato alto, árvores, manhã, estrada. Boo City ficava bem mais longe do que Walter imaginava. Nicole ia sentir falta dele naquele dia. Muito calor, a estrada vibrando mesmo ao amanhecer, o céu de um azul muito claro e amarelado, os próprios corvos pousados, imóveis, nos postes telefônicos. Bodean ao volante, a terra subindo e descendo e tornando a subir, a ponto de enjoar, entorpecer. Talvez aí é que tudo tivesse começado a dar errado, quando uma mão hostil desenhou aquela paisagem. Uma velha estrada de terra transpondo um espigão, depois outro, internando-se cada vez mais, uma hora e meia sem nenhum sinal de presença humana, apenas as árvores passando, o ar cada vez mais denso. Não havia brisa. Walter se endireitou no banco, olhando fixamente para a estrada que se alongava. Só mais uns dez minutos, disse Bodean. Lamento que você tenha sido obrigado a fazer esta viagem. Eu disse ao governador que era melhor dinamitar aquela merda de uma vez, explodir todos eles, mas ele achou que você conseguiria convencê-lo. Disse que, se você quiser, é capaz de convencer até um rato a sair da toca. A estrada se estreitou, tornando-se uma única pista, e ficou tão esburacada que Walter quase foi jogado para fora do banco. Desculpe, disse Bodean. Não entendo como alguém pode querer morar aqui. Depois disse: É logo depois daquela curva, e, assim que saíram dela, avistaram mais de uma dezena de radiopatrulhas estacionadas no mato à beira da estrada. Pouco mais adiante, uma fila de caminhões vazios. No outro lado de uma pequena plantação, havia uma velha casa de madeira com janelas escuras. Bodean estacionou, e os dois saíram do carro, espreguiçando-se no calor, as pernas meio bambas. Um dos policiais fardados se aproximou, com uma espingarda dobrada dependurada no braço, tal qual um caçador. Bom, não aconteceu nada durante a noite, disse. Dois dos nossos ficaram ali fora. E eles lá dentro. Este aqui é Selby, do gabinete do governador, disse Bodean. O senhor conhece o homem?, perguntou o policial, apontando para a casa. Já estive com ele, disse Walter. Então faça com que ele crie juízo. Meus rapazes não querem passar mais um dia aqui, e menos ainda mais uma noite. Os malditos mosquitos comem a gente vivo. É, disse Walter. Como é lá? Não sei, disse Bodean. Ontem um dos empregados da construtora tentou se aproximar, mas o tal Drake o ameaçou com um martelo e depois se trancou lá dentro. Antigamente, um negro que pegasse um martelo para agredir um branco acabava pendurado na ponta de uma corda, disse o policial, e Walter olhou feio para ele. Só falei por falar, disse o policial. Ele está armado?, perguntou Walter. Ninguém sabe, disse Bodean. O engenheiro tem a impressão de ter visto uma arma longa no canto da sala, talvez só uma .22, talvez uma espingarda. Talvez nada, um pedaço de cano. Walter fez que sim. Nós lhe damos cobertura, disse o policial. Pus um homem atrás daquela árvore, outro no mato e mais um do lado oposto da casa, fora aqueles ali. Ele não parece ser violento, disse Walter, e o policial disse: Às vezes eles não parecem. Vá, se quiser. Walter fez que sim e começou a atravessar a plantação, gritando: Drake! Drake! Sou eu, Walter Selby! Drake! Houve movimento na casa, ou era apenas o calor fazendo o ar vibrar junto às janelas? Por fim, ele passou por um bloco de construção, no qual quase tropeçou, por um pneu de bicicleta, por uma lata de tinta: então a plantação deu lugar a um terreiro. Drake! A casa continuava em silêncio, e ele estava a apenas três metros da escada da frente. — Pare aí. A porta se abriu alguns centímetros, e Walter se deteve. Um olho na fresta. Quem é? Não se lembra de mim, Drake? Esteve no meu escritório. O que o senhor veio fazer aqui?, perguntou Drake. Só vim conversar com você, disse Walter. Ver se posso ajudar. —

Não me ajudou quando pedi. — É verdade, não deu. Mas agora as coisas mudaram um pouco. Posso entrar? Eu não vim prendê-lo, não estou armado nem nada. — E aqueles outros homens? — Não posso falar por eles, disse Walter. Não abra muito a porta, só o suficiente para eu entrar. Houve um intervalo prolongado, algumas cigarras estridulando no mato, o sol a pino. Drake? Mais um minuto de espera. Então, de trás da porta: Está bem. Então venha. Mas devagar. Ao penetrar a sombra da pequena varanda, Walter não pôde enxergar. Atrás dele havia rumores; na sua frente, uma parede escura. A maçaneta era de latão e fria ao contato. Drake? — Entre. Ele obedeceu, e o interior da casa era mais escuro ainda. Parou na sala da frente, piscando. Drake estava na outra extremidade, à porta da cozinha, com um rifle na mão direita. No outro cômodo, duas mulheres, a esposa e a filha, olhavam para fora. Walter olhou à sua volta. E seu filho? Drake apontou com o queixo, e Walter o viu, escondido perto da janela da frente, espiando. Um no mato e um atrás da árvore, disse o garoto. E um nos fundos, disse Walter. Só para você saber. A casa cheirava a bacon, a café de chicória e a algo adocicado e forte, sabonete, pele e calor. Qual é o seu nome, garoto? Ele se chama Charlie, disse Mose Drake. Charlie, não fique tão perto da janela. O garoto retrocedeu um passo. Como vocês estão se agüentando?, indagou Walter. Têm comida suficiente? — Tudo o que precisamos. — Ótimo. Então temos tempo. Lamento muito que a coisa tenha chegado a este ponto. Claro que lamenta, disse Drake: Mas Jefté disse aos anciãos de Galaad: Não fostes vós que me odiastes e me expulsastes da casa de meu pai? Por que vindes a mim agora que vos achais em aflição? Nós todos nos achamos na mesma aflição, disse Walter. Você, eu, sua família e até mesmo aqueles homens lá fora. — Aqueles homens, disse Drake. Eles não estão na minha aflição, estão na aflição deles. — Não, acho que não. Mas não querem que ninguém saia machucado. — O senhor também não, disse Drake. O senhor não está na minha aflição, está na sua aflição. Eu tentei ajudá-lo, disse Walter. Talvez não tenha me empenhado como devia. Drake fez que sim. Walter olhou para a sala: um sofá surrado, uma mesa pesada, limpa, algumas cadeiras, um aparador. É uma boa casa, resistente, disse. Podemos levá-la para o outro lado da montanha. Olhe aqui, disse Drake, apontando para uma janela lateral. Lá em cima do morro, havia meia dúzia de lápides, todas de pé, altas, no meio do mato. É a minha gente: eu não vou abandoná-los e muito menos desenterrá-los, não vou profanar o lugar onde repousam. Walter olhou para o pequeno cemitério e lhe prestou homenagem por um momento. Então disse: Os rapazes lá fora também não vão embora. E, cedo ou tarde, vão entrar aqui para prendê-lo, talvez o machuquem, talvez machuquem também sua mulher, sua filha e seu filho. Eu não posso impedi-los, e o governador não vai mover uma palha. De modo que vocês todos podem acabar enterrados lá fora, e depois eles vão tirá-los de lá, e não haverá ninguém para rezar pela alma de vocês, nem pela deles, nem pela alma do seu pai. É isso que você quer? Ao ouvir essas palavras, Drake balançou a cabeça e disse: Eu não tenho uma alma eterna. Esta é a minha casa. A mulher dele estremeceu, mas não disse nada. O diabo que o carregue, prosseguiu Drake. Está se referindo a mim?, perguntou Walter, e Drake deu de ombros. Fez-se um longo silêncio. Por que não faz um café ou qualquer outra coisa, e nós conversamos?, disse Walter. A mulher de Drake fez menção de obedecer, mas Drake a deteve com um movimento invisível da mão. O senhor não vai ficar aqui, disse. — Puxa vida, Drake. — Um balançar da cabeça, um balançar do rifle. Não, disse Drake. Sorriu, inesperadamente. Agradeço sua visita, foi muito amável da sua parte vir até aqui, mas agora é melhor que vá embora. Walter examinou mais uma vez a sala, um, dois, três, quatro rostos negros. Ainda não quero ir. Vá, disse Drake. Volte para casa e cuide do senhor. Walter assentiu com um gesto vagaroso. Está bem, disse, foi até a porta, voltou-se e olhou para eles mais uma vez. Vale a pena morrer por isto?, perguntou, mas não obteve resposta, e deu meia-volta e saiu para um calor e uma claridade tão fortes que quase o derrubaram no terreiro, encolheu exageradamente os ombros para que todos vissem, fez sinal para o policial no mato, para que ficasse onde estava, e se dirigiu ao lugar onde as radiopatrulhas reluziam à beira da estrada. Que aconteceu?, perguntou Bodean. Nada, disse Walter. Bodean fez que sim como se uma suspeita sua tivesse se confirmado. Ele está armado? Com um velho .30-06, disse Walter. Não vai usá-lo, duvido. Por que não recolhe seus rapazes? Bodean pensou por um momento. Não recebo ordens de você. — Não é uma ordem. Só uma idéia. Bodean tornou a refletir, então fez que sim e, virando o rosto para a plantação, enfiou dois dedos na boca e assobiou alto. Os policiais se aproximaram e ficaram algum tempo ali agrupados, reclamando um pouco. Não sei, disse afinal um dos policiais. Acho mais fácil a gente jogar fumaça neles. Fumaça?, perguntou Bodean. Parou um instante para pensar. Quem tem gás lacrimogêneo aí? — Eu posso ir buscar um pouco no quartel perto de Sparta, disse um dos policiais. — Vá. — É melhor você esperar que eu notifique o governador, disse Walter Selby. O policial foi para o quartel, e eles entraram em contato com o governador pelo rádio de um dos carros da polícia. Sua voz parecia mais velha. Gás lacrimogêneo?, perguntou o governador. Não conseguiu convencê-lo a sair de lá? Ele não me ouve, disse Walter. É muito teimoso. Estática no rádio. Excelência? Chhh. Excelência? Está ouvindo? Chhh. — Estou, sim, estou ouvindo. O que você acha? — Estou preocupado, porque, quanto mais tempo isto demorar, maiores são as chances de acontecer alguma coisa muito grave... É, disse o governador. — Bodean mandou buscar gás lacrimogêneo. — É, disse o governador. Acho que convém tentar tirá-lo de lá com o gás. É melhor, disse Walter. Está bem, se é o que você acha, disse o governador. Volte para cá, Walter. Deixe isso por conta da polícia. — É melhor eu ficar por aqui. Não, disse o governador. Venha. Volte para a civilização. — Está bem. Desligou o rádio e foi para junto de Bodean, os dois de olho na casa escura como se esperassem que de uma hora para outra ela começasse a falar. O governador quer que eu volte para Memphis, disse Walter. Alguém pode me levar? O governador é esperto, disse Bodean. Sutter! Era um rapaz de vinte ou vinte e um anos, cabelo vermelho e pele rosada na garganta, irritada com a navalha de barbear. Sim, senhor. Leve este senhor de volta para Memphis. Sim, senhor. E assim partiram, horas de viagem, a estrada quase vazia no meio da tarde, silêncio no carro enquanto eles monitoravam o rádio, o céu denso e quente, o vento nas janelas, tanta terra, terra, terra, um jardim de vizinhos distantes. Juntos, Walter Selby e aquele policial jovem e inseguro ouviram quando começaram a lançar bombas de gás lacrimogêneo na casa de Drake; a mulher e os filhos de Drake saíram, cambaleantes, foram algemados e levados às pressas para uma radiopatrulha; depois o próprio Drake surgiu na varanda, empunhando uma comprida faca de caça, que ele brandiu no ar e, em seguida, pareceu abraçar, enterrando-a no peito, num lento vaivém de serrote, como se quisesse arrancar o próprio coração, mas tombou antes disso e morreu antes que alguém se aproximasse e ouvisse o que ele tinha para dizer. Os policiais mergulharam num silêncio eivado de assombro, logo interrompido pelo abrupto e macabro lamento das mulheres. Já fora de Jackson, Sutter parou no acostamento para que Walter Selby vomitasse no mato à beira da pista. Estrada, tarde, árvores, mato alto.

## 42

Walter passou todo o dia seguinte sozinho, pensando, ainda que pensar só lhe trouxesse mais sofrimento, como o ranger de uma máquina mal lubrificada, com as engrenagens emperradas, lutando umas com as outras. Maldito Drake por ter se metido naquela terra, maldito Drake por tê-lo envolvido. — Como se ele fosse responsável pela energia elétrica ou pela escolha dos lugares onde instalar usinas para produzi-la. Maldito governador por ceder com tanta facilidade. O fato era que o mundo estava além do seu alcance e se distanciava cada vez mais; de que servia ser homem? Sempre havia os que conseguiam ficar e os que eram obrigados a partir, e ele não tinha o menor controle sobre nada disso. A usina elétrica e Boo City eram elementos de uma troca comum, de uma história comum, que chegara a um desfecho comum, ambas a demonstrar que ele não tinha utilidade alguma neste mundo, exceto a de colaborar e ser um mero instrumento da história e de seus princípios punitivos. Estava cansado: mas por que tão cansado? Durante a campanha da reeleição, trabalhara catorze horas por dia, e quase já não via Nicole, o seu único prazer; quase não via os filhos. Eles estavam crescendo sem ele, e por quê? Para que o governador preservasse seu mandato, dissipasse sua vontade, esbanjasse traficâncias, conchavasse para que nada acontecesse. Diga-lhes que Drake era doido, disse o governador. Diga que ele enlouqueceu. Feche-se em copas; eu digo que você fez o que lhe pareceu correto.

Minha cabeça vai rolar?, perguntou Walter.

Eu vou pôr as vacas ruins de quarentena para que as boas não fiquem doentes. Feche-se em copas, Walter. Conversamos amanhã. — E, com essas palavras, o governador desligou.

Depois disso, Walter ficou hirto à mesa, tirou uma folha de

papel da gaveta lateral e pegou uma caneta-tinteiro. As palavras lhe vieram em murmúrios; ele disse exatamente o que achava que devia dizer, quase sem refletir.

Pelo presente instrumento, peço minha exoneração, imediata e definitivamente.

Assinou e datou o documento, perguntou-se se convinha registrá-lo em cartório e concluiu que não; então o dobrou com cuidado e colocou num envelope — somente ao fechá-lo notou que o endereço do remetente, impresso no canto superior esquerdo, era Estado do Tennessee, Gabinete do Governador. Levantou-se e ficou olhando para o envelope. Não, isso não. Como a cola já tivesse secado, pegou o corta-papel e tornou a abrir o envelope, e cravou o pequeno punhal na mesa, verticalmente, com um centímetro da ponta espetado no carvalho. Vasculhou as gavetas em busca de um envelope em branco, mas não achou. Comunicou-se com a secretária: Tem um envelope que não seja timbrado?

Ela demorou um instante para responder. De que tamanho?

De carta. Tamanho de carta regular.

Mais uma pausa. Não, não tenho. Quer que eu vá buscar lá embaixo?

Ele pensou. Afinal, era um procedimento oficial.

— Sr. Selby?

Não, pode deixar, disse. Encontrou outro envelope e tornou a lacrar o documento, dessa vez escrevendo seu nome sob o impresso e endereçando-o ao governador. Depois se levantou e saiu, deteve-se à mesa da secretária para acrescentá-lo à pilha de correspondência interna e para desejar boa noite a ela, e foi para casa e para sua mulher.

## 43

No caminho, a cidade parecia girar ao seu redor. Cada rua era um bloco de eleitores estratificado em obras públicas e suspenso em abstrações: a fé religiosa, a fonte de renda, atitudes e alianças, um vasto e infinitamente complexo sistema de rodas e pesos, alavancas e engrenagens, um cordame fantástico sempre prestes a arrebentar. Já não lhe importava, e ele pensou no que fazer agora que estava livre daquilo. Advogar por conta própria, como Nicole às vezes lhe recomendava. Havia John Hamilton, de Vanderbilt; toda vez que se encontravam, o velho amigo lhe dizia: Quando você quiser, quando você quiser. Nós precisamos de alguém assim, advogado e muito bem relacionado.

Quem se dignaria lhe dirigir a palavra agora; quem ele podia considerar seu amigo? Convinha telefonar para T. J. Wannemaker, tentar apresentar sua decisão da melhor maneira possível e com a máxima urgência. Ele sentiu um mal-estar. Quanto mantimento ainda havia na despensa? Quanto dinheiro no banco? Quanto tempo faltava para Gail entrar na escola? E Frank estava crescendo tão depressa, ia ser alto como o pai; precisava de roupa nova quase todo mês, parecia. De repente, Walter sentiu tontura e encostou o carro no meio-fio, já que, em vez de afrouxar a gravata, endireitou-a no espelho e então a apertou um pouco mais. Fazia calor, talvez chovesse e a enxurrada levasse o século consigo. Ele se examinou no retrovisor, depois voltou a rodar na rua vazia, abrindo a janela apenas o suficiente para que o cheiro das plantas entrasse.

Pensou em continuar passeando, em se reservar algumas horas para refletir e arquitetar um plano em vez de surpreender Nicole com o fato de estar desempregado e lhe causar preocupação. Não, era melhor ficar com ela. Parar e comprar umas flores talvez? Não, ir para casa. Ir para casa. Sentia-se humilhado? Ir para casa. Estava constrangido com o estrago? Ir para casa.

Os discursos em sua cabeça continuavam inéditos? Ir para casa. Tinha dúvidas sobre o que sabia fazer na vida, além de guerras de um tipo ou de outro? Ele foi para casa. Na entrada de automóveis, buzinou uma vez, hesitou, buzinou novamente antes de desligar o carro. Vento no jardim, era preciso aparar a grama, agora não lhe faltaria tempo para essas coisas. Chegando à soleira da casa, deteve-se: lá havia privacidade, lá havia paz. Abriu a porta da frente — e ouviu a porta do fundo bater, o eco lhe chegou bem no momento em que ele se encerrou no silêncio interior. Nicole, pensou, devia tê-lo ouvido chegar e vinha recebê-lo. Nicole?, chamou. Cheguei mais cedo. Nicole? Nada, nenhum ruído. Nicole?, outra vez. Onde você está? Mas não obteve resposta, de modo que foi para a cozinha, a porta estava entreaberta. Oi!

Quem estava no quintal, amoitado junto à parede da casa, os joelhos nus no chão úmido, era Tom Healy, só de sapatos, pretos, as pernas brancas tremendo pateticamente, o membro vermelho, semi-ereto e oscilando, o semblante sombrio e apavorado, mas petrificado, como se a imobilidade anulasse o significado da sua expressão. Durante um bom tempo, nenhum dos dois falou, então Walter, parado no degrau da porta do fundo, se perguntou por que aquele homem nu invadira sua casa, o que pretendia roubar. Nesse momento lhe ocorreu: Você é aquele engenheiro. — E, por um ou dois segundos, pensou que talvez o sujeito tivesse sido enviado pelo governador ou pelos inimigos do governador para grampear a casa ou minar os alicerces. Mas por que diabo resolvera executar o trabalho completamente nu?

— Ouvindo um barulho às suas costas, virou-se e deu com Nicole no vão da porta entre a sala de jantar e a cozinha, abatida, envolta em sua camisola azul, a boca transformada num zero perfeito. Nem assim Walter entendeu. Agora, Tom estava em pé, se bem que com os olhos ainda baixos, e, com uma voz esquisitíssima, disse uma coisa esquisitíssima. Minha mulher não liga para isso. Não liga mesmo. Ela sabe e não dá a mínima. E Walter ainda se perguntou: Não liga para quê? Tornou a olhar para Nicole, para seu rosto úmido, para os seios à mostra por baixo do tecido transparente do négligé — negligente, descabelada, desonrada —, e entendeu tudo. A cidade o havia abandonado, o povo o havia abandonado, e sua mulher acabava de abandoná-lo; só restava a vergonha sob a qual ele estava sepultado.

Walter Selby ficou ali, à porta, olhando ora para sua mulher, que um momento antes estava no quarto deles, ora para o homem, que um momento antes estava dentro da sua mulher. Os olhos de Nicole se encheram de lágrimas. Aquilo lhe deu raiva, e ele quis fugir, mas não podia ir a lugar nenhum sem passar por um deles, e isso era impossível. Plantado no mesmo lugar, Tom Healy deu de ombros, esboçou um sorriso, fez menção de dizer alguma coisa, mas engoliu as palavras. Walter pensou em esmurrá-lo, mas achou covarde agredir um homem nu.

Nicole sentou-se à mesa da cozinha, cobrindo as pernas com a camisola, os cotovelos no tampo, as mãos trêmulas acima da mesa. Walter, chamou com voz sufocada. Agora venha para dentro. Mas ele tinha certeza de que morreria se o fizesse. Por favor, entre.

Ficaram muito tempo assim, Healy encostado na parede do fundo, Nicole lá dentro, à mesa, Walter na soleira, de onde via a ambos. Fez um pequeno gesto com as mãos, um gesto sem significado. O outro homem recuou alguns passos, mas Walter o deteve com o olhar. Acho melhor pegar minha roupa e ir embora, disse Healy. E em seguida, absurdamente: Desculpe. Walter permaneceu impassível.

Entre, suplicou Nicole. Venha aqui, por favor.

Walter, pelo contrário, foi para o quintal e, só depois de se afastar o máximo possível da casa sem sair da propriedade, virou-se, percorreu o limite dos fundos e então deu a volta rumo à entrada de automóveis. O tempo todo de olho em Healy. O tempo todo ouvindo a mulher dizer: Walter?, muitas e muitas vezes, querendo e receando o talismã do nome do marido, o direito de pronunciá-lo, fosse qual fosse o significado que lhe conferisse. Quando ele contornou o canto da casa, a voz dela sumiu na distância, substituída pelo sangue em seu ouvido, pela umidade, pela terra fofa sob seus passos, e ele sentiu uma vertigem cujo conteúdo não foi capaz de contemplar.

O carro ligou o motor por si só e arrancou por si só, mas percorrendo uma terra estrangeira, como se, repentinamente, a velha Memphis de Walter tivesse passado a pertencer a todos, menos a ele. Ele partira, não era nem sequer um fantasma. Passou pelo parque da esquina, pelo restaurante, pelos cruzamentos. Num dado momento, virou à direita, tornou a virar à direita, depois à esquerda, e seguiu um ou dois quilômetros em linha reta, até chegar a uma ramificação em T, e, como estava cansado de dirigir, parou na esquina e desligou o carro. Sentiu ferrugem na língua e se deu conta de que era sangue; levando o polegar ao lábio, descobriu que o havia mordido com tanta força que rasgara a carne. Não tinha para onde ir, não tinha o que fazer. Desesperado, tornou a ligar o carro e se pôs a rodar a esmo, passando fantasmagoricamente por interseções e percorrendo bulevares, perguntando-se um dia voltaria a ter um pensamento que não parecesse arrancado à força. Lá estava mais uma esquina, e tão cheia de gente.

## 44

UM ÍNDIO NA RUA BEALE

Chamava-se Terrence Lee e era um Shoshone da mais pura cepa, cem por cento; nele não corria uma gota de sangue que não remontasse diretamente à tribo, sem interrupção nem alteração. Com mais de um metro e oitenta de altura, tinha o cabelo não comprido e preto, mas cortado tão rente nos lados que se via o couro cabeludo por baixo. Passara três meses trabalhando como soldador numa plataforma submarina do Golfo, duas semanas no mar e duas em terra, em Nova Orleans. Mas acabou se desentendendo com um colega por causa de uma lata de pêssegos em calda, cuja propriedade os dois reclamavam, e a empresa houve por bem mandá-lo de volta à praia, de mala e cuia e com os bolsos recheados de dinheiro.

Ele pensou em Nevada. Por um lado, tudo nele era de lá — a família, a tribo, todos morando num vilarejo da reserva —, assim como as coisas que conhecia, trechos de paisagem, leitos de rio e lagos secos. Mas, para eles, lá só havia pobreza: desemprego, nenhum lugar aonde ir à noite, nada de novo para ver.

Por que não correr mundo, feito qualquer rapaz? Como o encarariam na China, na Palestina, em Paris? O que ia ver? Podia embarcar na marinha mercante e se largar neste mundo grandioso e colorido, mandar para a mãe alguns dólares mensais juntamente com um cartão-postal do lugar onde estivesse. Ela o queria de volta em casa imediatamente, sentia-se mal com sua ausência, como se a partida de cada membro da família significasse a extinção da tribo toda. Ele não quis ir. Acaso estava fadado a pisar para sempre o mesmo solo triste só porque era índio?

Nova Orleans era quente e estranha, com putas nos jardins e curandeiros nos quartos do fundo, e todos atrás de dinheiro, enfiando a mão no bolso dele com um sorriso largo e uma piscadela, como se sua futura penúria fosse uma piada compartilhada por todos. Aonde você vai?, perguntou-lhe uma prostituta chamada Lila, numa tarde modorrenta e chuvosa, quando ele a comprou por uma hora e acabou passando a metade do tempo a explicar sua relutância em voltar à reserva. — Aonde pode ir que seja melhor do que Nova Orleans? Ela estava na cama, os ombros encostados na cabeceira, e, com a mão elegante, lisa, negra, mostrou os quatro cantos de um crucifixo: norte, sul, leste, oeste. Aonde, sr. Pele-Vermelha? Aonde você iria? Ela lambeu o suor do lábio superior. Eu não vou a lugar nenhum, disse. Fico aqui mesmo, nesta casa. Aqui tenho quase tudo o que preciso.

Mas, se você fosse...

Ela pensou por um instante, não em lugares aonde ir, mas simplesmente em sair de lá. Iria para o norte, disse. Subindo o rio. Fugiria deste calor, para ver a neve. Sabe que eu nunca vi nevar? Só no cinema. Iria para o norte até chegar à terra dos esquimós. — Sorriu sem abrir os lábios, como se quisesse impedir a língua de contar um segredo. — Então ficaria trepando num casaco de pele, não nestes lençóis sujos.

Depois disso, choveu três dias seguidos, e ele ficou em seu quartinho imaculado, observando a rua pela janela, o temporal caindo, a água jorrando nas calhas, as apressadas entradas e saídas de um café do outro lado da rua, cujo interior era vedado pelas cortinas vermelhas nas janelas, deixando para a imaginação dele o quadro vivo que se desenrolava lá dentro. Quando acordou, na quarta manhã, a chuva tinha cessado, se bem que pouco antes, pois as gotinhas brilhantes ainda pendiam dos parapeitos de ferro batido, e a cidade parecia mergulhada em névoa primeva. Ao meio-dia, viu um caminhão de peixes parar lá fora e, pegando a sacola de lona, desceu, deixou a chave no balcão e foi perguntar ao motorista qual era seu destino.

Vou pegar a 55, disse o motorista, um branco magro, de macacão, com as mãos cobertas de cortes e cicatrizes.

Me dá carona?, pediu Terrence Lee. Pago a gasolina, se você quiser.

Quem paga a gasolina é meu patrão, disse o motorista. Mas pode vir e conversar comigo, até Memphis eu te levo.

Agora, naquela noite de sábado, ele estava na esquina da rua Beale, em toda parte havia luzes e música tocando, negras e negros endomingados passeando na calçada, e Terrence Lee sentiu um pouco de vergonha de estar malvestido. Não tinha roupa que prestasse. Precisava comprar. Apareceu um homem alto, retinto na superfície, na aparência. Usava um terno bege e um chapéu de palha branco, e vinha em direção a Terrence Lee na calçada, um sorriso de orelha a orelha. E aí, chefe, como é que é?, disse ao passar, e Terrence fez que sim e ficou observando-o afastar-se. Antigamente havia ali mais homicídios numa noite de sábado do que em qualquer outro lugar do mundo; cartilagens penduradas nos postes e pedaços de corpo humano espalhados na calçada. Quem era capaz de distinguir entre assassinato e diversão? A polícia ficava nas esquinas, e à meia-noite iniciava a remoção dos cadáveres.

Os Shoshones tinham a pretensão de conhecer tudo quanto havia no país, o sangue sob o deserto, a nação por trás da nação. Mas, enquanto eles persistiam em sua prolongada guerra contra a brancura, os negros arrebataram o país, despojando os demais. Foram tomando conta de tudo e se instalando em toda parte, porque o continente tinha um grande apetite por suas próprias maldições e, de certo modo, as elevava a um padrão. O que sabiam em Nevada? Afinal, os negros eram os verdadeiros americanos, os únicos: aquele era o século deles e transcorria sob o domínio dos ritmos deles, lançados pelos tambores deles. Ele olhou para o quarteirão, deixando os olhos perderem o foco até que as luzes se turvassem e crescessem.

E eis que lá vinha outro homem: branco, um dos poucos brancos que se viam naquela rua. Estava sozinho, e já não era tão jovem; parecia um homem de negócios ou um burocrata qualquer, com a mesma roupa que devia ter usado no trabalho durante o dia. Terrence Lee viu casais e homens errantes se desviarem sutilmente do caminho do branco apenas com um olhar de relance — não por deferência, mas apenas porque aquela mera presença, em virtude de sua desrazão, arriscava ser fonte de problemas para alguém, e ninguém queria ser o escolhido. Além disso, havia algo errado no andar do homem; ele não ia cambaleando como um bêbado, nem gesticulando, mas tampouco parecia de todo equilibrado. Não se adequava. Não só por causa de sua brancura: havia nele uma bizarria mais profunda, algo que o tornava cabalmente forasteiro, da cabeça aos pés. À distância e à primeira vista, Terrence a atribuiu à indumentária do homem, ao seu modo de transitar pela rua; mas, quando ele se aproximou um pouco mais, percebeu que era a sua expressão; mais perto ainda, viu que o branco estava chorando incontrolavelmente e tão entregue ao pranto que nem cuidava de esconder o rosto: apenas ostentava sua dor, inequivocamente, no semblante. Terrence nunca tinha visto um branco chorar, e ficou olhando; mas o homem não reparou, apenas passou por ele, desmanchando as feições com as lágrimas.

## 45

Muitos milhões de anos antes, os Apalaches ficaram eivados de vulcões e foram sacudidos por terremotos, enquanto o bloco continental se arrastava lentamente para oeste, afastando-se, como sempre se afastaria, e abrindo espaço para o oceano Atlântico. Com o tempo, as montanhas sofreram erosão, deixando depósitos maciços de silte nas Grandes Planícies e ao longo da plataforma continental oriental. Depois vieram as glaciações, vertendo a partir do Canadá camadas de gelo que se fundiam numa infindável torrente fria, um vasto caudal a perpassar pelas regiões centrais, atraído pela gravidade ao golfo do México, e a sulcar seus próprios caminhos na passagem. Estes eram o Mississippi, o Ohio, o Cumberland etc. Uma longa e vagarosa fúria e impetuosidade descuidada, incessante e incomensurável.

## 46

A pistola estava numa caixa de velharias. Uma Colt .32 Hammerless pequena e compacta, mas bonita à sua maneira. Não chegava a ser um tesouro, mas era excelente. Na mesma caixa, Walter achou a documentação da sua baixa do Corpo de Fuzileiros Navais, a condecoração e umas coisas do pai, que a mãe tinha conservado: um relógio de bolso, de prata, agora tão manchado que estava quase preto, algumas cartas atadas com fita turquesa, fotografias, uma licença de casamento. São estes os materiais que deixamos para trás: metal filigranado, vidro lapidado e papel.

Havia um estojo de papelão grosso repleto de balas. Anos antes, ao comprá-lo, Walter o sacudiu e ouviu o retinir do metal no metal, mas não se deu o trabalho de abri-lo. Além disso, havia uma latinha de óleo especial, que ele usava uma ou duas vezes por ano para conservar a arma, passando uma ou duas horas trancado no banheiro, lubrificando peça por peça. Nunca a disparou; terminada a guerra, estava farto de armas, mas gostava de tê-la por perto: decorrência de ser dono de uma casa.

Estava escuro e não havia ninguém em casa quando ele chegou. Nicole tinha deixado um bilhete explicando que ia levar as crianças à casa de Josephine, onde ficariam até o dia seguinte. Quando voltasse, conversariam. Ele ficou olhando para o canto entre a parede e o teto, os olhos vidrados, desfocados. O velho Mose Drake sabia o que morria quando morria um lar. O telefone tocou várias vezes, por fim ele atendeu.

Era sua secretária: Ligação do governador. O senhor atende? Sim, disse ele, e, distraído, recolocou o fone no gancho. Outro toque segundos depois. Desculpe, sr. Selby, disse a secretária. Acho que caiu a linha. Vou transferir a ligação para Sua Excelência.

Sim, disse Selby, e, pouco depois, ouviu aquele sussurro, aquele murmúrio do outro lado. — Que é feito de você, amigo? Tentei localizá-lo em toda parte. Tudo bem? Eu estou aqui na cidade. Há uma espécie de Regata da Meia-Noite, arrecadação de fundos para o prefeito, e tenho de comparecer. Que horas são agora? — Uma voz às costas do governador disse: Dez. Dez, disse o governador. A regata é à meia-noite. Quero que venha conversar comigo.

Estou doente, disse Walter. Além disso, como nada é perfeito em política — estou fora.

Fora do quê? Que está dizendo?

Fora... O senhor não recebeu minha carta?

Recebi. E ignorei. Selby, você sabe muito bem que eu seria o primeiro a fazer alguma coisa se fosse possível fazer alguma coisa. Você sabe disso. Mas nós temos de sair desse ombro-a-ombro. Vão aparecer alguns pastores, talvez alguns jornais, à procura de um bode expiatório. Você fica comigo e não fala com ninguém, podemos superar isso. A reputação meio abalada, é verdade, talvez você não chegue a presidente da República, mas vamos sair dessa. — Calou-se por um instante, e quando recomeçou sua voz estava mais suave e gentil. Se você me deixar, não sei o que pode acontecer. Aí não vou ter como ajudá-lo.

Walter mal ouviu as palavras, eram meros rumores do mar em seu ouvido, frios, cinzentos e salinos. Mose Drake estava morto. — Não. Escute aqui: eu pedi demissão, disse, com uma voz que não era a dele nem a de ninguém.

O governador demorou alguns segundos para responder. Eu sei que está com problemas em casa, disse. Quê?, espantou-se Walter. Todo mundo tem de cuidar da vida de vez em quando. Arrumar o jardim, sabe? Impedir que a erva daninha cresça em toda parte. Talvez você esteja precisando de um pouco de descanso, de umas férias. Eu preciso..., disse Walter, mas se calou. Era a primeira vez que via o governador cometer semelhante engano, atrapalhar-se e errar; num lapso de modos, de estilo, num equívoco. Talvez quisesse ser simpático ou até avuncular; mas se mostrou obscenamente inadequado, inteiramente vazio; sem saber que era melhor ficar calado e conservar a vantagem. Meu jardim?, disse Walter, mas o governador não chegou a perceber a leve estridência em sua voz, a fúria indissimulável do animal noturno exilado da segurança do seu meio. Minha família...

Sua família, sim, disse o governador, agora acrescentando complacência ao erro. Walter o ouviu deslizar no piso do escritório, para lá e para cá. Do lado de fora da janela, tudo tinha sido planejado: todas as avenidas, todos os monumentos, todas as paisagens. Uma cidade irreal, com propósitos malignos. Venha para cá e faça o passeio de barco comigo, disse o governador. Então nós conversamos. Em DeWitt Landing. À meia-noite.

Está bem, disse Walter, e desligou.

Levantou-se, foi à cozinha e serviu-se de uma bebida; tinha sede, e seus membros estavam frios, os dedos tensos, um pouco de álcool o aqueceria. Estava nervoso, ainda que não soubesse precisamente por quê. Decerto seria ótimo relaxar um pouco. Mais tarde, já com menos uísque na garrafa, pegou a pistola na mesa da cozinha. Sentiu-se bem. Viu seu reflexo na janela, com aquele estranho objeto de metal na mão; voltando-se, apontou friamente para a própria imagem. Walter Selby, o guerreiro e herói. Bem, sem balas a arma não tinha a menor utilidade, certo? Não era uma arma de verdade. De modo que ele retornou à mesa em busca da caixa de munição e se pôs a carregar o pente, depois o enfiou na pistola e guardou-a no bolso do paletó, sentindo-a pesar contra o quadril.

## 47

### DISCURSO EM PROL DE WALTER SELBY: ESBOÇO

Meus amigos, colegas, companheiros políticos, legisladores, soldados, amantes, maridos, pais e filhos; caríssimos professores e sacerdotes, patrões e trabalhadores, marginais, presidiários, escravos; meus detratores e inimigos; e todos os estrangeiros, viajantes, filósofos e selvagens dos quatro cantos do mundo.

Aqui estou, diante de vocês, defendendo minha causa, livre das contingências e singularidades desta poderosa Casa chamada Mundo. Não é o dia que vai me julgar, e sim uma noite infindável, a noite em que nossas almas hão de se aventurar quando o sonho do dia tiver desertado nossos olhos. Não temo este julgamento, tampouco o procuro; mas a ele me entrego, sabendo que me arrebatará quando quiser, independentemente do meu mísero empenho em ir a seu encontro ou em dele fugir.

Falo comigo mesmo ao falar com vocês; prego a mim mesmo, censuro a mim mesmo, a mim mesmo persuado e encorajo. E me pergunto: quem habita as mais longínquas plagas da perdição? E respondo: os traidores, porque não há mal maior do que esse. — Não há morte comparável à morte de um princípio mutuamente construído, nutrido, usado como arrimo; e depois frustrado, depois destruído. O amigo pode criticar aquelas frágeis partes armazenadas que o inimigo não consegue atingir. O amigo: o mentor, o discípulo, o apóstolo, o companheiro, o amante.

Não obstante, não devemos ser cínicos nem precipitados ao condenar, pois isso é abrir mão da própria fé, que o traidor há de furtar. Paciência, perseverança, leniência, caridade, são essas as qualidades do homem justo. Não somos tenebrosos a ponto de não sentir a luz. Tampouco nossa união é tão incerta e frágil que não possamos suportar um erro ocasional do lado do perdão. A instituição que este representa foi concebida por mentes mais esclarecidas do que as nossas, justamente para que ele sobreviva até mesmo à mais amarga das discórdias. Para que baile à mercê dos trovões da tempestade e se alimente da chuva que os acompanha. Raramente há um bem neste mundo que não provenha de um mal, raramente um despontar que não tenha sido plantado na morte, como as roseiras que, segundo a lenda, crescem no túmulo de são Jerônimo.

Mas o homem sensato também sabe que a face da Terra está povoada de demônios, adversários e anjos tortos. Eles se aproximam com vozes sedutoras e melódicas, com paixões indistinguíveis das paixões dos santos; pedem auxílio, imploram compreensão, compromisso, misericórdia. Dizem-se meros agentes de um poder superior, e talvez sejam. Talvez sejam, mas sua agência resulta apenas em ruína.

Eu acredito em mim, na minha família, nos meus amigos; acredito nos meus parceiros, no meu estado, na minha nação; acredito em vocês. E acredito nesse demônio que brande a espada, ameaçando desatar o vínculo que nos une e nos redime da solidão e da miséria. Hei de matar esse demônio para me salvar; eu os salvo, salvo meus filhos e os filhos dos meus filhos, e recuso toda piedade ou recompensa em troca.

# 48

Nicole chegou, abriu a porta devagar, hesitou ligeiramente ao dar com Walter no sofá, encarando-a. Parou ao entrar na sala. Walter, disse.
Onde estão Frank e Gail?
Na casa de Josephine. Eu já disse. Não leu meu bilhete?
Ele fez que sim. Está bem, disse. Gosto de Josephine. — Observou-a um pouco mais detidamente. Acho que precisamos conversar, disse enfim, e ela concordou com um gesto. Vamos.
Vamos aonde?, perguntou ela.
Dar uma volta de carro.
Uma volta de carro?, disse Nicole. Por que não conversamos aqui mesmo? Afinal, é a nossa casa.
A nossa casa?, perguntou Walter Selby. Nem tanto, não mais, não acha?
Continua sendo a nossa casa.
Vamos, podemos ir?, disse ele.
Ir aonde?
Até o rio, disse Walter. A noite está bonita. Conversamos à beira do rio.
Ela estava cansada, estava atordoada; do contrário, não iria. Por outro lado, queria fazer o que ele pedia, mesmo porque talvez fosse a última vez que lhe pedia alguma coisa. No entanto, sentiu um mal-estar, inclusive porque Walter parecia já não ter nada a dizer. Ele a conduziu até o carro, abriu a porta para ela e a observou atentamente entrar no automóvel.
No caminho, não lhe dirigiu o olhar uma única vez, e ia devagar, como se tivesse somente um frágil domínio do veículo. Aonde vamos?, ela tornou a perguntar, embora já soubesse; era só uma tentativa de fazê-lo falar. Ele se limitou a apontar

para a frente com o queixo. A noite não parecia real para ela. A lua estava cheia, e as sombras, escuras, e toda a região apresentava um brilho tão claro que chegava a ficar azulada: um dia em negativo, o céu negro e a paisagem luminosa. Walter Selby saiu da estrada, estacionou no acostamento e desligou o motor. Aqui?, perguntou ela. Não podemos deixar o carro aqui.

Não tem problema, disse ele.

Onde estamos?, perguntou ela.

Havia um bosque próximo à estrada. Em meio às árvores, ela divisou uma coisa brilhante e ondulada. É o rio?, indagou. O que nós vamos fazer aqui?

Quero te mostrar uma coisa, disse ele, e, pegando-a pela mão, levou-a por entre as árvores. Nicole estancou, mas ele a segurava com firmeza, e mesmo sem forçá-la, fez com que seguisse caminhando. Ela ouviu a agitação da água, e pouco depois eles passaram por dois pinheiros e, juntos, pararam numa pequena clareira iluminada, de cerca de quinze metros de diâmetro, limitada de um lado pela floresta e do outro por um vasto e lento movimento. Mais ao longe, havia uma lancha de passeio, algumas luzes, um pouco de jazz e conversas.

Ele a levou até a beira do rio e a deteve diante da água prateada. Walter, disse ela. Não sei como explicar o que aconteceu. Nós somos modernos, não somos? Será que vamos fazer uma cena por causa disso? Não, não vamos deixar as crianças descobrirem.

Psiu, fez Walter. Só isso, psiu.

Walter, disse ela. Walter. Você não me ama tanto quanto acha que me ama.

Psiu, fez Walter, embora não tivesse o que dizer. Os discursos que havia elaborado escaparam pelos orifícios de sua cabeça, deixando apenas uma ou duas frases. Psiu. Avançou dez ou quinze passos rio abaixo, depois deu meia-volta e olhou para a mulher, branca como a lua e infinitamente mais bonita.

Agora a lancha atrás dela estava mais perto da margem, o ruído um pouco mais alto. Walter, você pode me ouvir? Por favor? Precisamos dar um jeito de contornar isto. De superar isto.

— Ela começou a caminhar na direção dele, sem tocar os pés no chão por causa dos leitosos raios de luz sob eles. — Me diga o que quer que eu faça.

Por favor, fique aí mesmo, disse Walter. A lancha acabava de ficar paralela à margem do rio. Ele chegou a ouvir alguém dizer: Ei, olhem. Tem gente lá na margem. Mas o silêncio logo retornou, como se a embarcação tivesse desaparecido.

Você me conta por quê?, pediu Walter a Nicole. Ela não pôde nem mesmo dizer não. Você me conta por quê? Para que eu possa entender...

Ela balançou a cabeça. Não tem nenhum porquê, disse. Sou só eu. Eu e meus erros.

Não, disse Walter, agora reduzido ao absurdo. É o calendário, é o céu.

Nós temos filhos, disse Nicole, mas ele não ouviu o argumento dela por causa da fogueira que ardia atrás de seus olhos.

Quero que você volte para a beira do rio, disse ele.

Amantes ao luar, disse a voz na lancha. Que lindo...

Walter fez que sim para ninguém. Volte, está bem? Para perto da água? Nicole. Ela recuou alguns passos.

Aquele homem que passara tantos anos dormindo a seu lado tinha uma arma na mão, e uma luz esbranquiçada se precipitava em volta dele em delicados fragmentos. Ela disse consigo: Não, não, não, não, não. Não é assim que a história termina. Disse: Me dê uma chance de começar de novo, desta vez faço tudo direito. Preocupada com os filhos, ergueu os olhos na direção do automóvel, como se pudesse encontrá-los lá, esperando, e saber que toda aquela cena logo terminaria e que depois ela poderia ficar.

Não se trata de mim e de você, disse Walter, defendendo sua causa. Não se trata de nada. Mantinha a pistola seguramente colada à coxa. Prepare-se, ouviu? Por favor?

Por um motivo qualquer, ela fez que sim, e, a esse sinal, ele ergueu a arma num movimento decidido, deteve-se para enfeixar o ódio, imobilizá-lo, e então puxou o gatilho. Ela fez que sim, mas não estava preparada para a eternidade. No orifício do cano apontado para o seu rosto, chegou a ver um combate, como se vários espíritos obscuros e invisíveis se precipitassem contra a bala. Saíram da pistola numa velocidade enormemente baixa, lampejando na boca do cano à medida que se chocavam com o ar. Então ela foi atingida — não soube onde —, mas ficou estendida de costas, a cabeça nas pedras da margem do rio, e houve uma grande comoção na água, outras vozes, fazendo barulho como animais irritados. Seu rosto havia desaparecido. Bem, pensou, não era sempre assim mesmo? Uma coisa entrando nela, e o sangue saindo. O bebê... e Frank no colégio, o seu menino, como ele ia ficar triste. Lamentou pelos filhos e desejou muito que ainda restasse algo que pudesse fazer por eles, doía-lhe a idéia de não poder consolá-los, mas, fora isso, não era tão ruim assim. Sentiu os membros e a nuca em contato com alguma coisa dura, ou sua cabeça é que era dura e ela a estava sentindo através do chão? E disse: ?... ?... ?

Walter continuava ali. É isso que ganhamos, disse consigo, por fazer amor achando que é a coisa mais fácil do mundo. Nicole apelou silenciosamente para a noite: Oh, meu Deus, salvai alguma coisa nisto tudo. Porém, Deus não veio. Ele observava com muita atenção, mas não veio. Lá no alto, as copas das árvores dançavam para lá e para cá, e então ela ouviu mais um disparo. Pensou que fosse um estampido no céu, assinalando o fim do mundo, e fez um gesto com a mão, a pura eletricidade da vida. Oh, meu Deus, pensou. Tende misericórdia e protegei meus filhos. Fechou os olhos, e o Anjo da Morte desceu e a levou.

49

Walter Selby pôs o cano da arma sob o queixo, ia estourar a própria cabeça; mas o metal estava quentíssimo, queimou sua pele, fazendo-o retroceder ao mesmo tempo que puxava o gatilho, e a bala agitou as folhas das árvores, lá no alto, e desapareceu no céu. Então algo o atingiu por trás, e ele se viu sentado, sentado justamente sobre a pistola, que lhe penetrou duramente a coxa. Estava cercado de homens, e um deles prendeu seus braços dos lados do corpo, ao passo que o segundo tratou de pisar numa das pernas, a outra estava torcida debaixo dele, e seu peito latejava, ou por dentro ou por fora. — Agora eram seis ou mais em cima dele, todos de roupa molhada por terem vadeado o rio da lancha até praia e dando sugestões: Dá uma porrada no filho-da-puta! Segura ele. Segura ele. Vê se ele não tem outra arma, uma faca ou coisa assim. Torce logo o pescoço dele, aí ele não dá mais trabalho. Cadê o governador? — Alguém agarrou o pescoço de Walter Selby e apertou, apertou. — Vai socorrer a moça. Vai logo. Arranja um telefone — não, vai ver se o capitão não tem um rádio. Ela está bem? — Não houve resposta, e um silêncio súbito e carregado de reverência partiu do homem que estava junto ao corpo de Nicole e se disseminou em todos os demais, uma calma cheia de respeito, contraditada unicamente pela mão na garganta de Selby, apertando cada vez mais, o único esforço na estase, beneficiando-o com a asfixia, a cegueira, com a escuridão, que se precipitava sobre ele como a chuva, e, enfim, com o esquecimento.

Querido Donald,
Isto aqui não é tão ruim assim, não precisa se preocupar comigo. Eu tenho praticamente tudo o que preciso: cigarros da delegacia, livros da biblioteca, trabalho na oficina, conversa com os outros homens. Obrigado pela oferta; se precisar de alguma coisa, aviso.

Mas o que mais me faz falta você não pode me mandar — um pouco de privacidade. Em cada minuto de cada dia, há um preso por perto e um carcereiro vigiando. Agora entendo por que nossos antepassados conceberam um Deus onipresente: ser visto a cada instante é lei suficiente para a maioria dos homens, sejam quais forem os princípios que acham que devem observar.

Muitas vezes me pergunto se Nicole também me vigia lá do ponto privilegiado onde talvez esteja agora. Se assim for, espero que não me odeie, espero que entenda por que fiz o que fiz e saiba o quanto a amo e quanta saudade tenho dela. Acho que um dia vamos nos reencontrar.

Quando eles tiverem idade, quero que diga ao meu filho e à minha filha que eu não era um homem mau, e sim um homem bom que fez uma coisa ruim — um homem cuja paixão matou a causa da sua paixão.

Com o afeto do seu irmão,
Walter

Querido irmão,
Quando olho pela janela da minha cela, só vejo uma nesga de luz solar ou nem isso, só um pedaço de céu, azul

quando o céu está azul, cinza quando chove. E nele vejo refletido o rosto de Nicole, como se o céu fosse não outro reino, mas um simples espelho de tudo quanto a Terra perdeu. Ela nunca mais voltará a viver, e às vezes penso que jamais vou morrer, e esse há de ser meu castigo. Este inferno basta para qualquer pecador. Não consigo dormir, em parte porque os outros presos fazem barulho, gritam nos pesadelos ou, às voltas com a insônia, se põem a falar para serem ouvidos: Guarda, dizem, quero um cigarro. Me dá um cigarro. — Guarda, é tudo mentira daquela vagabunda, eu não fiz nada. — Guarda, meu advogado é um incompetente, o juiz foi subornado, e o júri só queria saber de chegar em casa antes do jantar. Deitado no catre, sinto um peso no peito: minha consciência, ou talvez apenas o ódio imenso a todos os que Nicole amou. Fico com falta de ar, e meu coração bate mais devagar; e então começo a viajar para o passado a milhares de quilômetros por segundo.

    Você não conheceu Nicole como eu conheci. Não viu nela o que eu vi. Talvez ela lhe parecesse um pouco ingênua, mas garanto que não era. Ela era tudo, menos isso. Dentro dela eu podia abrigar minha alma tosca e velha, e ela não recuava, pelo contrário. Crescia com isso.

    Lembra quando a apresentei a você? Foi na época do Natal, há doze anos ou talvez há um milênio. Lembra? Você, Mary, e seus meninos correndo sem parar. Nicole e eu acabávamos de nos conhecer, dois ou três meses antes, e acho que ela não sabia, mas eu sim, que íamos nos casar. E nós fomos ao cinema, mas não lembro que filme estava passando. Caso você lembre, por favor, me conte.

    Eu sabia que ela tivera uma vida antes de mim, mas não tolerava isso, assim como certas pessoas temem a mor-

te que há de vir mas não a eternidade anterior ao nascimento delas. Quando estou na minha cama estreita, penso que o tempo convergiu para o exato momento em que nos conhecemos. Incomodava-me não saber como ela fora criada. Sabe?, seus pais moravam tão longe. Eu achava isso triste, não tanto pelo afeto que tinha por eles, mas porque isso significava que eu estava mais longe da infância dela. Gostava de visitá-los na Carolina do Sul.
Agora começaram a gritar outra vez no corredor. Oh, Deus, o Deus de todos os presos, eu vos suplico: dai-me uma hora para pensar.
Termino por aqui.

Com o afeto do seu irmão,<br>Walter

Querido Donald,
Estou longe de ser um sujeito durão como são alguns aqui. Hoje chegou um menino novinho ainda, um menino de aparência agradável. Para se insinuar, começou a se gabar diante de um dos condenados à perpétua. Eu assaltei um banco, disse. Que nem Jesse James, a única diferença é que fui preso. E você, fez o quê?
E o preso veterano disse: Eu comi a tua mãe. — Mas não assim, é claro; entrou nos mínimos detalhes, até deixar claro que não estava brincando, que pretendia demolir o recém-chegado da cabeça aos pés. Aqui há uma hierarquia de tempo cumprido e de tempo a cumprir. A sentença do menino não era das maiores, mas vai ser das mais difíceis se ele não aprender a enfrentá-la. Tive vontade de chamá-lo de lado e lhe explicar, mas não posso. Ele vai aprender.

Mas isso me levou a pensar no meu filho e no pouco que lhe dei ou que posso lhe dar agora. Acho que ele está perdido para sempre para mim, e eu, perdido para ele. Frank e Gail: sei que é melhor largar mão deles. Mas isso abre em mim um vazio sem fim.

Com afeto,<br>Walter

Querido Donald,
Soube que mataram King em Memphis, na minha Memphis. Ouvi dizer: aqui todo mundo ouve dizer tudo imediatamente. Alguns brancos comemoraram, mas eu simplesmente me recolhi na minha cela. Depois, à noite, os presos negros iniciaram uma rebelião, pondo fogo nos rolos de papel higiênico e nos colchões, até que o bloco ficasse cheio de fumaça. Pensei que ia morrer sufocado aqui mesmo, na cela. Por fim, os gorilas chegaram e nos levaram para fora, um por um, deixando os negros para o fim, é claro. Cinco ou seis deles acabaram na enfermaria; os outros foram espancados durante algum tempo e, depois, ficaram algemados lá fora, no pátio. Ouvi dizer que um dos carcereiros levou uma facada, mas não sei se é verdade. Eu estava vomitando por causa do gás no forro.

Ouço as conversas dos negros, aqui, e penso nos problemas que nós nos achávamos capazes de resolver no que lhes concernia. Eles enxergam tudo, sei perfeitamente disso, e garanto que isso vai nos custar muito caro. Esteja preparado, prepare sua família, proteja-a, avise-a. Ensine seus filhos a ser bons e se preparar. Ensine-os a não desanimar, não perder a alma, não perder a vida.

Estou começando a entender o que sou.

Com afeto,<br>
Walter

Querido Donald,
Como pode um homem ouvir, da sociedade que ele tanto serviu, que fez uma coisa errada, e não só errada, mas imperdoável, e aceitar semelhante julgamento? Ou seja, sem apresentar nenhuma desculpa em sua defesa, sem dizer: Fui provocado, ou: Todo mundo faz isso, ou até: Não fui eu, foi uma versão menor, possuída pelo mal ou simplesmente desnorteada? Que dizer? Errei porque sou errado, e a sentença que estou cumprindo é justa? — Sem ao menos acreditar que essa aceitação basta, por si só, para mitigar seu crime?

Dizer: Sou culpado, dizê-lo com sinceridade, equivale a dizer: Não existo. Equivale a refutar o próprio eu; e esse, creio, é o paradoxo da punição: para o criminoso e para aqueles que o encarceram, é impossível ver as coisas da mesma maneira. O mundo tem de encarar o preso como um homem mau, do contrário não funciona. O preso tem de achar o mundo injusto, do contrário não consegue viver.

Se existe alguma razão ou cálculo, tenho de me perguntar qual é meu propósito. Tudo bem, neste período de confinamento, fiz um ou dois amigos, e alguns deles são gente boa, mas, afinal de contas, isto é apenas tempo, nada mais. Quando penso em tais coisas, entendo que os anos decorridos antes de eu conhecer Nicole eram iguaizinhos a estes, de modo que só posso concluir que o período que passei com ela foi a única vida real que tive. — Um lampejo, durante o qual divisei a única coisa que tinha de fazer. E que fiz. Não estou dizendo que não deviam me culpar, e sim que não foi algo determinado por mim, mas algo a que eu estava destinado. Não se trata de uma contrição. Se os funcionários da sala de correspondência lerem esta carta, decerto farão uma anotação no meu prontuário, e a comissão a lerá quando eu estiver apto para a liberdade condicional.

Com afeto,<br>Walter

Querido Donald,
Dentro de alguns dias, vou ser transferido para outro bloco. Não sei por quê; é uma coisa que fazem com muita freqüência, talvez para que não firmemos demais as amizades e inimizades. Obrigam-nos a mudar o tempo todo, é a política deles, pelo menos até que você seja um veterano tão antigo que já não lhes importa. Sou um bom preso, não transgrido muito o regulamento, procuro me dar bem e, em breve, serei veterano, e eles vão parar de me transferir.

Passaram-se mais anos do que vale a pena contar desde a última vez em que estive perto o bastante de uma árvore para poder distinguir suas folhas. No pátio onde nos exercitamos, há apenas terra batida dura e escura, e um pouco de grama próximo à cerca para lembrar que a liberdade é verde.

Antes de vir para cá, se você me perguntasse, eu teria respondido que a natureza em si não tinha muita importância para mim; agora acho que penso muito nela, e sinto muito a sua falta. A maioria dos livros que pego na biblioteca fala, de uma forma ou de outra, na natureza: aventuras, ensaios sobre a vida dos animais selvagens, exemplares da National Geographic; e coletâneas de poemas, quase sempre velharias, Wordsworth, Blake, nos quais eles acham importante descrever o mundo; e reproduções de quadros holandeses. Evidentemente, as opções são limitadas; a maioria dos presos só lê para pesquisar seus próprios recursos, de modo que predominam os livros de direito. Caso encontre alguma coisa que ache que possa me interessar, por favor, mande. Pode ser que não chegue até aqui, pode ser que fique retida no correio da penitenciária, portanto, se não receber resposta minha, é porque não recebi nada. Mas eu ficaria agradecido se você tentasse.

Obrigado,
Walter

Querido Donald,
Vejo na televisão que o governador morreu; ou melhor, ouvi uma referência a ele como o falecido governador do estado do Tennessee. Agora, quando foi que aconteceu? Ontem? Há alguns anos?

Lembro-me dele em Nashville, fazendo um discurso de formatura na Universidade Estadual. Fui ouvi-lo, e recordo cada palavra, pois eu mesmo escrevi o discurso numa madrugada em que Nicole e as crianças dormiam e a casa estava em silêncio. Queria aquele silêncio para preservar perpetuamente a paz de todos eles, de modo que escrevi um ótimo discurso para os formandos, repleto de garantias de que o mundo futuro seria cada vez mais empolgante e aberto ao exercício de seu jovem poder na renovação do estado e da nação. Entreguei-o ao governador pouco antes da solenidade, ele o examinou rapidamente — e então, ao chegar à metade do tempo que lhe cabia, simplesmente abandonou meu discurso e começou a falar no seu pai, que nunca tinha pisado numa universidade mas era dono de uma loja de confecções, na qual trabalhava de sol a sol. Pintou um retrato meigo e engraçado do homem, um velhinho adorável, cheio de sabedoria popular, que só queria o bem do filho. Ah, foi uma guinada maravilhosa, e os estudantes sorriram e o aplaudiram muito quando ele chegou ao fim.

Pois o governador morreu, minha mulher morreu, e quem sabe onde estão aqueles moços e moças, e o que fazem hoje; e o pai do governador era um bêbado violento, e o governador tinha um ódio mortal por ele.

Do seu irmão,<br>
Walter

Querido Donald,
Minha ocupação é cumprir pena ou matar o tempo, mas ninguém mata o tempo e pena todo mundo cumpre. Isto aqui é um vasto rastejar, um avançar milímetro por milímetro: períodos que escoam mais do que passam, como os grandes deslocamentos de gelo, e reduzem os meses, os dias, os anos, tal como o gelo reduz as colinas e as montanhas sob seu peso enorme, rastejante, ao mesmo tempo que dá novas feições à paisagem. Eu preciso de palavras que ninguém jamais empregou para descrever a duração; palavras para falar nas fissuras irregulares que tenho de transpor com um grande salto, ou então cair e ficar preso

para sempre em suas profundezas; palavras para as ilhas espalhadas no leito de um rio gelado, algumas das quais são sólidas até o fundo e outras não passam de mera ilusão, camadas de gelo apoiadas no nada. Ontem de manhã, um homem a meia dúzia de celas de distância da minha foi solto depois de cumprir vinte e um anos; à noite, na hora do jantar, chegou outro para ocupar o lugar dele. Eu vi décadas inteiras resvalarem de uma só vez debaixo de um homem, tão depressa que nem ele seria capaz de explicá-las; e breves momentos que se dilataram em períodos tão prolongados que era impossível acreditar que havia restado algum tempo do outro lado. Ao sair, todos esses homens deviam ser astrônomos, físicos, engenheiros nucleares, pois ninguém sabe melhor que eles como o tempo varia e muda. Os cientistas discorrem sobre a velocidade da luz, a gravidade dos planetas, o giro das estrelas: eu posso lhes falar numa sentença de noventa e nove anos.

Do seu irmão,
Walter

Querido Donald,
Pois é, sabíamos que cedo ou tarde isso ia acontecer. Chegou a hora: e estou morrendo de medo do que me espera.

W.

SEGUNDA PARTE

## Espera

BELEZA MATIZADA

*Glória a Deus pelas coisas de cor variada —*
  *Céu pintalgado, como novilha malhada;*
    *Pintas-rosas salpicando a truta que nada;*
*Castanhas que caem, como carvões-em-brasa;*
  *Asa de pintassilgo; paisagem de vária*
    *Nuance — terra de aprisco, arada, baldia;*
      *Ofícios do homem, sua equipagem e indumentária.*

*Tudo que é raro, original, estranho, oposto;*
  *Variável, variegado (por que o seria?) —*
    *Lesto, lento; doce, azedo; faiscante, fosco —*
*Aquele cuja beleza é imutável os cria:*
                    *Louvai-o.*

                    Gerard Manley Hopkins

1

Frank, Frank. Frank. Onde anda você? O que tem feito? Frank. Passaram-se tantos anos, você já não é criança, o que vai nos contar? O que viu? Quais são suas certezas? Há quem tenha o seu nome, sim, eles o têm. Há quem tenha o seu rosto, e o que você pode dizer em seu favor?

A isso vocês deram o nome de bate-rebate, você e Gail — tentando transformá-lo numa brincadeira, querendo evitar que suas tantas preocupações os abatessem, procurando não morder a própria bochecha. Bate-rebate, Gail rindo, de mãos dadas e de casa em casa, de casal em casal e de um lar estranho para um lar imundo, não há castelos de açúcar na orfandade. Você não se queixava. Eram dois anos aqui e um e meio ali; ora um casal sério e distante, ora outro que vivia conversando com vocês como se tanto o marido como a mulher fossem crianças, um hábito que você e Gail arremedavam impiedosamente quando estavam a sós. Então apareceram um homem e uma mulher chamados

Cartwright, de Washington, DC, idosos já e com dois filhos adultos que tinham partido para o mundo; um casal agradável e generoso, com uma certa tristeza a toldar os últimos anos de casamento e de existência, como se acabassem de perceber que quase já não lhes restava tempo para continuar juntos e quisessem formar uma família nova antes que tudo terminasse. Quando viram vocês dois tão cansados, tão docemente solenes, decidiram adotá-los.

Embora tenha sido um alívio finalmente contar com um pouco de segurança, vocês se negaram a abrir mão do nome do seu pai. Lembra como foi? Você pensava que estava desaparecendo, não? Pensava que, se perdesse o próprio nome, passaria a ser Ninguém, filho de Ninguém, que se dissolveria no ar da capital. Mas não contou aos Cartwright o que o deixava tão aflito, contou, Frank? Porque pareceria ingrato, indelicado e talvez até um pouco imaturo. Mesmo assim, eles acabaram percebendo, e nem por isso ficaram ofendidos; não, bondosos que eram, ofereceram-lhes o antigo sobrenome como o seu novo nome do meio: Frank Selby Cartwright e Gail Selby Cartwright, e você ficou satisfeito. Você, garoto de lábios pálidos, você, garoto espigado. Você, garoto obstinado, impulsivo e agitado: aos doze anos ou quase, abandonou o Selby, simplesmente não o quis mais. Mudou de idéia, não? O tipo de coisa que você faria. E, quando fez, passou a ser cabalmente Frank Cartwright, filho bastante do homem e da mulher que o acolheram.

Veja a casinha branca, veja o curto caminho de pedra. Veja a saleta escura, a conversa, tarde da noite, de um garoto de dezessete anos com uma garota de treze. Gail estava apenas começando a mudar; você não via como ia ficar linda, via, Frank? Até isso lhe escapou. Não que fosse importante; em tudo ela era mais esperta que você. Não precisava da sua ajuda, não precisava dos seus conselhos: só queria tê-lo por perto. Mas nem isso você pôde fazer, Frank, não é mesmo? Só lhe faltava um semestre no colegial, que você não tinha a menor intenção de concluir; havia um amigo de um amigo na cidade de Nova York, que sabia de um emprego no setor de bagagem no aeroporto. Você se despediu de Gail e mergulhou na noite. Achou que era assim que se fazia: uma mala de roupas, um pouco de dinheiro no bolso, nenhuma explicação nem misericórdia para os que o amavam e tinham cuidado de você. Achava que era assim que nascia um personagem; e esse foi o único momento em toda a sua vida e em todo o tempo do mundo em que sua irmãzinha teve raiva de você.

Longe, sem amigos e sem dinheiro; e sem nada de seu para vender. Frank, ah, Frank. Você foi pego furtando coisas das malas que não estavam trancadas, certo? Uma pequena jóia aqui, um rádio ali. Vendia-os na cidade por muito menos do que valiam. E não demorou a ser pego. Como foi que aconteceu? Você roubou uma câmera e se arrependeu por um instante, teve pena, de modo que tomou o cuidado de tirar o filme e deixá-lo na mala. Não queria que suas vítimas ficassem sem as fotografias das férias — mas foi justamente isso que as levou a perceber que a máquina tinha sido roubada, não a haviam esquecido no hotel. Que ironia, hein, Frank, você bancou o gênio. Por sorte não o entregaram à polícia — ainda bem que ninguém ficou sabendo de nada depois —, mas a companhia aérea o demitiu imediatamente, não? E disso você não pôde reclamar.

Oh, oh, oh, Frank. Você devia ter sido um homem melhor, devia ter sido um benemérito, um empreendedor, um milionário, devia ter cantado hinos de louvor aos dias vindouros, devia ter sido o braço erguido, a espada poderosa, a efígie do selo comemorativo. Não vê? Foi dada a você a oportunidade de iniciar alguma coisa. E então? Você nasceu para sacudir todos eles. Mas como sacudi-los, Frank? Com esse negócio em que está metido agora? Com essa pretensão infantil? Acaso isso é trabalho para um homem-feito? Que vai restar no fim?

Lembra quando você se apaixonou por Helen? Claro que lembra. Conheceu-a na Union Square, numa tarde ensolarada de julho, você estava lá, à toa, curtindo o prazer de cem dólares no bolso e vinte e dois anos na certidão de nascimento. Helen, no horário de almoço; ela sentou num banco e tirou os sapatos, os pés descalços no concreto. Houve um famoso tempo remoto em que o tornozelo da mulher era a curva do desejo, a parte perfeita de um todo perfeito. Pois foi assim: ela era uma jóia de garota, fulgurava à generosa luz do sol: sua boca de beijar, seus olhos castanhos de derramar lágrimas, seus volumes arredondados; e o corte brusco do cabelo na altura dos ombros, e aquelas mãozinhas ferozes, sempre cerradas em punhos de garota. Você lhe perguntou se o pessoal do escritório onde trabalhava não ia reparar se ela voltasse com os pés sujos, e ela deu de ombros e disse que pouco lhe importava que reparassem ou não.

Durante uma semana, você foi até lá todos os dias na hora do almoço, até tornar a vê-la; então lhe deu aquele seu sorriso ensaiado, aquele que prometia uma conspiração. Ah, você era um rapaz bonito, não era? E tinha aquele sorriso que as garotas adoravam tanto. Helen não se mostrou particularmente contente ao vê-lo, mas o deixou sentar com ela; e depois, uma ou duas semanas depois, permitiu que a acompanhasse até sua casa. Quanto tempo você demorou para lhe explicar sua origem? Era tão pouco o que sabia, tão pouco o que estava disposto a dizer alto e bom som. Ficou morrendo de medo, não ficou? Medo de que ela visse a mancha e estremecesse de asco, e, quando lhe contou, foi tremendo e chorando feito um menino. E ela acabava de concluir o colegial, não tinha idéia do que fazer; mas olhou para você com os olhos arregalados, olhos úmidos, e com simpatia. Ela era boa como qualquer moça.

Quando foi que você inventou de ser ator, Frank? Vamos, conte. No começo, foi como tudo o que você havia feito na vida: entrou na história meio por acaso, achando que não custava experimentar. E sabe de uma coisa? Você até que tinha jeito. Era muito bom. O tipo de coisa que combinava com você: representar, fingir — mentir, não é mesmo, Frank? Ser outra pessoa? Dizer as falas que lhe davam? Fazer o que mandavam. Foi a primeira coisa que você encontrou que dava para levar a sério, à qual dava para se entregar de corpo e alma. Bastava dizerem quem era para ser, e esse era você — e sua voz, forte e densa como o café, e seu equilíbrio, em meio àquelas palavras, palavras, palavras. As pessoas iam vê-lo, Frank, iam ouvi-lo repicar feito um sino, vê-lo andar e dançar, atravessar o palco, olhar para os holofotes, forjando sentimentos sob uma redoma de vidro. No entanto, às vezes isso era constrangedor para você, não? Ficar ali, postado, para que todo mundo o visse, afetar expressões e estados de espírito muito calculados no proscênio. Usar seu constrangimento, Frank. Explorar a si próprio. Lançar mão de tudo, de tudo até o fim.

Você tinha vinte e cinco anos quando Helen engravidou; bem na época em que estava fazendo aquele filme, não? Uma coisa boba, sobre a qual você prefere não falar. Pois é, e ia ser pai. Pai: não sabia como acontecera — quer dizer, saber, sabia, é claro, mas não como ia ser dali por diante: o que era dormir ao lado de uma mulher com uma garotinha na barriga. Mas não casou, casou? Por que não? Você diria que simplesmente não aconteceu, Helen diria que você nunca se dispôs a fazê-lo. Essa era uma das poucas coisas sobre a qual vocês não falavam. Sim, mas já fazia bem uns seis, sete anos que estavam juntos. O que, de toda forma, vale mais que muitos casamentos. Não é mesmo?

Lembra do que sentiu nos primeiros meses com sua filha Amy? Como o mundo se mostrava agitado, que manhã, que dia estava por vir. Ah, pegar aquele bebê no colo, você achava que tinha resolvido todos os problemas do lar, não é, Frank? Era tão romântico ter uma filha; olhar para a criança no berço era ver o sexo que a fizera, tudo embrulhado num lindo papel de pele lisa e perfeita, a martirizante doçura daquilo; era tão lindo que chegava a ser obsceno. Você achava que o amor só podia se tornar mais pleno, o coração, se expandir. E ela ficando mais bonita a cada dia, sua filha: tão cândida e perolada, com o belo cabelo castanho e a pele cor-de-rosa. —Aliás, de onde vinha aquela pele? Helen era mediterrânea, e você, apenas um homem, mas Amy era opalescente, como se transcendesse a mera hereditariedade e fosse feita diretamente da matéria da inocência.

E logo você passou a ser o escravo da sua filha, não? Ela reinava, senhora absoluta, e você fazia tudo o que ela queria, era assim. Três anos, quatro anos, quando ela pedia alguma coisa, você dava; quando queria mostrar algo, era você seu público enlevado e cativo. Não era assim que devia ser? As meninas no comando, as pequeninas déspotas musicais com o mundo inteiro ainda por conquistar. Gail achava graça nisso quando os visitava; ficava à mesa da cozinha com Helen, vendo-o sempre pronto a satisfazer as mais ínfimas necessidades da filha.

A essa altura, você já fazia filmes regularmente, tinha feito vários, os quais, por sua vez, lhe rendiam dinheiro, e você ganhou amigos e admiradores. Tratava-se de um talento ridículo, porém mesmo as pessoas inteligentes, as pessoas profundas, gostavam de você graças a ele. Quem havia de saber por quê? Como dizer não? Quase todo dia lhe mandavam papéis e roteiros e lhe ofereciam cachês extravagantes, dólares que você consumia do mesmo modo que a baleia consome o plâncton, em vasta e pródiga azáfama, e o excedente jorrava em fúteis borbotões.

Na época, Gail estava concluindo a faculdade. Uma moça verdadeiramente singular, bela e radiante (tal qual a mãe), os homens se acotovelavam ao seu redor, sorrindo timidamente e tentando chamar-lhe a atenção, mas ela parecia não notá-los, nem sequer lhes dava tempo de ficar com o coração partido. Era demasiado meditativa, fadada a ser uma mulher importante, a descobrir aquilo que faltava ser descoberto, uma curandeira do conflito, tranqüila, sensível e destemida; parecia saber o que tinha e não queria magoar ninguém.

Nas férias de inverno anteriores ao último semestre, estava voltando de San Francisco para Washington, DC, quando houve uma nevasca nos Grandes Lagos, e ela ficou presa em Chicago, pois o mau tempo fechou o aeroporto de O'Hare. Lá conheceu um grandalhão chamado Richard, dono de uma construtora em Kansas City. De cara vermelha e ombros largos, tinha uma cicatriz rosada que lhe descia do pômulo esquerdo até abaixo da narina — um estigma assustador, mas Gail logo percebeu que aquilo não queria dizer nada, ele era de uma gentileza impecável. Começaram a conversar e passaram a noite conversando, e, quando o avião finalmente decolou, na manhã seguinte, Richard ficou com o número do telefone dela.

Foi nesse mesmo inverno que os Cartwright morreram, um atrás do outro: ele teve um ataque e caiu fulminado na sala de estar; pouco depois, ela sucumbiu a um câncer. E você segurava sua mão, vendo-a contorcer-se de dor; ela tentava não emitir nenhum som, mas sempre deixava escapar um gemido, e eram gemidos tão débeis que exprimiam sua agonia com mais urgência do que um berro que ensurdecesse o próprio Diabo. Mas você não podia fazer nada, não podia lhe poupar um instante de sofrimento, o dinheiro nada significava, seu talento nada significava, e você não conseguia explicar a Helen por que passava o tempo todo tão exasperado.

Uns se levantam exatamente ali onde os outros caem, assim é a vida. Gail e Richard passaram todos esses meses trocando telefonemas; ele foi visitá-la no leste e, seis meses depois, a pediu em casamento. Na mesma noite, ela lhe telefonou contando que ia aceitar; nesse momento, você foi a mãe e o pai dela. E ficou contente, não ficou? Gostava do sujeito, do tal Richard. Não o conhecia ainda, mas gostava do que ela dizia a seu respeito, e a abençoou e a entregou a ele. E, sem dúvida alguma, quando eles o visitaram, semanas depois, achou o noivo um homem educadíssimo, que se desmanchava em ternura, e acreditou que tinha condições de cuidar dela como marido, enquanto você se encarregava de fazê-lo na qualidade de irmão. Ficou orgulhoso do fato de ela ter optado por um amor tão sensato, e não hesitou em dizê-lo. E ela se mudou para Kansas City, casou-se. Ainda não era uma mulher; mas eles ficaram anos casados, tantos anos, e tiveram dois filhos, Richard Jr. e Kevin.

Todas reunidas: a irmã, a namorada, a filha. Mas — oh, Frank. Pavio curto, piada infame, grandessíssima toupeira. Que foi que deu errado? Você e Helen começaram a brigar por causa de dinheiro, de horários, de tempo, por coisas absurdas: a disposição dos móveis no apartamento, a maneira como ela atendia o telefone, aquela viagem que você fez a trabalho, se o cabelo de Amy era avermelhado ou castanho; por causa do olhar que uma bela mulher de tailleur azul-marinho lhe dirigiu quando vocês três passaram — como se você estivesse sozinho e à procura de alguém como ela. E vocês eram difíceis, muito difíceis, de suportar. Comportavam-se como se todos soubessem alguma coisa que vocês não sabiam, alguma coisa importantíssima sobre como se entenderem. E não lhes contavam. Que lhes importava? Ninguém, Frank, ninguém tinha motivo para contar nada. Era você, só isso. (E, a propósito, você a traía, Frank? Helen? Traía?) E, assim, você partiu; abandonou Helen e Amy, e, na época, achou que talvez fosse melhor assim, melhor para todos — ou pelo menos tratou de acreditar nisso. Por que uma garotinha devia crescer em meio a tanta briga? Por que devia ouvir tanta decepção na voz dos pais? Amy tinha uma cabecinha perfeita; por que perturbá-la com tanto sofrimento? De modo que você lhes deu dinheiro e partiu. Que diabo, podia muito bem ter tentado continuar com elas. Mesmo porque amor era o que não faltava, palavra que não. Quem faltou foi você, e a perda do amor foi o preço que pagou. Estavam morando em Los Angeles, mas você já não suportava aquele lugar, de modo que as deixou lá. Vá. Lembre-se dos aniversários, de mais um ano letivo concluído, lembre-se do Dia das Bruxas e do Natal: telefone quando puder, seja lá de onde for, e diga à sua filha que ela é o seu amor. Diga que está morrendo de saudade. Telefone e diga: Oi, meu doce-de-coco. Aqui é o papai.

Papai! Onde você está?

Estou em..., ah, deixa ver. Estou em Atlanta, na Geórgia.

No meu colégio tem uma menina com esse nome. Ela tem um cachorro branco. Mais branco que a pele embaixo do meu braço. Onde fica Atlanta?

No sul.

Sei... Quer falar com a mamãe?

Depois. Agora eu quero falar com você.

Sei. — Um momento, a garota respira fundo, pensa, procura prestar atenção. — Que barulho faz a estrela?

Não sei. Que barulho faz a estrela?

... Não sei.

Oh. Não era uma brincadeira? Uma charada?

Não. É uma pergunta.

Que barulho você quer que ela faça?

Não sei.

O barulho que você quiser, ela faz para você.

Atlanta!

Você quer que ela diga...

Eu quero que ela vá para Atlanta. Atlanta, Atlanta.

Então está bem. Que seja Atlanta.

Jóia!
Jóia? Quando você começou a dizer *jóia*?
Jóia!
É.
Você me dá um arco-e-flecha?
Um quê?
Um arco-e-flecha.
Não sei o que você está querendo dizer...
A mamãe está aqui.
— E ela entregou o telefone a Helen.
Oi, querido. Que bom que você ligou. Sabe como ela fica contente quando você liga. — Ela, Helen, era sempre meiga agora que sabia que já não o amava. Sempre educada. Que história é essa de arco-e-flecha?
Ah, é que andaram falando sobre cultura indígena no colégio. Ela acha que descobriu sua vocação: vai ser guerreira.
Guerreira...
Sei lá. É, é isso que ela anda dizendo agora. Quer um arco-e-flecha. Coisa que é óbvio que eu não vou comprar, por isso ela está vendo se consegue convencê-lo.
Sei...
Não se preocupe com isso. É apenas uma fase. — E você? Está bem? Ouvi Amy falar em Atlanta.
É. Estou aqui.
Que está fazendo em Atlanta?
Ora, você sabe. Roubando calotas de caminhão da Coca-Cola. É apenas uma fase.
Roubando... Não, fale sério.
Sério?, você disse, como se nunca tivesse ouvido tal coisa. Foi mais ou menos nessa época que começou a perder o controle, não? A beber demais, falar demais. A dizer coisas sem saber o que estava dizendo; não dava a mínima para quem ouvis-

se. Invocando a magia; mas a magia era sempre diferente do esperado. O que você fez, Frank, oh, Frank? Só representava monstros, e os representava muito bem: um homem tão lindo, de cabelo preto e pele clara, com uns olhos ainda mais pretos e um sorriso encantador. E que voz impressionante, mas a única coisa que queria fazer era destruí-la. Por quê, Frank? Você detestava o prazer que os outros tinham com suas atuações, e detestava o fato de não conseguir fazer com que também o detestassem, como o homem que entra num palco de vaudeville para avisar o público que a rua toda está pegando fogo e acaba descobrindo que isso só serve para provocar mais risos e aplausos. Mas por que iam lhe dar ouvidos, Frank? Por quê? Você não tinha o necessário. O que o levou a pensar que podia ser diferente? Você era esquisito, essa é a verdade, a pura verdade: era esquisito.

Então resolveu parar de falar: coisa mais esquisita ainda. Queria bancar o Rodolfo Valentino? Só aceitava papéis em que aparecia muito e falava pouco, e insistia para que o diretor abreviasse suas falas, e, quando isso não era possível, você as sussurrava, não é?, até que o operador de som se queixasse. Queria ser mudo e luminoso, um animal, uma nova imagem em filme colorido — O Último Galã do Cinema Mudo, foi assim que uma revista o descreveu, e estava brincando, mas você não. E até isso você teria conseguido, Frank, oh, Frank, se não fosse uma pessoa tão difícil.

Puxa vida, Frank. Frank. As mulheres contavam que você esperneava enquanto dormia; pensavam que eram os pesadelos, embora você nunca se lembrasse dos seus sonhos, era como se não tivesse sonhado absolutamente nada. Não, não era isso: sua violência, você a recebia de querubins cruéis, que desciam do trono para cobrar os tratos não cumpridos: preservar e cuidar daqueles a quem amava, criar sua filha para herdar tudo isso. Depois acordava com vergonha, e o que dizer? Se você nem mesmo sabia ao certo o que tinha feito? Se não era capaz de contar o que tinha visto ou ouvido no sono? Enfim, você não foi muito sincero com elas, com as mulheres que vieram depois de Helen. Ah, era bom o bastante e parecia decente, mas nunca lhes dizia nada que não pudesse desdizer depois. — Ah, que droga, vamos pôr isso em pratos limpos: você mentia para elas, Frank. Era um cafajeste e mentia.

Mas sempre havia mulheres, Frank, claro que havia, mesmo no seu impiedoso declínio. E era isso que você fazia: amoitava-se, espreitava, viajava, brigava; você seduzia, surpreendia, traía, abandonava; você beijava, gozava; você olhava fixamente e emudecia; você abraçava, murmurava, você fugia. Frank Cartwright, a Luz do Céu Ocidental. Frank Cartwright, o Mão de Veludo. Frank Cartwright, o Coração de Pedra. Frank Cartwright, o Homem Mais Solitário dos Estados Unidos. Quantas mulheres foram nessa época? Quem há de saber? A idéia não é essa mesmo? Ser devasso com os desígnios do amor, pois o mundo é pródigo e todo dia a morte surpreende os outros.

Mas você praticamente parou de trabalhar. Em todo caso, o que tinha dava perfeitamente para continuar vivendo, de modo que foi embora, afundou, desapareceu, não tudo de uma vez, mas rápido o bastante, e tão depressa que mesmo aqueles que se lembravam do seu nome mal sabiam o que você fazia. Ainda tinha a parafernália de uma carreira — um empresário, a filiação ao sindicato, roteiros na caixa de cartas de vez em quando —, mas parecia nunca estar quando telefonavam e nunca ligava de volta para ninguém. Apagar as luzes, Frank. Sumir na noite. Desaparecer.

As únicas pessoas com quem realmente mantinha contato eram sua irmã e sua filha, Amy. Telefonava para Gail pelo menos uma vez por semana, mesmo quando não tinha nada para dizer — e, pense bem, você quase nunca tinha algo a dizer, não é? Mas gostava de ouvi-la falar, admirava-a, e jamais se sentia constrangido com ela. Mas isso é que é estranho: tanta conversa durante tantos anos, e você nunca falou na mãe e no pai de vocês. — Não me refiro aos Cartwright, e sim aos Selby. Nem sabia ao certo como se chamavam — Wallace, pensava. Esse era o nome dele. Ou Wilson; e Nadine. Amanda, por algum motivo, você a chamava de Amanda quando porventura pensava nela. Aquela que o pôs no planeta e logo tornou a desaparecer. Quando você era pequeno e os outros meninos lhe perguntavam dos seus pais, costumava dizer que sua mãe tinha morrido e seu pai também, e depois brigava se fosse preciso. Mas sabia que não era exatamente assim. Ele a mandara para a cova, isso você entendia; todo mundo tentava esconder isso de você, mas essas coisas sempre acabam chegando aos nossos ouvidos. Assim como o cheiro de queimado, elas entram em toda parte. Sua mãe, eles a enterraram no chão, mas seu pai, levaram-no embora, e o que aconteceu depois disso sempre foi um mistério. — No entanto, Gail era muito nova para lembrar, e você nunca lhe contou nada. Isso não significa alguma coisa? Bom, que dizer quanto a isso? *Oh, que pena, que pena, que pena?* Talvez você achasse que a estava protegendo, talvez esperasse que o passado não pudesse se apoiar numa menininha. Talvez pensasse que, de toda forma, aquilo era coisa que se compreendia por si só, de nada servia escancará-lo. Era como um presente japonês: o embrulho significava mais que o objeto dentro dele. De modo que você nunca discutiu isso, e ela deve ter imaginado que os dois haviam morrido juntos, ligados num acidente inominável, se é que ela pensava nisso. (Você achava que Gail nunca pensava nisso, Frank? Acha que nunca teve curiosidade?) Bem, como saber se teria sido melhor ou pior se ela sacasse que só a mãe tinha morrido de fato, mas, pelo que lhe constava, o pai continuava esperando em algum lugar do Tennessee, já estava esperando muito antes que a garota aprendesse a dizer *papai*, e seguiria esperando indefinidamente, infinitamente, eternamente, como um demônio feito de lata, meio morto e meio vivo. Sua irmã Gail, sua filha Amy. Há coisa mais esplêndida do que fazê-las rir? Coisa mais empolgante do que a confiança delas neste mundo terrível? Não, não há. E não seria nada difícil passar a vida entre mulheres sorridentes. Elas o amavam. Não é verdade, Frank? Não é? Que mais você quer? Frank. — Frank. Frank: homem peçonhento, você, amante distorcido, criatura de um cepo idiota, destruidor das horas, Frank: seu saqueador, seu perdulário, seu bárbaro e animal, conquistador do vazio, escarnecedor ímpio, pedaço de carniça, protagonista de espetáculos sórdidos, seu imprestável, seu asno desnorteado, chama chispante, rebotalho, parasita, traidor de tudo quanto os homens sensatos estimam, verme da terra, emblema dos fracassos do espírito e do corpo, execrado pelos inocentes e bons, difamado no céu, Frank, seu grandessíssimo filho-da-puta. Por que você não conta de uma vez? Conte para todo mundo, para que fiquemos sabendo e paremos de especular. Conte: qual é o seu problema, Frank?

2

DEZ POR CENTO DE NADA

A caminho de casa, através da bela metrópole, através de Nova York numa tarde de outono, o sol se pondo na Cidade Imperial, com insinuações do peso de todo um inverno. Ele passou por um poste no alto do qual um par de tênis de basquete pendia dos cadarços atados, passou por uma garagem com duas dezenas de táxis amarelos estacionados do lado de fora e por um salão de beleza onde três velhotas enfileiradas recebiam o esmero de três negros jovens. Um fisiculturista estava passeando com um pitbull, e o cão se deteve e encarou Frank, os olhinhos escuros alertas, um início de rosnado na garganta, até que o dono dissesse: Duke! e puxasse a corrente, e ele se afastasse trotando.

Súbito, a estação de metrô entornou na esquina uma pequena multidão, uma debandada de almas, algumas pararam, ofuscadas pelo poente, algumas seguiram de cabeça baixa pela calçada, outras permaneceram na esquina, esperando o sinal abrir.

Um senhor de terno, aparentemente muito bêbado, estava encostado na vitrine de uma loja de artigos eletrônicos, observando os transeuntes, enquanto mil lentes espiavam detrás dele. Cidade de deleite, de maravilha e pavor: Cidade Inexaurível. Era o mais grandioso objeto criado pelo homem, e não havia mente ou olho capaz de abarcá-la, não havia filosofia capaz de explicá-la.

No saguão do seu prédio, ele ouviu o detector de fumaça piar avisando que estava quase sem bateria. O porteiro apareceu na sua frente, balançando a cabeça e sorrindo. Boa noite, sr. Cartwright, disse, e então lhe entregou a pilha de envelopes presos com elástico que estava numa prateleira atrás dele. Frank agradeceu com um gesto e foi para o outro lado, rumo ao elevador, o mármore chiando sob seus passos. Na correspondência, uma conta de serviço público, o folheto de uma farmácia próxima, um envelope de papel manilha de seu empresário, dois roteiros provenientes do escritório do mesmo produtor e entregues por dois mensageiros diferentes, três catálogos, uma carta postada em Washington, DC, sem o endereço do remetente, e outra destinada ao vizinho, coisa que ele só descobriu quando a porta se fechou e o elevador começou a subir.

No apartamento, as persianas estavam abertas, e ele pôde sentir a agitação da cidade lá fora. Sapatos descalçados, paletó no cabide, uma olhada em seu próprio rosto no espelho emoldurado do hall de entrada, só para ver se estava tudo no lugar.

Já não era jovem, mas também não era velho. Levou a correspondência para a sala de estar, sentou-se na poltrona e tornou a examinar os envelopes, mas o telefone tocou antes que pudesse abrir qualquer um deles.

Era seu empresário, a voz já entrecortada de entusiasmo. Trinta anos na indústria, e o sujeito ainda conseguia achar algo extraordinário num telefonema. Oi, Frank, disse. Como vai?

Bem, disse Frank. Bem. Fui dar uma volta.

Onde?

Em nenhum lugar especial, disse Frank, e houve um momento de silêncio incômodo, cada qual tentando imaginar o que o outro estava pensando.

Bom, acho melhor ir direto ao assunto, disse o empresário, cujo dia era pontuado por todo tipo de assuntos. Acabo de receber um telefonema interessantíssimo de um sujeito chamado Richard Richards. Sabe quem é?

Não, disse Frank.

Um produtor — vamos, não fique na defensiva. É produtor, agora está trabalhando com Lenore Riviere.

Frank emitiu um grunhido assentindo. Riviere era uma figura de tempos imemoriais: começara na Europa — na França? o nome era francês, mas talvez fosse dinamarquesa? —, décadas antes, rodando filminhos estranhos como se fossem arte: *camera-dances*, contos da carochinha, histórias de belas e feras. Depois se mudou para Hollywood e passou a trabalhar no cinema americano, chegando inclusive a se casar com um astro — qual era o nome dele mesmo? —, coisa que não durou muito, até que seu talento se mostrasse demasiado impopular e ela acabasse à deriva. Mas foi suficientemente obstinada para manter a cabeça fora da água durante anos e anos, suficientemente obstinada para fazer mais filmes bons que ruins e alguns que foram considerados ótimos. Sobreviveu a vários outros maridos e executivos de estúdio, a todo tipo de atores, críticos, cineastas, editores, sobreviveu à maior parte dos seus pares e à totalidade do seu público, e agora era um hipogrifo, uma figura da ficção antiga que vivia no alto das colinas, sabe Deus com que criados à sua volta e com que visitantes na imensa escuridão da sua morada. De dez em dez anos, ressurgia com um filme novo, com um elenco que ninguém era capaz de prever, com um estilo tão solto e, no entanto, tão requintado que parecia competir com o real, e cada argumento era mais peculiar que o anterior.

Sei, disse Frank. Lenore Riviere? Então ela ainda está viva?

Vivíssima. E continua fazendo filmes. Ou pelo menos vai fazer mais um. Evidentemente, está convencida de que algum estúdio vai lhe dar não sei quantos milhões de dólares. — O empresário adorava a palavra *evidentemente*, pois era um modo sofisticado de dizer "talvez sim, talvez não".

Quantos anos ela tem?

Não sei. Setenta e cinco? Oitenta? — Enfim, ela quer falar com você. Vai telefonar.

Quando?, perguntou Frank.

Agora mesmo. Quando a gente desligar.

São dez horas da noite.

Fez-se silêncio... Aqui ainda são sete, disse o empresário.

Mesmo assim, o expediente já acabou.

Está querendo dizer que não? Pois eu acho que você devia atender. Faz mais de uma década que ela não roda um filme, sabe? Pode ser que esse seja o último. Achei que ia lhe interessar. É o tipo da coisa que combina com você.

Não quero fazer filme nenhum. Reclinou-se na poltrona e pôs o polegar no lábio superior. Então: Sobre o que é?

Eu não..., disse o empresário. Eu não sei. Você devia deixá-la explicar.

Fez-se outro silêncio, representando seis anos de resíduos e

uma boa dose de ressentimento. Está bem, disse Frank. Está bem. Eu falo com ela.
Fala?
Sim, eu falo.
Muito bom, disse o empresário. Muito bom. Nem preciso dizer o que isso pode significar para você. Trate de voltar para a luta. Divirta-se conversando com ela.
Frank desligou, e quase imediatamente o telefone tornou a tocar, tanto que ele chegou a desconfiar que Riviere tivesse escutado tudo numa extensão.
Como vai, Frank?, disse a mulher. Sua voz era bem nítida e conservava um comando tão prolongado e obscuro quanto o século anterior, bem como um sotaque complicadíssimo: o inglês era perfeito, mas a pronúncia apresentava uma leve aresta, se bem que nada que ele pudesse identificar com uma nação. Era como ouvir um violinista clássico tocar com afinação de rabeca: ela era boa demais para o idioma e, apesar disso, não o suficiente.
Vou bem, disse Frank. E você? — Afrouxando a gravata, atravessou a sala para se servir de um drinque no bar.
Decrépita, disse ela. Tranqüila, curiosa, maluca, quixotesca. Sabe o que isso quer dizer? Quixotesca? Quer dizer...
Eu sei, disse Frank bruscamente, e Lenore riu baixinho. Dançar. Você sabe dançar, Frank?
Um pouco. — Ele iniciou um cômico sapateado no assoalho encerado da sala, segurando o copo quase cheio de uísque e gelo. — Está ouvindo?
Estou, ótimo, disse ela. Mas você não vai ter de dançar, eu só queria saber.
É uma pena, disse Frank. Se fosse para dançar, eu faria tudo o que você quisesse. Além disso — da minha carreira de dançarino —, não estou trabalhando muito atualmente.

É, o que você *anda* fazendo atualmente, meu querido?
Pouca coisa, disse ele.
Por que não vem me visitar?, disse ela, provocante. Precisamos nos encontrar. Precisamos conversar.
É?, sobre o quê, Lenore?
Sobre coisas, disse a mulher. Quero conhecê-lo, Frank. Tenho um trabalho para você, um papel, um emprego, uma peça. E a peça é a coisa, eu sei, com que a consciência hei de apanhar do rei. Sabe de quem é isso?
Sei, disse Frank. Tomou mais um gole do uísque e se deitou no comprido sofá preto.
Pois é, disse Lenore. Você acha que ainda existe quem se preocupe com a consciência?
Talvez.
Talvez, disse Lenore. Eu tenho uma coisa, vai ser o fim do talvez.
Por que não me manda o roteiro? Depois a gente conversa. Distraidamente, ele tirou um fiapo bege da calça de lã escura.
Não há roteiro. Há um roteiro mas não presta, não posso mandá-lo para você. Seria um insulto fazer isso.
É sobre o quê, então?
Vamos conversar. Estou em Nova York. — Ele se surpreendeu ao saber que ela estava ligando não do outro lado do continente, mas de perto. Olhou pela janela, quase esperando dar com a mulher à janela iluminada do prédio em frente. — Não gosto de falar no telefone, disse ela. Jamais gostei. Não pode vir aqui à minha suíte?
Prefiro dar uma olhada no roteiro antes.
Ah, merda, disse ela, pronunciando a palavra como se fosse arcana e delicada. Merda. Você não precisa de roteiro.
Ele alcançou uma caneta de prata na mesa de centro e se pôs a girá-la com seus dedos compridos. O que você quer de mim?

Faz tempo que o observo, Frank. Você fica bem no cinema; sabe disso. E não se importa. Sabe que é o que o torna tão atraente. Diga: por que desistiu?

De atuar? — Sentindo-se incomodado com a luz de um abajur no canto, ele se levantou do sofá e foi apagá-la; a sala ficou escura e povoada de objetos imóveis.

É, por que desistiu de atuar? Por que desistiu? Justo quando estava começando a crescer.

Não é que eu tenha desistido, disse ele. Simplesmente... não estou trabalhando muito. — Sentiu a muda incredulidade do outro lado. — É, está bem, acho que desisti.

Por quê?

Porque sim, disse ele.

Porque sim. Obrigada.

Ele refletiu um pouco. A única coisa que queriam que eu fizesse era entrar numa sala de arma em punho, disse. Que tivesse uma discussão no telefone, dirigisse em alta velocidade numa rua estreita, fizesse amor com um pedacinho de luz. Enquanto eles assistiam...

Ridículos, disse Lenore. Sim, eu entendo. Eu entendo. Representar...

Representar, disse Frank. Feito um cachorrinho de circo. — Estava começando a gostar daquela mulher, esquisita e singular como era, mais velha que o recomendável. Havia diretores mandões e diretores que não davam a mínima para nada, jovens compulsivos com idéias instantâneas, outros tão notoriamente irresponsáveis que era difícil saber como tinham chegado aonde chegaram, homens nervosos que bajulavam e insultavam, gritadores, chorões, e um ou dois mais cuidadosos, atentos e bons. Lenore era diferente: sensata e estranha, majestosa e semi-oculta. — Cansativo, não? Eu sei, disse ela. Esvaziar-se uma vez mais. Dizer qualquer coisa uma vez mais. Ouvir, reagir, uma vez mais. Esperar. Para quê? Para proporcionar algumas horas de entretenimento aos outros. Ah, mas este é o papel de toda uma existência, Frank. Este em que estou trabalhando. Venha conversar comigo aqui no hotel. Venha me ajudar. Ajude-me a encerrar a vida com um pouco de arte.

Eu tenho de pensar, disse Frank.

Pense, disse Lenore. Ligue quando quiser. — Deu-lhe o nome do hotel. — Vai ficar orgulhoso quando o filme estiver pronto, disse, e desligou.

## 3

Novamente a sós, ele se pôs a brincar com a correspondência ainda fechada na mesa em frente. Lenore Riviere, pensou, e pronunciou o nome em voz alta, simplesmente porque gostava da sua musicalidade: Riv-iere. Ela percorrera um longo caminho para chegar até ele. Abrindo distraidamente o envelope de papel manilha, passou os olhos pela sua declaração de renda mensal, algumas páginas de colunas, cifras, dólares; aquilo lhe dava mais uns quarenta anos de vida, vinte em perfeito conforto, dez no luxo, cinco em deslumbrante esplendor. Ela teria mesmo um filme para fazer ou só estava praticando suas excentricidades? Ele tinha gostado muito daquela breve conversa; ela era franca e divertida, e afável à sua maneira. Velha como um carvalho, chegou a flertar com ele, ainda que apenas para recreação mútua. Se trabalhasse com ela, teria com que ocupar o tempo. Podia prestar um pouco de atenção, ganhar mais um argumento. E talvez aquela mulher tivesse um papel que valia a pena representar. Talvez algo para ele. — Dentro da carta, havia um cartão ou uma coisa pequena e dura, e nada mais. Ele tamborilou com o envelope na borda da mesa. Se ela tivesse algo bom e os dois produzissem, podia convidar Amy para visitá-lo no set;

ela ia gostar, adorava ver aquilo tudo funcionando, os cabos e as câmeras, a movimentação da equipe, as instruções ocultas dadas aos berros, se bem que, certa vez, quando era muito pequena, ele cometera o erro de deixá-la assistir a uma cena em que um policial lhe desfechava coronhadas com uma arma de borracha, e ela se assustou na primeira tomada, começou a chorar e teve de passar o resto do dia com a maquiadora, pintando o rosto e brincando com as perucas.

Ele meteu o indicador por baixo da aba do envelope, assoprou para abri-lo, sacudiu-o, e eis que caiu a fotografia de um menino com uma menininha. Reconheceu-a de pronto, reconheceu-a e se lembrou da camisa de caubói que estava usando — que era vermelha, embora a foto fosse preto-e-branco — e da irmã arreganhando seu sorriso infantil. Ficou tão sobressaltado ao ver a foto que nem se perguntou quem a enviara, passou algum tempo examinando-a, como se ela tivesse se materializado da própria prata do tempo. Tinha adorado aquela camisa; no dia em que a ganhou, tirou-a com todo o cuidado do papel de seda branco onde estava embrulhada e a comprimiu contra o peito, percorrendo alegremente a casa com ela nos braços, até que o convencessem a experimentá-la. Lembrava-se da sensação de alguém puxando-a para baixo, ajustando-a ao seu corpo, alisando o tecido nos ombros. Era primavera, e o ar estava repleto de agradáveis e verdes sons de coisas novas crescendo.

Por fim, ele virou a fotografia. No verso, estava escrito com mão firme "Memphis, 1966" e, a seguir, uma anotação posterior, de caligrafia mais incerta: Frank, eu a achei e imaginei que você gostaria de tê-la de volta. Lembra de mim? Eu estou bem, mas preciso me cuidar e tomar o remédio. Penso em você o tempo todo. — Kimmie.

Lembra de mim? Tantos anos demandavam uma resposta. Ele recuou mais um passo, e disse alto e bom som: Claro que lembro.

# 4

## A INVENÇÃO DA PORNOGRAFIA

Agora, sentemos em silêncio no alto do morro e contemplemos a planície no ocaso, a seqüência de campos, as coisas do dia acomodando-se à noite, as fogueiras e o menino de olhos esgazeados, assombrado diante da sua barraca; e observemos uma enfermidade entre as estrelas causar miséria no chão, e pesemos as pequenas mortes dos principezinhos e das garotas.

Frank Cartwright tinha dezesseis anos, estava iniciando o colegial, era cinco centímetros mais alto do que devia, tinha traços marcantes, era inteligente, solitário por natureza e sociável por descuido. Kimberly Remington foi seu primeiro amor e o derradeiro elemento da sua infância. Aconteceu em Washington, DC, e ela estava concluindo o curso num colégio de garotas do outro lado do rio, em Arlington. Seu pai era cirurgião do Bethesda Naval, e Kimmie, carente de atenção, pálida e inteligente; e Frank Cartwright teve um desentendimento com ela na noite em que a conheceu.

Na época eram gênios, os dois; conheciam os dólares e os dias, cresciam a cada minuto. Num fim de semana, noite de inverno, Frank e um garoto que conhecera na escola saíram para beber em Georgetown. Dois estabelecimentos os barraram na entrada por serem menores de idade, mas eles conseguiram fraudar o terceiro, escondendo-se atrás de três garotas que estavam à porta, do lado de dentro, tirando o casaco. Frank puxou conversa — um comentário qualquer sobre o frio, um gesto na direção do vapor que embaçava as janelas —, e não demorou para que os cinco se reunissem, sabe-se lá como: Frank, o amigo, a garota alta, a garota de nariz arrebitado, a garota ruiva, em torno de uma mesa do salão dos fundos, cercados de barulho. A

ruiva tirou o cachecol; sob a gola em V do suéter preto seu esterno era uma casca de ovo; ela estremeceu, uniu os joelhos debaixo da mesa e sorriu. Do lugar onde estava, Frank viu a sombra curva da base dos seus seios branquíssimos, e se fixou nas próprias mãos em cima da mesa, uma delas brincando distraidamente com um guardanapo enquanto a outra segurava o chope. Como vocês se chamam?, perguntou à de nariz arrebitado, muito embora só estivesse interessado no nome de uma.
Eu sou Andrea, disse ela. Apontou para a garota alta. Esta é Terry. E essa é Kimmie.
Que significa isso?, protestou Kimmie. Que está dizendo a ele? Sorriu, mostrando os dentes pequenos e um lampejo de gengivas cintilantes. Suas feições eram ao mesmo tempo rústicas e delicadas — nariz pontiagudo, boca imprudente —, delineadas às pressas com um material finamente granulado; o cabelo descia até os ombros, com um brilho acobreado impossível de encontrar na natureza. Era baixa e carnuda, branca feito um lençol, amarga como o amanhecer, e Frank sentiu seu sabor.

Ficaram um bom tempo conversando e beberam muito. Havia três ou quatro homens fardados junto ao balcão, rindo e gritando; Frank pensou como agir caso eles resolvessem roubar as garotas, mas não o fizeram, e a música seguiu tocando. Com dedos levíssimos, Kimmie prendeu o cabelo atrás da orelha cor-de-rosa.

Enquanto isso, a garota alta se pôs a dizer que todo mundo podia mentir no telefone, todo mundo podia dizer o que quisesse.

Ele estava mentindo?, perguntou o amigo de Frank.

Aí é que está, a gente não sabe, disse a garota alta.

Kimmie tirou um cigarro do bolso e o examinou alguns instantes antes de acendê-lo. Eu sempre sei quando alguém está mentindo, disse. Seja cara a cara, seja no telefone, até na TV. Eu percebo, e nunca me enganei. Eu sempre sei.

Duvido, disse o amigo de Frank.

Sei, sim, disse Kimmie, balançando enfaticamente a cabeça. Soprou duas plumas de fumaça cinza-pérola pelas narinas e se reclinou na cadeira. Olhe para mim. Conte alguma coisa, e eu digo se está mentindo ou não.

O amigo de Frank ficou imóvel e calado, procurando descobrir até que ponto aquilo era para valer. Os outros ficaram observando. Por fim, o rapaz arriscou uma frase com o máximo de segurança de que era capaz... Meu segundo nome é Orlando.

— Mentira!, disse Kimmie pronta e alegremente. É mentira.

O amigo de Frank se encostou na cadeira, em parte envergonhado, em parte surpreso com a veemência da resposta, mas sorriu amarelo e fez que sim. É, admitiu.

Continue, disse ela. Tente outra vez.

O garoto hesitou, agora um pouco mais demoradamente. Na casa do meu avô, disse, interrompendo-se com cautela... Havia quatro pianos de cauda.

Passou-se um bom segundo de avaliação. Verdade, disse Kimmie. Sem dúvida é verdade. O garoto tornou a concordar, mais contente por ter sido descoberto do que perplexo com a capacidade dela. Não falei?, disse ela. Eu nunca erro. Sua vez, disse a Frank.

Ele se encostou na cadeira e a fitou, animado com a manifestação daquela habilidade misteriosa. Eu acredito em você, disse.

Mas ela insistiu, queria colher cada frase de cada rapaz. Vamos, pediu, inquietando-se um pouco e estendendo o braço para lhe cutucar o dorso da mão com o dedo. Vamos.

Que fazer agora? Podia mentir ou dizer a verdade, em qualquer ordem, ou contar duas vezes a verdade, ou tentar enganá-la duas vezes; ou então deixar tudo por conta do destino e arriscar uma frase, quase sem saber se era verdadeira ou não, pelo menos até concluí-la. — Eu fui adotado, disse de repente. Kimmie olhou para ele com cautela, observando-o observá-la. É... é... verdade, disse. Não, não é, disse o amigo de Frank, que não era suficientemente seu amigo para saber. É, sim, disse Frank. E, voltando-se para o amigo: É verdade, eu fui adotado. O amigo se agitou na cadeira, desconcertado. Frank encontrou na garota ruiva a companhia que buscava, e não era companhia para mais ninguém.

De novo, disse Kimmie, agora com a atenção totalmente concentrada naquele garoto, Frank, que era inteligente e aberto e conseguia surpreendê-la. Não tirou dele os olhos cinza. Diga uma mentira ou uma verdade, insistiu.

Ele pensou depressa e, ultrapassando os limites de sua animosidade, escolheu uma afirmação, e, em seguida, passou um bom tempo tratando de reunir coragem; sorriu com certo nervosismo, fez menção de aproximar o rosto do dela, parou — e se não desse certo? —, então prosseguiu, pois era uma noite de inverno, e ele não tinha nada a perder, não fosse o frio. Colou os lábios no seu ouvido e cochichou muito lentamente, a voz um pouco trêmula ao terminar. Você é a garota mais linda... que existe, disse... E, se eu não ganhar um beijo seu até o fim da noite, minha cabeça vai estourar.

Recuou e calou-se, e ela o encarou com expressão de cólera. Empalideceu ainda mais, se é que era possível, e as sardas pareceram dançar sobre a ponte de seu nariz.

O que ele disse?, perguntou a garota alta.

Nada, disse Kimmie, que agora olhava para o tampo da mesa. Ele não disse... nada.

O que você disse?, perguntou o amigo de Frank, mas Frank simplesmente balançou a cabeça e ficou olhando para seu chope.

Era verdade ou mentira?, perguntou a garota alta.
Era mentira, disse Kimmie em voz baixa.
Não era, disse Frank.
Pode ser que também fosse verdade, disse ela, e se levantou, enrolou o cachecol no pescoço, atravessou rapidamente o bar e saiu. No silêncio que se seguiu, o amigo de Frank e as duas garotas ficaram como que petrificados, mas demonstraram o mínimo possível; Frank, que pensava na garota na neve, se levantou, dizendo: Já volto, e foi atrás dela.

5

Ninguém sabe o que está por vir: nunca, muito menos numa noite de neve. Há o calor específico da carne sob a roupa de lã, o apelo astral das luzes da cidade, a calçada deslizando sob os pés. Ninguém adivinha o desfecho de um ato, e ninguém acredita que haja um; o cume do futuro está fechado, e há alguma coisa sobre ele: uma planície, uma caverna, outro cume. Kimmie já tinha percorrido meio quarteirão quando Frank a alcançou; de ombros encolhidos, dirigia-se apressadamente para o carro. Ele agarrou seu braço por trás, e ela girou o corpo, livrando-se com um safanão; e, com o movimento, algumas das suas lágrimas caíram no dorso da mão dele. Eram frias e lhe queimaram a pele. Desculpe, disse ele. Ela não respondeu, mas, num gesto irritado, ergueu a mão e afastou o cabelo da testa. Diga o que eu fiz de errado, disse ele.
Zombou de mim. Bancou o palhaço para me sabotar.
Não é verdade, disse ele.
Você queria me destruir. As palavras dele contavam às palavras dela o que dizer, se ela devia confiar nele e o que esperar. Ela tirou do bolso um cigarro e o último fósforo da única caixa.

Se o palito se acendesse, pensou, e ficasse aceso tempo suficiente para acender o cigarro, era a chama do amor puro, e ela ia beijá-lo. Mas, se se apagasse antes, ele não passava de mais um cadáver que convinha evitar. A chama amarelada tremulou com graça; ela a deixou arder durante algum tempo, gostava de ouvir seu crepitar. Quando já estava prestes a queimar os dedos, acendeu o cigarro, ergueu o rosto e, com a fumaça ainda nos lábios, beijou-o.

Mais tarde, no carro, um Toyota Corolla amarelo com cheiro de perfume rançoso, ela deixou o motor ligado, o aquecedor no painel derramando calor, e eles ficaram se beijando, ela com os lábios macios e quentes, a língua na boca dele, a neve fina derretendo nos ombros de ambos. Ela se afastou e olhou para ele com seus olhos cinza brilhantes. Meu pai está viajando, disse. Vamos para a minha casa? Mas nada de sexo, certo? Nada de trepar. Mas você pode vir. Pode ficar comigo.

Ele fez que sim, e ela se endireitou, engatou a marcha, a garotinha no comando da máquina, tirando-a da vaga de estacionamento e ganhando a rua. Aonde a gente vai?, perguntou Frank.

A Arlington, disse ela.

E suas amigas?

Ela estava atenta ao trânsito no cruzamento. Ah, disse. Era mentira. Não são minhas amigas de verdade. Eu não tenho amigos. Ah. Quem precisa de amigos?

A ponte Francis Scott Key estava em obras, de modo que ela tomou a direção do Lincoln Memorial, a capital do país girando do outro lado das janelas salpicadas de neve, o Potomac escuro e frio. Ela ia calada, mas pensando intensamente em alguma coisa, parecia vibrar, como um sino que parou de tocar porém ainda não silenciou completamente. Atravessaram o rio, afastaram-se do centro da cidade e entraram no que fora fazenda ou bosque nobre, antes de se transformar em subúrbio nobre; depois seguiram por uma avenida, alguns quarteirões de lojas, todas às escuras, calçadas desertas, e, no fim, surgiu um prédio de apartamentos branco e alto, o estilo internacional da moda, com uma entrada de automóveis em meia-lua levando à porta principal. Mais adiante, havia um portão de ferro; atrás do portão, a rampa da garagem subterrânea, onde a noite era substituída por fortes lâmpadas fluorescentes e sombras escuras como breu, e ela estacionou numa vaga entre um Galaxie 500 e um Malibu. Pelo pára-brisa, Frank viu o nome do DR. WILLIAM REMINGTON gravado em tinta amarela na parede. O nome da espingarda?, perguntou.

O nome do artista, disse Kimmie. Cavalos, sabe? O Velho Oeste. Potros chucros e... Ele era pintor, como eu também vou ser. É isso que eu faço, sabe? O dia todo sou pintora. E, quando tiver idade suficiente e for boa o suficiente, vou me mudar para Nova York e morar lá e ser artista. Como aquelas mulheres. Bom... Tudo bem... Chegamos, disse. Mesmo assim, não fez menção de sair do carro; ficou algum tempo olhando para a frente, depois se virou e o beijou, beijou-o durante muito, muito tempo, os dois desajeitadamente retorcidos nos bancos. Ele chegou a ouvir a própria respiração, cada suspiro e cada sussurro amplificados na reclusão do automóvel; o barulho era insuportável, e ele estava com frio. A língua dela estava fria. Tudo bem, disse ela enfim, afastando-se e o encarando. Quer subir?

Quero.

No elevador, colocou-se na frente dele e se inclinou para trás, pressionando a cabeça em sua clavícula. Era meia-noite no décimo quarto andar, e ela o conduziu pelo corredor, virou num ângulo e chegou à sua porta. Psiu, fez, embora o silêncio do edifício bastasse para manter Frank em silêncio.

O apartamento estava mais escuro do que a cidade lá fora, que brilhava na neve — quanto glamour para um adolescente:

a capital do país, a noite branca, o amplo apartamento, a garota nova em folha em seu quarto secreto. Kimmie tinha coisas: fotografias no espelho, echarpes atadas nos esteios da cama, livros espalhados no chão. Num canto da penteadeira, a pequena pilha de aquarelas, mas, quando ele se curvou, distraidamente, para examiná-las, ela disse: Não, não, não. Não estão prontas, e apressou-se a guardá-las numa gaveta. A porta do armário estava aberta, e lá dentro as blusas e vestidos se comprimiam na barra excessivamente baixa de cabides, dobras sobre dobras de azuis e pretos. Ele jogou o casaco na cadeira da escrivaninha e olhou para o quadro de avisos na parede e, quando se virou, deu com ela já se desnudando. Observou-a por um momento e então se aproximou. Não soube o que dizer. Timidamente, roçou os dedos num machucado num dos lados de seu tórax. Que foi isso?, perguntou. Psiu, fez Kimmie, e, quando ele tornou a olhar para o seu rosto, ela o estava fitando diretamente nos olhos.

Havia algo fresco e estranho em seu cheiro, uma combinação daquele perfume que usava — fosse lá qual fosse — com sua saúde pálida, um artefato admirável e irreproduzível, a marca de uma garota ao mesmo tempo levemente doentia e absolutamente vivaz, como o cheiro lúbrico do ar de uma estufa. Esta sou eu, disse. Seja delicado. Fez um gesto provocante e, atravessando o quarto, soberana, foi para a cama.

Ele se despiu e também se deitou, trêmulo, e se surpreendeu com o calor da pele dela. Beijaram-se durante algum tempo, então ele resolveu chupá-la. Nunca havia experimentado, era o limite que não se atrevera a transpor nas poucas ocasiões — sua primeira namorada de verdade, uma colega de classe chamada Trina — em que tinha sido possível. Mas Kimmie não tinha limites, era um todo indivisível. Kimmie era toda uma pele, uma superfície e um peso: pescoço, mamilos, abdômen, quadril. Estava perfeitamente enquadrada no colchão, este a arrematava como uma moldura. Era louca. Fazia barulhos suaves, encaixava as nádegas nas palmas das mãos dele, fazendo-o tocar a ponta dos dedos na base de sua espinha. O que estaria pensando? Ele roçou os lábios em seu umbigo, e ela flexionou a barriga involuntariamente, erguendo a curva sulcada do tórax. Ele desceu a boca um pouco mais, virou a cabeça e pousou a face em seu ventre. Que está fazendo?, perguntou Kimmie. Ouvindo minhas entranhas?

Ele não respondeu, mas ergueu a cabeça e desceu um pouco mais, e, de repente, ela escancarou as pernas, sobressaltando-o por um momento; ele pensou que ela já devia ter feito aquilo e, recompondo-se, tratou de mergulhar como lhe pareceu que convinha. Os pêlos púbicos eram da cor de fios de cobre, e a fenda abaixo era diminuta. O segredo estava na prodigalidade, na abundância de pregas e recortes, de dobras e sulcos — um minúsculo palácio vermelho para um minúsculo boneco rosado. Ele não tinha idéia do que fazer, de como lhe dar prazer, nem de como tomá-lo para si. Aonde ir? Beijou-a durante algum tempo, sempre se perguntando o que ela estava sentindo; encontrou uma umidade densa mas sem gosto. Ela lhe agarrou o cabelo da nuca e o puxou com delicadeza para cima, pondo desajeitadamente a outra mão entre suas pernas e apoderando-se tão depressa da sua ereção que ele estremeceu. Brincou um pouco, vibrando docemente os dedos finos, e então parou. Agora chega, sussurrou ela. Desculpe.

E esse agora chega valeu para o resto da noite. Beijaram-se e rolaram e se entrelaçaram, mas ela não o deixou penetrá-la — quando ele tentava, simplesmente torcia os quadris e tornava a beijá-lo. Depois amanheceu, e ele despertou no intrincado mundo dela, sozinho no quarto opulento, a roupa jogada no chão ao pé da cama. Houve a escuridão do teatro, depois o sono, e ago-

221

ra as luzes se acendiam, a ilusão estava desfeita, o cenário, despojado. A matéria da vida não ia se dissolver na luz do dia, não.

Kimmie não demorou a voltar, vestindo uma camisola de flanela, o cabelo revolto, a pele branca e lisa ainda marcada pelas esfregações noturnas. Levou um dedo aos lábios. Meu pai está em casa, cochichou. Ele arregalou os olhos, alarmado. Espere aqui, disse ela. E é bom se vestir. Ela saiu pela porta e desapareceu.

Sem pressa, ele pegou sua roupa. Tinha nevado muito durante a noite, e, enquanto esperava pela volta de Kimmie, ele ficou à janela, contemplando a cidade, seus inocentes montes de neve fantasticamente claros ao sol do amanhecer, em pleno contraste com o sabor que permanecia em sua boca, com o cheiro forte, amargo, que ela deixara em seus dedos. Acaso aquele era o mundo que haviam percorrido na noite anterior?

Ela voltou ao quarto, interrompendo sua solidão. Ele está tomando banho, disse. Você precisa ir. Escreveu o número do telefone numa folha de caderno e tornou a olhar para o corredor. Vá, disse, e o beijou, trocando com ele a respiração encardida. Vá.

Ele mal reparou no apartamento ao atravessá-lo às pressas. Com a pele irritada e zonzo de sexo, com uma dor lancinante na virilha, andou oitocentos metros até achar uma parada de ônibus, esperou dez minutos, tiritando de frio, e então viajou meia hora até sua casa em Silver Spring, onde se esgueirou pela porta da cozinha, subiu ao quarto e mergulhou na cama, exausto e ainda sujo, e mergulhou em sonhos bem mais sujos.

6

Houve outro dia, outro dia, e mais outro. Frank era um ricaço em tempo e diversão. Na tesouraria do quarto dela, contou-lhe as sardas na carne, os átomos da essência, assombrado com sua enorme variedade e com o corpo em que estavam inscritos. Depois disso, toda vez que via algo pintalgado, estremecia e tratava de dar um jeito de passar ao largo das pintas. As lantejoulas escuras espalhadas em tudo aquilo de que ele gostava no mundo: as estrelas do firmamento e as luzes da cidade vistas de uma janela alta, o pontilhado das fotografias de jornal, as nódoas numa folha a rodopiar, os salpicos de lama no pára-brisa, as manchas de cinza de cigarro no estofamento do banco de um carro, gotículas de sangue no cepo do açougueiro, as malhas de espuma nas ondas do mar. Cacos de vidro no cimento da calçada, pimenta-do-reino no prato do jantar, o ponteado das cidades nos mapas: para ele, tais coisas e sua namorada eram a prova de que estar no lugar certo era estar espalhado em toda parte.

No telefone, à noite, ela sussurrava estranhas histórias entremeadas de observações de afeto. Sua mãe fugira, anos antes, com um homem que ela chamava de Skipper; agora moravam na Flórida, e Kimmie raramente tinha notícia deles. O pai trabalhava longas horas no hospital. Washington era um museu repleto de múmias e armas antigas. Estava farta de andar sozinha por aí. Queria ficar com ele o tempo todo, dia e noite. Oh, Frank. Queria usá-lo como um comprido casacão de lã. Ele a salvaria do tédio do colégio, dos horrores das aulas, onde a alimentavam com mentiras e procuravam alterar a forma do seu cérebro; dos comentários dos colegas, que ouvia nos corredores, sobre sua aparência, sua roupa, sua voz; e da traição cada vez mais insidiosa das amigas. Alguém — ela não sabia quem — havia feito alguma coisa com seu carro — ela não sabia o quê. Num sábado ela acordou e foi ao banheiro contíguo ao seu quarto, esfregou os olhos, lavou o rosto, viu sua pele, uma leve mancha avermelhada em torno das narinas; pensou que devia mesmo deixar de esfregar tanto o nariz, mas antes precisava parar de especular se o osso por baixo era real. Vestiu-se e desceu para tirar o carro da garagem e ir buscá-lo, mas achou que o motor estava fazendo um barulho esquisito. Ficou escutando na garagem: era uma coisa sutil, quase um silêncio, uma música, pensou, esforçando-se para distinguir a melodia. A seqüência de notas era: sol-lá-si-sol. Que era aquilo? — Oh, Frère Jacques, é claro, Frère Jacques. Está dormindo? Mas ela não estava dormindo, estava bem desperta; alguém a achava preguiçosa demais pela manhã e escondera uma música no motor do seu carro para lhe dizer isso. Alguém que morria de inveja dela porque ela namorava com um garoto tão lindo. Pois que morram de inveja.

Voltou para o apartamento e ligou para ele. O carro está encrencado, disse, sem explicar por quê. Parecia triste, e ele lamentou não ter carro para levá-la a algum lugar. Só lhe restou ir de ônibus até o prédio dela, e eles passaram o resto da tarde no quarto. Lá fora, começou a nevar de novo, primeiro devagar, depois mais rápido, os flocos muito brancos caindo suavemente sobre a cidade e todos os seus edifícios. Foram para a cama, o quarto estava tão claro. Ela pensou *devagar* quando ele começou a se apressar, e *depressa* quando ele foi devagar — e então, em pleno ato, ouviu uma voz dizer: *Acenda um cigarro*.

Tomou o rosto dele entre as mãos. Estão no bolso do meu casaco, disse.

Sem querer parar de se mexer, ele continuou até senti-la imóvel debaixo dele. Fitando-a, viu sua expressão: alerta, atenta, preocupada. Que foi?

Os meus cigarros, disse ela com voz de não-entendeu-ainda.

Vai fumar agora?

Ela pensou nisso com cautela, porque queria ter certeza... Não, pode deixar, disse, mas nessa altura todo o concentrado de sexo se dispersara, e não havia como recuperá-lo. Ela queria tanto que tudo desse certo, e agora estava tudo arruinado, tudo arruinado à sua volta. Desculpe, desculpe, desculpe, sussurrou, e, para se punir, cravou as unhas na coxa, gravando crescentes muito brancos que ficaram em sua carne por uma semana.

7

Assinale as afirmações abaixo com *a* se concordar plenamente, *b* se concordar, *c* se concordar em parte, *d* se discordar em parte, *e* se discordar e *f* se discordar totalmente.

1. As pessoas só gostam de mim quando digo o que elas querem ouvir.
2. Em geral duvido que o governo leve em conta meus interesses.
3. A cor da comida que como é importante para mim.
4. Ninguém percebe quando sinto tédio.
5. Encontro as coisas perdidas no último lugar em que as procuro.
6. Em geral me sinto muito mais infeliz do que acho que devia me sentir.
7. Não há nenhuma diferença real entre olhar e observar.
8. Minha música preferida é sobre gente que conheço.
9. Acho reconfortante pensar que Deus tem um plano.
10. No fundo, as pessoas não me tratam com a lealdade com que deviam.
11. Os cientistas sabem muito mais do que admitem.
12. Não chega a ser roubo quando a pessoa que você roubou podia roubar você.
13. Eu me surpreendo e me chateio quando descubro que alguém tem medo de mim.
14. Às vezes, meu rosto fica duro feito uma máscara.

15. Tudo no mundo tem um único nome verdadeiro, e não há duas coisas com o mesmo nome.
16. O interior da minha boca é muito quente ou muito frio.
17. Os hábitos entram pela porta da frente, mas todas as preocupações entram pela janela.
18. [Este espaço foi deixado propositadamente em branco.]

8

Eram seis horas da tarde quando Frank chegou. Sua mãe estava na cozinha, ocupada com o jantar, e seu pai, na garagem, trocando o fio do abajur da sala, mas Gail ficara à espera dele, alerta, porque não tinha o que fazer. Aguardou cinco minutos à porta do quarto e então bateu timidamente. Entre, disse ele, e ela abriu a porta e avançou um ou dois passos. As botas molhadas estavam jogadas perto do armário, e ele, na cama, sem camisa, deitado de costas, as mãos na nuca.

A pequena Gail, com sua cabeleira densa, castanha, linda demais para uma menina; com aqueles olhos grandes, escuros como os recessos de uma catedral; com a boca tagarela, como se tivesse de saborear todas as palavras antes de dizê-las. Irmãzinha: ela queria sentar-se a seu lado, mas não se atreveu. Que aconteceu?, perguntou. Ele deu de ombros, e o movimento desprendeu de sua pele um pouco do aroma de Kimmie; este pairou no quarto e chegou até ela. Em geral, Frank contava quase tudo a Gail, mas aquela felicidade era exclusivamente dele, queria guardá-la para si. Conheci uma pessoa, disse. Uma garota.

Procurando bancar a madura, Gail se limitou a fazer que sim. Não queria fazer nenhuma pergunta sobre o amor, pois temia que o irmão o estivesse sentindo, já que tinha dito aquilo.

— Qual é o nome dela?, preferiu perguntar.

Kimmie. Acho que é Kimberly, mas todo mundo a chama de Kimmie.

É bonita?

Ele fez que sim, um gesto desajeitado na posição em que estava. Ah, é, disse.

É legal? Gail olhava fixamente para o rodapé.

Gosto dela, disse ele, consciente do fato de que era cruel da sua parte ser tão lacônico, mas sem disposição para revelar mais.

Gail pressionou o dedo do pé esquerdo no dorso do direito. Que bom, disse. E depois, porque lhe pareceu a coisa certa a ser dita: Fico feliz por você.

Ele virou a cabeça para encará-la e sorriu. Obrigado, disse.

O jantar logo vai ser servido, disse ela, e saiu com cuidado do quarto, fechando a porta suavemente, como se alguma coisa fosse se quebrar.

9

Março chegou e se foi, e abril já passara da metade; a devoção mútua de Frank e Kimmie se fortaleceu com o decorrer das semanas. Era primavera, e não havia um só dia sem descoberta: uma frase que um dizia e fazia o outro sorrir, um feixe de nervos ainda não explorado, uma vibração do sentimento passando de um para o outro quando uma canção de que ambos gostavam começava a tocar no rádio do carro. O aniversário dele foi no dia 23; ela lhe deu um quadro que pintara, uma pequena e agitada paisagem urbana repleta de insígnias e emblemas inescrutáveis e com um corvo enorme, entre duas casas brancas, encarando o observador. O pai lhe deu sua antiga máquina fotográfica. Uma pequena Leica de excelente qualidade, estilosa e elegante; Michael Cartwright era um maquinista de origem suíça e acreditava na virtude fundamental de um aparelho intrincado e bem equilibrado, mas fazia tempo que não tinha tempo para a fotografia, e a Leica passou anos jogada numa prateleira do porão, guardada no estojo forrado, até que ele enfim decidiu que o filho já tinha idade para apreciá-la.

Para Frank, a máquina era solene e séria, e, embora ele tivesse adorado o presente, precisou de algumas semanas para se sentir à vontade para usá-lo. Primeiro, teve de tomar posse dele e dar tempo ao tempo. Gastou meia dúzia de filmes sem fotografar nada em particular: o quarto, a fachada do colégio, uma bobina inteira num playground do bairro, fotografando coisas na tentativa de imaginar o que era uma coisa e o que podia ser uma foto dela. Certa vez, abriu um Tri-X novinho e roçou os dedos nos fotogramas, expondo o filme e nele espalhando a gordura da mão, só para saber qual era a sensação. Passou algumas noites dormindo com a objetiva aninhada no peito, até que o metal se aquecesse e ele pegasse no sono, quase esperando que, de algum modo, as imagens de seus sonhos se transferissem para o filme. Acabava rolando por cima da máquina, ou ficava com os braços enredados na alça de couro, e acordava no escuro, os olhos vivos de cegueira. O mundo era físico, a luz era física, a fotografia era física.

Kimmie era física. Vivia falando, vivia se movimentando, vivia roçando, e, em qualquer situação, era tão linda, tão linda e frágil quando murmurava, quando transpirava na mão dele, quando o beijava com alegria. Lá fora, havia microfones nas árvores, transmissores em todas as janelas. Beijo, beijo, beijo.

Uma tarde exausta, o sol brilhando no azul do céu e uma brisa entrando pela janela aberta do quarto dele. A casa vazia lá embaixo; os Cartwright estavam fazendo compras, Gail ensaiava uma peça no colégio. Momentos antes, Kimmie o havia engolido inteiro, e seus lábios ficaram sanguíneos por causa do esforço e brilhando com os resquícios. Lambeu suavemente o último vestígio e sorriu. Ofegante e semi-adormecido, ele ainda quis saber por que ela o sorvia com tanta avidez, o que recebia dele, que não era grande coisa: apenas um garoto, e então foi acometido por aquele supranaturalismo. Que gosto tem?, perguntou.

Difícil dizer, respondeu ela lentamente. Difícil explicar. — Pensou muito, pois queria realmente explicar. É mais ou menos o gosto que você teria se fosse um ovo. Mas também é um pouquinho... efervescente? Sorriu-lhe com tristeza, porque aquilo não os aproximava, aproximava? As palavras eram obstinadas, as palavras eram esquisitas e resistiam a se entregar. Ela devia ter um presente para lhe dar, igual ao presente que ele era. Sentou-se na cama e olhou vagarosamente ao redor, o olhar ardente passando pelo taco de beisebol esquecido num canto, pela pilha de livros na escrivaninha, pelo seu próprio jeans dobrado no encosto da cadeira, e se detendo no olho da câmera, em repouso e voltado para dentro, no parapeito da janela. Levantou-se, uma coisa translúcida num tanque transparente.

Aonde vai?, perguntou Frank.

Pegar isso, disse ela. Ele a viu nadar nua pelo quarto e apanhá-la. Está com filme?

Ele fez que sim.

Tira uma fotografia minha?, pediu ela.

Assim?

Assim mesmo, disse ela. Como se eu fosse uma perereca.

Ele vacilou um segundo. Tem certeza?, perguntou.

Ela abriu um sorriso e lhe entregou a máquina, curvando-se até que a gravidade lhe distendesse ligeiramente os seios. Ele a pegou, e ela sentou no pé da cama, as pernas cruzadas, as mãos nas coxas. Sorriu com malícia; ele apertou o disparador, e aquela nudez passou a ser eternamente sua. Suspirou e tirou o olho do visor. Mais, disse ela, pondo as mãos na cintura, inclinando-se um pouco; e, erguendo a mão, prendeu uma mecha de cabelo atrás da orelha; fez cara de princesa; ele fotografou.

Ele saiu da cama, e ela respirou fundo e se deitou de costas, a barriga se encolhendo, os seios se arredondando como duas maçãs. Tudo, pensou. Tudo. Abriu as pernas brancas e magras, e o clicar do disparador, regular até então, interrompeu-se de súbito. Frank?, disse ela, e ele baixou a máquina e a encarou. Havia certa maldade em sua expressão, assim como algo que dizia que ele a amava. Talvez fossem a mesma coisa: atenção, apetite. Ela não sabia onde acabava a devoção e começava a destruição, e duvidava que alguém soubesse. Continue, disse, estendida na cama, docemente estendida, e, após um breve momento de imobilidade, Frank tornou a interpor a lente entre eles. A câmera era um aparelho mágico que fixava a carne dela em seus segundos — um dois três quatro — e permitia que o espírito vagasse. Ela podia se ver posando, e então a lente saiu de foco e ela se perdeu. Era assim que funcionava então, um teste daquele amor e daquele intercurso perfeito, pois, se a máquina fotográfica a embaciasse, ela já não teria para onde ir. Kimmie se perguntou se Frank via o quanto ela tremia, o quanto lutava. Ele não disse uma palavra, mas ela podia ouvi-lo conversar, dizer o que queria que fizesse. E abriu um pouco mais as pernas.

 Esta é minha xoxota, pensou, empregando a única palavra que conhecia. Minha coisinha. A que me faz ser assanhada. Você me ama?

 Ele tinha dezessete anos e a amava; por isso ela perdeu totalmente o pudor. Começou a se revirar no colchão, posando e se abrindo, esticando-se e rastejando; corou e riu, cantou qualquer coisa, jogou beijinhos para a câmera, que os retribuiu. Está bom assim?, perguntou em voz alta, e ficou de bruços, balançando os calcanhares no ar. Quero mostrar tudo. Quero que você veja tudo. Ficou de quatro, as nádegas separadas.

O que eles criaram naquela tarde crua? A experiência se tornou mais feroz e cabal, a garota foi ficando mais ousada, e o garoto, maior. A adorável superfície dela se revelou — cada elemento da sua beleza, cada prega e cada lábio, cobertos de pêlos curtos, acobreados e nus; cada matiz da pele, do branco imaculado ao escuro terroso, cada pinta, cada mancha; e suas lâminas de osso, seus músculos movediços, seus olhos brilhantes. Ela avançou para a lente, que se dilatava e se contraía em busca do foco. Ele se apaixonara pelo rosto na sua frente e pelo contato daquele corpo sob o seu, mas fatos estranhos permaneciam ocultos: aquelas membranas rubras, o brilho e o sangue coagulado lá dentro, todo o feitiço, agora tudo estava manifesto. Foi um momento, e então toda a sua mente se concentrou. — Ah! Ele era um homem, e ela estava enlouquecida com a ostentação da sua própria celebridade. Ele viu mais, e ainda mais que isso; aproximou-se, e, se tivesse como penetrar inteiramente nela, explorando-a até as vísceras, conseguiria; fotografaria seu fígado e o coração reluzente, apontaria a lente para seus pulmões espumantes, se enredaria em suas veias vermelhas e em suas artérias azuis. Ela estava perfeita aquela tarde, banhada pela discreta luz do dia, na cama obviamente desfeita.

Então, já sem idéias, ela disse: Não sei mais o que fazer. O filme terminara, e ele perguntou: Tudo bem com você? Sentou-se pesadamente no colchão, os dedos buscando a parte posterior da máquina fotográfica.

Se está tudo bem? Sim, estou ótima. Viu-o tirar o filme e colocá-lo com cuidado no criado-mudo. Que vai fazer com essas fotos?, perguntou.

Ele deu de ombros. Sentia-se farto e levemente enjoado, não de repulsa, mas de saciedade. Revelá-las, disse, defendendo-se com o óbvio. Guardá-las. Não tinha noção da força do que acabavam de fazer ao tirar aquelas fotografias imperecíveis, lembranças de uma hora que nenhum dos dois podia negar nem esquecer.

Ela se reclinou, feliz e orgulhosa de si. Você me dá uma coisa?, perguntou.

O que você quiser. Mas eu não tenho nada, disse ele, e era verdade.

Uma foto, disse Kimmie. Clique por clique, foto por foto. Depois de pensar um pouco, ele se levantou, foi até a escrivaninha e tirou da gaveta um envelopinho branco. Observado por ela, abriu-o, pegou uma fotografia e a examinou por um momento, como que para guardá-la na memória. Sou eu e minha irmã, disse. Quando éramos pequenos. Nem sei como foi que a consegui; sempre a tive. Quer ficar com ela? Guarde-a para mim. Voltou para a cama e a ofereceu com delicadeza.

Ela olhou para a fotografia como se a imagem estivesse animada, viva, representando alguma coisa só para ela. Oh, fez. Como você era lindo! — Aproximou a foto dos lábios e cobriu-a de beijos. Ela o adorava: era seu poder, e não podia ser condenada por isso. Com cuidado, guardou a foto entre as páginas do livro de estudos sociais, porque era social, um estudo, página 55; então se deitou, fechou os olhos e ficou escutando-o adormecer a seu lado, no país das maravilhas. O fotógrafo Frank Cartwright, disse baixinho. O famoso fotográfago e sua famosa garota, Kimmie Remington, pintora pelo sangue. Depois parou para indagar se tinha dito *pelo sangue* ou *a sangue*. A sangue não, desejou, e se pôs a imaginar pinturas a sangue até ouvir o barulho da porta da rua lá embaixo e os gritos de Gail querendo saber se havia alguém em casa, então se debruçou sobre Frank para acordá-lo.

10

O BARMAN DE UM MILHÃO DE DÓLARES

Ele sempre preferiu trabalhar no turno diurno, mesmo ganhando menos que no noturno. Joe, o proprietário, só chegava lá pelas cinco horas e, logo que chegava, descia para conferir a féria do dia e encomendar o que estava faltando, e então tornava a sumir para só voltar às nove ou dez. Durante o dia havia menos encrenca: nenhum moleque querendo se esgueirar para tomar um trago de Seagram's num canto escuro, nenhuma dona de casa aos berros com o marido, ninguém atrás de briga — ele era baixinho, Harold, e não queria saber de confusão —, e os tiras não entravam chutando as cadeiras, como costumam fazer.

Durante o dia, o local era fresco e escuro, e a única coisa que ele precisava fazer era servir doses de *rock and rye* a meia dúzia de velhotes pacificamente aboletados no balcão e ao seu alcance. Quando havia beisebol na TV, ninguém pensava em ligar o jukebox. Tudo era simples e tranqüilo, e, às seis da tarde, ele voltava para casa com o bolso cheio de notas de um dólar.

Certa noite de primavera, estava se sentindo um homem de sorte, com um bom emprego a preservar e uma bela mulher esperando-o em casa, uma vida que muita gente podia invejar; por isso entrou no Sid's Cigars e comprou um bilhete de loteria, usando os primeiros cinco algarismos que lhe vieram à cabeça: seu aniversário, o da mãe, o número de casa, o do bar e o máximo que ele conseguira ganhar nas corridas de cavalos. Deixou o bilhete na mesa da cozinha e, no dia seguinte, acordou com os gritos de Yvette, uma voz que mais parecia uma cachoeira despencando sobre toda Newark; e, quando foi ver qual era o problema, deu com ela estarrecida, o jornal aberto nos resultados e o bilhete tão amassado na sua mão suada que ele temeu que o número tivesse se apagado. Conferiu-o uma vez, duas vezes — Yvette não primava pela inteligência —, mas o bilhete tinha sido sorteado, sim, o dele, e, poucos dias depois, lá estava ele, posando num tablado, num prédio caindo aos pedaços, com uma cortina encardida por trás e vários xis de fita-crepe marcando o chão. Fique aí e sorria, diziam, de modo que ele ficou e sorriu, segurando um enorme cheque de papelão no valor de TRÊS MILHÕES DE DÓLARES e apertando a mão de um sujeito de terno e gravata, enquanto toda aquela gente o fotografava. Olhe para cá, Harold, diziam. Olhe para lá. E, no dia seguinte, ele estava na primeira página do jornal, e a manchete dizia O BARMAN DE UM MILHÃO DE DÓLARES. Ele nem se deu o trabalho de pedir demissão: simplesmente não apareceu mais no serviço, e Yvette largou o salão de beleza onde era cabeleireira e nunca mais deu as caras. Joe, o proprietário, também não telefonou. Deve ter ficado com medo de ser insultado, como se rico fosse o oposto de bem-educado.

No começo, Yvette não soube o que fazer com aquele marido súbita e magicamente rico feito o diabo; aquilo a assustava. E o telefone não parava de tocar, cem vezes por dia, gente que ela nunca tinha visto, uns pedindo doações, outros simplesmente querendo ter o prazer de conversar com um felizardo. Meu irmão, disse um sujeito. Você lembra de mim, não? Tom, o filho de Sara Watson. Lembra da Sara de Indiana? Pois sou o filho dela. Tenho um lava-rápido e acho que pode lhe interessar ser meu sócio. — A coisa era sempre apresentada como um grande favor, uma idéia do que fazer com o dinheiro, como se este fosse um fardo pesado e Harold precisasse de alívio.

Ora, os telefonemas não deixavam de ser um fardo, mas as coisas que ele comprou eram uma alegria. Um Lincoln bege zerinho — não chegava a ser o exercício de imaginação mais original do mundo, ele sabia, mas era lindo, e ele o comprou, e adorou o carro. E comprou também uns bons ternos de lã novos, um sobretudo de alpaca, um macio chapéu de feltro cinza, um par de botas de caubói de couro de cobra cor de pérola, e dois relógios de ouro, um masculino e um feminino, fazendo par. Logo saiu à procura de casa nova, mas, enquanto isso, achou bom tratar de viver com mais conforto na velha: comprou o maior televisor que achou, um aparelho de som novo, com alto-falantes que lhe chegavam à cintura, e uma sacola cheia de LPs, uma poltrona reclinável, um sofá de couro preto, uma sala de jantar de jacarandá com um jogo de cadeiras combinando, um aparelho de jantar para dez pessoas, e um faqueiro de prata com peças tão pesadas que serviam até para uma briga de rua. Comprou acessórios novos para a cozinha e, depois, acessórios novos para o banheiro, uma escova de dentes elétrica de fabricação alemã, toalhas de jacquard. Sempre gostara daquelas arvorezinhas, dos bonsais; achava-os fascinantes e, na cidade, encontrou uma floricultura que os vendia, e uma tarde voltou para casa com uma crássula, uma schefflera, uma eugênia e um zimbro, os quais deixou na varanda de concreto do quintal. Naquela mesma semana, ao passar por uma loja de artigos esportivos, decidiu que estava precisando sair um pouco e se exercitar, de modo que entrou para dar uma espiada, examinou as prateleiras, mexendo numa e noutra coisa. Ao chegar à caixa registradora, ficou atordoado; estava com o carrinho repleto de mercadorias: uma bola de futebol, uma de basquete, meia dúzia de beisebol, assim como três luvas para três posições diferentes, uma máscara de catcher, uma de goleiro de hóquei, um calção de banho e um par de óculos de mergulho, um de botas de esquiar, ainda que sem os esquis, e um pesado saco de areia com corrente e tudo. Ao chegar em casa com o porta-malas do Lincoln cheio até a boca, descarregou tudo na garagem, onde as coisas passaram dez dias, sem que fossem desembaladas nem usadas. Então ele resolveu pendurar o saco de areia numa viga do telhado, mas constatou que não tinha furadeira para fazer o buraco; por isso, foi a uma loja de ferragens e voltou para casa com mais um monte de objetos inexplicáveis. Era gostoso gastar dinheiro, mais ainda quando o reconheciam, como ocorria

às vezes. Você é um puta sortudo, disse-lhe um homem de cara redonda no estacionamento de uma loja de bebidas, e Harold reparou quando ele fixou os olhos em seu paletó, à procura do volume da carteira recheada.
   Yvette não estava gostando nada daquilo, embora não o dissesse. Contornava os embrulhos empilhados na sala e não usava o relógio novo. Também não fazia nada com o marido à noite, limitava-se a suspirar e se virar de costas. Pegue uma grana e saia por aí, disse Harold. Aproveite a vida. Ligue para uma das garotas e vá se divertir. Ela fez que sim, mas não se mexeu, e, enfim, ele teve de pôr um maço de notas na sua mão e empurrá-la para a rua.
   Naquele mesmo dia, ele entrou em casa e deu com ela sentada no sofá, perplexa. Eu estava andando pela rua Center, disse, e pensei: Agora posso comprar o que quiser. Abriu os braços num gesto abrangente. O que bem entender, na loja que for. Olhou para ele como se acabasse de ter sido esbofeteada, e ele imaginou que ia começar a chorar, mas ela, pelo contrário, começou a rir, um riso frio e entrecortado.
   O que você comprou, afinal?
   Nada.
   Vamos, pode dizer. Não faz mal. Agora temos dinheiro para encarar qualquer despesa.
   Nada, disse ela, afundando no sofá, como se nada fosse o pior palavrão que conhecia. A pele de seu rosto ficou opaca, um truque a que recorria quando estava contrariada. — Nadinha. Não havia nada que eu quisesse, agora que posso comprar. Não é esquisito?, perguntou, mas parecia apavorada. Prosseguiu: Parei em frente à agência de viagens e olhei para todos os cartazes na vitrine, mas não achei nenhum lugar para onde quisesse ir. Então cansei e voltei para casa. — Olhou fixamente para ele.
   E o que você pretende fazer da vida?, perguntou Harold.

Ficar aqui o dia inteiro? Nós tivemos uma grande oportunidade, podemos viver como bem entendermos.
Oportunidade?, disse ela. Não havia nada de errado no modo como éramos antes.
Tenha a santa paciência, disse Harold. Essa é boa. Já que você quer ser caipira, é melhor voltarmos para a Geórgia.
Um mês atrás, você bem que gostava de ser caipira, disse ela, os olhos negros fixos nele.
Ele a encarou duramente. Pois fique sabendo que um mês é muito tempo, disse. Talvez até mais do que eu preciso. E, com isso, deu meia-volta e saiu.
Foi a pé à casa do amigo Bobby, que o conhecia e protegia desde os tempos de menino, quando ele roubava frutas no Red Biggs da rua Market. Três milhões, disse Bobby, parado no centro da sala, só de cueca. Eu vi você rindo na televisão aquela noite, e sabia que, cedo ou tarde, ia acabar aparecendo aqui. Você e Yvette brigaram?
Harold fez que sim, triste. Este era para ser um momento feliz, mas ela não quer, disse. Quer é acabar comigo.
Verdade?, disse Bobby.
Desde que aconteceu. Ela não sai do sofá. É uma boa mulher, mas — não sei, acho que preferia que eu continuasse servindo drinques. Voltando para casa com dor nos pés, como de costume.
Você sabe que ela te ama, disse Bobby. Ama mesmo. Só que ainda não se adaptou. Precisa de um tempo para isso.
*Adaptar-se*, disse Harold com voz esganiçada. Eu não acho. É o dinheiro; o gozado é que ela não faz outra coisa senão reclamar. Acho que chegou a hora de eu tomar um rumo na vida.
Nada disso: você vai é para casa. Tem de agradá-la, fazer com que ela se sinta bem. Fazer com que se sinta uma rainha africana.
Eu não...

Cobri-la de flores.

Eu vou é andar por aí. Talvez não volte mais.

Já era tarde quando Harold saiu da casa de Bobby, e as ruas estavam desertas, o dia encerrado; vendo as janelas de todos os prédios às escuras, ele desejou poder usar o dinheiro para acendê-las novamente, ainda que só por uma ou duas horas. Eu bem que podia dar um pulo à casa de Bo, pensou. Levava uma garrafa de conhaque para ele, dava um pouco de vazão à minha boa sorte. Mas continuou andando, avançou algumas quadras, passou por baixo da Route 21 e parou no outro lado de Riverside, olhando para o negro Passaic e ouvindo o suave rebentar das ondas escuras, oleosas, e das gavinhas das coisas no fundo. Então surgiu um homem a seu lado, o mesmíssimo sujeito de cara redonda que o chamara de sortudo no estacionamento da loja de bebidas. Harold o encarou sem disposição para dizer uma palavra, até que o outro se encarregou de falar. Bonita noite, não?, disse com um sorriso doce, como se soubesse de alguma coisa que Harold não sabia. Acaso o andava seguindo? Fazia tempo? Como vai?, perguntou o Puta Sortudo.

Tudo bem, disse Harold. Não perdeu a calma, mas sabia que era melhor ter deixado a carteira em casa. Por quê? Lembrava aquelas histórias da Bíblia, em que a boa sorte se transformava em azar só para mostrar como era pequena a diferença entre uma coisa e outra.

Ótimo, disse o Puta Sortudo. Tirou do casaco um cano de chumbo de meio metro e o brandiu no ar. Ótimo. — Já sabe que vai ter de me dar tudo o que tem, não sabe?

Não, disse Harold. Não sei. Ninguém pode tirar de um homem aquilo que já é dele.

Olhe para mim, disse o Puta Sortudo, e, ato contínuo, desfechou uma violenta pancada na têmpora de Harold, tão rápida e em tal escuridão que ele nem viu o que o atingiu: simplesmente ficou cego e se estatelou no chão, sem pensar em nada ao cair, e, despojado da carteira, dos anéis, do relógio novo e do sobretudo de alpaca, passou de uma a outra coluna no Livro dos Vivos e dos Mortos. Então o Puta Sortudo jogou seu corpo no rio, onde ele foi boiando até a baía e afundou perto de uma estaca no limite do aeroporto, para só reaparecer meses depois, um triste e insepulto fantasma da sorte, tão podre, quando foi encontrado, que nunca chegaram a identificá-lo.

11

Na cabeça de Kimmie, os neurônios se aglomeravam e crepitavam em banhos de dopamina mórbida. As palavras lhe vinham, soltas, dos ancoradouros e se remexiam no chão de sua boca. De noite, em tudo ela via uma intenção e uma conspiração. Uma voz de homem sempre a acompanhava e falava, falava, falava, como se tivesse a intenção de matá-la com palavras. Importunava-a sem cessar, criticando tudo, ameaçando-a com zombarias. Kimmie queria saber por que fora escolhida para ser testada daquela maneira. Seria porque seu pai trabalhava num hospital? Acaso ele a havia submetido a alguma experiência? E, diariamente, havia notícias terríveis na televisão: países inteiros sacrificados, levados a recuar na história até que deles não restasse nada, a não ser lascas de metal enferrujado nas estradas de aldeias em ruínas; homens bonitos que, à noite, invadiam as casas das mulheres e as estupravam; falsificações nas paredes dos museus; carros que explodiam ao mais leve impacto, e as empresas que os fabricavam sabiam disso, mas guardavam segredo.
  Eram duas ou três da madrugada, mas ela não sabia se estava desperta desde que fora para a cama ou se acabava de acordar. Ou talvez fizesse dias que estava dormindo e ninguém lhe

contara, e eles chegavam e mudavam o mundo. Contraiu os dedos e ficou vendo-os se contrair; eram de carne, mas não totalmente reais, ou eram reais, mas não totalmente dela; havia algo repulsivo naquilo. O telefone do seu quarto tocou, não do modo normal, e sim mais baixo, quase num ronco. Tornou a roncar, e ela estendeu o braço no colchão para alcançar o criado-mudo e atender, mas não havia ninguém na linha. Em vez disso, tinham descoberto um meio de soprar-lhe os pensamentos de gente famosa — Jimmy Carter, que falava sem mover os lábios: Johnny Cash, que baleara um homem, em Reno, só para vê-lo morrer: Jesus Cristo, mas com seios de mulher. E tagarelavam sem parar; Kimmie pôs o fone no colchão, mas o barulho era um tormento, e, mesmo sem querer ofender ninguém, ela teve de desligar.

Mandavam sinais para fazê-la tremer só porque a sensação era desagradável. Às sete da manhã, ouviu o pai no corredor; pouco depois, ele saiu do apartamento, batendo a porta com força porque queria ter certeza de que ela ficaria lá dentro; de modo que Kimmie cerrou a cortina do quarto e não foi ao colégio naquele dia.

Era noite, e os espíritos pairavam à solta em Washington. Em seu quarto, madrugada outra vez, e outra vez a insônia. Às duas horas, o telefone continuava tocando — ainda? ou acabava de recomeçar? —, dessa vez com uma campainha estridentíssima. Kimmie tentou ignorá-lo, mas, quando o aparelho se calou, chegou a ouvir as pessoas rindo dela no outro lado. Esperou que se calassem, então tirou o fone do gancho e discou o número de Frank. Ele estava com sua fotografia, portanto podia mostrar como ela era antes.

Foi o pai que atendeu, voz arrastada, sonolenta e rouca. Sr. Cartwright, aqui é Kimmie, disse ela. Posso falar com Frank?

Houve um longo silêncio. Você sabe que horas são?, perguntou ele, e ela tentou se justificar, mas já estava chorando. Que absurdo! Telefonar a esta hora?

Por favor, disse ela. É importante. Por favor por favor por favor.

Frank demorou bem uns cinco minutos para pegar o telefone e, quando o fez, ainda estava tonto de sono. Alô?, disse.

Ela não esperou. Frank, disse. É você?

Kimmie?, disse ele devagar. Que acònteceu? Você está bem? Eu passei o dia todo tentando te telefonar, ontem e hoje. Que horas são?

A voz no ouvido dela a assustou, tão nítida e tão próxima. Será que estavam falando numa linha especial? Você ainda está com aquelas fotografias que a gente tirou?, perguntou. As que a gente tirou aquele dia, no seu quarto.

A gente não pode deixar isso para amanhã?

Ainda está com as fotos, não? Eu preciso delas.

Claro que estou, disse ele. Deve ter sido um pesadelo. Kimmie, você teve um pesadelo? Claro que sim. Só pode ter sido isso.

Eu não dormi, estou desperta, insistiu ela. Procure entender. — Começou a cochichar. — Eles devem estar escutando tudo. Aposto que sim, escutando nossa conversa. Frank, eu vou desligar. Preciso desligar. Tchau. Você me ama?

Dia e noite, disse ele.

Amanhã a gente conversa, disse ela com voz subitamente sumida. Desculpe, boa noite. Tchau. Boa noite.

Ele ainda se demorou um minuto ali, perguntando-se se convinha ligar de volta para ela. Logo depois, o fone estava no gancho, e ele, na cama, a mão no peito nu, os olhos fixos no teto, triste por ela ter tido um sonho tão ruim; estava triste, e então adormeceu.

## 12

Eles disseram a Kimmie, disseram-lhe, avisaram: que não contasse nada a ninguém, que não abrisse a boca. Perguntaram se sabia o que significava aquilo: Não abrir a boca. Não baixar a guarda. Disseram que ela podia ser um anjo, uma das poucas pessoas especiais, se os ouvisse e fizesse o que mandavam. Kimmie, disseram. Kimmie. Kimberly. Todos ao seu redor estavam mortos e apenas fingindo. Precisavam dos seus pensamentos. Alimentavam-se dos seus pensamentos, porque não tinham pensamentos próprios. Queriam substituí-la por uma pessoa morta, pouco a pouco, iam usar o número 5, porque 5 era a forma do seu corpo, e iam usar palavras como *sal*, *sombra* e *sapato*, porque o S era igual ao número 5. Faziam animais com pequenas máquinas e os punham entre os outros animais, o rato com seus dentes brancos e afiados, a cobra com sua comprida língua bifurcada, o cão com suas garras terríveis. Queriam assustá-la para que exalasse um cheiro especial, que lhes revelaria o que estava pensando. Por isso ela fedia tanto, por isso ela sabia. O mau cheiro ia e vinha; por vezes, era tão forte que ela mal conseguia respirar, e tinha vergonha de ficar perto de quem quer que fosse; então o fedor desaparecia com a mesma rapidez e completamente, e tudo voltava ao normal.

## 13

Os Cartwright embarcaram no trem para a Flórida numa tarde de sexta-feira, iam lagartear ao sol. Gail e Frank ficaram, dono e dona da casinha e de tudo o que ela continha. Durante algum tempo, a garota preferiu passar um ou dois dias a sós com o irmão, como faziam antes que os Cartwright os adotassem —

um período do qual ele se lembrava apenas vagamente e ela não tinha nenhuma recordação, mas que juntos lembravam através das histórias que conheciam e contavam um para o outro, relatos de lares e fatos emergindo da penumbra anterior à memória, eras que sobreviviam e continuavam sendo narradas muito tempo depois de os lares e fatos terem caído no esquecimento. Eram refugiados, pois, na guerra pela geração, e estavam para o-que-desse-e-viesse; e Frank estava sempre a seu lado e sempre olhando por ela. Gail era o menor dos soldados, o vértice das promessas, uma noz numa caixa de fósforos.

Não falta comida na geladeira, disse a sra. Cartwright antes de viajar. Comam o que quiserem, mas não esqueçam de lavar tudo depois. Agora tinham partido, e a casa estava em silêncio. Frank, no quarto, polia com cuidado as peças da câmera. Gail ouvia rádio e lia um livro de receitas na cozinha. Mais tarde, ele apareceu no vão da porta. Que está fazendo?

Posso cozinhar hoje à noite? Você come? Prometo fazer exatamente como a receita manda, não vou trapacear nem inventar nada.

O que você pretende fazer?

Frango com manjericão, respondeu ela de pronto. Mostrou o livro aberto, onde, meia hora antes, havia encontrado e escolhido a receita, relendo-a muitas vezes, apesar de algumas infiéis incursões nas de guisado de carne e picadinho de vitela. Carne vermelha não fazia bem à saúde; melhor era o frango com manjericão.

Mamãe tem manjericão?, perguntou ele.

Ela fez que sim.

Então está bem, disse ele. Mas faça bastante, estou morrendo de fome. — Bateu na barriga com um veemente: Morrendo! Morrendo! Morrendo! Gail riu e começou a se preparar, pondo as panelas no balcão, acendendo o forno, tirando a manteiga e o alho da geladeira, o arroz do armário, os medidores e as tigelas do guarda-louça.

Ele sentou à mesa com uma garrafa de cerveja e ficou observando-a. Está indo bem?, perguntou, quando ela começou a preparar o molho.

Nada mais fácil.

Ele pensou por um instante. Não, estou perguntando se você está indo bem no colégio e em tudo o mais.

Ela fez que sim e arrumou o jeans. Eu vou ser Diana, a deusa da caça, na peça do colégio, disse. Você vai me ver?

Ele inclinou a cabeça para trás, para terminar sua cerveja, e, como não obteve resposta, ela se virou para encará-lo. Claro que vou, disse ele, pondo a garrafa vazia na mesa.

Ela sorriu e voltou a se ocupar do jantar; um momento depois, deu meia-volta. Você me ajuda com o frango?, pediu. Ele fez que sim, e ela pôs uma tábua com peitos na frente dele, na mesa. Precisa disto, disse, entregando-lhe um martelo de cozinha. Ele lhe dirigiu um olhar intrigado. É só bater a carne, disse ela. Para amaciá-la. O peito de frango era brilhante e escorregadio; ele o pegou por um canto e o estendeu na tábua, revelando estrias de músculos e alguns reluzentes coágulos de sangue.

É só bater?

Vá em frente.

Com isto? Ele ergueu o martelo de cozinha — ela fez que sim — e o desceu com um estalo. Gail soltou um grito ao ouvir o barulho, e lascas de carne saltaram da tábua.

Espere!, disse Gail, mas Frank já estava batendo na carne novamente.

Assim? Porque eu quero que fique bem macia, disse ele. Acho que é importante. Todo mundo diz, quando a gente está fazendo frango com manjericão — mais uma martelada —, que o frango tem de ficar macio. — Frank!, disse Gail. Ele continuava a destroçar a carne, reduzindo-a a um pedaço plano de massa rosada, enquanto sua irmã ria às gargalhadas e levava as mãos ao rosto para se proteger dos fragmentos voadores que saltavam da mesa. Frank! Pare! Por favor!

Será que já está boa? Ele ergueu o martelo acima da cabeça, com as duas mãos, como se fosse dar uma marretada num medidor de força de parque de diversões.

Está!

Tudo bem, disse Frank, relutante, baixando as mãos. Restavam apenas umas lascas de peito miseravelmente achatadas na tábua, e ela as examinou com ceticismo. Não sei não, disse ele. Macio até que deve ter ficado, mas não sobrou muita coisa.

É porque está tudo espalhado pela cozinha, disse Gail, que tinha parado de rir mas ainda não recobrara o tom de voz normal.

Bom, nesse caso, é melhor você me dar outro peito.

Nem pensar, disse ela, arrebatando o martelo das suas mãos. Prefiro carne dura mesmo.

Ora, disse Frank. Eu estava me divertindo. Cozinhar tem de ser uma coisa divertida.

Você é um perigo, disse sua irmã. Sente aí e fique bonzinho.

Pega uma cerveja na geladeira para mim?, pediu ele, e ela o atendeu com prazer, mas, ao pôr a garrafa na mesa, hesitou, depois se virou para a pia e começou a lavar as folhas de manjericão.

Você vai casar com Kimmie?, perguntou.

Casar?, disse Frank, e no mesmo instante sua irmãzinha olhou para ele com evidente expressão de ansiedade. Ele deu de ombros. Não sei, disse. Em todo caso, não agora. Tão cedo, não. Está com medo de que eu case com ela?

Oh, fez ela. Não. E então: Oh, outra vez. Não estou com medo. Não, de jeito nenhum. Franziu a testa e mentiu. Estou feliz por você. Fez um enfático gesto afirmativo, como se isso encerrasse definitivamente o assunto, e voltou a se ocupar da saladeira.

Depois do jantar, ficaram vendo televisão na sala escura da casa escura, cercados pela noite escura. Os pratos sujos estavam empilhados na mesinha de centro; Gail, gostosamente estendida no chão; Frank, encolhido num canto do sofá. Pouco antes das nove horas, ela rolou e, deitando-se de costas, fitou nele os olhos vidrados e ardentes de fosforescência. Pode sair se quiser, disse. Não precisa ficar comigo. Eu não preciso de babá.

Hoje eu não vou sair, disse Frank. Ela não mudou de expressão, e ele vacilou. — Mas amanhã Kimmie vai dormir aqui. Não conte para ninguém. Combinado?

Gail deu de ombros. Claro que não. Não vou contar, prometeu, mas o resto da noite foi uma delícia, porque estavam sozinhos, e um inferno, porque ela temia a chegada da outra.

Na manhã seguinte, quando Gail acordou, Frank tinha saído, e só voltou no começo da tarde; ela ficou esperando no quarto, lendo um livro sobre uma mulher que fazia amizade com um bando de gorilas na África. Perguntou-se, quando fosse namorada de um garoto, e caso ele tivesse uma irmã mais nova, esta sentiria tanta raiva dela como ela sentia de Kimmie. Não ouviu os dois entrarem, e só quando desceu à cozinha para pegar uma maçã reparou no casaco extra no cabide do hall e no murmúrio de vozes elementares na sala de estar. Foi até lá e deu com eles juntos no sofá, folheando um livro de fotografias que haviam tirado da estante. Kimmie estava abraçada a Frank, os cabelos ruivos encobrindo seu rosto inclinado para examinar uma foto. Oi, disse Frank, e Kimmie, sobressaltada, ergueu a cabeça e pôs nela os brilhantes olhos cinza; mas não endireitou o corpo, coisa que Gail achou uma grosseria. Oi, disse Kimmie.

Oi, disse Gail. Estava à porta, olhando.

Quer ver também?, disse Frank.

Não, disse Gail. Vou à casa da minha amiga Patsy; ela vai me ensinar a patinar.

Quer carona?

Não, disse Gail.

Volta para jantar?

Ela fez que sim e saiu, mas não foi à casa de Patsy. Foi ao shopping, onde fingiu que ia fazer compras e, depois, esperar alguém. Um cadete com farda da marinha a abordou e passou algum tempo conversando com ela, mas, ao saber que tinha apenas treze anos, franziu a testa, arranjou uma desculpa e se foi. Conforme o relógio no centro da praça de alimentação, eram três horas da tarde; Gail foi até o colégio, mas o colégio estava fechado. Nas quadras do fundo, meia dúzia de garotos jogavam futebol americano, chutando em meio aos retalhos de neve que ainda cobriam o chão e suando apesar do frio. Ela ficou perto do alambrado e os observou durante algum tempo, depois foi para casa.

Deu com Kimmie a sós à mesa da cozinha, sem nada na sua frente. Frank está tomando banho, disse ela em voz baixa, pousando um olhar astuto na garota mais jovem. Não vai demorar. Como foi a patinação?

Bem, disse Gail. Não queria pensar no porquê de ele ter resolvido ir para o chuveiro em plena tarde, mas mesmo assim pensou. Kimmie ficou observando as próprias mãos, como se nunca tivesse visto artefatos tão engenhosos. Você vai jantar aqui?, perguntou Gail.

Kimmie fez que sim. Os canibais cozinham gente em caldeirões pretos, enormes, pensou, e a idéia lhe inspirou mil outras num segundo. Fazem sopa ou guisado, certo? Perguntou-se se já haviam lhe dado carne humana, se não era por isso que lhe ocorriam pensamentos que não eram dela. Não queria que nada parecido acontecesse a Frank; ia fazer o possível para convencê-lo a ser cauteloso com o que comia.

Gail refletiu; a casa era dela, a cozinha era dela, aquela garota não tinha obrigação de saber que ela também cuidava de Frank? As duas podiam ser aliadas, já que queriam a mesma coisa. Não sei o que fazer, disse. Vivo pedindo a Frank que tenha um pouco mais de cuidado com o que come.

Brr brr brr. — A boca de Kimmie começou a tremer. Talvez Gail não fosse tão novinha assim. Talvez fosse velhíssima e só parecesse jovem. Do contrário, como podia ter lido sua mente com tanta exatidão, e que fim tinha levado sua privacidade? Será que valia a pena provar que ela era transparente? Aquilo devia ser um aviso, ou então estavam tentando convencê-la de que era louca. Que coisa mais vil. Levantou-se rapidamente.

Você não precisava ter dito isso, disse a Gail; e saiu correndo da cozinha, subiu a escada de dois em dois degraus e, entrando no quarto de Frank, fechou a porta com violência, ficou sozinha lá dentro, o coração batendo mil vezes por minuto.

14

Oh, ela ouvia tudo, não ouvia? Todos os rádios e televisões, todos os satélites no céu, que estava azul mas em breve ficaria preto. Ouvia os cadáveres cantando para chamar a noite, os gritos dos aviões se espatifando no chão. Ouvia o próprio nome: Kimmie. Kimmie. Kimmie. Sentiu um ardor na boca, um gosto esquisito na língua. Tentou não pensar na possível origem daquilo. Sua boca ardia. Ela estava com um gosto estranho na língua. Tinha certeza: eles a alcançavam em toda parte com os aerossóis que borrifavam pelos aerodutos do seu quarto, com as drogas que punham na sua água, com as luzes invisíveis que projetavam pela sua janela. Kimmie. Kimmie. Ela sabia: estava incumbida de programar o rádio, de pensar numa canção para que tocassem essa canção. Era seu sinal, sua mensagem. Olhou para a estampa do papel de parede do quarto de Frank: era a letra S, o número 5. Marcou a hora, tal como lhe haviam ordenado: eram cinco da tarde, e sempre seriam cinco da tarde, sempre aquele lusco-fusco na janela, sempre aquele silêncio na Terra, agora e pelos séculos dos séculos.

## 15

Frank entrou no quarto e deu com ela de bruços na cama, a cabeça debaixo do travesseiro; como não se movia, imaginou que estivesse dormindo, de modo que, em silêncio, vestiu calça e camiseta e saiu na ponta dos pés. Lá embaixo, Gail ainda estava à mesa da cozinha, a expressão atormentada. Qual é o problema?, perguntou Frank.

Ela hesitou. Acho que Kimmie está brava comigo, disse.

Por quê?

Não sei. Eu disse alguma coisa sobre jantar, e ela saiu da sala. Sinto muito. Não tinha intenção de irritá-la.

Duvido que esteja brava com você, disse Frank com doçura. Ela não te disse nada?

Está dormindo lá em cima.

— Mas Kimmie estava à porta, em silêncio. O que estão falando de mim?, perguntou, e Frank se virou, sobressaltado.

Pensei que estivesse dormindo, mas parece que me enganei.

Kimmie balançou a cabeça. Eu não estava dormindo, disse. Acho melhor voltar para casa.

Como assim?

Quero ir para casa, disse ela. E não quero falar sobre isso. Mesmo porque você já sabe o que vou dizer.

Não vai ficar para o jantar?, perguntou Frank. Eu fiz alguma coisa errada?, perguntou Gail, mas Kimmie balançou a cabeça para os dois.

Quero ir para casa, repetiu.

Houve um longo período de silêncio na cozinha, fragmentado em segundos pelo carrilhão no corredor; nenhum dos três mudou de expressão, Kimmie imperturbável, Gail assustada, Frank contrariado. Por fim, ele disse: Então eu te levo.

Durante o trajeto, no carro, ela viu casas que pareciam infladas como balões e notou que passaram duas vezes pela mesma cerejeira. Este não é o caminho de casa, disse, e, quando ele se voltou, viu que ela estava tremendo.

Você está bem? — Ela não respondeu, no entanto, algumas quadras adiante, quando pararam num sinal fechado, ficou olhando fixamente para o branco S que se destacava num outdoor e, de repente, abriu a porta e fugiu do carro, enveredando por entre duas casas e desaparecendo no bairro, e Frank, mesmo tendo passado o resto da noite chamando e procurando por ela, não conseguiu encontrá-la.

16

Os verões terminam em *lágrimas*, e as décadas, em *loucura*. As células *se rompem* e *sinalizam*, e se inicia um incêndio sob o crânio. Há *sinais* nas *pétalas* das *flores silvestres*, no murmúrio das *cidades*, no *tilintar dos cubos de gelo num copo*. Sexo é *suicídio*. Os médicos *dilaceram* a pele, os advogados *mentem*, mentem, mentem. No dia seguinte, um domingo, Frank ligou para a casa de Kimmie; o pai dela atendeu. Alô, dr. Remington. Aqui é Frank. Kimmie está?

Não... Pensei que estivesse com você, disse o dr. Remington.

Há *comprimidos* no armário, *bebida* na prateleira, *chuva* na janela e música *em toda parte*. Ela foi embora daqui ontem à noite, disse que queria ir para casa, disse Frank. Houve uma pausa prolongada no outro lado da linha. No quarto ela não está, disse o dr. Remington. Eu sei porque a porta está aberta. Não a vi. As pessoas escolhem a *roupa* que vestem, porque a roupa é um *sinal secreto*. Só os objetos têm um motivo para viver; as pessoas são *máquinas*. Dão nomes para *saber quem é quem. Cuzonas.* Kimmie não foi para casa naquele dia, nem no dia seguinte, nem no outro. Passaram-se semanas, e ela não foi para casa. Frank a procurou nos pátios dos colégios de Washington, DC; ligou para hospitais e para a polícia, via televisão em busca de toda e qualquer imagem, lia os jornais atrás de toda e qualquer notícia. Quase tinha esperança de topar com ela na rua ou no saguão de um cinema, num ônibus, numa loja. Levava lágrimas sempre prontas para o espasmo que havia de desatá-las, um soluço ameaçando por trás de certas sílabas — palavras que continham *ra*, ou *gr*, ou qualquer palavra começada por *b* —, e precisava tomar cuidado com o que dizia, às vezes planejando as frases com muita antecedência, de modo a evitar certos obstáculos e estar preparado para qualquer um que porventura restasse. A câmera foi parar no fundo da gaveta; ele não voltou a tirar fotografias, mas examinou muitas e muitas vezes as que tirara de Kimmie e começou a arrancar outras das revistas, qualquer uma que a lembrasse, que tivesse a pele ou os ombros ou o sorriso dela. Passou vários meses sem se masturbar, pois não conseguia achar uma fantasia que não lhe parecesse venenosa.

De vez em quando, ia à casa do dr. Remington para ficar com ele e especular. Kimmie tomou alguma coisa?, perguntou o pai dela. Você lhe deu alguma coisa, alguma droga?

Nada, disse Frank. Não, não, não. Nós nunca fizemos nada disso. — Mas tiraram aquelas fotos, não tiraram?, e ele não podia deixar de se perguntar se tinha roubado alguma coisa dela na ocasião; e se a causa da sua mágoa era aquela perda; se havia, ou chegaria a haver, qualquer coisa que ele pudesse fazer para reparar o dano — qualquer coisa que pudesse devolver a ela, qualquer coisa que pudesse dizer, qualquer coisa que pudesse vir a ser, se não para curá-la, ao menos para reencontrá-la. *Eles* têm métodos e nunca os revelam. Todos os *pensamentos* têm de ser anotados, *para* que, quando eles os modificarem, ainda seja possível *saber* como eram. A *solidão* é real. O *riso* é um mal, os cães *são* um mal. Nós *todos somos* parte de uma consciência *que luta* contra si própria.

Kimmie ligou para o pai quatro anos depois, de Santa Fé; tinha arranjado uma casa nos confins do mundo conhecido, mas precisava de dinheiro para pagar o aluguel. O dr. Remington ficou com a fisionomia petrificada ao ouvir sua voz. Você quer fazer o grande favor de voltar para casa?, disse. — Para casa?, disse ela. Eu estou no planeta. Marte, o planeta da guerra, Vênus, o planeta do amor, Plutão, o planeta do frio. Naquela noite, ele tomou um avião para Santa Fé, hospedou-se num hotel e, na manhã seguinte, procurou a polícia e a assistência social. Sabiam quem ela era e o ajudaram a encontrá-la, morando num quartinho escuro perto da ferrovia. Pintara todas as janelas; ao lado da sua cama havia três cadeados com segredo. Ela não sabia de onde tinham vindo nem a quem pertenciam, e não conseguia nem sequer abri-los. Uma *bomba, bombas* A, bombas *de chocolate*. Os cabelos ruivos estavam compridos e desgrenhados, e ela cortara o lábio inferior de tanto mordê-lo. *Veja o que fizeram com os aborígines, com os índios, com o povo do Tibete.*

Ele chamou uma ambulância. Acho que agora eu posso ir, disse ela, fazendo que sim distraidamente. Preciso descansar um pouco. É verdade. Foi para o hospital sem oferecer resistência, e lá lhe deram banho e entupiram sua cabeça de Haldol, até que seus pensamentos ficassem amortecidos e o cérebro se reduzisse a um murmúrio. Uma semana depois, o pai a levou de volta para Washington; no gráfico, os médicos haviam traçado um par de curvas espelhadas, semipartidas e aguçadas, a história de um S que se olhava numa lagoa e via um Z fragmentado no encrespamento da superfície. Durante o vôo, o dr. Remington escreveu repetidas vezes o diagnóstico com uma caneta esferográfica num guardanapo de papel, enquanto a filha sedada dormia a seu lado — um turbilhão de SZs, dentro, ao lado e por cima um do outro.

17

BALEADA

Frank Cartwright estava no escritório, a ampla escrivaninha vazia, a tela do monitor apagada, o telefone no carregador de bateria. Ao lado da caixa onde ele guardava papel de carta e envelopes, havia um copo com uísque e gelo até a metade pousado no círculo formado por sua própria condensação. Era noite, e pela janela Frank via pequeninas luzes brancas enfileiradas em meio às copas nuas das árvores lá embaixo, decoração de feriado montada com meses de antecedência. Fechou a persiana e acendeu a lâmpada halógena presa à estante de livros por um braço metálico, e então a direcionou para a parede.

Lá estavam pregadas três fotografias, lado a lado. A primeira, à esquerda, era a que Kimmie tinha lhe enviado: o caubóidelfim e a menininha, olhando e rindo — para quem? Atrás da lente devia estar alguma autoridade ausente, mãe ou pai, e

Frank achava frustrante não saber quem era, não poder simplesmente virar a fotografia e dar com o verso da sua feitura no verso do papel; em vez disso, encontrou apenas aquela anotação de uma triste e romântica convergência entre espaço e tempo. Memphis, 1966, quando o diafragma se abriu e o flash disparou, e ele e Gail ficaram fixados num mundo de onde seriam expulsos logo em seguida.

Depois esta: a garota que ele sempre amou, a segunda coisa que não conseguiu preservar, a última ocasião em que ainda viveu como garoto. Foi a única fotografia de Kimmie que encontrou; o resto fazia tempo que estava perdido, e ele estremeceu ao se perguntar onde e como, com o desconcerto de um homem que sempre fora irremediavelmente descuidado das coisas quebráveis. Ela posava nua ao pé da cama, a frente das coxas encostada no colchão, e, apesar dos tantos anos passados, continuava pequena, uma criança, tanto que era quase incapaz de provocar desejo. Frank, o Garoto, ainda se perturbava ao olhar para ela; Frank, o Homem, achava-a tão frágil e imatura: tinha apenas a idade de Amy, e ele mal podia vê-la como amante, mesmo naquela época. Perguntou-se: acaso ela é melhor agora, sendo mulher? E o que queria dele?

A terceira foto era de Helen e Amy, a primeira em pé numa cozinha, a segunda um bebê em seus braços, tal como ela havia sido e nunca mais voltaria a ser. Aquelas fotografias de mulheres — todas as fotografias do mundo eram de mulheres, ainda que houvesse um homem entre elas — representavam as gerações de Frank. Mas faltava uma, a mais antiga de todas. Vamos: como era sua mãe? E como era seu pai ao lado dela? Que efervescentes genomas fizeram o menino, que caldo de alma e pele? Ele não tinha nada para fazer, a não ser terminar o drinque e pensar naquilo.

Frank Cartwright, o inimitável, o incrível original, outrora norte e guia de seu tempo, Frank Cartwright saiu. Um vento forte soprava nas avenidas, e, se o vento fosse natureza, ele teria se sentido um explorador, ou o monstro perseguido pelo explorador. Seu andar era um tanto claudicante, mas a mente seguia perfeitamente clara.

A avenida se agitava com capas de mulher e casacos de homem; ele enveredou pelas ruas estreitas, o ruído de seus passos reverberando nos muros. Havia um bar em cada esquina por que passava, cada qual um pequeno palco montado, cuidadosamente concebido, distinto, animado. Alguns estavam lotados de jovens executivos de terno escuro e em grupos de dois ou três, bebendo cervejas importadas com damas que tomavam coquetéis doces; alguns, cheios de torcedores, todas as cabeças voltadas para a tela do televisor no canto, as gargantas emitindo altos gritos de aprovação ou desapontamento; alguns, repletos de crianças bêbadas; e alguns, povoados de velhos. Ele rumou para o sul, impelido pela brisa.

Amy estava em Los Angeles; que horas seriam lá? Bem que podia lhe telefonar, só para contar que estava pensando nela; mas era tarde, não valia a pena acordá-la. Melhor deixá-la dormir. Em breve completaria dezesseis anos, e o que ele poderia lhe mandar? Pérolas para a filha, pensou. Presentes o tempo todo, um principado num mundo tão seguro que até mesmo dezesseis anos eram seguros. Confiança, quando lhe faltava confiança; riso sempre que possível. Preparação — oxalá demore ainda — para amar um homem, e em troca ser amada por um homem. Belas coisas, as armadilhas da luxúria, vestidos bonitos, aniversários felizes. Pais casados, isso tinha sido impossível, o único emblema da benquerença que ele não fora capaz de proporcionar; mas o resto... Frank examinou suas mãos. No fim da avenida, podia ver a névoa luminosa do céu da cidade de Nova York. Então eram três da madrugada, sua cama era branca e erma, seu sono, repleto de ansiedade, e ele viajou em sonhos, se bem que para lugares que não foi capaz de identificar.

18

Só assim para nos conhecermos um pouco mais, disse Lenore Riviere.

Tudo bem, ótimo, disse Frank. Acabava de chegar, certa tarde, a um vasto e elegantíssimo hotel de Central Park South. Tinha chovido copiosamente a manhã inteira, o dia estava nublado, as ruas, alagadas, o táxi era um barco, e o chão estava encharcado. O porteiro se curvou e saiu da porta principal a fim de conduzi-lo para dentro, e eles correram juntos em busca de abrigo. Os elevadores do hotel ficavam escondidos do saguão por corredores que dobravam três esquinas diferentes. No décimo primeiro andar, ele achou a porta, bateu e, muito tempo depois, foi recebido pela mulher em pessoa.

Tinha visto fotografias dela, mas eram de vinte anos antes, imagens das quais descendia aquela venerável anciã. Agora ela trazia o cabelo branco até os ombros, preso atrás das orelhas palidamente jaspeadas; estava de calça e suéter pretos, e descalça. Embora miúda, era empertigada como uma bailarina e tinha agilidade nos pés. Observou-o com olhos de falcão, as rugas muito alongadas e, abaixo, semicírculos de carne emoldurando-os numa filigrana *art déco*, como se também fossem um artefato de design remanescente do tempo em que ela era jovem. Pondo a mão em sua omoplata, levou-o à sala de estar da suíte, onde fez sinal a um homem de meia-idade — secretário, conselheiro, amante —, que saiu prontamente pela porta do lado oposto. Na mesa, havia um jarro de suco de laranja fresco, uma fruteira repleta de morangos graúdos e muito vermelhos, guardanapos de linho e copos de cristal. — Pode pôr a roupa molhada onde quiser, disse ela, e ele tirou a capa de chuva e a pendurou com cuidado no respaldo de uma cadeira inutilmente encostada na parede. Não quer tirar os sapatos?, perguntou Lenore. É muito agradável ficar descalço neste carpete.

Estou bem assim, disse Frank. Obrigado.

Ela o examinou durante algum tempo. Você é bem alto, hein?, disse, apalpando ligeiramente a parte superior de seu braço. Que bom. Eu gosto. Sente-se aí, disse, e se acomodou numa poltrona de veludo branco.

Tem alguma coisa para eu ler?, perguntou ele.

Vamos só conversar.

Ainda não vi nenhum roteiro, disse Frank. Não tenho personagem, não sei...

Você é um homem poderoso, disse Lenore. Como é possível? Um homem tão poderoso e ambicioso, no auge da capacidade, num momento em que pode ganhar ou perder tudo.

Basta, Lenore. — Ele balançou a cabeça, exasperado. Vim aqui achando que você ia me dar alguma coisa para ler. Não posso avaliar um papel sem saber quem vou ser.

Seja você mesmo. Seja Frank Cartwright. Nós vamos ver toda essa outra besteira no devido tempo. Por ora, só quero conversar.

A palavra pronto chegou do cômodo contíguo.

Pronto?, disse Lenore, e, levantando-se lentamente, se dirigiu à porta no outro lado da sala.

Frank a seguiu, resmungando baixinho consigo mesmo alguma coisa sobre aquela maluquice. A sala contígua era menor; o homem de meia-idade acabava de desaparecer por mais uma porta, que dava para outra saleta mais distante e mais íntima. Estava mobiliada com duas poltronas de couro dispostas frente a frente e separadas por uma mesa que um pequeno foco incandescente iluminava; havia uma câmera de dezesseis milímetros atrás de uma delas: Lenore lhe indicou a outra. Ele se deteve um instante, depois se virou e sentou devagar. A diretora lhe deu um microfone, e ele o prendeu na camisa; então ela se voltou rapidamente para trás e pôs a câmera em funcionamento, depois sentou-se diante dele, os cotovelos apoiados na mesa, um sorrisinho levemente arrogante no rosto.

Não sabia que íamos filmar, disse Frank.

É só para mim. Talvez para o estúdio. Se eu resolver mostrá-lo.

Mostrar o quê?, perguntou ele.

Só quero fazer umas perguntas, disse Lenore. Coisas simples, sobre a sua vida, sobre como foi. Você me faz esse favor?

Embora hesitante, Frank acabou concordando. Muito bem, prosseguiu ela. Vamos começar com... Você é casado?

Frank demorou um instante para responder. Na verdade, não.

Certo, disse Lenore. Eu sei como é. Tem filhos?

Quinze.

Menino ou menina?

Frank a encarou com cautela. Quatro meninos e onze meninas.

— Oh, fez Lenore. Pensei que estivesse...

Ele ainda a encarou por um momento, então abriu um sorriso. É brincadeira, disse.

Oh. — Ela não se zangou, embora ele não soubesse se aquilo a irritaria, o que o fez sentir um pouco envergonhado por se divertir às custas de uma velha. Fale-me dela. Mora aqui em Nova York?

Estão espalhados pelo mundo, disse Frank.

Houve um instante de constrangimento, então Lenore disse: Muito bem. Fale... Tudo bem, fale da primeira mulher que você amou.

Chamava-se Kimberly, disse Frank imediatamente. Eu tinha dezesseis anos, e ela, dezessete. Era perfeita.
Ainda pensa nela. — Disse isso como se os pensamentos dele lhe interessassem mais que qualquer outra coisa no mundo, e ele fez que sim. — Que aconteceu com ela?
Ele pensou um pouco. Os problemas a levaram.
Você a perdeu?
Claro que sim, disse Frank. Todo mundo perde a primeira.
Tem certeza?
Frank sorriu. E eu lá tenho certeza de alguma coisa?
Hum, fez Lenore. É justamente o que estou procurando. Por isso estamos aqui. — Deu a impressão de se inclinar ligeiramente para a frente, embora mal tenha mudado de posição.
— Fale do seu pai.
Por respeito, o sorriso de Frank se contraiu. Era um bom homem, um sujeito adorável.
O que fazia?
Era maquinista. Calmo. Generoso. Ele me acolheu e me tratou muito bem.
Acolheu-o?
É, disse Frank. — Lá fora, a chuva tinha parado, o ar estava imóvel e frio, e uma neblina encobria a face da cidade.
Como assim?, perguntou Lenore.
Ele me acolheu, disse Frank.
Ele o acolheu, repetiu Lenore, como se se tratasse de uma frase hipnotizante. Ele o acolheu.
É.
Adotou-o?
É.
E antes disso?, perguntou Lenore.
Antes disso?
É.

Tudo aquilo parecia suave, a fronteira de luz, o leve reflexo da lente atrás, a chuva em suspensão lá fora, as perguntas. O cheiro seria de jacinto? Decerto vinha de algum vaso escondido no escuro, além da cela iluminada. Tudo bem. E o silêncio. Não costumo falar disso, disse ele.

Nunca?, perguntou Lenore. Parecia surpresa com a idéia, e levemente incrédula, como se ele tivesse acabado de dizer que nunca provara suco de laranja, ou que certa vez ficara um ano sem dormir.

Frank deu de ombros, franziu a testa, balançou a cabeça, o tempo todo se perguntando se não se mostrava despreocupado demais, como um pretendente cuja indiferença exagerada denunciasse uma paixão que um interesse moderado ocultaria melhor.

Ah, fez Lenore, e se seguiu um silêncio, uma revelação. Fitou-o com tristeza, mas ele não sabia se ela estava vendo um homem ou um filme.

Ele apontou para a câmera. Podemos desligar isso? Lenore fez que sim, levantou-se, desligou a câmera e a abriu, expondo o filme e, portanto, queimando-o.

Pronto, disse Lenore. Melhor assim? Frank estremeceu com a perda, muito embora talvez tivesse sido provocada. É só um filme, disse ela gentilmente. Fabricam quilômetros. — E para muito tempo, acrescentou. Fabricam-nos para toda uma década. Nunca lhe explicaram isso?

Quem ia me explicar uma coisa dessas?, disse ele.

Bom, disse Lenore, acho que acaba se explicando por si só, cedo ou tarde. Refletiu por um instante, e ele viu seus olhos se vidrarem um pouco. Eu era casada, sabe?, quando vim para os Estados Unidos. Meu marido era professor universitário, disse ela. De arquitetura. Fui sua aluna. Um homem muito triste, palavra. O que mais queria na vida era construir, mas, toda vez que apresentava um projeto num concurso, ele era rejeitado. Então, finalmente, recebeu uma encomenda; um pequeno prédio de apartamentos na periferia da cidade. Um projeto bonito também: agradável, simples. Quando terminaram a obra, ele ficou orgulhoso, depois voltou a dar aulas. — Ela se calou por um instante e disse: Hum. Cinco anos depois, começou a guerra, e aquele prédio foi o primeiro a ser bombardeado. Por uma de nossas próprias bombas, aliás, que se extraviou numa batalha. Coitado. Não cheguei a me divorciar. Naquele tempo não era tão fácil. Vim para cá e simplesmente me casei outra vez. — Sorriu com doçura. — Por isso, acho que sou bígama, não sou?

Uma criminosa, disse Frank, retribuindo o sorriso.

Pois é, uma criminosa. Agora você sabe algo a meu respeito. Virou-se um pouco no assento e se inclinou para a frente. Então: eu tenho um enredo, disse. Um jovem príncipe — não um menino, um rapaz que passou a vida esperando tenazmente — acaba de subir ao trono com a morte do pai, e não tarda a descobrir uma podridão no palácio. Correm boatos, depois confirmados, de que sua mãe, a rainha, foi violentada quando jovem e virgem, pouco antes de se casar com o rei. O estuprador era um general do exército do rei: recém-chegado de uma campanha no ultramar, não sabia que a moça era a futura rainha e a considerou — linda como era — uma justa recompensa pelos seus sacrifícios no campo de batalha. Nosso príncipe-herdeiro é o fruto desse crime, um bastardo desconhecido pelo pai. Ele procura se vingar do general, que ainda vive. — Está vendo?, disse Lenore. Esse é o nosso dilema. O que ele faz agora?

Frank se pôs a pensar, avaliando as circunstâncias, com segurança suficiente para tomar todo o tempo necessário. A rainha continua viva?, perguntou.

Talvez sim, disse Lenore. E o príncipe, tal como o falecido rei, tem um grande afeto por ela.

Ele se vale do poder que tem para perseguir o general, disse Frank.

Um paradoxo, disse Lenore, com ar de supremo interesse. Essa atitude acabaria solapando a si mesma; pois, se ele não é o filho do rei, não pode ser rei e não tem poder nenhum.

Então nosso príncipe fica na dúvida, certo?, disse Frank. Duvida do seu próprio poder. Passou tantos anos esperando, e agora? Afinal, ele é um monarca ou um qualquer? Pode assumir o trono legalmente? O general pode facilmente apresentá-lo como um impostor.

Além do mais, disse Lenore, é preciso ter em conta a humilhação de sua mãe e a reputação do falecido rei, mesmo no túmulo. E a segurança do seu povo; pois o rei não tem outro herdeiro.

Muito bem, disse Frank. Ele se confronta pessoalmente com o general e o destrói.

Parricídio, disse Lenore. Não é um ato fácil, mesmo que o pai, por assim dizer, não seja propriamente um pai. Por outro lado, as tropas do general são mais leais ao seu comandante do que ao trono. No entanto, o príncipe precisa fazer alguma coisa, continuou ela. Ao assumir o trono, tem obrigação de afirmar sua autoridade e fazer justiça.

Frank fez que sim, agora absorvido pelo problema. O silêncio se prolongou enquanto ele refletia. — Espere, disse por fim. Há incoerências.

Quais?, perguntou Lenore.

O rei não percebeu que a noiva já não era virgem?

O rei era tão inexperiente quanto a rainha, disse Lenore. Nada mais fácil do que esconder essas coisas, principalmente numa noite tão solene. Além disso, o médico da corte a examinou antes do estupro e a declarou apta a ser sua esposa.

Ele não desconfiou do fato de o bebê ter nascido tão cedo?

Questão de poucas semanas. Pode-se alegar prematuridade. A rainha não teve escrúpulos em montar toda essa mentira? Pode ser que sim. Mas entre ver o filho crescer na realeza e ser estigmatizado como bastardo... Muitas mulheres exemplares se dispõem a fazer um mal maior em troca de um bem menor.

Sim, disse Frank. Imagino que sim.

Então, disse Lenore. O que ele faz?

Frank demorou um pouco para se dar conta de que a pergunta pedia resposta. Você não sabe?, indagou, e ela balançou a cabeça.

Pois é, Frank, disse ela. Isso fica para você resolver. Descubra o xis da questão e o papel é seu. Se quiser, pode representá-lo sem dizer uma palavra.

Ele se sentiu tentado, mas riu e disse: Eu não disse que quero o papel.

É verdade, disse Lenore. Mas é claro que o quer, não? Meu homem difícil. Meu homem calado. Volte e me ajude. Diga qual é o desfecho, e nós o terminamos juntos. Faça esse filme comigo, querido.

Vou pensar, disse Frank.

Ela ficou algum tempo fitando-o, como que à espera de que ele terminasse de pensar ali mesmo e concordasse em participar. E, na verdade, ele quase aceitou, tão atraente era aquela mulher minúscula, tão conveniente lhe era o papel, tão lisonjeira era a argumentação de Lenore, e tão intrigante o problema que ela lhe dera para resolver. Perguntou-se se, de algum modo, ela havia descoberto a história da sua origem; com dinheiro e curiosidade suficientes, qualquer segredo vem à tona. Talvez tivesse criado o enredo exclusivamente para ele. Frank se deteve e pensou na possibilidade de se sentir ofendido. Mas como se ofender com uma história oferecida com tanta ternura?

Resolva isso para mim, disse ela.

Vou pensar, repetiu ele. Levantando-se, agradeceu, e os dois foram juntos até a porta; no caminho, ele pegou sua capa de chuva na cadeira.

Continua chovendo?, perguntou Lenore ao homem de meia-idade, que acabava de retornar de seu exílio.

O homem de meia-idade fez que sim. Continua, respondeu. Não pára.

Então é melhor se agasalhar, disse ela a Frank; segurou a capa pela lapela, fechou-a bem e em seguida deu uma palmada afetuosa no peito dele. Pense, disse. Telefone se quiser, seja para o que for: conversar, fazer perguntas, dar uma sugestão. O que for.

Ele sorriu e disse: Pode deixar.

19

A BALADA DA IRMÃZINHA

Sozinhos ficamos, e pouco me importava,
Nascidos filhos da própria discórdia
Ou do Tennessee, ou do vento glacial,
E lá chegados, juntos, a salvo.

— Ou a salvo o suficiente: em sonhos antigos,
Os ogros se acocoravam nas árvores.
Eu olhava para trás quase sem cessar,
E, ainda mais do que eu, ele olhava para trás.

Azul embaixo e azul em cima,
Faça o que diz e diga o que faz.
O matrimônio é bem mais que o desejo de partir,
Diga o que faz e faça o que quiser.

Oh, há quem busque ao longe
O êxtase pornográfico
E há quem não o faça, as noivas
Da paciência, do regozijo, da modéstia.

Eis-me aqui, pois aqui escolho
Para provar a escolha, esta canção eu canto
Com versos longos, pois que memorizados
— Mas a melodia é a coisa embusteira.

Sangue embaixo e sangue em cima,
Diga o que pensa e pense o que diz.
O matrimônio não é menos que fé absoluta,
Pense o que diz e diga o que pensa.

A irmãzinha sabe tais coisas:
O telefone que toca na madrugada
Não se deve atender, já que pode trazer
Notícia de morte — ou, pior, de vida.

Por isso aqui ficarei com os meus meninos
E erigirei uma casa e a chamarei de paz
E difundirei a minha voz local
E morrerei quando a vida cessar.

Amor embaixo e amor em cima,
Pense o que faz e faça o que pensa.
Um pouco sempre é sempre suficiente,
Faça o que pode e pense o que quiser.

## 20

Lenore era uma bruxa. — Simpaticíssima, um encanto de pessoa, mas uma bruxa; Frank não demorou a descobrir, era cativo dela e por isso a amava mais. O enigma proposto o deixou sumamente perplexo; a lógica lhe parecia insondável, a situação, insolúvel, não havia ação possível, e a inação seria imperdoável. Não via escapatória; passou dias e dias à escrivaninha, contemplando-o, julgando-se bloqueado pela própria burrice. A pressão sobre a sua imaginação era insuportável. Ele anotou idéias, novos personagens, leis da natureza a serem revogadas, leis do comportamento humano, súplicas a Deus e às musas que o inspiravam, insultos a Lenore, trechos de argumentos, cenas, chanchadas, diálogos sem resposta. Aquela velha o atara à sua própria vaidade: ser tido por um talento superior à mera condição de recipiendário, não era esse o desejo de todo ator? E estava ao seu alcance: mas agora ele não sabia se era o intérprete ou o interpretado.

Lá fora, a cidade seguia adiante, milhares e milhares — qual era a palavra? — *apinhada*. Ele se aproximou da janela e observou. Que vista, que mundo. Ali uma pessoa podia desaparecer para sempre, e sua história teria de ser inventada a posteriori, um padrão extraído de fatos fortuitos, uma figura, como uma constelação entrevista em estrelas esparsas.

Isso mesmo: a totalidade da sua vida parecia um vendaval furioso, uma infindável catarata de acidentes e reações, de decisões tomadas sem reflexão, em meio à qual rodopiavam pedaços de papel, certificados, formulários, páginas de roteiros, cheques e conversas encerradas antes de terminar, bens adquiridos e descartados, tomadas nunca filmadas, pessoas mal desfrutadas antes de se perder, momentos escapulidos sem chegar a se calcificar em experiência. Detendo-se diante da escrivaninha, ele examinou a sala tão bem decorada com cinzas e os salários de cinzas. Indo de um lado para outro, sentiu sua situação se curvar sobre ele, um espelhamento dentro de si próprio, o papel e o real se refletindo mutuamente, o show e a circunstância, retrocedendo, avançando e retrocedendo outra vez, até que ele já não soubesse quem havia de provar o outro. Sentiu um desejo imenso de agradar Lenore, um desejo que não esperava e era incapaz de explicar — ela era uma bruxa, uma bruxa, e ele queria ajudá-la, queria se salvar, queria que ela se orgulhasse dele, oh, queria ficar com o papel.

Que fazer então? Não havia teoria que abarcasse aquilo, nada em nenhum livro, conselho nenhum a seguir. Bastava-lhe simplesmente ser mais ele para poder ser mais o outro. Interrompeu a caminhada e bateu na própria cabeça, como se estivesse ouvindo um leve zumbido, a ordem de partir. Riu alto; não tinha nada a perder, e ali mesmo, num espasmo de ambição, decidiu peregrinar de volta à fornalha, à brasa, à origem de sua frankidade, à bela investigação do rosto de sua filha, afinal, seu verdadeiro papel e porção.

21

Era noite no aeroporto de Memphis, e o ar estava doce, quente e impregnado de um leve perfume, ou da matéria de que era feito o perfume: a luxúria das flores, a promessa de sempre ter conhecido certo lugar e de sempre seguir conhecendo-o. Aquilo deu a Frank a sensação de haver entrado num cenário aborígine, em cujo palco se representava não só a origem, mas o próprio início do mundo: tão alegre, tão corrupto, todo sexo e cantado em voz alta.

Havia uma fila de táxis aguardando lá fora, e ele chamou

o primeiro. Pintado de verde e cinza, tinha estampada na porta a propaganda de uma empresa de informática. Preciso de um hotel, disse ao motorista.

Algum em especial?

Frank pensou um pouco. Sabe onde fica a biblioteca central? Faz trinta anos que trabalho na praça, disse o taxista. Sei onde fica tudo.

Que bom. Leve-me a qualquer hotel perto da biblioteca. Que dê para ir a pé.

Passaram alguns minutos percorrendo a avenida Lamar: cartazes com retratos de Elvis Presley, pequenos e asseados shoppings constituídos de cadeias de lojas e firmas de autopeças, casas velhas em ruas novas, e o verde brotando em toda parte. Precisa de mais alguma coisa além do hotel?, perguntou o taxista.

Que tipo de coisa?, indagou Frank, só para ouvir a lista de vícios disponíveis.

O taxista deu de ombros. Pode ser uma companhia, disse. Pode ser um remédio. Pode ser algum tipo de diversão. Depende do senhor, sei lá.

Não, obrigado, disse Frank. O que eu quero são oito horas de sono.

Seguiu-se outro período de silêncio, e Frank tornou a observar pela janela a cidade que passava. Aquela era a capital, Memphis? Provavelmente. Ou seria Nashville, ou — quais eram as outras cidades? — Chattanooga, essa ficava no Tennessee, não? E a de nome parecido com Nashville... Knoxville. Memphis era um nome egípcio, Chattanooga só podia ser um nome índio. Ele se perguntou quem teriam sido o sr. Nash e o sr. Knox e o que pensavam um do outro. Seriam concorrentes no ramo de fundar cidades, ou um era discípulo do outro? E suas mulheres, seus filhos? *Senhor, eu sou Josiah Nash.* — *De nachu-*

chu? — *(Empinando o corpo)* De Nashville, senhor. Está aqui a passeio?, perguntou o taxista.

Faz trinta anos que trabalha nisto?

Exatamente. Trinta anos. Isso mesmo.

Lembra de uma notícia no jornal, provavelmente no tempo em que você estava começando? Um sujeito chamado Selby, que fez não sei o quê com a mulher. — Não gostava de pronunciar a palavra; achava-a ameaçadora e infame, como foi sua frase seguinte. Parece que a matou. Acho que sim. Pelo menos, ela morreu, e ele foi preso.

Quando isso aconteceu?

Quando eu era menino.

O motorista ergueu a cabeça e, olhando pelo retrovisor, examinou o rosto de Frank por um momento. Ei, disse. Conheço o senhor. O homem dos filmes. Também aparecia nas revistas. Frank chegou a pensar em vestir o disfarce que não era disfarce; mera negativa, usava-a às vezes — sorrindo: *Não, não sou eu, muita gente me confunde com ele* — e em geral dava certo. Havia muitas caras neste mundo, e fazia tempo que ele não trabalhava num filme. Mas confirmou.

E veio aqui para filmar?, perguntou o taxista.

Mais ou menos, disse Frank. Você se lembra do caso de que falei?

Não sei, disse o taxista. Naquele tempo, esse tipo de coisa acontecia toda hora. Por que ele a matou? Por dinheiro? Porque a pegou na cama com outro? Ou não agüentava mais suas reclamações? — Calou-se por um instante e tornou a olhar para Frank.

É justamente isso que eu queria saber, disse Frank.

E o taxista desatou a falar: É, Memphis era uma cidade barra-pesada, Memphis era um verdadeiro inferno, onde, antigamente, os fogos da história fizeram um barulho tão novo que acabaram tomando conta do século. Já faz muito tempo; isto aqui ficava totalmente encoberto, como se tivessem vergonha de alguma coisa. Mud Island não passava de um brejo no meio do rio, tinha mosquitos do tamanho do punho de um homem. Agora está tudo arrumadinho, parques e alamedas. Memphis mudou muito nas últimas duas ou três décadas. Melhorou? Para mim melhorou, disse o taxista. Acho que sim. Agora as famílias vêm para cá nas férias, trazem os filhos, tudo gente fina. É como um parque de diversões — como é que se chama mesmo? —, um parque temático. Não aparece mais assassinato na primeira página. Não digo que não aconteça, só que ninguém quer saber dessas coisas. Entende o que estou dizendo?

Frank fez que sim, em silêncio, e o taxista tornou a olhar para ele pelo espelho. Agora vou calar a boca, se o senhor não se importa, disse o taxista. Não falo mais nenhuma palavra. Nada. — E, de fato, não voltou a falar até chegarem a um hotel de blocos cinzentos numa zona de hipermercados, lanchonetes, uma loja de colchões, uma de artigos esportivos, depois uma lavanderia e uma agência de automóveis, e a cidade passando na estrada ao lado. O taxista se dirigiu à entrada de um monstro de concreto. Não é grande coisa, disse ao estacionar, olhando para o alto do hotel pelo pára-brisa, como se esperasse que o prédio saísse monstruosamente estrada afora. Há bem melhores no centro da cidade.

A biblioteca fica aqui perto?, perguntou Frank.

Logo ali, disse o taxista, apontando para o poente.

Então está ótimo, obrigado, disse Frank, e pagou a corrida, esbanjando na gorjeta.

Lá dentro, entregou o cartão de crédito e assinou o nome, e a mulher gorda atrás do balcão mal olhou para ele. O lugar era muito maior do que parecia de fora, e ele se perdeu nos corredores à procura do quarto; também, os números pareciam totalmente fora de ordem, o 2212 vinha logo depois do 2207, como se ali imperasse um desvairado algoritmo de hotelaria, o cálculo dos empregados subalternos num dia ruim. O 2219 vinha depois desse, e, então, os números começaram a diminuir outra vez, até que finalmente ele chegou ao seu quarto, o 2205, que o aguardava no fim do corredor. Lá dentro fazia tanto frio que dava para ele ver a própria respiração; atravessando o quarto, apressou-se a desligar o ar-condicionado e, em seguida, descrevendo um arco perfeito, deixou-se cair de costas na cama. Só havia noticiários na televisão e, no quarto, nada que valesse a pena olhar. Aproximou-se da janela e abriu a cortina: o trânsito fluía silenciosamente no bulevar e, mais além, nos trilhos de uma ferrovia, um trem infindável ia passando, sacudindo o ar noturno com um barulho familiar, segmentado, como o de escadas descidas com ritmo. Homens voltando para casa à noite. A idéia o entristeceu e assustou um pouco — a imagem da porta da rua de uma casa modesta, a suja luz amarelada no hall, a esposa de aparência exausta, já quase sem vestígio de feminilidade, e nenhuma palavra a ser dita. Por fim, ele voltou para a cama e dormiu; sonhou com Kimmie caindo em seus braços, aos prantos, as pequenas coxas reluzentes, tão jovem e esquecida de si quanto sempre fora.

Na manhã seguinte, tudo se renovou; lá fora, a cidade era jovem, os cartazes de plástico limpos e vívidos, o mundo estava trabalhando. Era duro pensar que sua pré-história, por pouco que ele a conhecesse, era o presente claro e banal dos outros. Achou a biblioteca nas páginas azuis da lista telefônica do quarto e, terminando o café-da-manhã, mandou chamar um táxi. Embora nublado, o dia estava quente, e, quando ele chegou ao seu destino, estava com o colarinho úmido e grudado à nuca. Imaginara que o prédio fosse um venerável mausoléu, uma relíquia do esforço pela ascensão; mas deu com uma estrutura decepcionantemente acanhada de concreto armado, com cartazes afixados na vidraça ao lado da porta principal anunciando a Semana do Livro, palestras sobre a história local, um curso intensivo de mecânica. Do lado de fora, um fox terrier preso à garupa de uma bicicleta avançou até o limite da corrente, tentando saltar sobre Frank quando este passava, mas, detido a um metro de distância, contentou-se em saudá-lo com um rosnado úmido.

Frank achou uma estante de edições do *Commercial Appeal* encadernadas em azul-marinho, sentou-se a uma mesa e examinou as reportagens a partir de 1963, depois tomou o caminho de volta; de volta aos velhos tempos, quando eram tempos apenas. Notícias e mais notícias; impressionou-o o fato de tantas coisas acontecerem e parecerem novidade ao acontecer. Negócios, governo, arte, esportes, ciências feitas de vidro, receitas, conselhos; e então tantos crimes; quilômetros e quilômetros de homicídios na Memphis de outrora; tantos nomes, tantas mortes, os repórteres policiais e os redatores de obituários tagarelando infinitamente em manchas de tinta, algaraviando como se aquilo melhorasse as coisas: um acidente automobilístico, uma briga de bar, a Batalha de Blueberry Hill.

ALTO FUNCIONÁRIO DO ESTADO MATA A ESPOSA

Assessor do governador acusado de crime passional
Promotor distrital prepara o indiciamento

Ele percorreu a página e logo topou com o próprio nome, ou o nome com que chegara: Frank, o filho de Selby, de seis anos, que no momento do crime se encontrava na casa de uma empregada da família com a irmã Gail, de dois. Quê? Lá estava o nome do seu pai, Walter, e o da sua mãe, Nicole, além de um relato do fim dela. — Baleada, ele estremeceu ao ler a palavra. Seria possível? Releu toda a reportagem, mas achou-a ainda mais estranha na segunda leitura. Frank, Gail, Walter, Nicole. Baleada. Então foi isso: uma pitada de pólvora: ela foi baleada, era isso que tinha acontecido. — E havia uma fotografia, não do seu pai nem da sua mãe, mas da margem de um rio e, ao lado, outra de uma bonita casa de alvenaria numa rua com muita sombra, a casa deserta, a rua deserta, um vazio histórico. Ele releu e tornou a reler a notícia e, uma vez passado o choque, começou a desenvolver um sentimento peculiar, nem fascínio nem tristeza, mas algo que o fez se sentir um pouco nauseado: a tão conhecida humilhação da fama. Era grotesco, pensou, que tivessem esquadrinhado a sua vida e a vida de seus pais, transformando-os em larvas esbranquiçadas, moles e vulneráveis às pisadas dos estranhos. Coisas tão fáceis de enxergar. Chegou a pensar em destruir aquele livro enorme, se tivesse como, e olhou à sua volta para ver se alguém o observava — não havia ninguém —, mas o gesto seria inútil; havia outros livros, outras bibliotecas, microfilmes e diários, memórias, histórias, pedras: impossível relegar o passado ao passado. Respirou fundo e, então, devagar, com relutância, abandonou a página reveladora e começou a avançar outra vez. Não havia nenhum relato do julgamento, apenas a sentença de noventa e nove anos. Ele retrocedeu para antes do fato: um mês, dois meses, três, quatro anos; o governador aparecia quase diariamente no jornal, Walter Selby uma vez a cada quinze dias, mais ou menos. Um porta-voz apresentava... otimista... o orçamento. Nenhuma referência à sua mãe, o que lhe pareceu quase um insulto. Aquela política, ora, já estava praticamente esquecida; conte a história do Barco do Amor. Conte em que praia ele se destroçou. Frank se perguntou se tinha de fato existido a época de que falavam todos os jornalistas, se não se tratava apenas de um mito para explicar e depois ocultar o mistério da sua origem. Uma jovem coreana deslizou atrás dele, deixando um aroma de nozes trituradas. Que mais havia lá? Numa matéria sobre a triunfante reeleição do governador, encontrou uma referência à atuação de seu pai durante a guerra, mas, ao procurar mais atrás no jornal, viu que faltavam os volumes correspondentes aos meses imediatamente subseqüentes ao fim do conflito.

O tempo era excessivo. Ser aqueles receptáculos: era excessivo. Ele pensou em Helen e se perguntou se alguma vez sentira vontade de matá-la. A separação não fora agradável, embora tampouco tivesse sido horrorosa; houvera dias ruins, todos gerando mal-entendido, decepção, um ressentimento ainda mais irritante pelo fato de precisarem ocultá-lo de Amy: dias amargos como o cativeiro. Talvez houvesse pensado em matá-la, mas depois se esquecera. Talvez devesse tê-lo feito, ainda que só para provar o quanto já a quisera viva. Para ser o filho passional de um homem passional. Não? Um carrasco. Não? Ele era herdeiro de algo ainda mais deplorável que isso.

Não havia fotografias de seu pai nem de sua mãe nos jornais; os nomes eram baratos na época, e as reportagens, um pouco mais caras, porém as fotografias eram raras e não se desperdiçavam com gente já famosa. Mas havia isto, num artigo sobre um baile de gala na mansão do governador, por ocasião da sua reeleição para o terceiro mandato:

> Entre os convidados estavam o sr. Walter Selby, um dos assessores mais próximos do governador, e sua esposa, Nicole; e o sr. Tom Healy, do Corpo de Engenharia do Exército, que está supervisionando a construção da barragem de Euchee, e sua esposa, Janet. "Que noite maravilhosa", disse a sra. Healy. "É tão gratificante estar aqui na companhia dos amigos, comemorando a continuidade de um período grandioso da história do estado."

Já era um começo; ele fechou o volume e se dirigiu ao balcão principal. Por favor, disse ao bibliotecário, um negro magro e velho, com uma camisa pólo verde-clara. Para procurar uma pessoa que viveu aqui há muito tempo...

O bibliotecário ergueu os olhos, piscando, e pensou um pouco. Por fim, disse: Ah, tudo bem. Eu posso ajudá-lo nisso. Pensou mais um pouco, e, quando tornou a falar, foi como se falasse consigo mesmo. Acabou-se o tempo, disse, em que as pessoas entravam numa biblioteca para ler — sei lá — romances, livros de poesia. Para examinar as ilustrações dos livros de arte que não podiam comprar. Elas traziam os filhos; era um luxo, o senhor não imagina. Lazer. Brinde. Agora a única coisa que querem é informação. Não acha?

Creio que sim, disse Frank. Estou procurando uma pessoa conhecida dos meus pais.

É mesmo?

É.

Bom, eu posso ajudá-lo, sem dúvida, disse o bibliotecário. Se estiverem aqui, se estiverem em algum lugar do país, se ainda forem vivos, nós vamos encontrá-los. Sim, senhor.

## 22

O COIOTE

Lá a autoridade era um furo na água, simplesmente sumia por natureza. Dinheiro era a única coisa que permanecia e, mesmo assim, com muita tendência a desaparecer: setenta e cinco dólares por cabeça, uns setecentos e cinqüenta pela travessia do rio com a caminhonete lotada, e boa parte dessa grana era para cobrir as despesas: gasolina, o óleo e a manutenção, principalmente a da suspensão da Econoline, que ficava encharcada quando a água do Río Grande atingia o cardã, ou encrostada de lama quando a caminhonete chegava à outra margem e, então, se desmilingüia toda nos buracos das estradas de Big Bend. Uma vez, ele partiu um eixo depois de ter penetrado no Texas mais de quinze quilômetros e não pôde fazer nada; a Polícia Estadual não o capturou, simplesmente topou com ele plantado no acostamento, as portas escancaradas, a caminhonete vazia ainda impregnada do ranço dos dez homens calados que tinham enfrentado as cinco horas de viagem mas trataram de se escafeder assim que perceberam que acabavam de ser jogados naquela opulenta terra devastada. Quantos foram pegos, quantos morreram no calor, quantos conseguiram chegar às fazendas do Arizona ou da Flórida, isso ele não sabia dizer. A Polícia Estadual o reteve alguns dias e depois o mandou para Juárez, algemado. Ele passou um mês cavando canais de drenagem, no sul da cidade, só para ganhar o suficiente para tornar a atravessar a fronteira, mandar consertar o eixo e voltar para casa com a caminhonete.

 Mesmo assim, eram setecentos e cinqüenta dólares. Descontadas as despesas, rendiam bem uns quinhentos por viagem. Não mais de uma por semana na melhor das hipóteses, o resto do tempo era dedicado a cultivar as relações, barganhar com os homens que lhe indicavam fregueses, procurar trechos rasos no rio e espreitar os hábitos dos Federales. Não era uma fortuna para levar para casa, ainda que a casa ficasse pertinho da fronteira. Mas ele tinha de dirigir.

 Oh, dirigir. Nascido e criado a cerca de cinco mil quilômetros ao norte, teria sido um campeão, costumava dizer a si próprio. Uma hora dessas estaria em Indianápolis. Ele gostava do som da palavra, as sílabas entre seus lábios. Indianápolis: onde queimavam gasolina como se fosse água. Assistia à corrida todo ano e sonhava com o barulho ensurdecedor, a onda estridente, vibrante, daqueles motores fantásticos passando em altíssima velocidade. No fim, ele é que passaria, triunfante, pelo círculo de vencedores e subiria ao pódio para receber a taça.

A Econoline podia não ser um carro de corrida, mas era uma ótima máquina, apenas uma grande caixa leve sobre quatro rodinhas, com uma transmissão estável e um motor possante e confiável. Quando vazia, bastava afundar o pé no acelerador, num semáforo, para que ela saltasse alguns centímetros no ar antes de arrancar quase voando. Cheia, era capaz de singrar uma estrada asfaltada feito uma pedra rolando a ribanceira. Não dava para fugir de uma radiopatrulha, em caso de perseguição, mas ele fazia misérias numa estrada vicinal, durante alguns quilômetros, na esperança de que quem estivesse no seu encalço caísse numa vala antes dele.

Lembrava-se da primeira vez que a vira, azul-marinho com vidros escuros nas janelas, estacionada numa rua da periferia de Juárez, com um anúncio de VENDE-SE na porta traseira. Na mesma tarde, voltou para casa e contou suas economias — a maior parte em dólares, com alguns pesos misturados —, que guardava numa lata vazia de pó de café enterrada sob uma laje de concreto junto à porta dos fundos. Passou uma hora pechinchando com o proprietário e, enfim, tirou da cueca o maço de notas, já meio úmidas do suor da virilha; abriu-o em leque e o agitou na cara do homem. É só isso que você tem?, debochou o sujeito.

É pegar ou largar, disse o Coiote, e o outro vacilou, crispou os dedos e então disse: Tudo bem, tudo bem, e lhe arrancou o dinheiro da mão, num derradeiro gesto de afronta. Pouco importava. Naquela tarde, ele voltou para casa ao volante da Econoline, o corpo empinadíssimo, buzinando para as garotas bonitas na rua.

Na época, não tinha nenhum uso particular para a caminhonete; mas, um dia, um sujeito gordo o chamou da varanda do vizinho. Nunca o tinha visto, tanta gente entrava e saía daquela casa que era impossível saber quem morava lá e quem estava só de visita. Um espetáculo, hein?, disse o gordo, apontando para a rua.
O quê?
Um espetáculo, o México. Essa caminhonete é sua?, perguntou o gordo.
É.
Bonita. Que pretende fazer com ela?
Um dar de ombros. Rodar por aí.
Por que não vem até aqui?
Ele hesitou, fez uma careta.
Vamos, vamos, disse o gordo. — E ele foi, mas sem a menor pressa, arrastando os pés, como se a lentidão fosse um grande desafio. Já tive uma caminhonete como essa, disse o homem gordo quando eles estavam próximos um do outro. Uma lebre. Confortável. Levantada, mas não muito. — Senta aí, disse o gordo. — E ele sentou, e lá passou a tarde inteira; ao anoitecer, estava rindo e proseando com o gordo (que era cunhado da sobrinha do vizinho) como se fossem velhos amigos. Perto de meia-noite, o gordo disse: Ah, que mundo o nosso. Um garoto como você... Se for esperto, pode ganhar muito dinheiro. E foi assim que ele virou coiote.

Tinha passado onze vezes pela fronteira, e essa foi a única em que o pegaram. Nublada e fria, a noite de 12 de maio parecia feita sob encomenda, e o Coiote passara o tempo todo inquieto. Às dez horas, entrou na caminhonete, encheu o tanque e partiu para o sudeste, ao longo do rio, em direção a El Porvenir, parando em dois ou três vilarejos no caminho para apanhar passageiros, entrando num posto de gasolina ou no estacionamento de um botequim, no escuro, e embolsando o dinheiro antes de abrir a porta traseira para que embarcassem. Dois irmãos com moringas cheias de água, um homem sozinho, mais alguns que ele nem chegou a ver, pois, a partir de certo ponto, não olhou para mais nada além da grana na palma da sua mão. À meia-noite, estava tudo pronto; era uma noite escura e úmida, e, quando ele tomou o rumo de Cajoncitos, a única coisa que tinha de pilotar eram os faróis da caminhonete. Aqui e acolá, na outra margem do rio, os americanos dispunham de binóculos de visão noturna, mas a fronteira não tinha fim — quase mil e trezentos quilômetros até Matamoros, no litoral —, era impossível vigiá-la de ponta a ponta. Seu tio costumava falar no Golfo, onde o sol brilhava nas ondas. Uma noite dessas, ele ainda ia fazer a viagem, seguir para o leste até atravessar todo o México, até chegar ao mar.

Por ora, sua missão era levar os passageiros para o outro lado do rio e entrar mais uns trinta quilômetros para o norte, onde outro veículo estaria à espera deles para interná-los ainda mais no país, desovando-os no lugar que o motorista escolhesse: San Diego, Tucson, Houston. Isso não lhe dizia respeito; ele só precisava chegar lá. A água estava alta, e seria preciso ir além do Río Conchos, a uma pequena passagem erma, a vários quilômetros de qualquer vilarejo, um pouco a oeste de Chisos Mountains, onde a largura do rio o tornava raso e lento. Na traseira da caminhonete, nenhum ruído; ele não teria notado a presença de passageiros, não fosse o peso sob seus pés.

O lugar da baldeação estava marcado com uma tabuleta de madeira, ainda que com a velha pintura já apagada pela intempérie. A tabuleta apareceu na escuridão, e o Coiote diminuiu a velocidade e virou. Estava a dezesseis quilômetros do rio, e a estrada não passava de um caminho de terra todo sulcado, esburacado, e tão sinuoso que só dava para enxergar vinte metros adiante. O avanço era lento, a suspensão da caminhonete sofria, ele ouvia um baque e um palavrão às suas costas toda vez que um dos passageiros era lançado para fora do assento. Desejava estar sozinho.

Mas eis que apareceu a margem do rio. O Coiote diminuiu a velocidade, parou, desligou o motor e apagou os faróis. Fez-se silêncio total, nem sequer uma respiração atrás dele, nem sequer o ruído da água na sua frente. Ele abriu a porta e saiu para o ar fresco da montanha, para o cheiro de poeira, para uma leve brisa.

Deu apenas alguns passos e entrou na água, encharcando as botas. Praguejou. Ou não havia nenhuma luz que o rio refletisse, ou a escuridão era tal que tragava tudo, desde uma cintilação até um relâmpago. Ele girou o corpo, traçando um círculo completo, e só viu trevas em toda parte: a caminhonete desaparecera, os morros desapareceram, o céu desaparecera. Era o mesmo lugar que encontrara dias antes, mas não dava para saber se a água tinha subido depois disso, e a única alternativa era atravessar. Ficou algum tempo parado, sem pensar, apenas esperando o sinal que não vinha; suspirando, voltou à caminhonete, entrou e ligou o motor ao mesmo tempo que balançava a cabeça. O pedido adequado ao santo adequado. Silêncio aí atrás, disse, embora ninguém estivesse falando.

Avançou com cautela, os faróis ainda apagados, o veículo menos rodando que pairando no vazio, calmo na condução do pânico. Houve uma ligeira imersão quando ele começou a descer perto da margem, um repuxo nas rodas quando a caminhonete tocou a água. Ele freou um pouco, e então a deixou rodar, respirando de leve e ouvindo o rio lamber o fundo e os seixos deslizarem sob as rodas.

Segundo se lembrava, cerca de trinta metros à frente, mas já a três quartos do caminho, as rodas da caminhonete ficaram presas no leito mole do rio; sentiu-as girar em falso. Engatando a primeira, tentou uma vez mais; e, uma vez mais, as rodas se puseram a girar à toa. Não disse nada, nem mesmo a si próprio, apenas abriu a porta e saiu, mergulhando até os joelhos na água do Río Grande. Escuridão acima, hostilidade adiante. Deu uma palmada na porta lateral, produzindo um estalo alto que a água levou.

O Coiote foi até a traseira, abriu a porta e olhou para dentro. Todo mundo pra fora, disse. Estamos encalhados. Os passageiros começaram a sair, pisando no pára-choque traseiro e imergindo uns trinta centímetros no rio. Todos ficaram imóveis durante mais ou menos um minuto, formando um semicírculo atrás da caminhonete, piscando na escuridão. Eram quatro da madrugada, e logo o céu ia clarear. Ele se perguntou se ainda estavam à sua espera e, se não, o que fazer com aquelas doze almas, com aquele saco de gatos. Deus pôs o pau pra fora, disse um dos homens, ou melhor, um adolescente, que usava um pedaço de corda como cinto. Está mijando na gente.

Não fale assim, disse outro, que era suficientemente parecido com o primeiro para ser seu irmão ou primo.

Mas é verdade.

Por isso mesmo você não devia falar assim.

Procurem alguma coisa com que cavar, disse o Coiote. A gente tem de tirar esta joça do rio nem que seja carregando-a nas costas.

Juntos tentaram deslocar a caminhonete, e tentaram de novo, empurrando-a e balançando-a, e tentaram de novo — até que, enfim, quando o sol já começava a raiar sobre um afloramento a leste e as formas das rochas em torno deles ameaçavam se destacar na escuridão, conseguiram empurrá-la alguns metros para a frente. O Coiote retomou a direção e tentou acelerar novamente, e a caminhonete deu um tranco. Ele terminou a travessia do rio, largando os passageiros lá atrás, com água até os joelhos. Ao chegar à outra margem, parou e acenou pela janela, e todos vadearam o rio e tornaram a embarcar. Amanhecia o primeiro dia, o mundo novo, e estavam atrasados. Depressa, disse ele. Foi com grande alívio que reiniciou a viagem; estavam nos Estados Unidos, e ninguém os procurava. Cerca de cem metros adiante, esquadrinhou os morros e as estradas em busca de um brilho metálico, um binóculo ou o cromo de um veículo; mas não viu nada, por isso parou a caminhonete, desceu e examinou o chassi. Muito bem, cochichou. Você vai indo muito bem. Assim sendo, por que não continuamos a viagem, esperando que tudo dê certo? Ao entrar novamente na caminhonete, olhou para o céu: naquele instante, estava azul-claro e muito intenso, uma cor linda, sem dúvida, que, no entanto, acabaria matando-os, a ele e aos passageiros, se se afastassem demais da água ou da sombra e se o azul se tornasse amarelo, a esplêndida cor do passa-pra-cá-tua-grana.

    Pegou a estrada do outro lado, seguindo em meio à poeira matinal rumo ao ponto de encontro, fora de hora, embora não soubesse quanto tempo se atrasara, se ainda dava para chegar. Agora atravessava o Valley of Lunatics, dominado pelas Bootleg Mountains: Cancer Ridge, Christ-Is-Risen Butte, Dog's-Ass Pass. O calor começava a afetar os passageiros, que ocasionalmente gemiam, em geral quando os solavancos os jogavam uns contra os outros. A caminhonete avançava veloz, a duros trancos, mas os gemidos eram lentos e prolongados, e às vezes duravam até a sacudida seguinte. Ele acelerou um pouco mais, até dar com a vasta e morena superfície lunar de Big Bend. — Nada, mas, rugindo, contornou a lateral de uma saliência rochosa e avistou um homem ao lado de um grande sedã azul — um homem branco —, de óculos escuros, e, durante um brevíssimo instante, sentiu nos olhos o deslumbrante reflexo do vidro antes de virar para a direita, girando o volante e fazendo a caminhonete derrapar, sair da estrada e galgar freneticamente a parede da ravina, subindo feito um bode enlouquecido, enorme e desengonçado alguns metros pelos terraços pedregosos, até finalmente colidir com uma parede de rocha; e a cabeça do Coiote rompeu o pára-brisa, abrindo uma corona azul e branca no vidro, e a caminhonete tornou a recuar, tombou de lado e capotou várias vezes, até emborcar na estrada, onde ficou, as rodas girando mansamente, os gemidos dos homens lá dentro emergindo de uma gigantesca nuvem de poeira âmbar.

Naquela noite, tarde já, de um quarto escuro de motel, Frank telefonou para a irmã na distante Kansas City. Foi a coisa mais esquisita que eu já vi, disse. A poucos quilômetros da fronteira... Aqueles pobres-diabos se arrastando no calor, aquele sujeito com uma máscara de sangue, e isso a quilômetros da cidade mais próxima. Fiz o que pude para socorrê-los; por fim, passou um caminhão, eu acenei para que parasse e mandei chamar a polícia. Mas não tenho a menor idéia de quem sobreviveu ou morreu.

Você está bem?, perguntou Gail.

Estou, disse ele.

Que está fazendo aí, afinal?

Visitando uma pessoa, disse ele. Mas eu vou, disse. Vou visitar você.

Vem aqui?

É, disse ele. Tudo bem se eu for?

Vai ser ótimo, disse Gail. A hora que você quiser.

Daqui uma semana, mais ou menos.

Uma semana, certo. A hora que você quiser. A hora que você quiser. Que aconteceu?

Nada. É só uma visita de família. Estou com saudade de você, disse Frank. E faz quase um ano que não vejo os meninos.

Então venha, disse Gail. Ponho Kevin no quarto de Richard Jr.

Eu fico num hotel, tudo bem, disse Frank.

De jeito nenhum, disse ela com indignação fingida. Um de nós, eu ou Big Richard, vai buscá-lo no aeroporto, e você vai ficar na casa da sua irmã.

## 23

No dia seguinte, Frank despertou com os antebraços e as panturrilhas em brasa, a região da nuca dolorida e uma bolha na ponta do nariz. As horas passadas ao sol no dia anterior o tinham queimado seriamente; entrou no chuveiro, mas teve de interromper o banho, porque a dor era insuportável. Tornou a se vestir, voltou à fornalha do quarto e, saindo para a outra fornalha, a do mundo, dirigiu-se à pracinha que servia de centro comercial da cidade. Lá havia um grande prédio municipal de tijolos: tribunal, cadeia, delegacia, cartório. Ao seu redor, lojas com um desgastado toldo de madeira para sombrear as calçadas. Numa esquina, a vitrine da velha farmácia ostentava cartazes de propaganda — óculos escuros, uma pomada, um refrigerante da região — quase ilegíveis de tão descorados. Dentro, havia um ventilador pardo que rodava ruidosamente na haste de metal, uma armação giratória de cartões-postais, uma fileira de emolientes, primeiros socorros, pacotes de fumo picado, barras redondas de sabonete para barbear, caixas desbotadas de canetas esferográficas. Toda uma história de abluções antigas, intactas e disponíveis. Ele achou uma espécie de ungüento num tubo e o levou ao balcão.

Foi atendido por um velho de guarda-pó branco, com o cabelo ralo e grisalho tão esticado que se via seu couro cabeludo;

como o próprio prédio, tinha sido consumido pelo vagaroso passar dos anos. Diante da caixa registradora, havia uma pequena prateleira de cosméticos, coisas miúdas com os mais curiosos fins, vidrinhos de esmalte de unha em tons que iam do vermelho-sangue ao rosa mais claro; e uma de instrumentos de metal destinados a um ou outro embelezamento: tesourinhas, pinças, bobes, pincéis de blush e perfumes. Que remota garota usaria fragrâncias como aquelas para se sentir bonita e asseada? A julgar pelos dizeres impressos nos rótulos dos frascos, muitas deviam ser quase tão velhas quanto a farmácia. Até os nomes — Arpège, Bellodgia, Coty, Fabergé — sugeriam um passado que só o passado queria, a essência do romance tal como o concebiam as cidadezinhas americanas dos anos 50. Talvez valesse a pena mandar um de presente para Amy. Ela ia gostar, podia usá-lo ou guardar o frasco na penteadeira.

Ele pagou o tubo de ungüento, mas, em vez de sair, continuou diante da prateleira de perfumes e pegou um deles. — Posso experimentar este?, pediu ao farmacêutico. O outro fez que sim. Fique à vontade, disse, e tornou a desaparecer atrás das prateleiras de remédios. Um dos frascos era quadrangular, e o fluido que continha, quase transparente, apenas com um pálido vestígio púrpura. No começo, o vaporizador não funcionou: mas logo produziu uma finíssima névoa e um cheiro de violeta, acompanhado de certa doçura ribeirinha. O frasco seguinte continha algo leve e ácido; o outro era leve e rosáceo. Ele parou, e ia desistir, quando viu o último frasco no fim da prateleira, ligeiramente fosco e com uma forma que evocava a parte inferior das asas de um cisne, a sépala de uma flor, a curva suave do anoitecer. Não tinha borrifador, só uma tampinha prateada sob a qual se projetava a saliência grossa de uma pequena abertura concebida para soltar uma gota por vez; ele encostou a ponta do indicador no buraco e emborcou o frasco, levou o perfume às narinas, e sentiu o cheiro de uma voz familiar, de um rosto debruçado sobre ele na escuridão, semi-oculto pelas sombras e desfalecendo o esquecimento: boa noite, boa noite, menino lindo: sua mãe.

Foi assim, tão repentino, e ele balançou a cabeça e retrocedeu um passo, esticando o braço com o frasco como se este fosse algo tão violento que o impedia tanto de se aproximar dele como de soltá-lo. Desviou os olhos e ergueu a outra mão para tocar as lágrimas que neles brotaram, como se quisesse verificar se eram reais, não uma reação à mera força da impressão. Lentamente, voltou a aproximar o frasco do nariz. Dessa vez, a sensação foi um quase-nada, e ele já não pôde ter certeza de que aquilo significava alguma coisa; a presença era tênue e parecia recuar, um fantasma arisco que se afastava para atender as exigências do seu próprio domínio. Passou mais duas vezes o frasco de perfume pelas narinas, mas sentiu menos em cada uma delas; e, por fim, só restou o aroma, e mesmo este mal se distinguia do resto da farmácia, que cheirava a sol, a dia. O farmacêutico retornou. O senhor está bem?, indagou.

Posso comprar este?

É para isso que está aí, disse o farmacêutico.

Quanto custa?, perguntou Frank. Está sem preço.

Catorze dólares, disse o farmacêutico. Qualquer um deles custa catorze dólares. É preço velho.

O senhor tem uma caixa ou coisa assim?

Vou dar uma olhada. Devo ter. O farmacêutico se agachou, desaparecendo atrás do balcão, para logo ressurgir com uma caixinha listrada bege e marrom. Comparou-a com o frasco; era muito pequena. Esta não serve, espere só um pouco, disse, tornando a mergulhar e a emergir, dessa vez com um objeto branco amarelado coberto por uma fina camada de pó. Esta sim, disse, assoprando-a rapidamente e tossindo em conseqüência; então tirou o frasco da mão de Frank e o colocou dentro dela, virando-o um pouco para que coubesse. Catorze, repetiu, e Frank pagou e levou o pacote ao motel, onde o guardou com cuidado entre suas roupas.

## 24

É Tamara Healy?, perguntou ele à mulher que atendeu o telefone.
Quem fala? Havia um quê de suspeita na voz dela.
Frank Cartwright. Liguei de Memphis, a respeito de Walter Selby. Acho que me atrasei um dia.
Após um breve silêncio, a mulher perguntou: Onde você está?
Em Del Rio, disse Frank. Eu me perdi um pouco. Mas acho que estou a uma ou duas horas daí.
Está bem, disse Tamara; e então ele teve certeza de que ela estava constrangida. Tem uma caneta? Vou explicar o caminho.
Enfim ele chegou à entrada da propriedade, uma estrada de terra parda marcada por uma caixa de correio. Ainda teve de percorrer cinco quilômetros até a casa de madeira com uma enorme varanda telada e um Lincoln velho e um Mazda novo na entrada da garagem, ambos sem brilho por causa da poeira que os cobria. No terreiro, havia um pequeno cercado; dentro dele, um vira-lata malhado trotava ameaçadoramente ao longo do limite do seu território, depois se erguia, apoiando as patas no alambrado, calado enquanto o calado Frank se dirigia à casa. Uma mulher mais ou menos da sua idade estava sentada na varanda; vestia jeans e uma blusa acamurçada azul-clara, e tinha cabelo castanho comprido e rosto grande e bronzeado. Levantou-se e disse: Eu sou Tamara. Tammy.

Era corpulenta, não gorda mas atlética, de ombros largos, rosto franco e já enrugado pelo sol da fronteira; embora ainda jovem, parecia envolta num manto de velhice, e não era impossível acreditar que tinha aquela aparência havia décadas e continuaria assim por outras tantas décadas. — Prazer em conhecê-lo, disse ela. — Engraçado: eu o vi na televisão há dois dias, se tanto. — Ele estremeceu, mas ela não notou. Um filme bem interessante, aliás. Você estava em Roma, expatriado — creio que era exilado. Não, nada disso. Era arqueólogo e estava tentando tirar peças do país, clandestinamente. Ou tentando impedir que elas fossem contrabandeadas, não lembro. Você não falava muito. Havia uma mulher; uma italiana morena, muito bonita. Claro que eu não sabia que era... você. — Calando-se, examinou as feições dele como se estas não fossem as portadoras do seu ser, mas mercadorias a serem avaliadas. Um olhar que Frank estava acostumado a ver nos maquiadores, nos cineastas, nos publicitários: uma avaliação da sua máscara, do seu visual e do seu preço. Quer tomar alguma coisa?

Ele fez que sim. Seria ótimo, disse, e ela entrou, deixando-o sozinho na varanda, em meio a um silêncio maciço, todos os sons pairando no ar e um vento que não achava nada para envergar. Tamara não demorou a trazer uma bandeja com dois copos altos cheios de gelo e um suado jarro de chá gelado cor de âmbar. Pôs a bandeja na mesa de vime e sentou-se. Obrigado por me ceder seu tempo, disse ele.

O tempo é barato, retrucou ela. Num dia, o que mais sobra é tempo.

Acho que tem razão, disse Frank. Posso lhe pedir um favor? Hum, fez ela.

Desculpe, pode parecer ridículo, e, por favor, não se ofenda — ele olhou para o chão —, mas é possível que um dia isto ainda lhe renda alguma coisa. O dinheiro de uma revista, se

você lhes contar sobre o que conversamos. Isso já não acontece tanto comigo, mas nunca se sabe.
Não vou contar nada a ninguém, disse Tamara. Não se preocupe. Sorriu com firmeza. Nem sabia ao certo se queria conversar com *você*. Fez-se um novo e prolongado silêncio. Ela ficou olhando para a paisagem lá fora, embora Frank não soubesse em que direção; o sol estava a pino.
Como veio parar aqui?, perguntou ele, enfim.
A mulher o ignorou, ou talvez não o tivesse escutado. Você e eu brincávamos juntos, disse. Quando éramos bem pequenos. Sabia disso?
Ele a fitou e balançou a cabeça.
Estávamos no mesmo colégio. Como se chamava aquele colégio?
Não lembro, disse Frank.
Ela estalou os dedos algumas vezes, tentando evocar o nome... Trumbull, disse por fim. Era um bom colégio. Tínhamos cinco ou seis anos na época. E, agora, olhe para nós. — Mas ela continuava olhando para o deserto. Saltou para outra idéia. Minha mãe queria netos antes de morrer. Não deu. Você tem filhos?
Uma filha. Vai fazer dezesseis anos, disse ele.
Dezesseis... Como vai a sua irmã? Ela era só um bebê.
Vai bem. — Ele não queria falar sobre Gail; teria muito para contar. Tamara olhou para a blusa e, com ar absolutamente inexpressivo, pinçou um fio de cabelo no abdômen.
Foi assim que nossos pais ficaram amigos?, perguntou Frank.
Porque estávamos no mesmo colégio?
Foi assim que eles se conheceram: os meus pais e os seus. Foi assim que meu pai conheceu sua mãe, e depois os outros. Nós dois brincávamos juntos, e eles ficaram se conhecendo, pais jovens. — Ela se calou, respirou fundo algumas vezes, e prosseguiu. Minha mãe me contou tudo, mais ou menos um

ano antes de morrer. Contou porque pedi. — Ela morreu há dois anos, aqui mesmo, nesta casa. Foi por isso que você veio, não? Para saber o que ela me contou? — Frank imitou sua imobilidade, o olhar fixo, sereno.

Nicole, sua mãe, era muito bonita, disse Tamara. Linda, era o que minha mãe dizia. E andava sempre bem-vestida. Uma mulher encantadora. Um pouco mais nova do que minha mãe, sabe?

Então tinha..., disse Frank.

Uns trinta e dois anos, disse Tamara Healy. Meus pais se mudaram para cá logo depois do que aconteceu. Meu pai foi transferido para cá, para a fronteira. O Corpo de Engenharia do Exército estava construindo uma cerca que ia de Brownsville a Tijuana. Para manter os mexicanos longe, e o transferiram para cá para ajudar. Era um programa experimental, e eles tentaram de tudo: cerca alambrada, arame farpado, concreto reforçado, aço. Construíram alguns quilômetros bem ali. — Apontou para a terra ao longe. — Mas não adiantou, nada adiantava. Os clandestinos atravessavam a cerca, cortavam o arame. Abriam buracos no concreto com picaretas; cavavam túneis por baixo do aço. Meu pai ficava aqui, sentado, assistindo à chegada deles. Lembro de vê-lo, à noite; ficava aqui com o binóculo, e eles passavam em grupos de cinco ou dez, como se nada tivesse sido erguido para impedi-los. Ele se enfurecia com isso. Não que detestasse os mexicanos tanto assim. Gostava dos mexicanos, gostava mesmo, e adorava os Estados Unidos, e achava que todos deviam poder vir, participar da... você sabe. Participar da riqueza.

Nesse ponto, Frank teve o impulso de dizer algo simpático, mas a mulher fechara os olhos, e ele não quis despertá-la da sua história. Depois de algum tempo, ela tornou a falar palavras reais. Nicole era um amor. Era o que minha mãe dizia, e ela não tinha por que mentir. Um amor. Cabelo escuro, pele clara, sorridente. Ela e minha mãe iam ser amigas. E seu pai era um homem maravilhoso. Ótima pessoa. Você precisa saber disso. Pode parecer estranho, mas ele era assim. Dedicadíssimo. — Interrompeu-se como que esperando que Frank lhe perguntasse alguma coisa; e ele tinha uma pergunta, e a fez.

Queria saber se você tem um retrato deles, disse. Dos meus pais.

Um retrato?

Uma fotografia. Não tenho idéia de como eles eram.

Ah, não, disse Tamara Healy. Lamento, mas não tenho nada disso. Você não perguntou à família dela? Nem à dele?

Frank inclinou a cabeça e franziu a testa: um gesto de surpresa, ignorância e constrangimento dissimulado. Família.

Os pais deles já devem ter morrido, disse Tamara, mas você deve ter uma tia ou um tio em algum lugar. Se tiver, garanto que pode contratar quem os localize facilmente.

Nunca pensei em verificar isso, nunca, disse Frank. Olhou com incredulidade para o chão. — Simplesmente imaginei que ele existia, ela existia, e que tudo começava e acabava aí. Nunca me passou pela cabeça que tivessem parentes. Que nós tivéssemos parentes. Como é possível? Santo Deus, e se todos ainda estiverem por aí?

Tamara riu. Sei lá, sei lá, disse. Eu queria que houvesse mais parentes meus por aí. Veja como estamos ficando velhos. E sensatos? Você veio de longe, e eu não vou enganá-lo, Frank. Não entendo uma coisa. — Calou-se para observar um enorme corvo preto que desfilava no terreiro, depois voltou a fixar os olhos em Frank. Quando aquilo aconteceu, meu pai se sentiu tão mal. Minha mãe também se sentiu mal. Porque ela sabia, entende?, sabia de tudo e não fez nada.

O sol estava fortíssimo e parecia fazer um leve ruído estridente e lastimoso, como o de um motor no limite máximo. Sabia, disse Frank em voz baixa demais para que Tamara Healy o ouvisse. Ela continuou. Eles achavam que as pessoas eram tão modernas, tão chiques, lá no Tennessee. Que mal havia numa brincadeirinha entre amigos? Quem diria, não? Pode ser que ele estivesse apaixonado por ela. Frank se inclinou para trás no assento. Foi seu pai? Foi meu pai o quê? Com a minha mãe. Foi com ele que ela... E retornou o silêncio, de uma grande e imóvel atmosfera sobre uma terra inútil. Pensei que você soubesse, disse Tammy enfim. Não foi por isso que veio? Eu li os nomes dos seus pais com os dos meus num artigo de jornal. Só isso, disse Frank. Quando escreviam sobre o processo, diziam que ela havia tido um caso, mas nunca diziam com quem. Eu não sabia...

As pessoas eram discretas naquele tempo, disse Tammy, sem deixar totalmente claro se achava que aquele tempo era melhor que o atual. Frank se sentiu ligeiramente nauseado, foi o calor e o ódio súbito que sentiu por aquela mulher inocente, a qual vivera por tanto tempo com a perfídia da mãe dele. Ela lhe dirigia o mesmo olhar franco e impenitente. Ele se perguntou por que ela concordara em recebê-lo, o que queria: isenção ou oferecer ajuda? Levantou-se.

Ela queria concluir sua história. Disse: Sua mãe era jovem. E meu pai era muito charmoso. Ele sempre foi muito charmoso, meu pai.

Tom, disse Frank, ainda em pé. Isso. Tom. Que aconteceu com ele, afinal?

Sente-se, disse Tamara Healy, e Frank voltou a sentar. Ele passou a querer que todo mundo jogasse conforme as regras, acho, depois daquilo. Depois do que aconteceu com a sua mãe, ele passou a achar que todo mundo tinha de jogar conforme as regras. Inclusive os mexicanos; e ficou aqui, tentando mantê-los à distância. Ah, ele queria encontrar um meio de manter os mexicanos à distância. Tornou-se uma obsessão para ele. Não pensava em mais nada, e nada dava certo. Quer dizer, a culpa não era dele, claro que não, se eles conseguiam entrar. Ele tinha um trabalho e o fazia da melhor maneira possível. Mas isso não lhe bastava. Ele queria que desse certo. Acho que, no fim, pensou que talvez um espantalho qualquer resolvesse o problema. Meus pais me matricularam num colégio quando fiz oito anos; minha mãe me levou de carro para a Virgínia. Eu nunca tinha ficado longe de casa. Quando estávamos viajando, meu pai se enforcou — ela apontou para o telhado da varanda —, ali, naquela viga. De frente para o sul. Quando minha mãe voltou, fazia dias que ele estava pendurado. Deve ter sido horrível. — Fez uma pausa. — Mas não conseguiu conter os mexicanos. Eles continuam chegando.

25

OPÇÕES

1. Matar o general na privacidade.
2. Matar o general em público.
3. Suicidar-me.
4. Abdicar o trono.
5. Perseguir o general.
6. Dissolver o exército.
7. Não fazer nada.
8. Perdoar o general; cumprimentá-lo calorosamente; manter o trono.

9. Casar-me com a filha do general inimigo.
10. Chantageá-lo.
11. Ressuscitar o rei.
12. Abdicar em favor da rainha.
13. Exilar-me.
14. Instituir a democracia.
15. Coroar o bobo.
16. Etc.

26

Oklahoma City, no estado de Oklahoma, onde tudo era ou novo em folha ou velho demais — e velho naquela cidade, naquela época, significava trinta anos ou mais, tempo suficiente para que o design barato mudasse, os cantos do capô de um carro se tornassem quadrados ou voltassem a se arredondar, a cruz no adro da igreja adquirisse ou perdesse neon, o logotipo de uma companhia telefônica passasse a apresentar sexo e velocidade no lugar de uma casinha e um sino. Sim, naquela época, um súbito estampido — a batida da porta de uma caminhonete, o bate-estacas de um canteiro de obras, ou mesmo um fato inocente como uma criança pisando numa embalagem de leite — fazia quem estivesse passando por perto se sobressaltar e se atirar no chão, para logo se levantar, talvez sorrindo de vergonha, ou olhando em volta para ver se mais alguém tinha se assustado (e em geral tinha, e os dois se entreolhavam e tratavam de virar rapidamente a cara), ou talvez apenas retomando o curso normal da sua caminhada, ainda que com certa escuridão de espírito sobreposta a ela, uma fantasia de morte ou de desfiguração sob uma avalanche de estilhaços de metal e vidro; uma fina nuvem de pó de concreto; calor e estrondo; e como-podeter-acontecido, se somos tão bons para os amigos e tão amigos de Jesus Cristo?

Pois eis que Frank saiu do terminal do aeroporto e disse consigo: É aqui que o galã vai conhecer a parentela, com o cheiro de gasolina de avião no ar, e aquele índio velho de short e sem camisa, mas com um chapéu de palha feminino cuidadosamente pendurado à nuca, e as lombadas no estacionamento para que ninguém invente de forçar a entrada com o carro. Donald Selby disse no telefone que encontraria Frank aquela tarde na esteira de bagagem. Agora o sol se punha, e não havia ninguém por ali que poderia ser seu tio; de modo que ele saiu, e os poucos circunstantes o examinaram com uma espécie de alegre suspeita, como se quisessem gostar dele, talvez alguns o tivessem reconhecido, ou talvez não conseguissem entender por que um jovem branco chegara sozinho à cidade — perguntando-se o que, afinal de contas, ele pretendia fazer. Um carro da polícia passou devagar pela rua em frente; no banco traseiro, o pastor alemão se pôs a uivar e arranhar a janela ao avistá-lo, mas o policial ao volante ignorou Frank. Uma idosa se aproximou lentamente, por causa da idade e do peso: era grisalha e maciça. Você deve ser Frank, disse, e ele pensou: Devo ser, então confirmou com um gesto e estendeu a mão para cumprimentá-la, não sabendo que outra coisa fazer em semelhante ocasião. Eu sou sua tia Mary, disse a mulher.

27

Eu estava com ele quando o juiz deu o veredicto, disse Donald. Estava lá para apoiá-lo; era o meu irmão. Não pude fazer nada, e não faria, mesmo que pudesse. A casa era grande, o terreno era sombrio, a sala de estar, mal iluminada e pintada de azul-mar, como se homenageasse os oceanos a mil e tantos quilômetros de distância. No chão, um tapete grosso e felpudo, num tom de qualquer coisa escura; a luz fraca vinha de um alto abajur de bronze; havia uma pequena estante de livros encadernados em couro, alguns cartazes de filmes de caubói com molduras de metal, uma manta de crochê caprichosamente dobrada no encosto de uma poltrona reclinável, um televisor grande e escuro num consolo no canto. No centro do assoalho, uma mesa de tampo de vidro; em cima dela, vasos brancos sem flores, um gato de cristal, um prato que podia ser um cinzeiro ou simplesmente um prato. Um escabelo estofado redondo, cor de mostarda, jazia no meio da sala, e sobre ele nenhum pé poderia descansar. Vasos de plantas no consolo da lareira, pratos de balas na mesa lateral, um cheiro tênue e inebriante de senescência no ar. Donald Selby e sua mulher estavam sentados lado a lado num enorme sofá de veludo cotelê azul, tão afundados nas almofadas que iam levar um bom tempo para se levantar; observando-os, Frank só pôde sentir a obrigação de ser gentil com eles, aqueles gigantes, aquelas testemunhas vivas. Você tem uma irmã, sabe muito bem como é, disse Donald. Eu passei trinta anos pensando no meu irmão e, depois, quando o soltaram, fiz o quanto pude por ele.

Quer dizer que o soltaram, disse Frank.

Liberdade condicional, disse Donald. Há alguns anos.

Liberdade condicional.

Ele cumpriu a pena, disse Donald, e, então, ergueu a mão peremptoriamente.

## 28

Quando Walter saiu — disse Donald —, fazia onze anos e três meses que não nos víamos. No começo, eu ia para Brushy Mountain e o visitava sempre que podia. A cada dois meses. A

cada seis, talvez. Mas os anos foram passando, e eu comecei a vê-lo cada vez mais raramente.
Não é que ele não se importasse com o irmão, você entende, disse Mary.
É que nenhum de nós gostava das visitas, disse Donald. Ele se sentia humilhado pelo fato de eu o ver naquela situação, e acho que se sentia culpado por causa da distância: eu tinha de viajar para ir visitá-lo. Em compensação, escrevia para mim regularmente, e eu respondia — não com tanta freqüência, mas respondia. Mandávamos o que ele pedia; Mary mandava comida, e também comprávamos livros para ele. Às vezes o deixavam ficar com eles, outras vezes não. Era assim. Acho que eu e ele estávamos esperando pelo dia em que o soltariam, o dia em que íamos reassumir nossa fraternalidade.
Fraternidade, disse Mary.
Fraternidade, isso, disse Donald. E os anos passaram. Meus dois filhos cresceram — sabia que eu tinha dois filhos? Seus primos, creio. Um deles é capitão do exército, baseado na Califórnia.
O outro morreu, não faz muito tempo, disse Mary.
Era um rapaz complicado, disse Donald, franzindo ostensivamente a testa. Sempre metido em encrencas. Drogas e tudo.
Morreu num acidente de carro, disse Mary, e houve um ou dois instantes de silêncio.
... Acho que nunca pensamos seriamente no que ia acontecer quando Walter fosse solto, disse Donald. E então chegou o dia. Quando ele nos telefonou contando, parecia chateado, não consegui entender por quê. Afastei o fone da boca e disse a Mary: Walter vai sair.
Nós já morávamos aqui, disse Mary. Nesta mesma casa. Tínhamos todo este espaço. Eu disse a Donald: Isso não se discute. Ele vai morar conosco.
Era maio quando ele foi... *posto em liberdade*, disse Do-

nald. Acho que é assim que dizem. *Libertado*. Eu nunca imaginei que ia ser o que foi, principalmente quando vi Walter. Ele não parecia libertado de nada.

Aqui já estava fazendo calor, disse Mary. Em Oklahoma, começa a fazer calor no meio da primavera.

Pois é..., disse Donald.

Pois é, disse Mary.

Eles lhe deram uma passagem de ônibus, uma passagem de ônibus da Trailways, disse Donald. Parava no portão da penitenciária. Quinze horas de viagem até Little Rock, e mais nove até aqui. Eram oito horas da manhã quando ele chegou. Eu não esqueço aquele dia.

Não estava chovendo, disse Mary. Nós ficamos contentes. Imagine sair da cadeia num dia de chuva.

Penitenciária, disse Donald.

Imagine sair da penitenciária num dia de chuva, disse Mary.

Ele ficou lá em cima, no quarto de um dos rapazes, disse Donald. Um bom quarto, ensolarado. Mas ele tinha dificuldade para dormir à noite. Era silêncio demais para ele, e a cama, macia demais.

Nós até fomos comprar outra cama, disse Mary. Mais dura. Parece que ele ficou mais contente.

Eu lhe disse que com dinheiro ele não precisava se preocupar, contou Donald. E não precisava mesmo. Ele tinha algumas economias quando foi preso, e eu as apliquei para ele. Investimento seguro, sabe? Certificados de depósito, fundo mútuo. Cuidei de tudo.

Donald sempre soube lidar com dinheiro, disse Mary.

No começo, eram apenas alguns milhares de dólares, disse Donald. Mas acabaram aumentando em tanto tempo. Por si. Uma importância considerável. Na primeira noite de liberdade de Walter — não, talvez tenha sido na segunda —, eu senti com ele e mostrei tudo: a papelada toda, os extratos. Tudo mesmo. Eram bem uns trezentos, trezentos e vinte e cinco mil. E sabe de uma coisa? Ele começou a chorar.

Nós ficamos sem saber o que fazer, disse Mary.

É verdade, disse Donald. Acho que eu também teria chorado se estivesse no lugar dele. Mas fiquei sem saber o que dizer. Bom...

Que idade ele tinha?, perguntou Mary.

Acho que tinha sessenta e oito, disse Donald. Mas não era capaz de cuidar de si. Não era capaz de quase nada. Você sabe, nessa idade a maioria dos homens pensa é na aposentadoria. Eu me aposentei aos sessenta e seis. Mas, no caso de Walter, era praticamente o contrário. Qual é o contrário de se aposentar?

Não se aposentar, disse Mary.

Para ele, era muito difícil, imagino, disse Donald. Não falava muito nisso, mas eu percebia. Tinha esquecido tudo o que sabia; e havia coisas novas para aprender, e ele não conseguia entendê-las.

Queria um enxoval novo, disse Mary. Roupas, sabe? Tinha passado três décadas usando uniforme de presidiário, não agüentava mais. Eu havia guardado as roupas dele, mas não adiantou. Mesmo porque nem servir serviam. Ele ficou tão... Nem sei como descrever.

Mais duro, disse Donald.

Petrificado, eu ia dizer. É, mais duro, disse Mary, quando estava lá. Ficou mais velho, mas também mais duro, como madeira antiga, não sei se você me entende. Eu devia ter previsto isso. Aliás, nem sei por que guardei aquelas roupas, estavam tão fora de moda.

Eu disse que era melhor jogar tudo fora, mas ela fez questão de guardar, disse Donald.

De qualquer forma, um dia ele foi fazer compras, disse

Mary. Mas não tinha idéia do que estava se usando no mundo aqui fora, e ficou com vergonha de perguntar à vendedora. Chegou da loja de jeans branco, sapatos marrons e camisa vermelha de caubói. Estava ridículo, e com toda a certeza sabia disso, mas não sabia o que fazer.

Na hora do jantar, costumava nos falar das coisas que não entendia, disse Donald. Fazia perguntas: O que é isso? O que é aquilo? Como funciona tal coisa?

Era o próprio Rip van Winkle. — Quer mais um pouco de água?, perguntou Mary. Frank balançou a cabeça.

Ele dizia: atendimento simultâneo, lentes de contato, clube de compras, torres de telefone celular, contou Donald. Palavras como Ms. nos envelopes e *filho-da-puta* na televisão a cabo, tantos fios e ondas de rádio, tantas sacolas de plástico, homens e mulheres se exercitando, condomínios fechados, alimentos orgânicos, cartazes em espanhol, vídeo em toda parte, armas com radar, ninguém se comportando de acordo com a idade, havia tantas mensagens de todo mundo para todo mundo, tanta coisa voando no espaço enquanto, lá embaixo, todas as ruas ficavam desertas, lembretes e alarmes para algo não mais importante que o dia seguinte.

Ele não conseguia entender os nomes que os pais punham nos filhos, disse Mary. Brittany, Blue, Serenity, Rain. Lembro disso. Que havia de errado com os nomes antigos?, perguntava.

Irritava-se porque tocavam música pop em todas as lojas, brotava música de todos os carros, disse Donald. Números em tudo, ele me dizia. Números. Tinha a impressão de que metade do país estava deslumbrada com algo que a outra metade nem sabia que existia, e não agüentava aqueles debates no rádio, sobre aborto, cigarros e armas. Tantos óculos escuros, dizia. Tantos fones de ouvido, tantas revistas, homens namorando homens, caminhões monstruosos, estrelas do cinema de que ele nunca tinha ouvido falar, sensores de movimento, e os jovens eram tão bonitos. Imigrantes vietnamitas, notas de vinte dólares distribuídas por máquinas de esquina, armarinhos de banheiro cheios de remédios de prescrição obrigatória, mães solteiras, olhares soturnos. Não podia conceber tantos cartazes e fotografias; dizia que o mundo estava empenhado em fazer propaganda do mundo; que todos eram animadores de auditório.

Uma noite, eu o encontrei na varanda do quintal; estava com um copo de uísque na mão e a cara vermelha, contou Mary. Muita coisa mudou, ele me disse. Acho que era de esperar, mas... Oh... Não consigo saber qual botão abaixa o vidro do carro. — Eu lhe disse que ia demorar um pouco para se adaptar, e sabe o que ele respondeu? — Me adaptar? Duvido muito. Sou um rádio ruim, a mil quilômetros de qualquer emissora. E o programa é antiquado e fraco; e o locutor está triste e cansado. — Não é um modo interessante de expressar isso? Ele sempre foi bom com as palavras, o Walter.

Uma tarde, telefonou da rua, disse Donald, e Mary atendeu. Disse que estava com um problema e pediu ajuda.

Falou com muita calma, disse Mary. Mas parecia apavoradíssimo. Confesso que aquilo me assustou. Eu não sabia o que tinha acontecido. Donald não estava, não sei aonde tinha ido.

Eu estava fazendo uma caminhada perto da represa, disse Donald. O médico recomendou.

Ele estava num estado, o Walter, disse Mary. Coitado. Não tinha a menor idéia do que fazer. E disse: Estou na rua. Na esquina, no telefone da esquina. Disse: Entrei numa loja porque queria uma latinha de feijão, tirei-a da geladeira. Então vi um forninho, abri a porta, pus a lata lá dentro e girei o botão. Enquanto esperava, fui dar uma volta pela loja. Também havia uma garota ali, uma garota quase sem roupa. — Ele reparou nisso. — Quando voltei, disse, o feijão estava todo espalhado no chão, quer dizer, a lata tinha explodido. — E ele não sabia o que fazer, não sabia o que havia feito de errado, de modo que simplesmente foi embora. Tinha certeza de que o estavam seguindo: roubo de mercadoria, pensou, ou destruição de propriedade. Estava na esquina, algumas quadras adiante. Pediu que eu fosse buscá-lo.

Era um forno de microondas, disse Donald. Só isso. Mary lhe explicou que esse forno cozinha as coisas muito depressa, mas que não se pode pôr metal lá dentro. Ele nunca tinha visto um.

Eu disse que estava indo para lá, contou Mary. Disse que voltaríamos à loja e resolveríamos o problema. Eles não vão ficar muito irritados, eu disse. — Sabe, nada mais fácil do que limpar isso. — Eu disse: Se você se dispuser a pagar o estrago, ninguém vai querer mandar prendê-lo nem nada. Portanto, fique aí, eu disse, chego num minuto. E lá fui eu. Ele continuava na cabine telefônica, segurando o fone como se estivesse falando com alguém, mas, assim que me viu, desligou. Eu não quero voltar lá, disse. Vou acabar fazendo mais coisas erradas. Eu disse que tudo bem, contou Mary. Disse que ia até lá, se ele quisesse, e me encarregava de tudo. Disse: Tenho certeza que eles não vão ficar muito zangados. Mas, quando saí do carro, ele afundou no banco até desaparecer atrás do painel.

Mary resolveu tudo em cinco minutos, disse Donald. Não é?

Em três minutos, disse Mary. Ele deu um pulo quando abri a porta do carro, e parecia que tinha passado dias esperando. Perguntou se o estavam procurando. Eu disse que não, não estavam, que já haviam limpado a loja. Que tivera de pagar muito pouco pela comida estragada. Ele perguntou quanto. — Walter era uma boa pessoa; queria me devolver o dinheiro. Mas era uma ninharia, eu lhe disse que era uma ninharia. Só dois dólares. Quando chegamos aqui em casa, ele foi para o quarto e lá passou o resto do dia, pensando só Deus sabe em quê.

Ela só me contou muito depois que eu cheguei, disse Donald, e, assim mesmo, só porque perguntei por que ele não saía do quarto.

Não queria preocupá-lo, disse Mary. Mas, como ele perguntou, eu contei. E disse: Desse jeito, não sei se ele vai conseguir.

Eu respondi: Ora, ele tem de conseguir, disse Donald. Porque para a prisão ele não vai voltar. Eu sei que não, e ele também sabe, de modo que vamos ter de fazer o máximo possível para ajudá-lo. Mas não podíamos saber como ele ia reagir, ou mesmo ao que ia reagir. Ficava olhando para as coisas, tentando entendê-las. Qualquer coisa, um comentário à-toa, uma tolice que um vendedor dissesse numa livraria, ou uma garçonete num restaurante, era uma dificuldade para ele: não sabia como reagir, se se tratava de uma brincadeira ou de um insulto, o que exigia uma resposta; e, quando acabavam de falar, não sabia se devia se despedir ou simplesmente dar as costas e ir embora.

Eu tentei ajudá-lo. Nós dois tentamos.

Mas, depois de algum tempo, ele começou a se sentir um fardo para nós, disse Donald. E, num fim de semana, no jantar, avisou que ia se mudar.

Perguntei se ele tinha certeza, disse Mary. Procurei não dar a impressão de que preferia que ele tivesse. Mas vou contar a verdade: eu preferia, sim. Era difícil conviver com ele.

Era difícil para Mary, disse Donald.

Era difícil para mim, disse Mary. Eu fiz o que pude.

Walter disse que tinha certeza, disse Donald. Então lhe perguntei aonde pretendia ir. Ele disse que se lembrava da Califórnia, do tempo em que estava nas forças armadas, e que queria voltar para lá. Achava que dava para comprar uma casinha perto do mar. Um lugar para morar. Já tinha consultado o agente de condicional, e eles autorizaram. Eu preferia que ele ficasse

mais perto de nós, para que pudéssemos ajudá-lo se necessário, e lhe disse isso, mas ele não quis. E viajou num sábado de setembro, levando apenas uma mala cheia de roupas e uma caixa com as lembranças que durante trinta anos eu tinha guardado para ele. Achou um condomínio em Oxnard, perto do mar, e passava os dias lendo a história das guerras mundiais e cuidando do jardim. Nos telefonávamos. Ele aprendeu a nadar na ACM local; coisa que nunca tinha tentado fazer na vida.
  Duvido que tenha aberto aquela caixa, disse Mary.
  É, disse Donald. Também duvido. Em todo caso, nós conversávamos muito, Walter e eu. Mais até do que quando ele estava na penitenciária. Ele me contou: havia dias no ano, momentos no dia, em que de uma hora para outra resolvia contar a uma pessoa que ele mal conhecia que uma vez, fazia muito tempo (Mas sabe de uma coisa?, dizia, aproximando o rosto: pode ser que tenha sido ontem), tinha atirado na esposa e a matara. Contava isso aos balconistas, aos carteiros, a estranhos que acabava de conhecer, dando um jeito de tocar no assunto. Dizia: Bom, isso foi quando eu estava preso, de modo que só fiquei sabendo porque me contaram. — Ou então: É exatamente o que minha mulher costumava dizer. — Ou: Já passei trinta anos sem gastar um tostão numa dose de uísque.
  Imagino que simplesmente queria contar sua história, disse Mary. Fosse qual fosse a que ele tinha na cabeça.
  Em outras ocasiões, disse Donald, Walter omitia tudo, como se nada tivesse acontecido, omitia seu casamento, omitia as três décadas na penitenciária, omitia seu crime e mentia. Mas duvido que conseguisse convencer alguém, disse Donald. Aliás, acho que nem queria. Não queria que ninguém pensasse que ele era inocente. Estava apenas...
  Experimentando, disse Mary.
  Forçando as coisas, disse Donald. Mas me contou que de

vez em quando tinha uma visão de Nicole, e, sempre que isso acontecia, voltava ao ponto de partida, passava por tudo outra vez, e tudo ia por água abaixo.

## 29

Donald se reclinou ainda mais no enorme sofá azul e bocejou, não porque estivesse com sono, muito menos por se sentir entediado, mas como numa espécie de afinidade física com o que ia relatar. Então Walter começou a se sentir fraco, disse. Exausto, debilitado. Bom, você sabe que todo mundo começa a perder o vigor na nossa idade. Pára de funcionar como esses brinquedos que dão para as crianças. Esses robôs e games, quando a bateria está acabando. Walter se mudou para Oxnard. Mas, não muito tempo depois, começou a se sentir mal. Por isso foi consultar um médico. Ele me telefonava muito, acho que eu era a única pessoa com quem podia conversar. Disse que o médico era um jovem bengali, um bom rapaz, que lhe explicou que ele estava com câncer e só tinha mais alguns meses de vida. Contou isso com muito controle de si... com muita elegância e dignidade. Ligou para mim e disse: Donald, você precisa saber que eu estou morrendo.

Imagine, disse Mary. Ficar sabendo de uma coisa dessas e ainda conseguir contar a outra pessoa, para que ficassem sabendo que ele já não tinha muito tempo neste mundo. Alguns meses.

Ele telefonou, disse Donald. Contou que o médico tinha uma prancheta e que no papel havia mais coisas a seu respeito do que ele era capaz de imaginar. Até achou engraçado — sabe, esquisito e divertido ao mesmo tempo. Mas, quando ele perguntou como ia ser dali por diante, o médico não soube dizer.

Ele era um homem muito forte, disse Mary. A não ser nas

coisas em que era fraco. Queria saber se ia sentir muita dor, mas não estava com medo. Pediu que não fôssemos visitá-lo, que só nos lembrássemos dele. Mas... O médico disse que fariam todo o possível. Walter agradeceu, mas não quis ser sedado a ponto de nem saber mais o que estava acontecendo a seu redor. Disse que preferia agüentar um pouco de dor, contanto que ficasse consciente. Que isso era muito importante para ele. Disse: Tenho esperança de que meus filhos venham me visitar. Faz tanto tempo que não os vejo, tanto tempo, e quero estar em condições de conversar com eles.

Donald e Mary olhavam fixamente para Frank, e este, vendo o olhar dos dois, endireitou o corpo, um estranho ricto na face, um frio súbito sob a pele. Ainda está vivo?

Ah, sim, disse Donald. Mas por pouco tempo.

E quer que nós vamos visitá-lo?

Mais que tudo neste mundo de Deus, disse Donald. Faz trinta anos que está à sua espera. Nós todos estávamos à sua espera, Frank. Sem saber por onde você andava.

E agora você está aqui, disse Mary.

## 30

Big Richard estava esperando no aeroporto de Kansas City, estacionado no meio-fio com uma Dodge Ram 1500 nova em folha, uma lancha preta e reluzente, indolente como uma leoa. Saiu da cabine quando Frank passou pela porta de vidro, pegou sua bagagem e a colocou delicadamente na carroceria, um gesto de pura inocência. Fez boa viagem?, perguntou. Estava com o rosto vermelho de sol, o que salientava o rosado da sua cicatriz, aquele corte enorme e misterioso, cuja cor era um lembrete indelével da violência que devia tê-lo ocasionado.

O avião estava quase vazio, disse Frank.

Entre, disse Big Richard. São só alguns quilômetros.

A autopista ao norte da cidade era plana e comprida, e tudo era novo: a ampla curva de concreto da estrada, os carros ao lado deles, depois a terra em que nada crescia, onde às vezes assomava um armazém comprido e baixo. Big Richard não disse uma palavra. Passaram por um restaurante enorme à beira de um campo. Era do tamanho de um supermercado, e um cartaz na estrada dizia: COMA QUANTO PUDER: BIFE E CAMARÃO — $ 12,95. Ele se perguntou se Gail já tinha levado os garotos ali; a menina que ela era outrora teria rido à mera idéia de Comer Quanto Pudesse. Um cachorro-quente e um sorvete pequeno seriam mais que suficientes. — Ele estremeceu. Ela se zangaria quando lhe contasse sobre o pai. Sobre aquele homem. Ficaria brava, talvez confusa, triste, talvez assustada; ficaria preocupada. Ou então não daria a mínima. Mesmo assim, ele devia ter dado um jeito de avisá-la, de lhe contar com que notícia ia chegar. Devia ter concebido um plano, devia ter lhe explicado no telefone. Não, pessoalmente era melhor; para que fazê-la pensar nisso mais tempo que o necessário? Na infância, ela tivera um lado cruel, em geral exercido contra si mesma. Ele, quando estava com um dente mole, passava dias empurrando-o com a língua, para lá e para cá, ouvindo os fragmentos de tecido se separarem paulatinamente e sentindo o gostinho de sangue; ela levava os dedos minúsculos à boca e torcia o dente até arrancá-lo, depois abria um sorriso vermelho e, orgulhosa, ostentava o troféu na palma da mão. A vergonha nunca era intensa o bastante para ela, nem o desconforto um alívio.

Agora estavam saindo da cidade, ou era esta que retrocedia furtivamente atrás deles, como a onda do oceano se afasta do nadador. Havia uma equipe de operários trabalhando no alargamento da estrada; cones cor de laranja e homens curtidos de sol naquele dia inclemente, acamando mais duas pistas de asfalto. Big Richard passou devagar; logo em seguida viraram à direita e entraram numa rua ampla, agradável, arborizada, com meios-fios baixos e casas térreas; depois de dobrar mais algumas esquinas, ele avançou mansamente até a metade do quarteirão e estacionou na entrada de um enorme chalé. Da lateral da casa, Frank olhou para o quintal, onde havia um balanço vermelho que ele próprio ajudara Gail e Big Richard a montar, no tempo em que Kevin e Richard Jr. eram muito pequenos para ir ao parque infantil sozinhos. Agora tinham — o quê? Quinze e treze anos. Uns garotões ainda, moleques. Big Richard buzinou, e Gail foi a primeira a sair, os dois garotos atrás, e ambos uns trinta centímetros mais altos que ela; mesmo assim, ela os conduziu até o tio Frank e os deixou esperando enquanto ergueu os braços para abraçá-lo com força e, sem soltá-lo, virou-o para um lado e para o outro: *Ohhhh!*, disse, com rústico prazer. Então riu, simplesmente porque o irmão estava diante dela. Oi, oi, oi. Kevin e Richard Jr. se aproximaram para apertar sua mão com uma maturidade que eles próprios pareciam achar deslocada, embora Kevin, o mais novo dos dois, ainda tenha sido criança o bastante para sorrir. Seu irmão se limitou a balançar a cabeça. Puxa vida: aqueles eram os netos de Walter Selby. Entre, disse Gail, e tornou a sorrir, dessa vez consigo mesma.

Os dois garotos foram lavar as mãos no lavabo, enquanto Gail levava Frank ao quarto de Kevin, mobiliado com uma cama e uma escrivaninha simples e sólidas, e decorado com alguns pôsteres esportivos na parede, um cobertor de cores excessivamente berrantes para um adolescente — o cobertor estava fadado a desaparecer dali a dois meses e ser substituído por um sólido azul ou verde —, e abajures que o garoto tinha modificado de modo a iluminar o mínimo possível, dando ao espaço um ar de cemitério de coisas infantis, onde, num dia não muito distante, acabaria brotando uma maturidade até então indescrita. Frank desfez a mala com cuidado, procurando não perturbar a sutil incubação do lugar. Deixou os artigos de toalete na bolsa de lona azul em que os trouxera, pondo-a no canto da pia, entre as escovas de dentes fluorescentes, o dentifrício tricolor, os tubos de pomada contra espinhas, os brilhantes tubinhos de fixador de cabelo, o desodorante de cheiro atlético e adocicado. Toda a sua roupa estava suja, com exceção de um jeans e uma camiseta branca que ele havia poupado; levou o resto ao porão, jogou tudo na máquina de lavar e voltou descalço para cima. Reparou nos quadros nas paredes: impressos emoldurados, uma ou duas telas escolhidas a dedo e fotografias de Kevin e Richard Jr., os garotos e Big Richard, Gail e os três, e uma dele, tirada na última vez em que estivera em Kansas City; porém nada mais antigo que isso.

 Encontrou Gail e Big Richard na cozinha. Está com fome?, perguntou ela. Não vai demorar. Seu marido abriu o forno e examinou uma peça de carne. Havia movimentação na casa, Kevin pondo a mesa e fazendo piada de alguma coisa, ao passo que Richard Jr. trazia uma cadeira extra da varanda do quintal; um collie corria de um lado para outro, latindo intermitentemente para aquela agitação e se metendo entre as pernas de Frank. Quanto tempo fazia que tinham cachorro? Gail apertou o braço do irmão.

 Mais tarde, todos sentaram à grande mesa de madeira da sala de jantar. Por um momento não houve conversa, apenas certa imobilidade e silêncio, aquele enfeixar dos sentidos antes do jantar, o clarear do espírito, o instante de devoção ao anoitecer e ao apetite. Então Kevin orou, e o jantar teve início. Havia carne assada e legumes, salada de repolho, purê de batatas, fatias de pão quente, chá gelado para os garotos e cerveja para os adultos. Os garotos estavam quietos e reverentes; a essa altura, já deviam se interessar pelas garotas e, decerto, viam o tio Frank, um astro do cinema, como o mais mágico dos conquistadores. Eles comiam, mas a comida não parecia diminuir: tão logo Frank terminava, seu prato era enchido novamente. Mais carne, mais salada, e os garotos competiam com ele, porção por porção, Gail e Big Richard comendo mais devagar depois deles, observando-os com o bom humor e a satisfação dos provedores. De sobremesa, serviram bolo de pêssego e sorvete, tão doces e fortes que os dentes de Frank chegaram a doer. Havia canela e baunilha, além de um raminho de hortelã, todos os condimentos e frutos do mundo, desviados dos países mais remotos para aquela sala de jantar de Kansas City e servidos como uma recompensa. Depois, os garotos tiraram a mesa, puseram os pratos na lavadora e saíram para o crepúsculo azulado, enquanto Frank, Gail e Big Richard se instalavam na sala, cada qual com um copo pesado de uísque, adultos livres das crianças.

    Não sei como você consegue ser magro comendo tanto, disse Gail a Frank. De algum modo, você queima essas calorias, não? — Voltou-se para Big Richard. Uma vez, quando éramos pequenos, ele comeu um tênder inteirinho que mamãe tinha preparado para o jantar. Comeu-o à tarde, e, quando ela foi tirá-lo da geladeira, não havia nada na travessa, só um pedacinho da pele.

    Era pernil de cordeiro, disse Frank. Eu comecei a comer — como explicar? —, ia pegar só um pedacinho, mas estava tão gostoso. E continuei comendo, e, quando vi...

    Ela o obrigou...

    Ela ficou furiosa. Eu tinha dezesseis anos: ela me obrigou a fazer o jantar para a família inteira durante uma semana.

    Ela era severa, disse Gail. Comigo não tanto, mas com você.

    Mas não era ruim, certo?

    Claro que não, disse Frank. Não, ruim não. Se ela soubesse que cozinheiro imprestável eu era — quer dizer, eu não sabia nem fritar um ovo —, provavelmente não teria me mandado fazer isso. Quase morremos de fome naquela semana.

Você ainda era uma criança, disse Gail, como se sempre tivesse sido adulta.

Frank hesitou. Lá fora, a noite caía, azul e cada vez mais escura em incrementos sutis, como camadas de tinta num desenho do bairro.

O que foi?, perguntou Gail.

Nada.

O que foi?

Nós já fomos mais crianças ainda, disse Frank. Ela o encarou como se ele tivesse dito uma coisa estranhamente incompleta, com problemas na própria gramática da afirmação. — Já fomos mais crianças. Preciso te mostrar uma coisa.

... Tudo bem, disse Gail, pronunciando as sílabas com ceticismo.

Inclinando-se para a frente, ele tirou um envelope do bolso traseiro do jeans. É uma fotografia, disse. Lembra, quando eu estava no ginásio, de uma namorada que eu tinha, chamada Kimmie? — Você lembra dela: baixinha, ruiva. Ela foi...

Lembro, disse Gail, balançando ligeiramente a cabeça.

Eu dei de presente para ela na época, disse Frank, tirando a foto do envelope e examinando-a rapidamente antes de entregá-la à irmã, que a pegou e a pôs na mesa de centro em frente, como se fosse um espécime de algo raro e importante. — Ela a devolveu há algumas semanas.

Gail ergueu os olhos da fotografia e olhou para ele com ar preocupado. Como ela está?

Diz que está bem, disse ele, e ela tornou a baixar os olhos. Pausa. Somos nós dois.

Eu sei, disse Gail, ainda empenhada em seu exame silencioso. Inclinou-se um pouco para trás e fez um gesto para que Big Richard desse uma olhada. Não tenho nada dessa época. De quando você acha que é?

Olhe o verso, disse Frank, e ela obedeceu, lendo rapidamente a anotação de Kimmie e depois a mais antiga. "Memphis, 1966", também podia estar escrito Shangri-lá ou mesmo Céu. — Eu a trouxe para você, continuou ele. Achei que devia ficar com ela. Talvez mostrá-la aos garotos.

Gail assentiu com um gesto solene, e Frank chegou a se perguntar se ela não estava zangada. Não, estava tentando recordar. Você lembra disso?, perguntou ela.

Lembro da camisa que estou vestindo. Não de quando tiraram a fotografia. Nem — e aqui ele tornou a hesitar, e teve raiva de si mesmo por ser tão teatral — de quem a tirou. Gail o encarou, mais uma vez sem mudar de expressão. Ele não sabia dizer qual dos dois estava manipulando o outro; acaso ela queria que ele continuasse? Acaso o medo e a franqueza que ela manifestava ainda eram sua expressão? — Eles não eram nossos pais verdadeiros, disse ele. Os Cartwright.

Big Richard emitiu um ruído, talvez sua primeira manifestação desde que Frank entrara na casa, e todos entenderam que o ruído era para proteger a esposa.

Claro que eram, disse Gail.

Tudo bem, disse Frank. Verdadeiros, eles eram. Mas não foram eles que nos geraram. Não eram nossos pais quando essa fotografia foi tirada. Desculpe, nós nunca falamos sobre o que aconteceu. Devíamos ter falado. Talvez devamos. — Gail estava absolutamente sem expressão. Está bem, disse.

Nunca falamos sobre isso — o nome dela era Nicole —, sobre como ela morreu.

Eu sei, disse Gail.

Andei pesquisando. Escute. Acho que preciso te contar. Escute. Respirou fundo, e agora Gail o encarava com uma expressão sombria e ardente. Ele a matou, disse Frank, retirando o mistério das palavras. Chamava-se Walter Selby. Foi preso.

Não, disse Gail. Estou dizendo que sei. Faz cinco anos que ele foi libertado. Mora na Califórnia. Eu sei. Averigüei isso anos atrás — agora era Frank que a encarava —, averigüei isso quando estava na nona série, acho. — Ela fixou o olhar no piso diante de si. Kimmie, exatamente: Kimmie. Eu vi você se apaixonar por ela e perdê-la, e você mudou. Pensei em tudo; você foi embora, e eu não sabia se ia voltar a vê-lo. Porque eu tinha treze ou catorze anos. Você foi embora. Eu queria saber qual era a nossa origem, por isso fui à biblioteca e comecei a vasculhar os jornais. — Inclinou-se e lambeu os lábios, como se isso também fosse uma forma de recordação. Lembra quando fui a Memphis, no verão seguinte ao meu segundo ano de faculdade? Pesquisei muito. Conversei com algumas pessoas. Visitei o túmulo dos pais dela, em Charleston. Dos nossos avós.

Eu..., disse Frank. Eu... E balançou a cabeça. Continue.

Eu o acompanho desde então. Frank, você passou muito tempo fora de casa nessa época. Estava sempre ocupado com alguma coisa. Houve um período em que eu temia que alguém, escrevendo sobre você, acabasse descobrindo, mas isso não aconteceu. E preferi não te contar, já que você não sabia de nada.

Falou rapidamente e com muita seriedade, mas, ao erguer os olhos, deu com Frank rindo baixinho. Claro, disse ele. Claro, claro. Todo esse tempo.

Decidi contar só se você tocasse no assunto. Mas você nunca tocou. Está zangado comigo?

Frank balançou a cabeça, sorrindo ainda. Não, disse. De jeito nenhum. Estou... — Virou-se para Big Richard. Você sabia?, perguntou.

Big Richard deu de ombros e fez um leve gesto afirmativo. Um pouco. Não tudo.

Outro dia topei com um vidro de perfume, o mesmo que ela usava, disse Frank. Quer ver? — Gail balançou a cabeça com veemência. — Ele quer que nós vamos visitá-lo.

Quem?, perguntou Gail.

Ele, disse Frank. Está num hospital. Você vai?

Ela tornou a balançar a cabeça. Quer dizer que você vai?

Acho que sim, disse Frank.

Por quê?

Sei lá. Eu vou, faço uma visita a Amy, faço uma visita a ele, cuido de umas coisas.

Quanto tempo lhe resta?

Não sei. Talvez um bom tempo, talvez só uns dias.

Quer dizer que você não sabe até que ponto o homem que vai visitar já está morto.

Ele balançou a cabeça, reclinou-se e pensou um pouco, então olhou para Big Richard, que observava a esposa. Tem certeza que não vai?

Cem por cento, disse Gail. Vá você, se quiser.

Você não liga?

Eu?, perguntou Gail. Frank... Suspirou, à guisa de explicação. Eu acho que você deve ir. Bancar o filho.

O filho, não, disse Frank. Só...

Você se lembra dele.

Um pouco. A lembrança que eu tenho, acho que é dele.

Pois eu, disse Gail, não me lembro de nada. Nem consigo imaginar. Vá, e depois me conte. A família de que eu preciso já está aqui, inteirinha.

Ele balançou a cabeça. Não sei se terei o que contar. Não vai ser assim. Que vou dizer a ele?

Não sei. Pergunte a ele... Pergunte a ele onde nossa mãe está enterrada; foi a única coisa que não consegui descobrir.

Vou perguntar.

Então vá. — Ela balançou afirmativamente a cabeça. —

Agora, disse, eu posso te contar o que sei; se pretende mesmo ir, talvez valha a pena saber.

Ele fez um gesto suplicante.

Vamos de vinho, disse ela. Querido, aquela garrafa que nós guardamos para uma ocasião especial.

Big Richard voltou com o vinho. Acho que isso é coisa de vocês dois, disse; pôs a garrafa na mesa e desapareceu no fundo da casa.

Está pronto?, perguntou Gail, quando já fazia algum tempo que estavam a sós.

Tudo bem, disse Frank, e ela começou no tom com que certamente contava histórias aos filhos quando pequenos, ou lia um livro sagrado que sabia de cor havia muito. Balançou a cabeça para marcar o início, respirou fundo, e começou dizendo: Havia uma mulher chamada Kelly Flynn.

## 31

O hotel era tranqüilo no início da tarde, o saguão escuro ficava protegido do sol de Los Angeles, a mulher ao balcão o atendeu com simpatia e segurança. Pois não?

Sou Frank Cartwright, disse ele. Deve haver uma reserva para mim.

Sim, disse ela. Virou-se, tirou uma chave de latão do escaninho às suas costas, entregou-a a Frank e, em seguida, examinou a tela do monitor na mesa em frente. — É o 702. E há um recado para o senhor. Olhou para um pedaço de papel.

Obrigado, disse Frank. Pegou o papel e a chave, e se dirigiu para o elevador.

No quarto, deixou a bagagem no chão, perto da cama, e ligou imediatamente a televisão. Um evento esportivo: sobre esquis, saltavam de pára-quedas, depois esquiavam até um lago e se punham a nadar, a câmera acompanhando-os o tempo todo em grandes arcos laterais. O bilhete dizia que Lenore Riviere telefonara; como teria sabido que ele chegaria à cidade? E ela lhe mandara um buquê de flores, um arranjo pomposo num vaso grande de vidro, não só flores como também botões e folhas, algumas vagens com sementes ainda no ramo, até mesmo umas lâminas compridas de erva da montanha. Ele se aproximou da janela; lá fora, o Sunset, por onde automóveis brilhantes passavam brilhantemente. Ficou alguns minutos ali, observando-os e se perguntando aonde estariam indo, num dia como aquele, numa cidade como aquela.

## 32

### YVETTE

Maldito hotel e malditos os anos que lá passou. Empurrando o carrinho de limpeza pelos corredores acarpetados, metida no uniforme branco, sempre a mesma coisa. Tal como o marido, que flutuava no rio; só que ela flutuava no trabalho assalariado. Agora conhecia cada canto do lugar, cada arandela nas paredes, cada rasgo no carpete, cada brilho de cada maçaneta de latão, sabia onde ficavam os garfos na gaveta da cozinha, nas profundezas do subsolo, e onde se guardavam os lençóis e as fronhas na lavanderia, cada clipe na gaveta de cada escrivaninha, cada centímetro dos lambris, as tocas e as trilhas dos ratos. Um dos gerentes noturnos tinha uma coleção de pornografia no computador, garotas negras com a bunda empinada, coleção que ele complementava sempre que a noite ficava maçante. Uma das telefonistas chorava a tarde inteira em seu cubículo; chorava sem parar, mas não deixava as lágrimas transparecerem na voz, de modo que ninguém que falava com ela descobria. Não havia consolo neste planeta frio, não, não havia, só a fugaz alegria de um dia ensolarado e a amizade apressada dos tempos difíceis. Era estranho. Não admirava que as almas penadas gritassem tanto; não admirava que ninguém as ouvisse.

Ela nunca sabia como agir, o que dizer quando topava com um hóspede, ainda que em geral isso não tivesse a menor importância: passava despercebida, como se fosse invisível. Às vezes desejava poder sumir de verdade, simplesmente desaparecer, tal qual o marido. Exatamente assim: sair e nunca mais voltar, mas não tinha para onde ir, e ninguém sentiria sua falta se o fizesse. O que mais lhe sobrava era tempo.

Tinha apenas dezoito anos quando Harold se foi; não o conhecia tão bem, ele era mais velho, e não fazia muito tempo que estavam casados. Tanto que ela não sabia nem onde começar a procurá-lo. Harold a deixou com o montão de cacarecos que havia comprado, e ela simplesmente voltou para a casa da mãe, na Geórgia, no campo. Passou o tempo todo sonhando que ele voltaria para buscá-la, sonhava que era rico e bom e não a abandonara, tinha se perdido dela e ia procurá-la assim que pudesse; mas fazia tempo que se dera conta de que ele não ia voltar mais.

O quarto estava vazio, imaculado para um olhar distraído — embora ela soubesse que havia toalhas de papel molhadas e emboladas num canto do armário embaixo da pia. A cama estava arrumada; os lençóis e o edredom, esticados; a cortina, fechada de modo que somente uma brilhante faixa de luz se estendia alguns metros no carpete. As partículas de pó vogando sem rumo no ar; ela passou a ponta dos dedos na superfície do criado-mudo.

Tinha saudade do barulho das tartarugas nos regatos da Geórgia à noite, saudade de fazer bolos e tortas com a mãe toda manhã e levá-los às casas vizinhas. Por que quer ir para Los Angeles?, perguntara-lhe a mãe. Aqui você tem tudo o que precisa. Mas sua mãe estava era com medo de ficar sozinha, contemplando as estrelas à noite. Será que caía de joelhos, rezava? Será que a velha sra. Jordan ia tagarelar e consolar? Olhou para sua imagem na tela escura da televisão desligada, convexa, preta, sem iluminação nem eletricidade; havia o branco e o azul-claro do uniforme de faxineira, um rosto negro distorcido acima, de um marrom luminoso onde o sol batia, de um amarelo brilhante nas bordas, uma faísca no lugar do olho, depois uma curva melancólica, que recuava e desaparecia no quarto atrás dela.

Oh, aquele hotel. Nele se hospedavam homens de negócios, gente de cinema, músicos, todos os famosos do mundo. Ficavam, riam, faziam amor entre si, brigavam no telefone, sentavam-se na beira da cama, sozinhos, exaustos e ainda excitados. Pediam bebida ao distante serviço de quarto, gastando o dinheiro que não tinham em coisas que não queriam; viam-se a si próprios na televisão. Ela entrava e saía furtivamente dos quartos, tirando da cama os lençóis sujos e manchados e substituindo-os por limpos, repondo os sabonetes minúsculos no boxe, os frasquinhos plásticos de xampu, adereços em miniatura para vidas de três dias, mais papel na gaveta da escrivaninha, flores frescas no vaso. A mesma coisa todo dia, e todo dia a mesma coisa.

Ela ouviu um homem vindo no corredor, passos pesados, grato à escuridão. Ele tinha algo em mente, um problema a resolver ou um trabalho a concluir. Gostou dele pelo ruído dos seus passos e se voltou, escutando, quando ele parou do lado de fora. Houve uma pausa, e a porta se abriu.

Ele era alto e branco, bonito e simpático, e, no primeiro momento, pareceu não notar a presença dela — ora, ninguém nunca notava, e ela o observou de lado quando ele se aproximou lentamente da cama e sentou. Então — Oh, desculpe, disse ele. Eu não a vi.

Ela não respondeu.

Estava arrumando o quarto?, perguntou Frank. Ela fez que não, depois fez que sim, de modo que ele não conseguiu entender o que estava tentando dizer e sorriu.

Foi um sorriso bom e cálido, e ela falou pela primeira vez em anos, sem nem mesmo saber se o instrumento ia funcionar.

Eu não estou aqui para ajudar o senhor, disse Yvette.

Tudo bem, disse Frank.

Acho que estou aqui para ajudar meu marido.

Frank a entendeu mal. É, parece que está difícil arranjar emprego atualmente, disse. A gente tem de pegar o primeiro que aparece.

Ela fez que sim.

O que seu marido faz?

Oh, eu não sei, disse Yvette. Ele era milionário: ganhou na loteria, sabe?, e um dia saiu de casa e nunca mais voltou. Deve ter morrido — apontou para a janela — por aí.

Sinto muito, disse Frank.

Eu esperei, esperei e esperei, disse Yvette. Oh, como eu gostava daquele homem. Não é o que o senhor queria ouvir? Eu o amava tanto que mal conseguia respirar sem ele. Mas ele nunca mais voltou. E agora eu sei: a alma dele continua procurando descanso.

Hum, fez Frank. Tomara que encontre.

Nunca mais tive sossego depois que ele foi embora, disse Yvette. Minha alma continua procurando a dele.

# 33

Amy na praia, dezesseis anos e linda, de short e camiseta regata, eles passavam por homens que olhavam para ela, e ele desejou que parassem com aquilo, mas nem mesmo seu olhar feroz os impedia. Sua autoridade não era nada em comparação com a do desejo, e por um momento ele ficou pensando no fato de que nenhum homem era famoso ao lado de uma menina bonita. Perguntou-se se ela os notava. Claro que sim. Perguntou-se o que sentia. Ela levava os sapatos na mão e, dentro de um deles, o frasco de perfume que Frank lhe trouxera do sul do Texas; era grande demais para caber no seu bolso. Quando ele o entregou, ela abriu a tampa e sentiu o cheiro, depois lhe dirigiu um olhar interrogativo.

As ondas rebentavam ruidosamente na praia, e ele teve de falar mais alto do que queria. Não é para você usar. É só para guardar.

Ela fez que sim; sabia disso. Esse troço que te trouxe aqui, disse. Você me contou que seu pai morreu.

O outro pai, respondeu ele.

O outro? Seu cabelo era comprido, castanho-claro e bem cuidado, e ela o afastava desajeitadamente do rosto, como se até mesmo esse gesto estivesse travado entre a infância e a maturidade. Quando ele foi buscá-la na casa da mãe, logo notou que seu rosto estava mais magro; ela perdia o que lhe restava da gordura de bebê, e isso o entristeceu e assustou um pouco. Helen dissera que Amy se achava muito baixa, queria ter pernas mais compridas, queria ter seios maiores. — Está entrando naquela idade, sabe? Fica muito tempo na praia; agora quer ser bióloga marinha. A penugem de seus braços era clarinha. Ela era simplesmente tudo. E não estava nem aí para isso.

É uma longa história, disse ele. Não tem importância.

Sentiu-a olhar para ele com ceticismo, se bem que boa parte deste estivesse se afogando na luz do sol. Tudo bem, disse ela. Meu outro avô: não tem importância. Entendi.
Um dia eu conto. E a escola, como vai?
Ela suspirou, desanimada com a pergunta ou com a escola, impossível saber. — Bem.
Só isso?
Bem, repetiu ela, e cerrou os lábios com seus segredos de garota. O vento sacudiu o paletó dele, e Frank o abotoou de cima a baixo, sabendo que isso o fazia parecer um bobo, mas sabendo também que Amy gostava quando ele parecia um bobo, apesar de que ela nunca o admitiria. Ela que ande descalça e quase sem roupa. Sentiu necessidade de dizer o nome dela muitas e muitas vezes: Amy, Amy, Amy, Amy. — Sua mãe me contou que agora há rapazes na sua vida. Carros. Rapazes e carros. A Califórnia.
Ela balançou a cabeça de modo a não admitir nada.
Você tem tomado cuidado?
Papai... Ela o estava combatendo, não com raiva, mas o tempo era um cabo-de-guerra, ele fazendo o possível para puxá-la, retê-la, ao passo que ela queria seguir, mais velha, avançar.
Oh, filha querida, disse ele consigo. Tomara que você aproveite bem sua primavera.
É verdade que vai fazer outro filme?, perguntou ela.
Não sei. Acho que sim. Ela nunca lhe fazia perguntas sobre o trabalho, e aquele interesse súbito também parecia ser uma reivindicação de maturidade.
Que bom, disse ela com firmeza, olhando para a areia.
Ele se surpreendeu. Não sabia que se importava com isso.
Não me importo, disse ela, desdenhando-o tanto mais pelo fato de não falar com maldade. É só que eu e mamãe..., disse. A gente não quer mais ter de se preocupar com você.

## A MORTE DE WALTER SELBY

Lá vem a enfermeira Roupa de Cama, cabelo alto e cheio de grampos, mãos geladas e robustas, lá vem ela virá-lo para trocar os lençóis, como se ele fosse um bebê. Está pronto?, perguntou, a boca firme, o cinto do guarda-pó bem apertado. Está pronto? Vamos ver. Ele nunca estava pronto, palavra que não, mas obedeceu: amoleceu o corpo e deixou que ela o empurrasse para o lado e enfiasse a roupa de cama por baixo — aquele contato físico mínimo que lhe impôs uma longa viagem em meio a uma nuvem de dor, interior ou exterior, como saber a diferença? Tentou não emitir nenhum som, mas lhe escapou um grito, e ele teve a impressão de que demorou dois ou três minutos para recobrar o fôlego. Paciência, disse a enfermeira Linen. Já vai terminar. Ágil e com uma segurança e uma destreza que nunca deixavam de impressioná-lo, puxou os lençóis usados e os trocou por limpos. Depois, como sempre, ele ficou admirado com o vigor e a saúde dela. Roupa de Cama tinha uma ternura que não era tão terna assim, mas fazia mais de trinta anos que ele não tocava num ser humano com amor no coração, e aquilo era bem parecido. Suas perguntas quase afetivas: Como está se sentindo hoje? Comeu? Comeu tudo o que trouxeram? Olhou um pouco pela janela? O dia está bonito. Raramente ele conseguia responder, mas as perguntas dela o confortavam.

Começou a recuar no tempo, aproximando as gerações. Disse olá à própria mãe, mulher da qual mal se lembrava mas que agora estava tão perto que Walter chegava a sentir seu cheiro, roçar os dedos no rosto dela. Moça ainda, usava um vestido de renda e uns sapatos pretos que lhe chegavam aos tornozelos, e tinha olhos castanhos penetrantes. Eu o pus no mundo, disse ela, e talvez esteja à sua espera quando você o deixar. Mas talvez não.

Agora, enquanto dormia seu sono morfinizado no leito de hospital, acordes de valsa lhe penetraram os sonhos, como se esse fosse o ritmo que ia levá-lo para o fim, fosse qual fosse o fim. Lembrou-se do governador dando um torrão de açúcar a um belo garanhão marrom e cinza quando passou em revista a cavalaria estadual. Lembrou-se de Nicole traçando círculos em suas costas enquanto ele custava a acordar numa manhã de domingo.

Você vai para o céu ou para o inferno?, perguntou a enfermeira Roupa de Cama.

— Será possível? Foi isso mesmo que ela disse? Não pode ser. Que pergunta. Ele teve realmente vontade de rir, mas o riso estava além das suas possibilidades. Em vez disso, uma orquídea vermelha desabrochou dentro dele, as pétalas se descerrando e expandindo, abrindo-se para o exterior num glorioso *stop motion*. Ele ficou assombrado, mas a única coisa que pôde fazer foi continuar deitado e pensar. Lentamente, a flor murchou, e Walter recobrou os sentidos; a enfermeira Roupa de Cama tinha saído, e ele estava sozinho outra vez.

Agitou-se e abriu os olhos. Olhando para o próprio corpo envolto no lençol, viu suas mãos, examinou o lugar em que se acumulava o pigmento, a sedimentação da idade. Também havia manchas em sua visão, pintas opacas, leitosas, que flutuavam numa direção ou noutra. Em cada uma delas vivia uma lembrança que lhe escapava. Suas veias eram de plástico, doces e velhas, e nelas corria sal. Ele não podia dividir sua vida; tinha sido um recipiente, uma medida, uma unidade de ser, perfeitamente circunscrita. Uma mulher, um ato, uma sentença.

Nicole se aproximou, embrenhando-se no emaranhado de tubos e fios de monitor para pairar sobre a sua cama e cantar com doçura:

*Quando chega o tempo dos pêssegos na Geórgia...*

Ele era um garoto de quatro anos no quintal da casa de veraneio que a mãe havia alugado em Newport. Depois da orla do relvado, erguia-se uma fileira de árvores altas. Era uma manhã de sábado, logo depois do café, e sua mãe estava dentro da casa, conversando com um homem que ele nunca tinha visto e nunca voltaria a ver. A porta da cozinha estava aberta, mas a porta telada continuava fechada; ele sentiu o cheiro metálico da tela e o áspero contato da sua superfície na ponta dos dedos. Agora estava caminhando, minúsculo no quintal enorme, minúsculo sob o sol. Reparando em cada detalhe do solo, nos lugares onde havia uma depressão, um dente-de-leão, no lugar junto à base de uma árvore isolada, que ficava a cerca de cinqüenta metros da casa, onde a grama era mais alta porque o cortador não conseguia entrar no espaço entre as raízes. Talvez tivesse quatro anos, talvez só três. O casarão atrás dele estava em silêncio, e assim estava o sol. Apenas a atmosfera fazia barulho, e era o zumbido do calor na manhã. Ele viu os próprios pés, e foi praticamente só o que pôde ver. Então chegou às árvores.

O chão era macio, as folhas dos pinheiros tinham um cheiro adocicado, e o ar estava fresco e úmido. Ele sentiu uma espécie de vertigem, não desagradável, gostosa até. Ia andando, ziguezagueando, quando algo chamou sua atenção — um aglomerado de florzinhas azuis crescendo na penumbra, a brisa soprando num trecho de hera, o cálido e áureo brilho da seiva no tronco de uma árvore. Inclinou a cabeça para trás, olhou por entre os ramos e viu o céu, que aparecia aqui e ali, nem azul nem cinza, mas de uma estranha variedade de branco leitoso vindo das nuvens que estavam sendo iluminadas por trás. Ele não podia dizer que teve medo, de modo algum; gostou da sensação de estar totalmente perdido, sem lugar onde ficar e com tudo para ver. Jazia ali um tronco coberto de musgo, semeando pedaços de si próprio na escuridão. Mais além, o córrego, visível unicamente pelo brilho tênue que a água deixava entre as pedras. Então, ele afinal deu com um prado em que o mato lhe chegava quase à cintura. Do outro lado, começavam de novo as árvores. Foi lá que ficou sentado, observando as nuvens passarem no alto, vagarosas em sua viagem de nenhum lugar para lugar nenhum. Foi lá que a mãe o encontrou três horas depois e, agarrando-lhe o braço, obrigou-o a se levantar, primeiro com rudeza, tanto que o garoto se perguntou o que tinha feito de errado, e depois com delicadeza, com uma expressão de medo e ternura que ele nunca tinha visto em seus olhos.

Puxa, quanto tempo fazia? E fora numa infância que já ia tão longe, perdida no fragor dos anos. Ele se perguntou se aquilo é que era morrer, bem mais que viver: lembrar eternamente o menino que fomos, o adulto que queríamos ser, o velho em que nos transformamos. E também havia as outras crianças, as que ele gerara: Frank e Gail. Não tinha sido um bom pai. Não tinha sido sequer pai, a não ser no momento de gerá-los; e ali, na extremidade do sempre, queria muito saber o que era feito dos dois pequeninos lumens que ele havia lançado no mundo.

## 35

Como vai, Frank?, perguntou Lenore Riviere. Sabe como eu sou com o telefone; por que não vem até aqui? Tomamos o café-da-manhã juntos.

Já tomei, obrigado, disse Frank, e, como que para comprovar, pegou distraidamente o garfo e empurrou a batata grelhada de um lado para outro no prato. Pela janela aberta, uma brisa cálida, com cheiro de flores, entrou no quarto, misturando-se ao ar refrigerado.

Muito bem então, disse Lenore. Que tal sua estada aqui?

Por enquanto, boa, disse Frank.

O que tem feito? — Ela falou como se se tratasse de uma pergunta importantíssima.

Estou cuidando das coisas, disse Frank.

Certo, disse Lenore. O oeste é uma fuga para a maioria das pessoas, não? Vir para o oeste é sair em busca do novo.

Não no meu caso, disse Frank.

É, não no seu caso. Você pensou no nosso problema?

Pensei, disse Frank.

A buzina de um carro tocou ao longe, aquele agradável som estival. Ele imaginou Lenore sentada numa janela no alto das montanhas, olhando para toda a movimentação lá embaixo com seu ar de deleite. Ótimo, disse ela.

E já decidi, disse Frank. Vou fazê-lo. Vamos fazê-lo juntos.

Aleluia, disse Lenore.

Com uma condição.

Que é...?

Ele sorriu, desejou que ela também estivesse sorrindo. Não vou ser o príncipe, disse. Quero ser o rei.

Fez-se silêncio do outro lado da linha. Ele chegou a ouvir a respiração dela; uma velha respirando como se estivesse procurando o que dizer. Mas o rei morreu, disse ela.

Eu sei, disse Frank. Viva o rei.

36

No fim da manhã seguinte, depois do café com croissants no quarto, Frank abriu o caderno de endereços e encontrou o nome e o número do hospital, baixando o volume da televisão ao discar. Uma mulher atendeu, uma administradora. Alô, disse ele. Meu nome é Frank Cartwright. Há um homem aí, na

uti. — Locução estranha, pareceu-lhe exageradamente teatral; temendo que a mulher não acreditasse nele, recomeçou. Uma informação, quero visitar um paciente que está na uti, chama-se Walter Selby. A senhora pode me informar o horário de visita? Walter Shelby?, disse a mulher. s-e-l-b-y, disse Frank. Posso ir visitá-lo amanhã? Foi como se a mulher tivesse depositado o fone na mesa; de qualquer forma, ele ouviu o ruído de uma cadeira rolando no chão. Na televisão, um homem lavava as mãos na pia da cozinha. Walter Selby, disse a administradora. Está no quarto 304. O senhor quer vir amanhã?
Isso, disse Frank.
Só se for parente, disse ela.
Sou filho dele, disse Frank, pela primeira vez na vida.
Está bem, disse a mulher, sem a menor inflexão na voz. O horário de visita é das nove da manhã às nove da noite. É só vir.

Uma vez abordado o fantasma, enfrentada a obrigação, Frank desligou e sentou na cama, enquanto, pela janela, o sol de Los Angeles exercia sua influência insensata. A televisão tornou-se repulsiva para ele, a combinação de cores o irritou a ponto de lhe causar dor física, e ele pegou o controle remoto e a desligou.

37

A enfermeira Medicação chegou com seu sorriso doce e lento e trocou o frasco de soro no suporte ao lado da cama de Walter. Ele se perguntou se ela estava tratando dele ou de sua doença: já não eram entidades separadas, e cuidar de um era cuidar da outra. Os médicos haviam cessado de falar em recuperação ou mesmo em tratamentos; as enfermeiras se limitavam a tentar lhe dar conforto, mantendo seu corpo vivo para que a doença continuasse a viver. Ele estava com o botão pronto na mão e o apertou antes que ela se fosse. O amor manifestado pelo fluido o fez pensar no amor de sua mulher e em como era tênue a linha que separava o envenenamento da cura.

Santo Deus, aquilo devia ter acontecido mil anos antes, Walter lera um livro, ou talvez só o título. Ainda via a lombada, era verde, inscrição dourada. Santo Deus, de onde viera aquele livro? Alguém o emprestara para ele? Lembrava-se do título: *Quanto custa se for gratuito?*. Mas não sabia do que se tratava, de modo que não devia tê-lo lido, afinal, e agora nunca mais poderia lê-lo. Nunca mais, nunca mais, nunca mais. Talvez fosse exatamente aquele que lhe contaria a coisinha de que ele precisava, a frase que explicava tudo. A idéia o aterrorizou, e ele começou a tremer sob as cobertas.

Lá vinha a srta. Medicação outra vez, dizendo o quê? Ele lhe dirigiu um olhar vazio, sem saber se ela estava mesmo falando. Se estava, decerto repetiria, e então ele tentaria entender. Ela disse: Sr. Selby, o senhor vai receber visita, e se pôs a mexer nos tubos.

Ele pensou: Ninguém vem me visitar. Não há quem me visite. Não há ninguém. O fato de não haver ninguém lhe deu vontade de chorar, mas ele não tinha lágrimas. Quem?, perguntou, e o esforço para falar desabrochou outra flor de dor em seu peito.

A enfermeira Medicação sorriu. Que é isso?, disse. Quem? O seu filho. Eu não sabia que o senhor tinha um filho. Walter murmurou alguma coisa. Ele vem amanhã, disse ela.

A vida dele era absurdamente desproporcionada: tantos anos, de juventude e casamento, de violência e penitência, todos pesando numa extremidade, e os derradeiros dias vazios na outra, com aquela visita a sobrecarregar as horas finais. Ele esperou, pareceu-lhe uma balança; no fulcro, ele próprio.

A janela escureceu, e fez-se noite. Ele se pôs a recordar o

futuro — Frank já tinha vindo e partido? Não. Pensou ter reconhecido uma fisionomia em suas fantasias, mas, quando tentou examiná-la melhor, as feições se transformaram em argila e se desfizeram. Portanto, não sabia como era o filho, Frank não tinha vindo, de modo que ainda havia o amanhã, e ele ainda não estava morto. Acaso saberia quando estivesse, ou sempre seria assim?

## 38

Às dez horas de uma claríssima manhã de quarta-feira, Frank ia pela estrada, a caminho do oceano; atrás dele, o gigantesco sol nascente fazia esvoaçarem manchas heliotrópicas no seu campo visual. No banco do passageiro, a água da garrafa plástica comprada numa loja de conveniências já estava morna e intragável. Havia automóveis em toda parte, mas ele não tinha idéia de onde vinham; os morros pardos em torno deles eram desabitados, a estrada não levava a lugar nenhum. Enquanto ele observava, o trânsito ia se apartando e reencontrando num inútil ziguezague em busca do mar; por fim, Frank começou a atravessar a faixa seccionada, alinhando-se à esquerda e acelerando para ultrapassar uma perua particularmente vagarosa, ou à direita de novo para fugir à idéia de não poder aumentar ainda mais a velocidade.

De repente passou pelo último morro, e, diante dele, abriu-se o Pacífico, o oceano velho-novo, vasto, azul e cinza. O vento arremeteu contra o carro; ele o endireitou e então consultou o mapa rodoviário no banco do passageiro. E achou sua saída, a última do país, uma longa curva entre os morros cobertos de mato ralo, sem casas.

O hospital ficava no sopé, uma enorme estrutura branca

alada, que reluzia e flutuava ao sol. Na frente havia um vasto estacionamento repleto de ofuscantes hectares de veículos resplandecentes, cujos reflexos zuniram nos ouvidos de Frank. Ele estacionou a mais de um quilômetro da entrada principal e começou a caminhar. Estava claro demais para respirar, quente demais para pensar, não havia pássaros no céu, e dava para ouvir o rumor distante do mar. E o coração é vermelho e toca música noite e dia. E...

Nesse preciso momento, Walter iniciava a jornada, cortando crescentes círculos concêntricos de estrelas. Sabia que, ao transpor o último círculo, deixaria apenas escuridão atrás de si, seria seu fim. Tantos homens e mulheres o haviam precedido, conhecidos e desconhecidos, admirados e desprezados — milhões e milhões, e cada qual com um rosto. Assim como aquela que ele tinha amado e cuja vida tirara. Acaso alguém sabia quanta solidão havia naquilo? Onde estava o resplendor prometido? Onde estava a ascensão? O universo se convulsionou num momento de pavor, numa onda de energia, vida, piedade, e, se isso bastasse, ele teria interrompido todo o processo. Não. Não importava: ele voltou a se acalmar.

Então alguém se aproximou, ele percebeu, uma presença masculina, suspensa, pouco além do seu alcance; ouviu o murmúrio de uma voz prestativa. É aqui, dizia a enfermeira, conduzindo Frank ao quarto. Ele não deve estar acordado. — Sr. Selby?, disse ela em tom mais alto. Não, acho que está dormindo. Foi muito sedado. É seu pai mesmo? Ninguém imaginava que o filho dele fosse ator. Em geral a gente sabe, porque telefonam avisando. E vocês têm nomes artísticos. O senhor também trocou de nome? Mas Selby é tão bonito...

Frank fez que sim para a voz da enfermeira, mas já não a escutava. Só sabia olhar para o corpo do velho na brancura da cama, outrora um homem alto, agora tão encolhido que os lençóis quase o tragavam, a cabeça mergulhada no travesseiro. Oi, disse, porque aquele era o começo. Acho que ele não está ouvindo, disse a enfermeira. Frank fez que sim. Pode nos deixar a sós um instante? A enfermeira aquiesceu, e o quarto ficou vazio para o resto do mundo, eram só os dois: Frank ao sol, ao pé da cama, Walter estendido nos lençóis; um olhando para um canto do quarto, reunindo coragem para encarar o outro; este olhando de olhos fechados para o universo. Frank procurou uma forma de tratamento: *papai* não servia. Está me ouvindo?, perguntou. Está me ouvindo?, perguntou um planeta passageiro a Walter. E logo sumiu. Ele estalou um pouco os lábios em busca de um sabor no palato — outra coisa que ele não conseguia falar mas que lhe falava nos dias e na vida.

Frank desejou que a irmã estivesse ali. Queria lhe mostrar o que era feito do pai deles e contemplá-lo com ela. Tantos anos tratando o velho como um fantasma, sem nenhum poder neste mundo, a não ser o de assombrar ocasionalmente, o deixaram quase despreparado para um encontro. Ele quis pegar a mão de Walter, segurá-la e sondá-la em busca de um sinal da sua própria história, de uma avaliação das suas próprias qualidades, de um cálculo do seu próprio poder. Não teve coragem, estava com medo. Você é Walter Selby, disse Frank, ainda olhando para o lado mas dirigindo-se desesperado àquela meia criatura cuja outra metade já estava entregue ao esquecimento. O homem na cama não se moveu; já não havia nexo, e as últimas perguntas que restavam em Frank ecoaram suavemente. Pode me contar o que aconteceu? O que você viu... O que fez... A respiração de Walter Selby chegou através de grades, trêmula e débil; ele abriu os olhos, mas só viu o teto; depois enxergou, apenas por um segundo, o homem acima dele. Um homem alto, de fisionomia familiar. Um médico? Não tinha roupa de médico nem postura de médico. Uma coisa triste estava acontecendo. O quê? — Ali. No rosto de Frank ele viu o rosto desolado da mulher, trêmulo como um slide projetado na carne: Nicole, então ela não tinha morrido e nunca ia morrer, pois suas feições viviam nas feições dos filhos dele e continuariam vivendo nas dos filhos destes. Nesse momento, Frank baixou os olhos e olhou para a forma do pai — ali — e, repentinamente, viu a si mesmo: a si, ao seu semblante, um quê da sua própria expressão. Lá estava a linha acentuada do seu nariz, a leve curva descendente do canto dos seus olhos, a mesma sobrancelha a sugerir curiosidade e interesse. Foi como se olhar num espelho mágico que envelhecia o rosto de quem se atrevesse a ficar diante dele. Esse é meu pai; esse sou eu. Ele recuou com o efeito, mas não pôde desviar os olhos. Os dois estudaram um ao outro, empoleirados juntos numa estrutura vasta e intrincada, uma treliça de anos e de todas as horas neles contidas — que balançavam e rangiam e gemiam — e se separavam devagar, barra por barra — e depois tombavam majestosamente, implodindo, enquanto os dois, o homem e o filho, se precipitavam, desamparados e ainda presos à observação mútua. Um demorado instante de reconhecimento passou por eles, um pensamento sem conteúdo, e então Walter Selby fechou os olhos.

Para onde vai o homem quando a vida chega ao fim? O que ele sabe? Quais são as letras do Xeol e o que significam? As sílabas soavam nos ouvidos de Walter como um trompete, como um lampejo; mas ele não sabia se era o chamado da morte ou apenas o último grito da sua consciência. Estava apavorado, mas aquele pavor não era igual a nenhum que já sentira; era suave e não feria, e fazia tempo que seu coração deixara de bater. Então o medo o abandonou, e ele esperou.

Frank se pôs a vasculhar as coisas do pai. Era de tarde, e o condomínio, um em meio a uma dezena num complexo no flanco da montanha, era claro e plano. Não havia muito para ver: algumas brochuras, um armário com poucas roupas, alguns CDs de música country — o que era aquilo? T de Texas: de que mais podia ser o T? Havia um sabonete e um frasco de xampu no banheiro. Nenhuma lembrança, nenhum luxo: nada de quadros nas paredes, nada de velas na mesa, e apenas um jogo de pratos no guarda-louça. Na escrivaninha de Walter havia somente uma gaveta; dentro dela, um envelope, e nele alguns papéis:

seu testamento, um extrato bancário, a documentação do carro e uma fotografia pequena, que cabia numa carteira, de um rapaz e uma moça no dia do casamento. A moça era bem jovem, e tão linda que não parecia real; e o rapaz, alto e bonito, olhava para ela com incomensurável adoração. Mas havia algo na postura dele: estava inclinado, um pouco distante desta massa humana. Walter Selby era um homem solitário, e Frank era seu filho. Ficou olhando.

Walter havia deixado aquelas coisas; morrera, e estava à espera de que a morte começasse. Para onde vai o homem que agiu mal? O tempo terminara para ele; tinha parado, dividindo-se e permanecendo. Transformara-se num tóxico que o embriagava, não só agora, mas para sempre. Que lei se mantinha? Ele guardava recordações, mas era negligente, e tudo o que um dia sentira de maneira fugaz — o cheiro de uma sala de estar, a mão de uma mulher em seu braço, o filho pequeno e a filha de colo, um retalho de pano azul-celeste — lampejou e sumiu. Houve um longo período de silêncio absoluto, uma ausência total de ação, o mundo à sua volta esvaziou-se e, portanto, se calou. Ele ficou frio. Era um átomo, solitário e sem contexto, sem movimento, indivisível, e então começou a se dividir. Iniciou-se uma sensação — não uma sensação, e sim um reconhecimento às avessas, as partes de sua história começaram a se desgarrar, uma a uma, voando para longe, em busca de uma fonte remota: desdobrando-se e soltando-se, camada após camada se elevando velozmente, o corpus de toda a sua existência partindo, e debaixo deste não havia nada. Todo o pensamento do seu ser se diluíra, seu nome expirando no derradeiro som lembrado de sua derradeira sílaba lembrada. Ele morrera, e enfim começava a perpetuidade.

Frank estava num avião, sobrevoando o continente. Lá embaixo, corriam os campos verde-pardos e os rios prateados das

Planícies. No ápice da sua parábola sobre o país, suspenso a grande distância da terra, ele sentiu um empuxo igual em todas as direções, uma aglomeração ao seu redor, algo parecido com nuvens, se o conteúdo das nuvens não fosse a chuva: as pessoas que ele conhecia, e as que estavam por vir, todos os mortos e moribundos, e os que queriam morrer, e os que ainda não haviam nascido: os que queriam salvar os demais, e os que mentiam a vida inteira, os que eram capazes de chorar no fim de um filme mas nunca na vida real, os que apenas queriam se divertir um pouco, os que se vendiam por nada, e os que não conseguiam parar de fazer o que lhes dava prazer até que todo o prazer se esgotasse; e os que escutavam mas raramente falavam, os que adoravam o som de gente aplaudindo, e os que sempre acabavam confiando na pessoa errada, os que faziam todos à sua volta se sentirem mais fortes, mais inteligentes, mais bonitos; e os que pareciam nunca ter dinheiro bastante, e os que se alegravam inesperadamente, e os que perdiam algo que lhes era caro e depois encontravam algo ainda mais caro, e os que atravessavam a existência tocados pela divindade dos demônios, os desesperados, os maus, e os que sorriam para os estranhos porque também tinham sido estranhos e, um dia, podiam ser estranhos outra vez. Anoitecia, e o céu estava escurecendo, o sol queimando o horizonte a oeste, as estrelas surgindo nas alturas.

Dizemos: Ah, mas a vida é breve: um grito, um beijo, um sino. Assim é, e o instante se encerra, a existência chega ao fim. O que sobrevive? Walter Selby não, não propriamente ele, mas uma marca extática de tudo quanto ele conheceu, que explodiu, abrindo-se para sempre, para servir de alimento às estrelas, ao éter ardente, ao espaço fluido, para todo o sempre e eternamente, amém.

ESTA OBRA FOI COMPOSTA PELO GRUPO DE CRIAÇÃO EM ELECTRA E
IMPRESSA PELA RR DONNELEY MOORE EM OFSETE SOBRE PAPEL PÓLEN
SOFT DA SUZANO BAHIA SUL PARA A EDITORA SCHWARCZ EM MAIO DE 2006